WANG ZIFU WORKS

中国专业作家作品典藏文库
王梓夫卷

梨花渡

王梓夫 著

中国文史出版社

目录

001 左岸 坤篇

徐可良遇到的这件匪夷所思的尴尬事，跟梨花渡的风俗有关。简单地说，这风俗，就是大裤裆的挽腰裤。

梨花渡一村一镇，左岸是梨花渡村，右岸是梨花渡镇，隔在它们中间的便是闻名四海的京杭大运河。如果将大运河比喻成母亲，这一村一镇便是坠在母亲丰厚胸脯上的两只鼓鼓囊囊的大乳房。百年前的漕运时期，大运河碧波连天，舳舻千里，帆樯蔽日，万艘朝宗，梨花渡则是人流如涌货物成山的漕运码头。漕运废弃之后，梨花渡渐渐地沉寂下来。亦如母亲绝经之后，丰满的乳房渐渐地干瘪了，垂落了。

徐可良到右岸梨花渡镇上给父亲抓药，收工以后去的，回来的时候已经是过晌午了。他借用的是罗淑惠的自行车，骑车下了桥便拐进了梨花渡村。梨花渡村有三条街道，分别为北街、中街、南街。徐可良要去罗淑惠家还自行车，便进了南街。梨花渡和北方许多村庄一样，街道都是低洼狭长的。为了预防淹涝，盖房的时候都尽量将地基垫高，道路两边的房屋便高出了街道。干旱无雨的时候，街道是供人马车辆通行的道路，雨水稍大一点儿，便是泄水排涝的沟壑。旱天人踩车碾，雨天洪水冲刷，街道便越来越深、越来越窄了。街道再窄，也还是可以相向并行或背向错开的。关键是，前面那个人扛着一个大面笸箩，笸箩的直径有一庹多宽，占据了大半个街道，徐可良绕不过去，只好推着自行车默默地跟在后面。

扛着面笸箩走在前面的是一位长得人高马大的中年妇女，姓吴，外号“吴大娘儿们”。她上身光着膀子，下身穿着一个大裤裆的挽腰裤。挽腰裤也叫挽裆裤，是大运河祖祖辈辈流传下来的男女老少咸宜的服装。腰宽裆大裤腿肥，穿脱都非常方便。更为奇绝的是穿在身上不用腰带，将肥大的裤腰贴紧肚皮，吸一口气，左折一下，右折一下，再从上面翻卷一下，呼气放松，裤腰便紧紧地绷在肚皮上了。脱裤子的时候只需要吸气收腹，裤腰自动地松开，裤子便哗啦掉下来。到了夏天，这种大裤裆的挽腰裤便是梨花渡已婚男女的唯一装束。需要解释一下所谓的“唯一”，女人只要结婚生了孩子，便有权利与男人一样，上身光着膀子，下身穿起挽裆裤。更需要解释一下的是，无论男女，挽裆裤里面是不穿内裤的。直到20世纪70年代以后，随着徐可良这些知识青年上山下乡，梨花渡人才见过乳罩儿、裤衩儿、泳装之类的时髦货色。

正午时分，梨花渡大街上是空荡荡的，人们都回家吃饭歇息了，又是烈日如焰的盛夏，连猫狗都躲到阴凉的地方喘气去了。空荡阒静和白炽的阳光让整个世界觉得很不真实，像一幅静物画，而徐可良觉得自己和前面的吴大娘儿们便是画中的人物，又像是梦境，亦真亦幻。梨花渡就是这么神秘莫测，徐可良常有这种感觉。

徐可良晕晕乎乎地走着，急不得，只能默默地跟在吴大娘儿们身后。吴大娘儿们显然是刚磨完面，胳膊上、后背上，以及在笸箩下面甩来甩去的两只面袋似的大乳房上，都沾着面粉，花花拉拉地像戏台上的小丑。笸箩里的面有点重，或者时间长了吴大娘儿们腰背酸了，只见她停下脚步，耸起肩膀往上颠了一下笸箩。这一颠不要紧，光顾得往上用力了，肚皮一松，那箍在腰上的挽腰裤哗啦一下子掉下来。在梨花渡，男人女人掉裤子是常有的事。关键是吴大娘儿们肩上扛着笸箩，裤子掉在脚脖子上。她弯不下腰，更伸不出手，出现在徐可良面前的便是一个光溜溜肥硕硕白花花的西洋名画一般的裸体女人。

徐可良前进不得，也后退不得，更无处躲闪，只能惊愕地看着前面这个被裤子缠住了双脚的吴大娘儿们。

吴大娘儿们倒是蛮沉得住气的，她小心地移动着被缠住了的双脚，一点一点靠近了旁边的一个高坡，又小心翼翼地将肩上的笸箩放在高坡上，弯下腰，提起裤子，从容不迫地重新挽在肚皮上。然后，她又弯下腰准备将笸箩重新扛起来。或许是凭着本能的感觉，或许是听到了什么动静，就在即将弯腰扛笸箩的时候，她却鬼使神差地回了一下头。这一下不要紧，立刻见到了站在那里发愣的徐可良。

徐可良哆嗦着嘴唇却说不出话来，他不知道该怎么向吴大娘儿们解释。吴大娘儿们两只眼睛瞪着徐可良，突然说：“小徐，这件事就你知道我知道，谁要说出去操他妈!”

梨花渡村男人和女人穿的这种大裤裆的挽腰裤，闹过许多笑话，惹过许多麻烦。当然，大裤裆也给他们带来过诸多的好处和欢乐，容当后叙。

在罗淑惠看来，梨花渡村的女人就是一群野娘儿们，这种大裤裆就是这群野娘儿们的“职业装”。一切粗野都源于这种粗野的大裤裆，大裤裆又放纵了这些野娘儿们。她曾经向梨花渡的大圣人徐先甲请教过，徐先甲告诉她，这种大裤裆，跟当年的漕运有关。明清之际，光是从南方运往京都的漕粮，每年就达四五百万石之巨。大运河里漂的都是船，船上装的都是粮食。满河流淌着粮食，大运河两岸却是成千上万疯蚁飞蝗般的饥民饿鬼。饿鬼们那冒着绿光的眼睛都盯着满河的粮食，不怕死的悍匪可以明抢，精明的水贼可以潜入河底行窃，而胆小又要命的梨花渡人只能像麻雀抢食一样，飞扑而来，又一哄而散。他们要觅食又不想玩命，便只能有两种选择：男人舍力，女人舍脸。

梨花渡特设了一座漕粮仓，隶属于通州仓场总督管辖。漕粮仓有一百零八座仓廒，作为漕粮的临时存储之地。譬如，通州土石两坝收兑繁忙，或者漕船损坏到不了通州，便将粮食卸在梨花渡的漕粮仓。漕粮卸船需要大批的扛夫，男人便去扛麻袋，当时这活儿叫作“扛大个儿”。女人呢，则端着针线笸箩来到码头上，被称为“缝穷”。麻袋破了缝麻袋，口袋破了缝口袋，哪个男人的裤裆破了，也顺便给他撩补几针。“扛大个儿”的男人一天能挣几十个铜板，够买一两斗高粱米的。女人“缝穷”可挣不了几个钱，她们也不是为了挣这几个扯臊的钱，实际收益全靠穿在身上的大裤裆。船上的粮食可劲儿地往裤裆里塞，来的时候垮垮塌塌，走的时候则鼓鼓囊囊的。裤裆里装的粮食并不比男人“扛大个儿”来得少。

为什么说女人要舍得脸呢？自古以来，讲礼的街道，不讲礼的河道。河道是属于男人的，男人到了水里就像回到母亲的子宫里，一律是光溜溜赤条条的一丝不挂。漕船上的运丁是赤条条的，撑篙驳船的船夫是赤条条的。跳板上的扛夫呢，裤子不穿，而是围在腰上，像现而今女人穿的短裙，“短裙”里便是男人那晃晃荡荡的零碎儿。女人到了码头上，只能不长眼睛不带耳朵，头一回见到这场面，会臊得低头脸红，时间长了则见怪不怪了。男人坏，他们倚仗着不讲礼河道的“合法性”，明目张胆地裸露着，还故意在女人面前肆无忌惮地说那些脏话丑话砢碜话。这实际上是一种公开的挑逗和调戏，那时候没有“性骚扰”一说，女人只能听之任之当哑巴当瞎子。

大裤衩是漕运传下来的，攀附在大裤衩上的粗野也是漕运传下来的。

罗淑惠认为这些都是历史遗留下来的陋习，藏污纳垢伤风败俗忍无可忍。罗淑惠讨厌这些野娘儿们，更讨厌野娘儿们穿着的大裤衩。讨厌也只是讨厌罢了，万万没有想到，大裤衩却引发了一起骇人听闻的命案，她则成了这桩命案的元凶，并且由此颠覆了她的整个人生轨迹。

如同许许多多大运河的女儿一样，罗淑惠也出落得如花似玉，水水灵灵，难得的美人坯子。对她来讲，美不是主要的，主要的是她有文化，梨花渡中学的高中毕业生。在她那个年月，农村的女孩子能读到高中毕业的实在不多。而且罗淑惠还是高才生，班干部。她是有梦想的女孩儿，梦想将来读大学，脱离农村，当个体体面面的城里人。如果可能，她想搞文艺，她喜欢唱歌跳舞，有表演天赋。她的梦想并不伟大，只想当个稍有名气的三流小明星或者是群众文化工作者。不幸的是她没有考上大学，她那一届的同学没有一个能考上大学。原因很简单，梨花渡中学的高中是属于“戴帽”高中，即初中上面又设了两个高中班，是那年头“教育大跃进”的产物。由于缺少师资，没有开设外语课，而后来高考外语的分数又占了很大的比例。

没有别的出路，罗淑惠怀揣着明星梦和废旧的课本回到了梨花渡村，顺理成章地成了修理地球的农民。

她不后悔，除了所学的知识，她还收获了爱情。

她爱的是冯青海，梨花渡中学的学生会主席，一个非常优秀魅力四射的年轻人。投向冯青海身上含情脉脉的目光像大运河一样翻波卷浪，冯青海选择了罗淑惠。大家都服气，心服口服。认为只有罗淑惠才能配得上冯青海，郎才女貌才子佳人佳偶天成。冯青海没有参加高考，高中二年级的时候他参军了。参军比考上大学还要令人艳羡，那时候的时尚。

罗淑惠整天浸泡在幸福当中，她没有因为高考落榜而沮丧，也没有因为回乡当农民而悲伤。让她受不了的是，整天跟这些野娘儿们混在一起，总觉得像是浸泡在污泥浊水当中，窒息得喘不过气来。

梨花渡村也和中国大多数农村一样，活跃在农业生产第一线战天斗地的大多是女人。男人呢？当然是“二线三线”了。有些技术活儿，赶车、犁地、提粮下种、收拾瓜果蔬菜，这是男人的专利；有些外派工，公社兴修水利呀，阶级斗争搞联防呀，村里护庄稼看青呀，这也都是男人的专属；有些“合法半合法不合法”的副业，建筑包工队呀，地下运输队呀，打鱼采藕队呀，也都是男人的活儿；还有些比较体面一点儿的差事，如“五大员八大员”之类的，会计员、出纳员、记工员、饲养员、技术员、毛主席著作辅导员以及赤脚医生等等，也大多由男人垄断了。如此一来，留在田园里的只有妇女和老弱病残以及“黑五类”了。在这种奇妙的组合中，女人顶起的何止是半边天，简直就是女人的天下了。

女人坐了“天下”之后是更加疯狂的。缺吃少穿，闲着肠子露着肉，还要面朝黄土背朝天，拿老娘儿们当驴使，这日子有个头儿吗？没头儿日子也得过。穷日子苦日子都是日子，愁也一天，乐也一天，没滋没味儿要自己加作料。没穷死没饿死没累死，不能愁死。不愁就得乐，哪儿来的乐呢？没乐自己找，找乐子又不花钱，只要你愿意，伸手就抓一大把。

对于梨花渡村的野娘儿们来说，夜里的乐子在炕上，为了省灯油，天一黑就关门睡觉，睡不着觉就折腾自己的老爷们儿，折腾累了睡得倍儿香。白天的乐子在嘴上，满嘴胡喷，舌头翻花儿，吐出来的都是开心解闷儿的话茬儿。什么话茬儿开心解闷？就是昨天夜里折腾老爷们儿那点儿事。

在罗淑惠看来，野娘儿们讲那些事情的时候，半点儿也不懂得含蓄，直白得让人心惊肉跳。她们把男人女人生殖器的俗称挂在舌尖儿上，当成语气助词和标点符号，每句话都离不开。在描述男女床第之事的时候，更是细致露骨，花样翻新。她们一点儿也不顾及有没结婚的大姑娘在场，甚至也不顾及未成年的男孩儿女孩儿在场，农村人的性教育就是从野娘儿们的日常谈话中得到普及的。更有甚者，越是有未婚姑娘在场的时候，她们越放肆，越炫耀。罗淑惠很气愤，认为这是对她们的不尊重，甚至是侮辱。实在忍无可忍的时候，她开始抗议了："你们文明点儿行不行？说这些话不怕脏了舌头？"

媳妇们笑起来，笑得前仰后合，弯腰打滚儿。

罗淑惠更火了："你们笑什么？这有什么可笑的？"

吴大娘儿们开口了："淑惠呀，俺问问你，啥叫文明呀？"

罗淑惠说："人不同于动物，人应该有羞耻心，特别是我们女人。你们整天价说这些丑话脏话砢碜话，怎么不知道害臊呀？"

吴大娘儿们说："那俺问你，这些事干都干了，咋就不能说呢？"

罗淑惠说："有些事许说不许干，有些事许干不许说。"

吴大娘儿们问："啥话许说不许干？"

罗淑惠说："比如你们整天价惦记着别人家的男人，这话说出来能干吗？"

吴大娘儿们说："这话本来就是说着玩的，当然不能干了。那啥事许干不许说呢？"

罗淑惠说："你们两口子被窝儿里的事情就许干不许说。"

吴大娘儿们说："我们两口子被窝儿里的事要是不说，你怎么知道我们是怎么干的？"

罗淑惠说："这是私密，是隐私，要受保护受尊重的。"

吴大娘儿们说："还私密，还隐私？这私密隐私是多美的事呀，不说出来那不是白忙活了？"

媳妇们哗啦啦地笑起来，七嘴八舌地驳斥起了罗淑惠："庄稼人就这点儿乐子，你还不让俺说，要把俺憋死呀？"

正当罗淑惠觉得孤立无援的时候，媳妇群里站出了一个人，替罗淑惠说起了话："人家罗淑惠说得对，咱女人要自尊自爱，不能自己糟蹋自己。"

罗淑惠注意到，站出来说话的叫沈秋萍，几个月前嫁过来的小媳妇。她是城里人，嫁给的是梨花渡村的康运桥。虽说她也结了婚，可是跟这群野娘儿们格格不入。她不光膀子，不但不光膀子，里面还戴着乳罩儿。她更不说粗话，别人说的时候，她像未婚大姑娘一样低着头。大姑娘不长耳朵，听不见，在这藏污纳垢的风俗谷里，她能洁身自好独善其身，难得。

罗淑惠跟野娘儿们的争论占不了上风，却交上了一个知心的朋友，她感到很高兴，像下河游泳顺手抓到一条大鲤鱼。

收工以后，罗淑惠很自然地跟沈秋萍走在了一起。她们扛着锄头并肩朝村里走，像老朋友一样嘁嘁喳喳地说起了知心话。

沈秋萍告诉她："我不习惯媳妇们胡说八道，这也太不文明了，简直是流氓，女流氓。"

罗淑惠笑了："我也知道，这都不是好风俗，可是我从小在这里长大的，也习惯了。"

沈秋萍说："这些风俗你习惯了，那些胡言乱语你怎么不习惯？"

罗淑惠说："我好歹也是高中生，读的是圣贤书，讲的是礼义廉耻。"

沈秋萍突然问："你相信'女人三部曲'吗？"

罗淑惠一愣："什么是'女人三部曲'？"

沈秋萍说："做姑娘时嘻嘻哈哈，结婚以后婆婆妈妈，有了孩子邋里邋遢。"

罗淑惠觉得很新鲜："这些谁告诉你的？说得还挺对。"

沈秋萍说："是康运桥对梨花渡女人的总结。"

罗淑惠说："怪不得你嫁给了康运桥呢，康运桥太有才了。"

沈秋萍说："还有一样东西让我受不了。"

罗淑惠问："什么？"

沈秋萍说："大裤裆。"

罗淑惠一愣，随即笑了。

一天当中，罗淑惠最幸福最充实的时候就是晚上，吃过晚饭，洗完澡，换上干净的衣裤，便躲在自己住的小屋里。小屋里没有桌椅，她搬了个小板凳儿，在炕沿上铺开纸，给冯青海写信。

不是每天寄给冯青海一封信，是每天都要写。有话则长，无话则短，写够三封凑在一起装进信封里，过桥到梨花渡镇的邮局，买八分钱邮票，把千言万语邮寄给最亲爱的人。

这几天的信内容最充实，谈她跟野娘儿们的斗争，谈与沈秋萍的交往，也谈对冯青海的思念之情。

处于热恋中的青年男女是站在人生巅峰上的宠儿，不幸的是，罗淑惠却从巅峰上跌下来，跌下了深不见底的万丈深渊。原因就是大裤裆。

早玉米成熟了，这一天干的活儿是掰玉米。每人两条垄一只筐，把玉米秆儿上的棒子掰下来放在筐里，筐满了就在田埂上倒成一堆，等着男人们赶车把掰好的棒子拉到场院里。

车把式是曹大海。在梨花渡村，曹大海是以能吃能干著称的。他长得人高马大，胳膊都像别人的大腿那么粗。他力气大，曾经有一头大犍子牛疯了，在村子里横冲直撞，满街人都惊呼乱窜，曹大海跑过来，扑上去抓住了牛犄角，跟牛较量起来。那头疯了的犍子牛狂吼疯跳，低着头乱顶乱撞。曹大海紧紧抓着犍子牛的两只犄角，大叫一声，硬是把牛犄角掰下来了，就像从玉米秆儿上掰下两个硕大的棒子。犍子牛疼得满地打滚儿，血流了半条街。

力气大的人能吃，别人吃饭都论碗，曹大海论盆。满满一绿瓦盆小米饭，够普通人全家吃的，他一个人都吃了还说没饱。在曹大海的生活中，他从来没有享受过饱的感觉。他总是饿，肚子总是空的。那年头吃饭是有定量的，城里人有粮票，庄稼人分口粮。分口粮不论肚皮大小，按人头。梨花渡村算是比较好的，每人每年能分四百二十斤粮食。这四百二十斤粮食不是磨好的米面，而是带皮的粮食，包括稻谷、玉米粒、谷子，还有红薯、土豆，都要折算在这定量里面。如此一来，差不多消耗了两成。粮食加工后筛出的部分叫糠，其实就是皮，皮糠嘛。庄稼人会过，除了稻谷，几乎所有的糠都要掺进面里吃掉。除了糠，还要掺野菜、树叶、粉渣油渣豆腐渣之类的，这便是吃糠咽菜，糠菜半年粮。

曹大海能吃，能吃也很恐怖。譬如乡亲们之间脱坯搭炕盖房子，需要请帮工的。帮工要管饭的，饭好饭赖不挑，要让人吃饱。曹大海最喜欢给别人帮工，有一次范希云家盖房，吃的是两合面的打卤面。曹大海见面盆端过来了，抄起一个大海碗，也不用筷子，直接往碗里抓。抓满了碗就在盆边吃，别人的一碗面还没拌好，他那大海碗里的面就稀里呼噜地进到肚子里去了。一碗吃完又抓一碗，一直吃了十二碗，突然想起来忘了加卤了。曹大海吃得惊魂动魄，也让范希云的父亲心疼得满脸冒汗。以后谁家有事，都瞒着曹大海，谁也不敢去请他帮工了。

因为能吃，许多人给曹大海介绍对象，人家女方一听曹大海的饭量，都把脑袋摇成了拨浪鼓。好家伙，谁敢跟他一起过日子呀？两个人的粮食都给他，也填不满他的大肚皮呀！

也该曹大海走桃花运。村里来了一对母女，河北衡水人，卖土布的。土布就是用棉花纺成线自己织出来的，幅小，很厚，有点粗，却很结实。那年头不但粮食定量，布也是按人头供应的，每年发一次布票，一人十七尺半。这布票包括买衣服、被褥、窗帘、床罩，甚至连买袜子毛巾都要布票。庄稼人肚子是空的，身上也是大窟窿小眼儿的。新三年旧三年，缝缝补补又三年，谁都知道这节约衣物的法则。卖土布的妇女四十岁上下，长得舒眉展眼满脸笑纹，身边的女儿看上去有十二三岁，大概是营养不良，细胳膊细腿小脑袋，身高不足一米四。小脸蛋儿倒是讨人喜欢，小鼻子小嘴大眼睛，很耐看。

卖土布的看梨花渡村好，能吃到净面净米的粮食，央求村里热心肠的人给女儿找个婆家。大伙儿都说孩子太小，可卖土布的却说闺女十七岁了，就是长得小，先天不足，怀孕的时候吃不饱，不足月就降生了。生下来以后没奶水，就像麦子拔节的时候缺水缺肥一样，硬是把孩子耽误了。

问了几家，都嫌孩子长得小，三块豆腐干儿高，有攥的地儿没打的地儿，刷锅都得登上锅台，先别说打鸡骂狗过日子，将来能生儿育女吗？生出孩子来还不是小耗子？

曹大海妈听说也过去看了，她不嫌。她就看上了闺女个子小，个子小饭量小，省出饭来可以填补儿子的肚子。

曹大海娶了个袖珍媳妇，如同大公牛配了个小兔子。对了，很少有人知道曹大海的小媳妇叫什么，知道的也不在意，都叫她小兔子。小兔子跟曹大海走在大街上，曹大海迈一步，她要蹦跶三步才能追上。往上欠着脚，才能够上曹大海的胳膊肘。

沈秋萍想起了浪漫的事，悄悄对罗淑惠说："他们怎么接吻呀？小兔子站在炕沿上还差不多。"

吴大娘儿们可比沈秋萍顾虑得严重，她问小兔子："曹大海趴你身上，还不把你压碎呀？"

小兔子语出惊人："是个驴就驮一石，是个娘儿们就驮一汉。"

这句话一出口，所有的人都对小兔子刮目相看了。别看她长得小，心可不小。刚让男人开了苞，就立马成为野娘儿们了，不简单。一句话便把关系拉近了，小兔子很快成了梨花渡村野娘儿们中的一员，比罗淑惠、沈秋萍都有资格了。

于是，野娘儿们便把所有的好奇心都集中在小兔子身上了。

吴大娘儿们问："第一次流血没？"

小兔子说："咋能不流血呢？疼得俺哇哇直哭，一个劲儿地叫他亲爹，求他饶了俺。"

吴大娘儿们问："他饶你了吗？"

小兔子说："活驴一样，憋得他脸都紫了，能饶俺吗？"

吴大娘儿们又问："那咋办，你就一直哭着？"

小兔子说："哭着哭着就笑了。"

大伙儿都好奇起来。

小兔子说："疼着疼着就不疼了，还挺舒坦。"

野娘儿们听了，刮风一般地笑起来。

什么都是三天半的新鲜，小兔子的笑料抖落完了，大伙儿便发现了她的讨厌之处。她个子小，却喜欢争强好胜。干活儿不行嘴行，开口不饶人。什么事情她都掺和，什么事情她都占先。好像她不说话，别人会以为她不存在一样。为了证实自己的存在和存在的重要，她时时会挑起事端，一句话：就是嘴贱，贱的。

招来招去，终于招到罗淑惠的头上了。

小兔子问罗淑惠："你这个处长是正处还是副处？"

罗淑惠问："什么意思？"

小兔子说："有一个姑娘去相对象，男的是个副处长。两个人见面以后，男的问姑娘，你是处女吗？姑娘说，要说不是呢，我还没结婚；要说是呢，我已经被男人开苞了，就算副处吧。"

大伙儿又哄地笑起来。

罗淑惠窝在心里的火腾地蹿起来：“小兔子，你跟别人满嘴喷粪可以，在姑奶奶面前给我放尊重点儿。”

小兔子不知道罗淑惠的厉害，反而越发放肆，居然唱了起来：“我家有一块田，一闲闲了二十年，中间种棵山扁豆，韭菜种在田埂边……你这块田呀，就等着冯青海给你刨呢。”

这些天，吴大娘儿们也开始烦小兔子了，见她这样对待罗淑惠，便厉声说：“小兔子，你要是再犯贱，我就给你看瓜。”

小兔子毫不示弱：“给我看瓜好啊，我把那些瓜都摘下来，一人一条，都给你们塞进去。”

罗淑惠说：“你怎么给脸不张兜，非找不自在的？”

吴大娘儿们说：“少跟她废话，咱给她看了。”

说着，吴大娘儿们扑上去，像抓小鸡子一样把小兔子抓住了，然后喊着罗淑惠：“淑惠，把她裤子扒下来。”

罗淑惠正在火头上，见吴大娘儿们已经动了手，便跑过去，一把将小兔子的裤子扯下来。

所谓“看瓜”，是梨花渡的一种恶作剧，据说是从土匪绑票传入民间的。梨花渡及周边村子的一些人都穿这种大裤裆的挽腰裤，土匪绑票，只需将人的裤子扯下来，把脑袋一摁，身子弯成一个大虾米，然后再把裤腰往上一提，整个人便装进一个大口袋里。裤腰上挽个扣儿，口袋嘴就牢牢地封上了，任你怎么折腾也出不来。这样把人抓住之后，往地头上一放，什么时候方便了就可以把人弄走。人被老老实实地放在地头上，像是尽职尽责地看守着瓜田，名之曰“看瓜”。

罗淑惠和吴大娘儿们给小兔子看了瓜，放在地头上，便跟着大伙儿一起掰玉米去了。

曹大海赶着大车来拉玉米，没见到自己的媳妇，还问了一句：“俺家的呢？”

吴大娘儿们说：“她嘴欠，俺给她看瓜了。”

曹大海笑了：“这娘儿们就是嘴欠，得教训教训她。”

“看瓜”再怎么恶作剧也只是一种玩笑，连小兔子的丈夫都没往心里放。谁想到小兔子这么不禁折腾，等掰完两垄棒子再返回来的时候，罗淑惠上前解开了小兔子的裤腰，把小兔子拉了出来。小兔子却不动了，吴大娘儿们还踢了她一脚，让她别装死。罗淑惠把手放在小兔子的鼻子上，没气儿了，再把手放在她心口窝上，心不跳了。

小兔子死了。

002 乡愁篇 魂兮归来

十一年之后，我回到了故乡。乡音未改，鬓毛已衰，故乡却不认识我了。当然，我也不认识故乡了。

梨花渡像一个上了手术台的产妇：臃肿、鼓胀、丑陋无比。她大概已经用尽了最后的气力，连呻吟的声音都发不出来了。大运河只好在她的腹部下了刀，伤口上流淌着乌黑腥臭的血水。她会生出一个怎样的胎儿呢？

正是暮色临近的时分，浓重的雾霾侵吞了天边的落霞，黑暗提前降临了。梨花渡的管理者体恤在毒雾中求生苟且的众生，提前打开了路灯，大大小小杂乱穿插的商铺也比赛似的开启了耀眼的霓虹灯和暧昧的广告。梨花渡的夜生活开始了。

十一年来，走遍大江南北，无论城镇还是乡村，无一例外的是，夜间比白天要精彩得多。

我是听说梨花渡要拆迁改造才回来的。此前，我一直跟随着虞教授在湖南搞农村调查，调查的主要内容便是农村城镇化问题。我经历了太多因拆迁引起的矛盾冲突，村民为了保卫家园，与野蛮的入侵者肉身搏斗，大动干戈，流血死人是常有的事情。开发商肆无忌惮，动用黑社会强行把农民从自己的家里拖出来，然后开进推土机将房屋轰隆隆铲平。

我跟虞教授说，梨花渡是京杭大运河北段保存相对完好的漕运古镇，很有历史价值。虞教授鼓励我回来看看，至少可以见证一下这个千年古镇是怎么样消逝的，是在谁的手里消逝的。

我像一个孤独的寻梦者，急切地寻找着消逝已久的记忆，却身不由己地闯入别人的梦境里。生活在别处，梦也在别处，别处却是我的故乡。

大运河右岸的梨花渡镇依河取势，蜿蜒如蟒。我从摇摇学步的时候起，便赤着脚走在蟒鳞般的石板街道上。街道两旁是一家接一家的商铺，前店后厂，或前店后宅。哪一家商铺我都认识，哪一条胡同我都钻过。现在，店铺的门面完全变了，青砖黛瓦的门楼墙壁不是贴上了马赛克，便是竖起了玻璃灯箱，格局与风格完全变了，变成了全国各地千篇一律的模样。我们这个民族太追求大一统了，无论你到哪儿，都会见到相同的建筑、相同的装饰、相同的标语口号。我第一次去云南香格里拉的时候，看见独克宗古城也被马赛克包裹起来。那时候还叫中甸，齐扎拉刚刚当上县委书记。他说，我将要做的第一件事情就是要扒掉这些“格子白皮”，恢复独克宗古城的藏式风格。

梨花渡的街道本来就不宽，两边的店铺借着装修任意向前伸展，侵街占道。非年非节非庙会，梨花渡却被潮水般的车流人流溢暴了。南来北往的汽车堵在街道中央，无论是拉货的卡车还是坐人的小车都被卡住了。汽车的喇叭声响成了一片，叫骂声和吵闹声更是把车流冻结了。我想起了漕运时期的大运河，回空的船只疯狂地向南方行驶，突然一场大风降温，河面被冻结了。船只被牢牢地镶在了冰层里，画冰为牢，只好等着春天来临河面解冻的时候再扬帆南归。好悲催啊！

街道被车流堵塞了，人流只好溢到街道两旁的人行道上。人挤人，人撞人，侧着身子让路，多急也没用。人流如水流，越稠越流动得慢。

哪儿来的这么多人呀，大多是年轻人，大多是女孩儿，女孩儿又大多穿着暴露。抬头看见的是酥胸玉臂，低头则是光溜溜的大腿和穿着拖鞋的赤足。

梨花渡西边两公里处，是一个有名的县级开发区，叫河西新技术产业开发区，里面有来自全国乃至世界的许多大型企业。这些年轻人大多都是那些企业里的职工。

据说开发区的职工有五六万人。

要知道，梨花渡的原住民只有五六千人。

增加了十倍的人口，不把这个陈旧脆弱的千年古镇撑破才怪。

街道两旁的门面生意之火爆可想而知的。形形色色无所不有，真假世界品牌的服装、电脑、手机，川味鲁味湘鄂味的饭店，大同小异的足浴按摩、洗浴中心、性用品店，居然还有大黄 M 的麦当劳。

过去，在梨花渡大街上，走不了几步就会遇见熟人。现在这稠密的人群里却见不到一个熟悉的面孔。何止是面孔，嗡嗡嘤嘤的人声中，连几个乡音都听不到了。我的乡音未改，故乡的乡音却变了。

我被涌动着向前，随波逐流。谢天谢地，终于见到一个熟悉的店铺：小白楼饭庄。

这可是个老字号，一百多年来，饭庄几易其主，公私合营的时候，老板姓蔺，河北香河人。后来饭庄划归了国营，改革开放后承包给了姓周的饭店大厨。再后来，香河蔺姓后人找上门来，花钱把饭店买了回来。

尽管是老字号，生意却一般。

我在一张靠里面的小座位上坐下来，要了两个菜，一小瓶红星二锅头。我的旁边是一个半开放的单间，有一个窗户，可以看见里面圆桌上用餐的人。

我一下子就从背影上认出了一个人，他叫徐先甲。就是他写信告诉我梨花渡要拆迁改造的。世界已经进入了信息化时代，email、QQ、微博、微信，还有一人一部或多部的手机。可是他依然写信，信寄到了海南出版社。我有一部小说是海南出版社出版的，他大概以为我会长期待在那里。幸亏有蛮子，她是我的责编，蛮子在电话里给我读了他的信。

我当然想见徐先甲，但不是现在。

现在他被一群人包围着，唱的是主角，被粉丝或真或假地崇拜着，很享受。我不想打扰他，再有，我也想一个人静一静。

包围着徐先甲的是三个年轻人和两个中年人，还有两个露着粉肩酥胸的女孩儿。又是全国大一统，但凡酒局，总有女孩儿作陪。如同酒席上缺不了酒一样，女孩儿是一道不可或缺的下酒菜。

除了徐先甲，别人都不认识。有两个似乎面熟，或许是从他们父辈的遗传基因里捕捉到的。梨花渡真的被“异族”占领了。

徐先甲似乎刚刚给谁家看了风水，这是一场答谢宴会。但是从开始喝酒，话题便一直围绕着梨花渡拆迁改造的事情。乱乱哄哄，骂骂咧咧，都是抱怨和吵闹。徐先甲从怀里掏出一张照片，展示给大家看，这是一张航拍的照片，我从县档案馆复制的，是从空中俯瞰梨花渡。右岸是梨花渡镇，左岸是梨花渡村，中间是京杭大运河。你们看看这照片像什么？

像屁股，一镇一村是两瓣儿屁股蛋，中间一条河是屁股沟子。

像男人的物件，一镇一村是两个蛋，中间是老二。只是这老二软塌塌的，阳痿了。

两个女孩儿佯打着两个胡说八道的男人，就你们邪门儿。

徐先甲并不生气，对于几个年轻人来说，他是爷爷辈的人了。

知道太极图吗？太极生两仪，两仪生四象，四象生八卦，八卦定凶吉。

徐先甲出口不凡，立即把所有的人镇住了，都用崇拜的眼神看着他。

我这儿有一张太极图你们对照着看一看。太极图俗称阴阳鱼，你们看，这一黑一白像不像两条鱼？两条鱼首尾相连，白鱼在左头向上为阳，黑鱼在右头向下为阴。阴阳鱼的鱼头上有个小圈儿，为鱼眼。黑鱼为白眼，白鱼为黑眼，表示阳中有阴，阴中有阳。阴阳鱼以S形的曲线为隔，负阴抱阳，阴阳平衡，循环往复，此消彼长……

徐先甲面对着一双双崇拜的目光，侃侃而谈，看得出来，他有些卖弄，而且很得意。我草草地把酒菜吃完，悄悄地离开了小白楼饭庄。

离开了梨花渡镇，过了长桥便进入了梨花渡村。这是我真正的故乡。别看梨花渡镇和梨花渡村只有一河之隔，确实有着霄壤般的区别。在外面，谈起故乡，你可以说是梨花渡的，笼而统之，没有人会计较。可是在当地，你必须要说清是梨花渡镇的还是梨花渡村的。如果把村说成镇，便有欺骗冒犯之嫌。

可怜的是，我连生于斯长于斯劳苦于斯的梨花渡村都不认识了。原来的街道基本是直的，现在却犬牙交错，见首不见尾了。原来的路面是泥土的，现在铺上了沥青或水泥，光光滑滑的了。光滑的街道更加肮脏了，堆积着散发着恶臭的垃圾，流淌着黏糊糊的脏水。树梢上墙头上街面上，到处飘飞着塑料袋，白色污染亦如祖国各地一样，成了漂游的魂灵和挥之不去的噩梦。

几乎所有的门楼和院落都变了形状，像患了气臌病一样膨胀起来。私搭乱建，侵街占道，粗制滥造。院子里面加盖了房，屋顶上加盖了房，门外面也加盖了房。说是房，有些就是用碎砖烂瓦搭盖起来的小棚子。分不清张家李家了，所有的院落和家庭都一个模样，或者说没有模样。所有的房间里都住着人，都是来自天南地北的人。

我的家在哪儿？我试图打听着，没有人知道。都操着外地的口音，他们连我的名字都没听说过。

谢天谢地，终于见到了一个当地人，吴大娘儿们的婆婆，我该叫三奶奶。她还很硬朗，说是去谁家玩牌，正好路过。她带着我七转八转，转到了我家的老宅。

这还是我的家吗？门楼没了，改成了两间小房子。要进院子，必须从那小房子里穿过去。里面五间正房，三间厢房，都分成了一个个的单间。每个单间都单独开门，门上都挂着锁。厢房的一间房里亮着灯，我敲了敲门，进去了又退出来了。里面有几个姑娘，浓妆艳抹，身上穿的都是条条缕缕，暴露得恬不知耻。立刻有一个姑娘追出来，我说我是这里的房东，她叫嚷着把我拉进屋里。

她们说从来没见过房东，以主人的身份热情地接待我。

我问，你们没见过房东，每月的房租交给谁？

她们说，交给门楼里住的张姐。谁是张姐，就是门楼里住的张姐。张姐是哪儿的？不知道。张姐是干什么的？不知道。看来，我的房子已经被人转包了。

那我住哪儿？

她们立即邀请我跟她们住在一起。说她们夜里上班，白天睡觉。你呢，夜里正好给我们看家，不用锁门了。要不，我们留下一个人陪你一夜，不要你钱，顶一个月的房租行吗？

我从她们的房间里逃了出来，穿过门楼改成的小房，没见到所谓的张姐，门楼里也没有人。

我站在大街上，站在自己的家门口，不知道该怎么办。

漂泊了十一年之后的游子，怀着满满的乡愁回到了故乡的怀抱，故乡却没有我的栖身之地。

003 右岸　乾篇

徐可良遇到的这件匪夷所思的事情，跟梨花渡的环境有关。在有些时候，梨花渡有两个世界，白天是人的世界，晚上是仙的世界。

徐可良看见吴大娘儿们掉裤子的时候，是晌午时分；他遇见周天英的时候，差不多已经到子夜了。

周天英在梨花渡镇料器厂上班，料器厂是做出口产品的，最近业务量大，经常加班。周天英是下了夜班之后才来的，徐可良是在村头遇见她的。

徐可良知道周天英是罗淑惠的好朋友，便告诉她，妇女劳力今天打夜班，在场院里剥棒子皮呢。

玉米棒子收下来之后，需要把皮剥下来，然后再装进用秫秸夹的簸艮儿里储存起来。梨花渡的场院在村子东南边，离村子有点儿远了，占用的是长满荆棘杂树和闲花野草的聚仙台。漕运时期，这里是存储漕粮的仓廒，地面都是用三合土硬化的，即使仓廒放弃了，也不能耕作庄稼。算起来，这片土地已经荒废一百多年了。荒废的土地成了各种野生动物的家园，统治这片家园的则是修炼有道的“四大仙”：即胡、黄、白、柳，亦称为“四大门”。胡为“胡门”，指狐狸；黄为“黄门”，指黄鼠狼；白为“白门”，指刺猬；柳为“柳门”，指蛇，梨花渡人称为长虫。正因为“四大仙”统治着这片荒野，梨花渡人便将这里称作聚仙台。

徐可良不知道这些，他父亲的病情加重了，想找老队长康百顺请两天假回北京城里带父亲看病，便与周天英结伴同行。

远怕水近怕鬼，周天英是梨花渡人，从小便听过许多关于聚仙台的恐怖故事，让她一个人去场院，还真有点儿胆憷，乐得徐可良与她结伴。

两个人一边聊着天一边走着夜路，快到场院的时候，便听到了这群野娘儿们嘻嘻哈哈的嬉闹声。

徐可良说："你听，她们都在这儿。"

周天英有点儿疑惑："这声音有点儿怪。"

徐可良听了听："是有点儿发尖，可能是夜里露水大，声音传播的时候有变化。"

徐可良毕竟是知识青年，遇事懂得用科学的方法解释。

周天英却放慢了脚步。

场院里野娘儿们的声音更加清晰了。

听着像是工人家属谷玉梅的声音："不行，吴大娘儿们你必须讲，我们每人讲一个，你凭什么不讲？"

吴大娘儿们说："好好，我讲我讲……这不是快到中秋节了吗？家家户户都分了一些破梨烂果，我婆婆领回来的。前天晌午，俺刚进家门，二叼他爹就来劲儿了，拉着俺就进了屋……"

小兔子问："进屋干啥去了？"

吴大娘儿们说："你听不听，不听俺不讲了。"

谷玉梅训斥着："小兔子你别打岔。"

吴大娘儿们接着讲："一进屋，就看见他两只眼睛冒绿光，不知道在哪儿中了邪，回家拿俺泄火来了。他先是三下五除二把俺的衣服扒光了……"

大寡妇康美兰说："不就是一条大裤衩嘛，还用三下五除二，肚子一瘪，秃噜一下就掉了。"

谷玉梅又训斥康美兰："大寡妇你也别打岔，让吴大娘儿们接着讲。"

吴大娘儿们咳嗽了一下，接着往下讲："二叼爹把俺摁在炕上，他站在炕沿下就给俺杵进去了。当时二叼挨着炕沿睡觉，俺怕碰着孩子，身子往一边斜着，把腰都扭疼了。正在热火头上，俺婆婆端着一簸箕梨进来了。婆婆一看，气得把簸箕里的梨朝我们两口子身上一拽，骂了一声，'给你们杂种操的梨吃'……俺那位慌了，忙拔出来，哩哩啦啦地滴答二叼一脸……"

野娘儿们又哗哗啦啦地笑起来，笑得翻了天。

这笑话实在不雅，徐可良和周天英都是未婚青年，谁也不好意思笑。

场院那边又传来一个声音：“不行，刚才大寡妇打岔了，罚你也讲一个。”

大寡妇康美兰说：“拿俺寡妇开涮是不是？你明知道俺没爷们儿。”

吴大娘儿们说：“你爷们儿不是刚死三年吗？讲讲他活着时候的事。”

罗淑惠看不下去了：“你们这纯粹是欺负人，捅人家伤心处。”

李春暖说：“你替大寡妇打抱不平，那你来说。”

罗淑惠说：“你们那些腌臜事我都没经过，我给你们猜个谜吧。”

小兔子问：“荤谜素谜？”

罗淑惠说：“半荤半素吧。”

徐可良问：“什么是荤谜素谜？”

周天英说：“荤谜就是猜那些不要脸的事，素谜就是很正常的谜语。”

罗淑惠说谜面了：“一个大姑娘在河边洗澡，坏小子蹲在旁边看。大姑娘赶他走，他赖着不走。大姑娘急了，抓起一个东西就朝坏小子打去。坏小子一闪，那东西掉在了地上，坏小子捡起来就把那东西吃了。问坏小子吃的是什么？”

吴大娘儿们说：“能是啥？既然是洗澡，肯定是大姑娘用的香皂。”

罗淑惠说：“香皂能吃吗？”

小兔子说：“那就是奶，撸两把奶让坏小子吃了。”

谷玉梅说：“就你想的邪行，人家大姑娘哪儿来的奶？就算是奶，扔在地上还能捡起来吃吗？”

徐可良说：“罗淑惠这谜还真不好猜，到底是什么呀？”

周天英没言语，他们已经来到了场院边上。徐可良从周天英的表情中看出了一种少见的惊异和恐惧，他不敢说什么，抬眼朝场院的玉米堆上看去。玉米堆周围根本没有人，野娘儿们的嬉闹声也戛然而止了。再仔细看，玉米堆后面，一群大大小小的黄鼠狼齐刷刷地围成一圈儿，两条腿直直地站立着。那一双双小眼睛滴溜溜地转动着，闪着幽幽的光。

徐可良顿时呆愣了，后背上嗖嗖地冒着凉气。

突然，周天英扯开嗓子大骂起来："我操你们姥姥，你们这帮畜生，别以为你们会点儿小玩闹就成了精了。我明儿就把冯仙姑叫来，让她好好给你们立立规矩……滚，全他妈的给我滚，你们这帮王八蛋……"

徐可良看见，随着周天英的骂声，那些黄鼠狼们哗啦一下子逃跑了，顿时无影无踪。

场院上一片寂静，像是什么事情都没有发生过。

如果你的闺密比你漂亮，你就已经被打入地狱了。不幸的是她还比你聪明，比你有能力，比你有人缘，你就在地狱里继续往下沉吧，一直沉到十八层为止。更加悲催的是，罗淑惠还比周天英小两岁。周天英在家里是老大，人们都叫她大丫头。头胎，奶水足，发育得早，小学一年级个头就超过一米四了。个儿长得太快，脑子跟不上。在教室里她坐在最后一排，老师一提问，她站起来就像一根又细又长的高粱秆儿，而脑袋也像高粱穗儿一样耷拉着。一问三不知，连两位数的加减法都不会。没办法只好留级，一年级读了两年，二年级又读了两年。而聪明好学的罗淑惠，入学考试时所有一年级的课本她倒背如流，直接上了二年级。如此一来，周天英便成了罗淑惠的同班同学。

周天英的好处是有自知之明且见贤思齐。罗淑惠比她强，她便心甘情愿地追随着罗淑惠。她比罗淑惠高出一头，整天戳打戳打，像根旗杆似的，一点儿也不觉得丢人掉价。可贵的是，罗淑惠一点儿也不嫌弃周天英，两个人一拍即合，成了小小的闺密。

这种关系一直延续下来，到了初中二年级，罗淑惠和冯青海谈恋爱了，也没有抛弃周天英，哪怕是与冯青海约会，也把周天英带在身边。两个人在前面走，周天英这根忠诚的旗杆在后面打着"旗子"，也打着掩护。

周天英虽然内心深处也喜欢冯青海，可是她觉得自己方方面面都比不上罗淑惠，连与罗淑惠竞争的意识都没有。

当下的中学生谈恋爱，在学校大门口就敢拥抱舌吻，在公共汽车上就敢摸摸索索，甚至敢拿着学生证去开房。罗淑惠与冯青海那一代人可没有这么开放，他们只不过是想在一起，在一起学习，在一起游戏，在一起逛街，最亲密的也不过到对方的家里去串门并且受到对方家长的欢迎。

串门也仅限于罗淑惠去冯青海家。

冯家住在梨花渡镇。镇和村有着本质的不同，虽然中间只隔着一条百丈宽的大运河，却像隔着难以逾越的天上银河。镇上的人是居民，村里的人是农民；镇上的人挣工资，村里的人挣工分；镇上的人发粮票，吃商品粮，村里的人分定量，吃带皮的粮食；镇上的人买东西交工业券，村里的人买东西交农业券；镇上的人工作有国家分配，村里人只能祖祖辈辈修理地球；镇上的人看病有公费医疗，村里人小病靠偏方，大病只有等死；镇上的人老了有退休金，村里人只要能动就要下田干活；镇上的女人穿裙子，村里的女人是大裤裆……这些都是看得见摸得着的区别，更深入人心根深蒂固的是，镇上的人顾脸皮，村里的人顾肚皮；镇上的人是政府亲生的，村里的人是后娘养的；镇上的人有钱没钱大三辈，村里的人辈大辈小都是孙子；镇上的人瞧不起村里的人，村里的人对镇上的人羡慕嫉妒恨……

镇上人和村里人的差距如此天高海深，村里那些有梦想有抱负的人总是千方百计地要成为镇上人。男人的出路一是读书，二是参军。读书要上大学才能变更户口，当兵要熬上军官才能成为国家的人。女孩儿要想成为镇上人，只有嫁人这一条路了。梨花渡村流传着这样的歌谣：姑娘十八九，向着对岸开步走，只要能离开庄稼地，嫁个狗熊不嫌丑。噫吁嚱，高乎难哉。户口之难，难于上青天。

冯青海虽然居住在镇上，却是梨花渡村的农村户口。这里面有个渊源，容当后述。

冯青海的母亲冯老太对罗淑惠疼爱有加，比对亲闺女还亲。冯老太常常抹着眼泪叹息着：你是农村的，却更像镇上的，老天爷对你不公啊。

连周天英都觉得冯老太说得在理，罗淑惠跟梨花渡村里人就是不一样。首先是皮白肉嫩，村里的一些姑娘天生糙皮黑脸，而罗淑惠的脸蛋儿怎么晒都晒不黑，身上的皮肉干多粗多累的活儿也磨不糙。

让周天英感到奇怪的是，冯老太虽然喜欢罗淑惠，却始终没有吐口同意这门亲事。直到冯青海当兵临走之前，多次催促母亲托人上门提亲，冯老太总是找各种借口推托着。冯青海幼年丧父，是母亲一手把他带大的，没有母亲的同意，这恋情就缺少权威性和合法性，他们的恋爱就不能大张旗鼓地进行，只能长期保留在偷偷摸摸的地下阶段。更让周天英不解的是，冯青海跟罗淑惠好，罗淑惠去冯青海家是合情合理的，冯老太怎么对她好都不过分。可是，冯老太却同样对周天英好，有好吃的都一掰两半儿，罗淑惠一半，周天英一半。送礼物，也总是两份，有罗淑惠一份，也必然有周天英一份。

周天英很感动，不仅感谢如此大义明理的冯老太，也感谢罗淑惠把她当成了亲姐妹。这辈子，即使没有好姻缘，有了罗淑惠这个朋友，也没白活。

那天晚上，周天英之所以那么晚了还要去找罗淑惠，是有重要的事情。周天英也有很幸运的一面，她初中毕业以后没有考上高中，也没有回梨花渡村去干农活儿，而是到梨花渡镇的料器厂上班了。

梨花渡镇上的料器厂是社办企业，挣工资的。工资虽然不高，一个月二十几块钱，总比农村的鸡屁股银行强多了。在等级众多又等级森严的时代，社办企业的工人虽然户口还在农村，却有着许多同工人阶级类似的待遇。譬如挣工资、有节假日、看病可以报销等等。他们被看作是准工人阶级，阶层可以排列在工人与农民之间。当时的年轻人成不了城里人，便退而求其次，能到社办企业当个工人也不错了。周天英之所以有这个幸运，全仗着料器厂厂长是她的表舅。

罗淑惠没考上大学回村当农民以后，周天英便时时刻刻地惦记着她，总是想方设法要把她弄到料器厂去。前几年料器厂效益不太好，总是减员而不招工。现在突然火了，公社批准料器厂招收二十名工人，从各村初高中毕业生里面招，还要通过考试录取。这是个机会，这个机会无论如何不能放过。

万万没想到的是，三天以后，罗淑惠成了“杀人犯”。

周天英是从冯老太嘴里听到这件事情的。开始她怎么也不信，信了以后便浑身发抖，罗淑惠怎么闯了这么大的祸呢？她顿时觉得天塌了，眼前发黑，差点儿一个跟头栽在冯老太面前。冯老太毕竟是有阅历的人，遇事还能沉住气，还能有条有理地为罗淑惠想办法。

遵照冯老太的嘱咐，周天英到梨花渡派出所的临时看守室里，见到了关在里面的罗淑惠。事后才知道，这也是冯老太事先通融好的。

周天英说：“曹大海不干，找到公社喊冤告状，要求杀人偿命。”

罗淑惠红肿着眼睛豪迈起来：“偿命也行，小兔子不就一条命吗？一命抵一命还不行？把吴大娘儿们放了，我给她去偿命。”

周天英不干了：“凭啥呀？曹大海喊冤告状是一回事，到底怎么判，还要听法院的。”

罗淑惠说：“不管法院怎么判，我都要给人家偿命。谁让我杀人了呢？小兔子再小，也是一条性命，平时连只小鸡子我都不敢杀，怎么就杀死了一个大活人呢？”

罗淑惠说着，哭了起来。哭得很伤心，说对不起小兔子，小兔子连个孩子都没生，就死在她手里了。也对不起曹大海，曹大海因为饭量大，快三十岁了才娶了个小媳妇，还让她给害死了……

等罗淑惠哭累了，周天英才说：“我打听了，你们这叫过失杀人，没有死罪，你偿不了命。”

罗淑惠又哭起来：“就算不判我死罪，我以后还怎么活呀？我这两只手上沾着姐妹的鲜血，我还怎么做人啊……”

周天英安慰她说：“活还是要活的，死了一个小兔子，你不能再求死了。你真的要是觉得对不起小兔子，对不起曹大海，就应该为人家做点儿什么。”

罗淑惠哭着说：“我下辈子给她做牛做马。”

周天英说：“谁知道有没有下辈子呀，真有做牛做马的良心，就应该趁着还能活着，用实际行动赎罪。”

罗淑惠问：“用实际行动赎罪？怎么赎罪？这么大的罪过我怎么赎？”

周天英说：“人死了不能复生，活着的人得为死了的人干点儿什么。哪怕你每年清明节的时候到她坟头上烧点儿纸，也算有人惦记着她呀。你要是再死了，连给她烧纸的人都没有了，她不是白死了吗？”

罗淑惠突然觉得周天英变得强大起来，聪明起来。到底是在社办企业上班，受教育的机会多，比罗淑惠懂得多些。罗淑惠哪里知道，周天英讲的这些道理，都是冯老太教给她的。

周天英走了以后，父亲来了。三天没见，父亲一下子苍老了。黑黑的脸上挓挲着乱蓬蓬的白胡楂子，两只眼睛也眍瞜进去了。罗淑惠心里一酸，眼泪一下子流出来了。父亲像一块沉重的大石头蹲在罗淑惠面前，半天才说："冯老太出面了，把村里有头有脸的人都请去了，把曹大海也找去了。"

罗淑惠心里更加难过了，小的时候让父亲操碎了心，父亲为她把大半辈子都搭进去了，原本到了该好好孝敬父亲的时候了，没想到给父亲惹了这么大的麻烦。罗淑惠又哭起来，父亲依然默默地蹲在她的面前，两只模糊的眼睛也淌出了浑浊的泪水。

罗淑惠说："你们别操心了，我犯了法就该受到惩罚，找曹大海有什么用？"

父亲说："曹大海答应了。"

罗淑惠说："他答应了管什么用，该怎么判刑，是法院的事。"

父亲说："冯老太到县里找法院了，法院说，如果事主能出面求情，会轻判的。"

罗淑惠说："他媳妇都让我整死了，咱还要求人家替咱求情，这也太对不起人家了。"

父亲说："曹大海说，只要赔他个媳妇，他什么都不追究了。"

罗淑惠说："赔他个媳妇，怎么赔？"

父亲闭上了嘴，沉重地摇着头，叹息着。

罗淑惠突然感到一种不祥之兆，问父亲："你们答应他什么了？"

父亲说："吴大娘儿们结婚了，有男人有孩子……再说，曹大海也不要吴大娘儿们……"

罗淑惠紧张起来："你们……你们要干什么？"

父亲说："只能是你了……曹大海说，只要你给他当媳妇，他到法院门口去跪着都行……"

罗淑惠火了："这是谁出的馊主意，缺德不缺德呀？让我给曹大海当媳妇？亏你们也想得出来……再说了，您知道的，我有对象了，我要去给曹大海当媳妇，那冯青海怎么办？"

父亲也急了："孩子，你糊涂呀？不给曹大海当媳妇，你就得蹲监狱。"

罗淑惠说："我宁可蹲监狱，也不嫁给那个畜生。"

父亲又缓缓地摇着头说："俺知道你心里面还装着冯青海，可是孩子……冯青海是军人，结婚需要组织批准的。"

父亲在罗淑惠面前掉起了眼泪，罗淑惠也跟着掉起了眼泪。

父亲又说："你想想，出了这么大的事，冯青海还能要你吗？就算冯青海能要你，人家组织能同意吗？让一个军人娶一个犯罪的人，可能吗？"

罗淑惠的头慢慢地低下来。

父亲的话很沉很重，像石头一样砸在她的心里。她真的是糊涂到家了，这么明白的道理，她怎么没想到呢？

周天英来到冯家的时候，吓了一大跳，炕面上，铺着鲜红的印着牡丹花朵的线绨被面。冯老太站在铺展开的被面前面发呆，脸上也被映照得通红，像是面对着一团火。周天英知道，这是冯老太给儿子冯青海结婚准备的，现在，未来的儿媳妇闯了祸，关进了公社派出所，冯老太倒腾这些干什么？

周天英站在屋门口，冯老太见她来了，只是看了她一眼，算是打了招呼。

过了一会儿，冯老太把炕上的被面叠起来，分成了两摞，每摞两床。周天英觉得奇怪，别人准备洞房里的被褥，两床就够了，冯老太怎么准备了四床，冯家的家底就是厚实。

冯老太把一摞被面重新放进箱子里，打开一个包袱皮，把另一摞包起来。

冯老太提起那个包袱，对周天英说："你跟我一起过河。"

周天英问："干啥去？"

冯老太说："淑惠要结婚了，曹大海是二婚，淑惠可不是，不能委屈了她，把这被面给她送去。"

周天英说："这……不是给青海哥预备的吗？"

冯老太说："你不是看见了吗？青海那份我留着呢。"

周天英没再说什么，跟着冯老太朝梨花渡村走去。

一路上无话，敲开罗家的门，把被面放在罗大鞭子的炕头上，什么也没说，就出来了。

周天英心里很难过，为自己的闺密难过，罗淑惠怎么落了这么个下场呢？

冯老太在前面默默地走着，周天英注意到，冯老太很憔悴，似乎一下子老了十来岁。罗淑惠出事以后，冯老太没少操心，一个女人家，跑公社、跑县里，找的都是说话管事的大官，老百姓见个官容易吗？何况又求那些官们办这么大的事。她又跑到梨花渡村去，舍着老脸求街坊邻居，求曹大海。曹大海一口咬定要赔他媳妇，最后冯老太又把罗淑惠赔给了曹大海。罗淑惠可是她未来的儿媳妇呀，把儿媳妇给了人家，这不是剜她的心摘她的肝要她的命吗？可是，为了保住罗淑惠的命，她只能舍自己的脸、舍自己的命了。

经过这件事，周天英对冯老太更加钦佩、更加尊重了，同时也更加心疼了。

桥头上，冯老太站住了，转身面对着周天英。

周天英的眼泪就止不住往下流。

冯老太反而劝慰起了周天英："命，这都是命，人啊到哪儿说哪儿，认命吧。"

周天英说："冯妈，罗淑惠的命不好，您也陪着受罪……"

罗淑惠带着周天英到冯青海家串门，冯老太就让罗淑惠管她叫冯妈，显得很亲很近。罗淑惠很高兴，她从小没妈，将来嫁给冯青海，冯老太自然是她妈。有妈才有家，有妈有家心里才温暖，才踏实。周天英自然也跟着罗淑惠叫冯妈，觉得很亲很近。

周天英觉得，冯老太是个坚强的人，又是个遇事有主见、有办法的人。现在，事情总算让冯老太摆平了，法院的判决下来了：过失杀人，判四年，缓四年。吴大娘儿们沾了罗淑惠的光，判决是一样的。

谢天谢地，罗淑惠至少避免了牢狱之灾。

但是，罗淑惠要嫁给曹大海，要给曹大海当媳妇。

周天英轻轻问冯老太："青海哥知道这件事了吗？"

冯老太摇了摇头："我还没给他写信，我真不知道该怎样告诉他。"

周天英说："青海哥肯定受不了。"

冯老太叹了一口气。

周天英说："这算咋回事呀？快到炕头的媳妇，转眼间成了别人的了，做梦都想不到。"

冯老太说："也怪淑惠自己，谁让她把人家的媳妇整死了呢。"

周天英说："整死了曹大海的媳妇，她把自己赔给曹大海了，可是青海哥的媳妇怎么办？"

冯老太往前探着身子，呆呆地看着周天英。

周天英一时有点发毛了："冯妈，您……怎么了？"

冯老太说："是啊，青海怎么办？天英，你说，青海怎么办？"

周天英说："无论如何也要给青海哥找个媳妇，不能委屈了青海哥。"

冯老太说："青海的脾气你是知道的，随便给他找个媳妇，他要吗？"

周天英说："是啊，我知道，青海哥只爱罗淑惠……"

冯老太说："天英，我今天找你来，是想跟你商量一件事，算冯妈求你了。"

周天英说："冯妈，您别这么说，只要我周天英能办到的，您就说话。"

冯老太说："淑惠的事情得告诉青海，瞒是瞒不住的。"

周天英说："是啊，他们每天都通信，这些天收不到淑惠的信，青海哥不定多急呢。"

冯老太说："我打算到部队去一趟。"

周天英说："您是该去一趟，亲自跟青海哥说清楚。"

冯老太说："我想让你跟我一起去。"

周天英惊诧了："我……跟您去青海哥的部队？"

冯老太说："是啊，还要带着证明信。"

周天英问："什么证明？"

冯老太说："结婚证明。"

周天英问："结婚？"

冯老太死死地盯着周天英："对，结婚。"

周天英傻了："冯妈，您……"

冯老太说："我想让你嫁给青海。"

周天英顿时觉得天旋地转，耳边呼呼刮起了风。

冯老太平静地说：“我知道你也喜欢青海，只是淑惠跟青海先好了，你就不再争了。为什么不争呢，因为罗淑惠是你的朋友，最好最好的朋友，你不能跟朋友争。对吧？你很仗义，冯妈就喜欢你这种仗义的人，罗淑惠有了你这么一个仗义的朋友，也该知足了。现在，你就再仗义一回吧，罗淑惠不能嫁给青海了，你替她嫁了吧。”

周天英的脑袋依然嗡嗡地响着，冯老太到底说了些什么，她似乎什么都没有听见，可是她又一字不落地都记住了。

命，似乎这就是命。

一阵凉风吹在周天英的裤脚上，周天英低头一看，朦胧的月光下，一只小刺猬爬过来，又蹲起来伸出两只小爪子，向冯老太作揖致礼。

巨大的恐怖袭遍周天英的全身，她觉得眼前这一切都不真实了，难道是在做梦吗？

004 乡党篇 徐家的梨花渡

徐可良这个故事，在以后走南闯北的江湖酒宴上，我多次讲起，每一次都把人笑得酒菜四溅，人仰马翻。一个朋友坐牢，将这个故事转述给狱友，差点儿把牢顶笑塌。讲来讲去，成了很开心的段子。生活的灰暗与沉重，多么需要开心大笑啊，可惜能让我们笑得出来的故事并不多。

现在，我把它写成了小说的开篇，就是想博读者一笑。英国作家查·里德说过，小说就是要使读者笑得起来、哭得出来、盼得下去。面对着那么多或欲哭无泪或哽咽在喉或压在心里化解不开的作品，我只想贡献出一部能引人发笑的小说。

现在的徐可良，老实巴交的庄稼仔儿，规规矩矩的好孩子。不多说少道，低着脑袋干活儿，见到谁都客客气气。别看是城里人，却低调得像个窝囊废。

可是我第一次见到他的时候，却觉得他是个从天而降的魔鬼，凶神恶煞张牙舞爪，吓得人浑身打哆嗦，唯恐避之不及。

那确实也是一个恐怖的时代，红色的巨浪掀翻了五湖四海，天空中惊雷乍响。一些人疯癫起来，狂呼着要把整个世界打翻；一些人则战战兢兢，心紧紧地揪缩着，不知道什么时候灾祸降到自己的头上；还有一些人则是浑浑噩噩，或跟着跑，或缩着头。

一辆大卡车开进了梨花渡，是从红色风暴的中心开来的。车上站着十几个天兵天将，一律是绿军装军帽、宽腰带。被他们围在中间的是一对已经失去了人形的夫妇，五十多岁，跪卧在冰凉的车厢里。男人满脸污秽，女人被剃了阴阳头。他们身后的一个年轻人挥着鞭子，咬牙切齿地朝他们身上抽打着。男人的白汗衫和女人的花布裙都破碎了，渗出了一条一条的血迹。

汽车在地主徐乾镐住的小院前停下来，“横扫一切牛鬼蛇神”的口号声招来了好奇又胆战的乡亲们。那个挥着皮鞭的年轻人一脚将那对夫妇踹下来，跌落在地上的夫妇丑陋得像一对怪物。那个凶猛的年轻人也跳下了车，继续将鞭子抽向那对血肉模糊的肉体。

汽车发动了，那个挥着鞭子的年轻人追赶着扒上了汽车，却被汽车上那些绿色的神兵推了下来。

你是狗崽子，跟牛鬼蛇神一起留下……

我是革命的，我已经跟他们划清了界限……

汽车无情地开走了，年轻人扔掉手里的鞭子，跪在地上号哭起来。

人群里响起嘁嘁喳喳的议论声。

我渐渐地明白了，那一对夫妇是地主徐乾镐的儿子和儿媳，被当作牛鬼蛇神遣送回来了，而挥着鞭子抽打他们的，正是他们的亲生儿子，他叫徐可良。

当天夜里，那对夫妇将两根麻绳系在了屋梁上，每个人蹬着一个凳子，将绳圈儿套在了自己的脖子上。

徐可良哭叫着，哀求着，爸，妈，你们不能死，我对不起你们啊……

那对夫妇冷漠地看着跪在地上的儿子，下了必死的决心。

老地主徐乾镐出现了，你们不能死。

那对夫妇说，爹，您说，我们还能活吗？

不死就能活。

连我们的亲儿子都这样恨我们。

他不是恨你们，他是怕。

他怕什么？

他怕死，他是为了活。

那就让他好好活着吧，我们死。

你们死了，他就不可能好好活着。他为什么这样，就是要跟你们划清界限。只有跟你们划清界限，人家才能给他一条活路。可是你们死了，是什么？是自绝于人民，是对抗革命，是死了喂狗，狗都不吃。而他呢？他就永远也翻不过身来，永远是一个反动地主的狗崽子……你们要真是他的亲爹娘，就活下来，为了他活下来。

我们活着，他不也是狗崽子吗？

那不一样，你们活着，他可以跟你们斗争，跟你们划清界限。这样，他才有可能被人家承认。你们死了，他跟谁斗，没的可斗，他就不可能是革命的……

老地主高瞻远瞩。

徐可良的父母没有死，成了梨花渡“黑五类”的新成员。而徐可良，经过革命的考验，成了“可教育好的子女”。后来落实政策，还按“回乡知识青年”对待。

革命者接纳了徐可良，徐可良却变得再也没有革命斗志了。

谈到徐可良，不能不谈一谈徐氏家族。徐家与梨花渡是密不可分的，甚至可以说，梨花渡是徐家的。

徐家的先祖是山西祁县人，那里有一个非常著名的乔家大院。山西人会赚钱，会攒钱，会把钱变成固定资产。清道光年间，徐家先祖徐世杰考中了进士，先是授翰林院庶吉士，三年散馆考试成绩优异，直接外派京畿通州知州。一路政绩斐然，官运飙升，四十八岁时赴扬州任两淮盐运使。这是一个让人眼珠喷血的肥缺。徐世杰是从大运河赴任的，一路上风正帆悬，风光无限。来到梨花渡这个地方，遇上了河淤水浅，漕船堵塞，他所搭乘的官船也停了下来。

徐世杰倒是不急，弃舟上岸，索性来个逍遥游。

三千里京杭大运河，从通州开端，奔流南下，到了梨花渡拐了一个S形的弯儿。梨花渡依河取势，一镇一村正好在这个S形的弯儿里，就形成了一个太极图。那时候的这里还不叫梨花渡，据说叫漕粮庄，亦是因漕运而来。徐世杰站在漕运码头上，以一个堪舆家的眼光探究着这个繁华的码头和这片神奇的土地。

大运河东岸雪白一片，有如漫天的云朵，正是梨花盛开的时节。东岸土地辽阔村落稀疏人迹罕见，漫野的梨花也是杂乱无章，任其独自绽放。问询乡佬，方知那里的土地属于卫所军的屯田。屯田是专门分发给运丁的，运丁们长年奔波在大运河上，经营屯田的多是老弱病残妇孺之辈，久而久之，便大片大片地荒废了。屯田的产权是属于国家的，运丁们是无权买卖的。道光年间，正是大清朝由盛而衰的转折时期，官贪法废，政令不通，倒卖屯田已经是半公开的秘密了。

徐世杰被这片土地迷住了，中了魔怔一般。在以后扬州施政的日子里，他一方面气壮山河地敛财，一方面魂牵梦萦着梨花渡。三年以后，任期届满，便以体弱多病为由，辞职告老。他揣着鼓鼓囊囊的钱袋子来到了梨花渡，买下了五千亩屯田。他将屯田一分为二，三千五百亩作为耕田，一千五百亩作为村庄。

徐世杰无疑是个贪官，可那时的官场上又有谁人不贪呢?

难能可贵的是，徐世杰是一个具有浪漫主义情怀的梦想家，他想在梨花渡建一个世外桃源。这个世界是他创造的，属于他和他的后辈子孙的，也可以说是他的江山社稷，是他的万古不朽之基业。

一张白纸任他挥毫纵笔，他按照自己的日积月累的神思精心设计着梨花渡。那一千五百亩的村庄，划分为三街九巷。然后又划分出一千块，每块不多不少，均是一亩三分地。

他先把街心的三块建成了自己的宅邸，都是四合院，呈品字形。后面的一座是自己的宅院，前面的两座是两个儿子的。

之后，他便广招天下耕农，凡是来到梨花渡的，无论有钱无钱，每家给一亩三分地。这一亩三分地作为宅基地，有房，房前有院，院外有园。院外的园可种蔬菜瓜果，但是房前屋后必须栽种一定数量的梨树。如此一来，有钱的人家建砖瓦房，钱少的人家建土坯房，实在没有钱的人家也可以建两间茅屋草舍。房子有大有小，有贵有贱，梨树是不可少的。

忽如一夜春风来，千树万树梨花开。大运河畔漫天皆白，阳光灿照，灼然如霞；春风拂面，香溢四野。这也许就是徐世杰的审美趣味，抑或是内心深处潜藏的情结。

有钱就是任性。

005 左岸　兑篇

罗淑惠这个笑啊，笑得前仰后合花枝乱颤，又抹鼻涕又流眼泪，就差躺在地上打滚了。

尽管吴大娘儿们对着徐可良放了毒誓，徐可良还是把这件事跟罗淑惠说了，谁忍得住啊！

吴大娘儿们扛笸箩掉裤子这件事，罗淑惠当成最精彩的节目表演给媳妇们了。红薯地里闹翻了天，媳妇们在红薯沟里吉里骨碌地打滚儿，把红薯秧都压烂了。老队长康百顺火了，一个劲儿地嚷嚷。可是一个男人再吼再叫，也盖不住几十个野娘儿们放肆地浪笑。吴大娘儿们成了开心解闷儿的当红主角儿，她索性把圆脸一抹变成了长脸，任凭你们说闹取笑，她死猪不怕开水烫了。

徐可良却挂不住脸了。他觉得对不起吴大娘儿们，把人家出卖了，太不仗义了，太不男人了。更可恶的是罗淑惠，徐可良没把你当外人，冒着“操他妈”的忌讳，把这件事跟你说了，还千叮咛万嘱咐别跟外人讲，你可倒好，当戏唱了。这让我怎么有脸见吴大娘儿们呀？吴大娘儿们要是找上门来，我怎么跟人家说呀？

从此以后，徐可良愧疚于胸提心吊胆，总是躲着吴大娘儿们，甚至躲着梨花渡的女人。

所幸的是，吴大娘儿们并没有来找徐可良算账。

自从嫁给曹大海，继而生了孩子之后，罗淑惠也跟祖祖辈辈许许多多的小媳妇一样，很快变成了大运河的野娘儿们。

别怨“女人三部曲”，也别怨梨花渡伤风败俗，说到底，罗淑惠骨子里就有野娘儿们的遗传基因。对于罗淑惠这种变化，没有人会觉得奇怪，从羞羞答答的大姑娘到袒胸露乳的野娘儿们，只隔着一层处女膜。没结婚叫姑娘，结了婚便成了女人。大运河的女人就是这样，祖祖辈辈都是这样，没有什么奇怪的。

罗淑惠漂亮聪明又有文化，真的野起来便出类拔萃，粗话能说出花样来，脏话能侃出笑料来，砢碜话聊得不显山不露水。罗淑惠的野与众不同，可以说，野得很艺术，格外受欢迎。她的“处女野”是从讲故事开始的。那天在老榆树下上工集合的时候，村主任兼大队长康百顺还没来，她便开讲了。她的故事是有针对性的，嘲讽的是小破鞋范希云。

范希云的娘家在太行山里，因为怀了私生子被“降价处理”嫁给了梨花渡村的周二宝。

在梨花渡村，男人打老婆不新鲜，像周二宝那样把老婆往死里打的还真是独一份。别的男人打老婆，即使是闩着门，邻居听到呼叫声也会破窗而入，生拉硬扯把女人从男人的拳脚下救出来。周二宝打老婆，就是呼天喊地嚷救命，也没有人前来劝阻。渐渐地，范希云不喊也不叫了，连个眼泪疙瘩都不掉了，任周二宝拳打脚踢，习惯了。这样，范希云挨了打，常常满身伤痕一瘸一拐地来上工。软心肠的人叹息两声，愣是没有人说句安慰她的热乎话。

十里不同音，百里不同俗。对于男女之间的风流韵事，梨花渡人有自己的道德准则。男人在外面拈花惹草甚至眠花宿柳，这算不了什么，哪有不偷腥的猫，好汉子占九妻嘛。媳妇偷了人，闹出点儿花花事，大不了打个头破血流，完了就是笑话了。姑娘可不行，一旦失了身，便是犯了弥天大罪，难以嫁人，嫁了人让男人打死也活该。

罗淑惠毕竟是梨花渡的知识分子，她懂得失过身的女人也应该有做人的尊严。她恨的不是范希云失过身，是她那挺不起腰抬不起头的窝囊样儿。在家里挨打挨骂，到了外面还是一副受气包儿的样儿。见了人不敢抬头，跟人说话低声下气，媳妇们围在一起嘻嘻哈哈，她总是一个人躲得远远的。知道的是觉得她没脸没资格，不知道的还以为她多清高呢。

罗淑惠心里有气就一定要撒出来，讲故事的时候故意把声音抬高，让躲在人群外面的范希云也听得清清楚楚。

罗淑惠说：“这个故事叫作《小破鞋糊弄傻爷们》。”罗淑惠说着，用眼角瞟了一下躲在人群外面的范希云，又加了一段注脚，“大伙儿别误会，我说的这个小破鞋远了去了，云南的，不是咱梨花渡的，咱梨花渡没这宝。这一天，小破鞋关上门，正跟野汉子在屋里办美事，忽然听到外面有脚步声……”

吴大娘儿们插嘴问：“喂喂，你讲清楚点儿，他们办啥美事呢?”

罗淑惠说：“你装什么傻？吃肉包子呢，不美吗?”

工人家属谷玉梅也逗起了嘴：“他们的美事咋办的呀?”

罗淑惠说：“跟你一个样，还有什么新鲜的?”

谷玉梅说：“你讲细一点儿嘛。”

罗淑惠说：“回家自己咂摸味儿去，我没那闲工夫。这时候外面有响动，小破鞋一听，知道她男人回来了，急中生智，把野汉子往门后面一推，自己也猫在门后面。等她男人推门一进来，她立即扑上去，从后面蒙上了她男人的眼睛，又一通胡亲乱啃，咯咯浪笑，撒娇犯贱。野汉子趁机溜走了，她男人让她这么一折腾，还挺高兴，搂着她的脖子问，宝贝，今儿吃啥呀？小破鞋朝她男人后脖颈子上使劲一拍，我的傻牛，跟往常一样：剩的……”

因为指桑骂槐借远讽近，这故事让大伙儿开心得笑翻了天。

“剩的，哈哈，吴大娘儿们，今晚上就让大泉哥吃顿剩的吧。”

“得了吧你，你是不是早就让俺兄弟吃过剩的了?”

“要说真正尝过剩的滋味儿的，还得说人家周二宝。”

“没错，周二宝就是有福气，吃了剩的还给人家刷锅洗碗……”

范希云实在听不下去了，偷偷溜到一边掉眼泪去了。细心的罗淑惠看见了，心里很愧疚。人家本来就很不幸了，干吗还雪上加霜呢？太不厚道了，她转过脸，偷偷地扇了自己一个嘴巴。

这是两个月之前的事情了，由于伤害了范希云，罗淑惠总是想方设法地往回找补，可是范希云却总是不咸不淡的，那样子像是不领情，更像是逆来顺受。罗淑惠讨厌的就是她这副德行，哀其不幸，怒其不争，她想起了鲁迅。

这天到红薯地里翻红薯秧。红薯是种成一沟一沟的，红薯秧顺着沟边沟沿到处爬，爬着爬着就不老实了，秧上冒出根须来随便往泥土里扎。扎进泥土就会长出小红薯，像是不要脸的女人到处找野男人生孩子一样。红薯秧在沟边上扎根，就会影响沟里面薯块的生长。这样，就要经常把红薯秧翻起来，拔断那些风流的野须。

地头歇儿三袋烟。什么意思呢？从村里走到红薯地，需要歇一歇再正式干活儿，这叫地头歇儿。干了一两个钟头，需要歇一会儿，叫作打中歇儿。地头歇儿的时候，野娘儿们又千篇一律地说起了头天晚上跟自己爷们儿的那些事。

罗淑惠说话了："你们整天价说被窝儿里那点儿糗事，烦不烦呀？你们说不烦，我都听烦了，有点儿新鲜的没有啊？"

大寡妇康美兰说："淑惠，你有文化，听的见的都比我们多，你来点儿新鲜的。"

康美兰的话得到了众媳妇们的响应，一致要求罗淑惠来点儿新鲜的。

罗淑惠说："这样吧，咱们说说结婚第一夜。"

这话题新鲜，把野娘儿们的兴趣都激发出来。可是谁先说呢？沈秋萍提出来抓阄儿，大伙儿认为公平。

沈秋萍负责做阄儿。她从记工本上撕下几张纸，又扯成小纸条儿，在小纸条儿写上编号，然后又把小纸条儿揉成小纸团儿，放在草帽里，举到众媳妇面前，让大伙儿抓阄儿。

罗淑惠注意到，坐在人群外面的范希云抓到阄儿之后，脸都白了。罗淑惠装作漫不经心的样子来到范希云跟前，一把将她手里的小纸团儿抢过来："我看看你抓的是几号？"

范希云惊慌地看着罗淑惠，眼睛里兜着泪，嘴唇哆嗦着，两条腿也在打软儿，看样子想给罗淑惠跪下来。

罗淑惠打开范希云的小纸团儿，高声说："哟，你抓的是 13 号呀，这数字可不吉利，不过你可以沉到后面再讲。"

范希云一愣，急忙把罗淑惠塞给她的纸团儿看了看，上面果然写着 13 号。顿时，那张惊恐的面孔换成了感激，她依然哆嗦着嘴唇，什么话都说不出来了。

没什么好说的了，抓到 1 号的是罗淑惠，她不抵赖，别人也不允许她抵赖。她只好讲了起来："你们知道我那第一夜干什么了吗？"

吴大娘儿们说："干啥了得你自己说啊。"

罗淑惠说："我跟曹大海谈判了一夜，签订了一份合同。"

沈秋萍说："这事新鲜，在洞房里签合同。"

罗淑惠说："当然要在洞房里签了，你们想想，我一个黄花大姑娘，又是个高中毕业生，嫁给曹大海那么一个大肚汉亏不亏呀?"

工人家属谷玉梅说："亏，亏大发了。"

罗淑惠说："就因为亏，所以我才跟他签合同。"

吴大娘儿们说："啥合同?"

罗淑惠说："我提了三条，他必须答应我，否则，那天的洞房就是我的停尸房。"

谷玉梅问："哪三条?"

罗淑惠说："第一，两口子可以吵架，但是不许骂人，更不许打人，你要是白天打了我，夜里趁着你睡着了，我就把炒烫的豆子揉在你的脸上，让你变成麻子。"

吴大娘儿们叫起来："好，这条好，给咱老娘儿们提气。"

罗淑惠说："第二条，我当家，你把柜子的钥匙、箱子的钥匙和家门的钥匙都给我，挣一分钱都得交给我，花一分钱都得经过我同意。"

谷玉梅拍起手来："这条好，先把财权拿过来。"

罗淑惠接着说："第三条，男女平等。平等不是一句空话，咱得说清楚了。你在生产队干活儿，我也在生产队干活儿。你们男劳力干的都是专摊儿，怎么都有偷闲喘气的空儿。第一线上都是我们娘子军，说是妇女能顶半边天，纯粹是拿老娘儿们当驴使。每天收工回来，累得腰酸背疼，连喝口凉水的劲儿都没了，还得撅着屁股给你们烧火做饭。以后做饭，咱俩分工，按照单双日子算，一三五我做，二四六你做。"

沈秋萍激动起来："这条儿最重要，我们就要争个男女平等。"

罗淑惠把新婚第一夜的主题不知不觉地给偷换了，这群野娘儿们居然没有发觉，还饶有兴趣地讨论起了她的"洞房合同"。

康百顺对梨花渡的这群野娘儿们最头疼了。按说，一个五十多岁的半大老头子，论辈分，媳妇们不是叫叔公就是大伯子，他完全可以拍拍老腔，摆摆老资格，甚至要点儿家长派头。可是不行，媳妇们没大没小，整天跟他嬉皮笑脸，弄得他一点儿办法也没有。他几次找到公社撂挑子辞职，都是因为管不了梨花渡这些野娘儿们。

往往是这样，男人群里掺进了一个女人，等于来了个“镇物”，把野蛮的男人们镇唬得规规矩矩，一个个假装斯文，人模狗样。若是女人群里掺进一个男人，就像给女人们打了鸡血，让她们格外兴奋、格外放肆，比赛似的显示着她们有胆量、有口才，专拣那些让男人吃不住劲儿的话往外扔。

康百顺开会回来，传达公社革委会关于“学大寨、赶大寨、人不合眼、马不停蹄、苦战一个月”的指示。康百顺最发愁的就是开会，一是他听不懂那些空话套话和正确的废话，二是他没文化，不会记录，上面开了一天的会，他三两句就传达完了。这天他来到地头上，故意垂着眼绷着脸，做出一副男女有别长幼分明官民不能平起平坐的架势，庄严地说：“大家听着，公社说了，学大概（寨）、赶大概（寨）……”

媳妇们立即开了锅似的笑起来。

康百顺发火了：“笑啥？就是学大干（寨）、赶大干（寨）嘛……”

媳妇们笑得更凶了，像运河大堤决了口子，堵都堵不住。

康百顺的舌头总是拐不过弯儿来，把“学大寨、赶大寨”不是说成“学大概、赶大概”就是说成“学大干、赶大干”。他特别讨厌这个村名，你叫个啥不好，张庄李庄临河庄，单单叫这么一个拗口的名字，还学它呢，不是瞎掰吗？

媳妇们这么一笑，康百顺又急又恼，用一句话把公社的会议精神概括了：“甭管学个啥，反正一个月之内不许歇工，歇一天罚三天。”

这一下可捅了马蜂窝，媳妇们七嘴八舌地乱嚷乱叫起来：

“老主任，俺得请假，俺娘家兄弟结婚。”

“不行，自个儿结婚都得往后挪。”

“老主任，俺家房子漏了，得修。”

“从队里拿块油毡，先遮盖一下再说。”

“老主任，俺孩子姥姥病了……”

“不行不行，甭管啥理由，公社的决定是铁定的。”

罗淑惠说话了，她不喊“老主任”，而是站起来，恭恭敬敬亲亲热热地叫了一声“叔”，郑重其事地说：“叔，我的情况可有点儿特殊。”

康百顺问：“你啥情况？”

罗淑惠说："我得去流产，这可是政府的号召。"

康百顺说："流产？你春天不是流了一个了吗？"

罗淑惠说："我这会儿又怀上了，有什么办法？"

康百顺说："你咋不注意点儿？"

罗淑惠说："怎么注意？"

康百顺说："公社不是给你们发套儿了吗？"

罗淑惠说："大海说戴套儿不过瘾，不舒服。"

哄的一下子，媳妇们又笑起来，一边笑一边叫一边跺脚乱跳。

康百顺一甩袖子，撅打撅打地走了。

一连下了几天大雨，村东南那八百亩玉米地都积了水，需要马上把水排出来。否则，太阳一晒，热气一蒸，玉米就会根烂叶黄。这是梨花渡村最肥沃的一块宝地，俗称"老婆肚皮"。梨花渡女人的肚皮都是肥田沃土，这块地也像女人的肚皮一样肥沃，插根筷子都能发芽。这块地里种的是玉米，老婆的肚皮是养孩子的，这块"老婆肚皮"却是养全村老小的。现在，必须尽快挖几条排水沟，把"老婆肚皮"里的水排出去。

到了地头，康百顺画好了线，按人头分段。他也不管什么"主义"不"主义"了，搞开了"小段包工"，谁先干完谁回家。他自己也分了一段，抄起铁锨就挖，连地头歇儿都免了。这一招儿还真的把媳妇们治住了，你们不是爱闹爱笑爱顺口咧咧胡说八道吗？随你们便，反正站着给铁锨号脉，地上不会开出一条排水沟来。

就这样，也堵不住媳妇们的嘴，她们明知道再说什么也不管用了，还是忍不住逗几句闷子。

"老主任，挖多深呀？"

"不是告诉你们了吗？水面底下再挖磕膝盖儿那么深。"

"人有男有女，个儿有高有低，到底以谁的磕膝盖儿为准呀？"

"以俺的磕膝盖儿为准，一会儿挖完了俺检查。"

媳妇们说是说笑是笑，手脚也没闲着。康百顺那段挖完了，大伙儿也差不多完了工。康百顺很满意，他又怕有人糊弄他，便把裤腿儿挽到膝盖以上，认真地检查起了质量。他在挖好的排水沟里蹚着水，水面浸到他的膝盖，就算合格；低于他的膝盖，就证明这段挖得浅。这是一种简单实用的检验方法。康百顺从小是在土坷垃里长大的，装了一肚子“庄稼经”。康百顺一步一步往前蹚着水，别说，这群娘儿们干的活儿还行，大多达到了标准。突然，康百顺一脚踩空，扑腾一下子来了个大马趴。

媳妇们忍着笑，假装疯魔地跑过去，关切地问：“哎呀老主任，咋摔倒了，不要紧吧？”

康百顺从排水沟里爬起来，浑身是水，满脸是泥，气得嘴唇乱哆嗦：“这段谁挖的？”

吴大娘儿们挺身而出：“是俺挖的。”

康百顺说：“谁让你挖这么深的？”

吴大娘儿们说：“挖深点儿不好吗？俺怕挖浅了不合格。”

康百顺吃了个哑巴亏，恼羞成怒，把手一挥：“都过来，到这边来。”

康百顺把媳妇们带到玉米地北边，又画好了线，分开了段儿。

媳妇们不干了：“不是包工了吗？干吗还分呀？”

康百顺说：“那是前半晌的工，现在分下半晌的工。”

媳妇们嚷嚷起来：“不行，拿俺老娘儿们当傻子糊弄啊，不干了。”

“谁不干全天的工分都不记。”

“爱记不记，反正一个劳动日也合不到一根冰棍儿钱。”

“不要工分也得干，看你们谁敢罢工？”

“不罢工也得打歇儿呀，总得让人喘口气吧……”

正在这时候，女会计康小秋风风火火地跑来了。她一边喘着气，一边急赤白脸地说：“老主任，可了不得了，出事了，出大事了……”

康百顺紧张地问：“出啥事了？”

康小秋说：“县革委会的检查团来了。”

康百顺问：“检查个啥？”

康小秋说：“检查‘吨粮田’。”

康百顺说：“他们到哪儿了？”

康小秋说：“刚出村，我是骑着自行车来的。”

康百顺急了：“你快回去把他们拦住。”

康小秋说：“我哪儿拦得住呀，公社韩书记带他们来的。”

康百顺听到康小秋带来的这个消息，吓得脸都黄了。他顾不得满身泥水，更顾不得给媳妇们画线分段了，跟着康小秋踉踉跄跄地往回跑。康百顺为什么会如此惊慌失措呢？原来这块叫作“老婆肚皮”的地里有“鬼”。

上面开了大会，号召全国“学大寨”，建设“大寨县”，下面闻风而动，花样百出。建设“大寨县”到了下面就变成了简单的强迫命令，要的就是粮食产量。先是“过黄河”“跨长江”，也就是亩产八百斤。后来觉得不过瘾，又没有新的创意，便把“大跃进”时期“放卫星”的那套拿出来，要求亩产两千斤，实现“吨粮县”。“吨粮”不“吨粮”的，跟老百姓一毛钱的关系也没有，粮食定量还是每人每年四百二十斤。可是对当官的则至关重要，官出数字，数字出官，实现“吨粮县”就能实现各级为官者的升迁梦。如何实现“吨粮县”呢？当然靠吹，但是现在的吹跟“大跃进”时候的吹还是不大一样了，吹牛还是要有一定的资本的。因为有四邻八舍比着呢。你“吨粮”了，你升官了，别的县的官员怎么办？闹不好人家会咬扯你的。所以“吨粮田”虽然不能实打实，可也要八九不离十，哪怕是七八近似十也好啊。这样，聪明的县领导就在作物种类上做文章，什么作物产量最高便种什么。高产而又耐旱耐涝的当然是高粱，特别是牛腿高粱，不但产量高，由于棵秆矮，还抗倒伏。于是乎，县委做出庄严决定，大面积的肥沃的土地都要种上高粱。到秋天的时候，高粱红了，要实现“全县山河一片红”。

高粱产量是高，可不是人的口粮。自古以来，高粱除了作为牲畜饲料，主要是酿酒。有些高粱也可以入食，譬如高粱米饭、高粱米粥什么的，但那是白高粱。白高粱产量并不高，牛腿高粱是红高粱。做出饭又硬又涩，磨成面蒸出窝窝头，硬得能砸死人。更要命的是，高粱面吃多了不仅伤胃，还屙不出来。每逢出恭的时候，孩子大人都龇牙咧嘴。庄稼人被画地为牢圈在土地里，可这土地却不属于自己的。种什么怎么种，庄稼人都做不了主。种什么吃什么，却是庄稼人无法选择的义务。

对于“全县山河一片红”，庄稼人有意见，基层干部也有意见，有意见也没用，那年月讲的是“一元化”领导，上下一盘棋。别看康百顺没文化，没口才，没有领导能力，甚至他根本就不是当官的材料，可是他有蔫主意，又善于屈从民意。据说这个“金包银”的主意还是罗淑惠出的：就是在“老婆肚皮”这块地的周围，严严实实地种上牛腿高粱，牛腿高粱里面，则种上实实在在的玉米。外面是金黄色的，里面是银白色，谓之曰“金包银”。

罗淑惠的“金包银”，在康百顺看来就是“纸包火”。纸里能包住火吗？包住了，秋天就能吃上黄澄澄香喷喷的玉米棒子，包不住，就只能闭着眼睛吞咽那又苦又涩的红高粱了。罗淑惠说：“叔您放心，天塌下来我们跟您一起扛。”康百顺说：“这纸要是包不住火，俺就引火烧身，大不了这官俺不当了。他们还能把俺开除出地球？”

眼下，纸里真的包不住火了，“金包银”要露馅了。县里的检查团正往这边走呢，被他们发现了就全完了。庄稼人知道当官的厉害，去年榆树屯种了十多亩西瓜，西瓜成熟了，胖娃娃一样横七竖八地躺在地里，就等着到夜里庄稼人偷偷地把它们抱回家了。就在这时候，公社发现了，调过来三辆履带式拖拉机，轰隆隆开进了西瓜地。庄稼人眼巴巴地看着娃娃似的西瓜被碾成了泥，心疼啊，没用。

康百顺跟着康小秋没跑出多远，就碰上了迎面而来的检查团。检查团不但有县里和公社的领导，还有邻村的干部，缕缕行行，二三十个人。康百顺挓挲着胳膊阻拦着检查团，结结巴巴地不知道在说些什么。检查团根本就不理睬康百顺，继续往“老婆肚皮”这边走来。

媳妇们紧张起来，一个个面面相觑，无助地等待着灾祸的到来。

罗淑惠突然挺起身子，高声说：“快，跟我来，到外面的高粱地里去。”

罗淑惠带着媳妇们疾步快跑，来到地周边的高粱地里，又命令着媳妇们：“脱掉衣服，抄起铁锨挖沟。”

罗淑惠说着，带头把上衣脱下来。正是给孩子喂奶的哺乳期，她的两个大奶子特别饱满特别大，鼓鼓囊囊地像两个熟透了的白兰瓜，颤颤悠悠地挺在又白又厚的胸脯子上。紧接着，又大声喊起了：“媳妇们，学大寨赶大寨，甩开膀子大干呀……”

媳妇们很快明白了罗淑惠的意思，纷纷脱掉上衣，露出大小不同形状各异的奶子，挥着铁锨喊叫起来。

有两个人没脱，一个是李春暖，一个是沈秋萍。

李春暖是北京来的知青，长得小巧玲珑，浑身上下的皮肤又白嫩又光滑，玻璃人一样。可是她的胆子却比谁都大。来了以后，就缠着民兵连长罗满仓谈恋爱，很快肚子就大起来了。她刚刚十七岁，还不到结婚的年龄。康百顺给她虚报了岁数才领了结婚证，结婚一个月便生了个大胖小子。别看她已经当上妈妈了，看起来还像个学生娃，小脸蛋儿鲜嫩鲜嫩的。她见身边的这些野娘儿们脱了衣服，两只眼睛忽闪忽闪的，满脸的惊异，似乎不知道发生了什么事。工人家属谷玉梅对她说："反正你也结了婚生了孩子了，脱吧。"

李春暖朝四下看了看，咬了咬嘴唇，一下子把套头衫脱下来。里面没穿乳罩儿，为的是喂孩子方便。大伙儿注意到，李春暖的乳房很特别，不大，却直挺挺的，尖溜溜的，又白又鲜，像包着一兜蜜汁的京白梨。从此，李春暖便落下了"京白梨"的绰号。

李春暖一脱，沈秋萍吓得脸都白了，她怎么能像别人这样袒胸露乳呢？

吴大娘儿们挂着两只面袋似的大奶子走过来，厉声命令着："快把衣服脱掉。"

沈秋萍直往后退。

吴大娘儿们发火了："都啥时候了，你还酸文假醋？"

沈秋萍无奈，只得颤抖着双手，解开了衣扣。

"把奶罩子也摘下来。"

"不不……让我戴着吧……"

"不行。"

吴大娘儿们不由分说，伸手把沈秋萍的乳罩儿扯下来。

检查团走近了，他们似乎发现了这群热火朝天的媳妇们都光着膀子，渐渐地放慢了脚步，有的已经停了下来。

罗淑惠又发出了指令："媳妇们，咱们唱起来。"

媳妇们心齐气壮，一边挥锹扔泥，一边扯着嗓子唱起了《学大寨赶大寨》这首歌儿。曲调是熟悉的，词却被她们改了：

学习大概呀赶大概，
大概精神就是大干。

七尺裤子八尺袄，
凑合穿来凑合戴。
同志哥呀你别认真，
认真就不能学大概……

检查团被这热火朝天的劳动场面感动了，也被这群袒胸露乳的媳妇们震慑住了。他们站在百十步远的地方，有的人还把头扭向一边。

媳妇们的歌声一停，又喊叫起来："领导同志辛苦了，快来看看我们这火红的高粱啊！"

吴大娘儿们加了一句："看完红高粱，再看看奶头山……"

媳妇们又哄笑起来。

公社书记韩畅醒悟过来，走到康百顺的身边，拍着他的肩膀说："老康头啊，真有你的，怪不得你左拦右挡地不让我们过来呢，原来是风景这边独好啊。"

不一会儿，一个衣着朴素的女干部走过来，和蔼地说："同志们，请你们穿上衣服好不好？"

罗淑惠说："我们响应县委的号召，甩开膀子大干啊！"

工人家属谷玉梅说："我们的衣服都被汗水溻湿了，不能穿了。"

沈秋萍听到女干部的声音，抬头一看，嗡的一下子，全身的热血都涌到了头顶上。她只觉得天旋地转，险些一头栽进排水沟里。这女干部正是她高中时的同班同学，叫田静娴，在县妇联工作。天呀，让她看见自己在光天化日下这副样子，她回去再跟别的同学一说，自己还有脸活吗？更要命的是，田静娴应该说是自己的丈夫康运桥的"初恋"，是她从田静娴身边把康运桥抢走的。她怎么能如此赤裸地面对她呢？她急忙转过身，装作修理铁锹的样子，蹲在排水沟里。

任田静娴怎么劝，媳妇们就是不穿衣服，检查团无奈，只好绕道而去了。

媳妇们欢呼着庆祝着胜利。

康百顺高声宣布："今儿大伙儿为梨花渡立了大功，仓库里还有点儿剩下的花生种子，每人奖励半斤。"

媳妇们沸腾起来，一群山喜鹊似的围住了康百顺，有的拉胳膊，有的扳肩膀，有的拍后腰，亲热得不得了。谷玉梅摩挲着康百顺那稀稀拉拉的胡子说：“叔，我给您理理胡子吧。”说着，她从口袋里掏出一个小梳子，在康百顺的下巴上刮扯起来。

康百顺被这群媳妇包围着，没大没小地逗弄着，非但不急不恼，还觉得挺舒服、挺痛快、挺受用，像置身在一群调皮可爱的儿女之中。他咧开大嘴，第一次在媳妇们面前开心地笑起来……

006　乡党篇　康百顺

康百顺是苦出身，也是穷人。苦出身的穷人是红色的，根红苗正。无论是闹革命还是搞运动，这些穷苦人都是最可靠的。

康百顺苦得连自己的来历都说不清，穷得连亲爹娘姓什么都不知道。一岁多的时候，运河上游发了洪水，冲下来许多极为宝贵的物资：柁木檩条、桌椅板凳、筐篓炕席、衣服被褥、锨镐犁耙，甚至还有一些活物，鸡鸭猪狗小羊羔儿……这些都是上游遭灾的物证。上游遭了灾，梨花渡人却捡了便宜。男女老少都跑到河边“捞河漂儿”，欢天喜地，像天上掉下了馅饼。男人们赤条条地跳进河里捞东西，女人们挤在岸上争抢着。若是自家的男人捞的东西，自不必说，女人理所当然地接过来。要命的是许多东西是一个人捞不上来的，需要几个人共同配合努力。这些东西送到河边，男人们便不管了，河里还有更多的东西等着他们打捞。女人们便在岸上大动干戈了，常常为了一件衣服一个筛子一根木料的归属，骂很难听的话，甚至大打出手浑身见血。当然也有齐心协力的时候，两三个男人在河里捞到一头活蹦乱跳的猪崽儿，弄上岸来依然不好对付。这时候，那几个男人的媳妇便一起跑上来帮忙。从河里上来的男人是赤身裸体的，河岸上的娘儿们也是袒胸露乳的。全裸的男人和半裸的女人一起制服着猪崽儿，注意力全在猪身上，谁也不觉得尴尬，不觉得害臊。就是哪个女人看了一眼别的男人的紧要处，也不觉得占了多大的便宜。

在一次规模庞大的“捞河漂儿”中，康老槐捞到一个“活物儿”，看样子是个不到一岁的小男孩儿。

河面上漂过来一个完完整整的滑秸垛，像一座移动的坟墓。没有人对滑秸垛感兴趣，那东西不值钱。等河里的漂浮物都被捞得差不多了，康老槐依然两手空空。据他自己讲，不是他游向那个滑秸垛的，是那个滑秸垛漂向他的。他原本想躲开，可是滑秸垛像个胖女人一样朝他扑过来，并且紧紧地把他搂住了。等滑秸垛把他包裹起来的时候，一只小手摸到了他的鼻子。紧接着，一个圆嘟嘟的小肉滚儿便滚到了他的脸上。他把那小肉滚儿举起来，向河边游去。

岸上的女人们见康老槐居然捞到一个孩子，还是个带把儿的男孩儿，一起欢呼着跑过来。

这件事成了梨花渡的奇闻，更成了康老槐的骄傲。他像一个虔诚的传教士，逢人便讲：人啊，还得安好心、做好事，人在地上活着，老天爷在上边看着呢，老天爷不会亏待好人的。

康老槐为什么发如此感悟呢？

我们说过，梨花渡是徐家开创的。由于老进士徐世杰的开放政策，在漕运古镇的对岸，很快形成了一个人丁兴旺狗吠鸡鸣的乡村。或早或迟移民到梨花渡的村民，或多或少都与徐家有点儿关系。康家是大清朝灭亡之后才移过来的，河南黄河边上的灾民，来的时候一家四口，男人背着一个孩子，女人领着一个孩子。正是数九隆冬大雪纷飞的时节，徐家不收留他们，说不定会冻死饿死。徐家照样给了他们一亩三分地，并且租给他们十二亩良田。

康家在梨花渡落脚扎根了，可依然是个穷苦人家，日子过得很艰难。按照康老槐的说法，一是底子太薄，二是运气不济。传到他这一辈，混得更惨了，三十多岁连个媳妇还没有。要不是徐乾镐，等康老槐两腿一蹬，康家就绝户了。

徐乾镐的太太陈氏，生有一儿一女。儿子徐启亮，身心俱健，发育正常。女儿却惨了，是个拽子。就是上肢残疾，两只胳膊蜷曲着，伸不直。而且她双手十指也弯曲着，像鸡爪子。还有，天生白毛，头发倒是很浓密。这样的人非但不能干活儿，连生活都不能自理。徐家是财主，从小有老妈子照顾着。慢慢地女孩儿长大了，该谈婚论嫁了。尽管是个拽子，也得嫁人呀，总不能老在家里吧？幸亏徐家是个财主，放出风去，谁要是娶了徐家的姑奶奶，陪嫁三十亩耕地和三间砖瓦房。

这好事落在康老槐的头上了。

康老槐娶了徐家姑奶奶，从房无一间地无一垄的光棍儿汉立马摇身变成了有房子有地有老婆的庄户人家。康老槐很勤快，又知道感恩。在外面，像伺候老婆一样伺候那三十亩地；回到家，又像伺候土地一样伺候着老婆。徐姑奶奶的一切都需要他照顾，梳头洗脸，穿衣铺床，比当初老妈子伺候得还周到。

康老槐娶了徐家姑奶奶后，村里人都叫他老姑爷。小时候，我们常去他家偷看。看什么呢？在孩子的眼睛里，徐家姑奶奶就是个可怕的怪物：脖子是歪的，脸是变形的，两只弯曲的胳膊和鸡爪子一样的双手总是挓挲着，再加上那又浓又长的白发。别看徐姑奶奶如此难看，她却很爱美。我们常常看见，她对着镜子摇头晃脑，老姑爷则站在她的身后给她梳头。有时候老姑爷不在家，徐姑奶奶就会冲出门来驱赶我们。她说话也不利索，呜呜噜噜的语言只有老姑爷能听懂。

都说徐姑奶奶不会生孩子，甚至还有人说康老槐从来就没跟徐姑奶奶同过床，徐姑奶奶不让他碰。

可是，康老槐从大运河里捞回了儿子之后，徐姑奶奶的肚子突然大了起来。一年以后，徐姑奶奶生出了一个胖丫头，这又是梨花渡的一件奇闻。

“文化大革命”开始了，徐姑奶奶是地主出身且吃过剥削饭，还雇用过老妈子，自然属于“黑五类”。是“黑五类”就要被斗争，就要受惩罚。康老槐是个纯纯粹粹的雇农，根红苗正，应该是革命派，是可以理直气壮革别人的命的。可是“黑五类”需要游街，他便顶替徐姑奶奶。游街的是康老槐，牌子上则写着徐姑奶奶的名字。“黑五类”需要扫街，他也替徐姑奶奶扛着扫帚去。造反派训斥他的时候，喊的也是徐姑奶奶的名字。这个笑话我跟许多朋友讲过，他们都提出了质疑：哪儿有这么荒唐的事情？

康百顺像他爹一样，老实厚道，有点儿笨，有点儿傻。

“四清运动”之后，中国出现了少见的“轻官”时代，主要表现在农村。农村干部经过如此抽筋扒皮地整肃，全怕了，谁也不愿意再当官了。每年春耕之前，公社和县里的领导一项主要的任务就是到农村去“扶班子”。因为在漫长的冬季里，许多村子是没有干部的。春天开始了，需要“抓革命促生产”，地总得有人种呀！种地总得有人指挥有人安排呀！生产队连个队长都没有，什么事情都干不成。人误地一时，地误人一年，谁都明白这个道理。有些生产队到春播的时候还没选出队长来，就由饲养员或保管员代理。别的不用管，钟得有人敲呀！

梨花渡亦是如此，好在有一个康百顺。他是“贫协主席”，又兼着“革命委员会主任”。生产队队长选不出来，他也便自觉地把担子挑起来。担子好挑不好撂，公社领导多次答应他，等选出队长来就让他卸任。队长迟迟选不出来，他自然而然地便成了“永久性”的队长。

需要说明的是，我也姓康。在河南原籍跟康百顺是一个村子的。当年康百顺的祖上在梨花渡落脚之后，许多乡亲都闻讯投奔而来。如此说来，我跟康百顺是属于一个家族，尽管早就出了五服，也是一笔写不出两个康字。

康百顺知道远近，我在村里总是受到他的庇护。他知道我爱读书，会写文章，有时候还要到外面参加个笔会什么的，便总是开方便之门。

有那么几次，他从公社回来，总是悄悄地对我说，他在韩书记那里碰见沈秋萍了。

一次不在意，两次不在意。他总是这么说，我便听出了弦外之音。

你说康百顺傻吗？

007 右岸　坎篇

周天英坐在炕沿上，一边给孩子喂奶一边跟婆婆冯老太闲聊，突然想起了去年秋天跟徐可良一起在聚仙台上看见的那桩令人毛骨悚然的怪事。

周天英跟罗淑惠几乎是同时结婚的。她们都是吃“老婆肚皮”上的粮食长大的，肚皮也像那块土地一样肥沃。当年媳妇当年孩儿，结婚一年对头生下的孩子，周天英生的是男孩，罗淑惠生的是女孩。

冯老太听周天英讲完那件怪事，笑了。

周天英觉得，婆婆的笑也让她后背发凉。

子夜，孩子醒了，周天英给孩子喂奶。时值仲秋，周天英突然有一种奇怪的感觉，似乎外面有什么事情。她手支着脑袋，侧耳朝窗外听着。很静，除了秋虫的鸣唱，什么声音都没有。越是静，她越是觉得不安宁。孩子吃完奶又睡去了，她慢慢地爬起身，溜下炕，趿拉着鞋走了出去。

这是一座紧凑简陋的农家小院，五间正房，东西厢房各两间。周天英带着孩子住在正房的西屋，婆婆冯老太自己住在东屋。中间堂屋有一个后门，穿过后门便是后院。大运河畔的村庄大多有后院，这与大运河的不平静有关，多年以来除了战乱就是匪患，后院可以储物，可以藏人，亦可以逃生。

周天英来到堂屋，透过“婆婆盯”朝东屋看了看，婆婆好像没在屋里，通往后院的小门又虚掩着。所谓“婆婆盯”，实则是锅台上的一个小窗户。老理儿老例儿，儿媳妇过门，婆婆便一步登天，从屈从的服务者变成了高高在上的统治者。老话说，媳妇吃苦受气没什么，慢慢熬吧，二十年的媳妇熬成婆，总有时来运转的时候。锅台上那个小窗口就是给婆婆预备的，“婆婆盯”嘛。盯谁？当然是盯儿媳妇了。婆婆坐在炕头上，透过那个小窗口，就可以看见儿媳妇的一举一动。儿媳妇在堂屋里劳作着，婆婆怕她淘米不干净要盯着点儿，怕她切菜不细致要盯着点儿，怕她烧火费柴火要盯着点儿，怕她偷嘴更要盯着点儿。婆婆是监督者指挥者，监督指挥都通过这小小的窗口，由此，这小窗口便名正言顺地被称作“婆婆盯”。

周天英推开那虚掩的后门走进后院，立即战战兢兢起来。她想回去，可是鬼使神差，又想探个究竟。后院的东边有一个小跨院，小跨院的门常年紧锁着，里面储藏着无限的神秘和恐怖。当初罗淑惠和冯青海恋爱的时候，周天英跟罗淑惠也经常到冯家来。冯老太总是给她们好吃的，也跟她们有说有笑，就是不准许她们到后院去玩，更不允许向小跨院窥视。周天英跟冯青海结婚一年多了，住进冯家以后便有了到后院的机会，因为后院储存着粮食蔬菜及各种农用家用的工具。尽管如此，周天英也不敢到小跨院去。有几次她偷偷地扒着门缝朝小跨院里张望，除了模模糊糊看见一个藏仙楼，什么都没看到。越是封闭越是神秘，越是神秘越是刺激着人们的好奇心。周天英知道，夜深人静的时候，冯老太会到小跨院去烧香，或许还干些别的什么。今天让她赶上了，她怎么能善罢甘休呢？她蹑手蹑脚地来到后院，来到小跨院的门前。门上的锁打开了，挂着锁的门也是虚掩着。

周天英实在抑制不住积郁已久的新奇和疑惑，壮着胆子把门推开一条缝儿。一股阴森森的凉气扑过来，袭透她的骨髓，她不由得打了个寒战，立刻收住了脚步。她定了定神，透过门缝望去，顿时被惊呆了。

我们说过，大运河两岸流传着“胡黄白柳”四大门，又称之为“四大仙”。万物皆有灵，人修道可以成仙，动物的道行深了，也能登上仙坛。仙坛掌管着“四大门”，仙坛的坛主叫作香头，香头的家里都设有藏仙楼，晨昏三叩首，早晚一炷香。冯老太便是梨花渡的香头，冯家的藏仙楼便设在那个小跨院里。

深夜子时，周天英抬头看了看，天晴气朗，漆黑漆黑的。天空越是漆黑，星星越显得繁密。繁密的星星蒸腾着烟雾般的光芒，掩藏着世间万物的神秘与神奇。

藏仙楼是一座一米见方的小房子，确切地说，像一个房子的模型。

有脊有梁，有门有窗，都是由微型的砖瓦垒砌的。藏仙楼的前面是砖头码起来的小供桌，供桌上一只香炉，四盘供品。香炉上燃着三炷草香，供品则是点心水果。

冯老太端坐在藏仙楼前面的凳子上，庄严肃穆，铁面柔肠。让周天英惊愕的是，冯老太的周围有两只狐狸、四只黄鼠狼、六只刺猬，还有蛇，看不清多少，这无疑是四大仙的代表。更为惊悚的是，这些道行极深的仙物，都是规规矩矩跪在冯老太身边的。它们高抬着头，瞪着臣服顺从的眼睛，老老实实听着冯老太的训教。

冯老太的声音里充满着怒气："我今天找你们来，不是有事求你们，当然，遇见谁家有病有难，我该求还是要求你们的。这么些年来，你们都很给我面子，帮了我很多忙，这我就不多说了。我听说这两年你们可够张狂的，去年秋天的时候，你们在聚仙台的场院里，学那些野娘儿们嘻嘻哈哈胡说八道，有没有这么回事？你们也许会问，去年的事情你怎么今年才找我们？告诉你们，因为这件事情我是刚刚听说的，有人看见你们了。我不是告诉过你们吗？你们要认清形势，潜心修炼，别惹是生非。现在是什么形势你们不知道吗？'文化大革命'，无产阶级专政，横扫一切牛鬼蛇神。你们就是牛鬼蛇神，别以为你们修炼得差不多了，神鬼都怕恶人，何况你们这些小玩儿闹……"

冯老太振振有词地教训着"四大仙"，周天英却浑身发抖心肝乱颤，她怕自己被发现，颤颤巍巍地退了出来，逃跑似的离开后院，回到自己的屋子里。上了炕，躺在被窝儿里，她依然瑟瑟发抖，上牙和下牙磕得咯咯响，像发起了疟疾。

料器厂的厂长通知周天英，说公社书记韩畅找她，让她马上到公社去一趟。

周天英的心里怦怦乱跳起来，我不过是社办企业的一个小小职工，堂堂的公社书记找我干啥呢？

周天英是认识韩畅的，在她的眼睛里，韩畅是她见到过的最帅的男人，电影明星一般，甚至比电影明星还漂亮。男人可以用漂亮形容吗？他长得高高大大的，有些男人也高高大大的，可是很垮，很懈，很松。韩畅高大且周正，结结实实的。特别是他的脸，方方正正，典型的国字脸。鼻梁也高，眼睛大而有神。还有嘴，嘴上总是露着和蔼的微笑，很亲近很温暖的样子。

周天英局促不安地站在韩畅的对面，韩畅几次示意让她坐下，她不敢坐。韩畅忍不住笑了，绕过办公室来到她的身后，两只厚实的大手放在她的肩膀上，硬是把她摁在了椅子上。奇怪的是，周天英跟韩畅面对面地坐下之后，又看见韩畅那暖洋洋的微笑，一点儿紧张的感觉都没有了，像两个很熟悉的朋友。

韩畅问周天英："猜一猜我找你干什么？"

周天英又紧张起来："我是不是犯了什么事？"

韩畅笑了："犯事？犯什么事？"

周天英说："是啊，我也琢磨呢，我犯了啥事了？"

韩畅说："我想让你当官，这是公社党委研究决定的。"

周天英笑了："您别逗了，我是当官的材料吗？再说，俺家坟地里也没长那棵蒿子呀。"

韩畅说："你是军人家属，又有文化。我们调查过了，你家出身下中农，是党在农村依靠的对象。条件这么好，我们有责任培养你。"

周天英慌了，忙说："不行不行，从小学到中学，我连一个小组长、小队长都没当过。"

韩畅说："谁也不是刚生下来就会当官的，实践出真知，斗争出闯将。你知道，梨花渡村的领导班子向来很弱，我们党委要重点扶持，先让你当妇联主任……"

周天英没等韩畅说完，连忙摇头："不行不行，妇联主任我可干不了，真的干不了……"

韩畅问："你干不了，你说谁干得了？"

周天英几乎不假思索地说："罗淑惠，罗淑惠干得了。她从小学到高中，都是班干部，还当过学生会副主席。她在梨花渡很有威信，梨花渡那些野娘儿们都听她的……"

韩畅问："你说什么？野娘儿们？谁是野娘儿们？"

周天英自知说走了嘴，急忙更改："啊，我说惯了，不能叫人家野娘儿们，就是那些妇女，梨花渡的女劳力，半边天……"

韩畅又笑了笑，说："我们也知道罗淑惠很能干，前些天县委'吨粮田’检查团到了梨花渡村，发现那里的妇女干劲儿很足，热火朝天。只是……刚才你说什么来的？野娘儿们……不能这么叫，可是她们确实是野了点儿。甩开膀子大干，她们居然把上衣全脱了，一个个……好家伙，让人睁不开眼……”

韩畅说着笑了起来，周天英也笑了。

周天英心里说，睁不开眼睛，你怎么知道人家光着膀子呀？

韩畅接着说：“检查团发现了梨花渡村的妇女工作很出色，想找妇联主任谈谈，后来一打听，没有妇联主任。又一打听，梨花渡村的妇女工作，实际领导者就是罗淑惠。顺理成章，原本该让罗淑惠当妇联主任的，县委要求我们抓紧对罗淑惠的培养……可是，她前年闹的那件事，说得严重点儿，人命案啊。她现在还算是服刑人员，虽然是缓刑，可是也是犯罪分子啊，可惜啊……”

韩畅又说了很多，说来说去，周天英居然动了心。最后，她说：“我回去跟我婆婆商量商量，这么大的事情，总得要她点头才行。”

韩畅说：“你婆婆，不就是冯老太吗？她同意，很支持你。”

周天英问：“你们跟她说过了？”

韩畅说：“不是我跟她说，是她跟别人说的。”

这句话周天英当时没有听懂，也没有多想，事情就这样定下来了。

天上有时候真的会掉馅饼的，就看谁仰着脑袋张着嘴。

周天英从公社料器厂辞了职，到梨花渡跟那群野娘儿们修理地球去了。

这官当的，让她摔了“准工人”的饭碗，到庄稼地里挣工分吃饭。她吃了这么大的亏，公社党委知道吗？如果知道，他们领情吗？

周天英刚迈进家门，就看见婆婆冯老太从后院出来了，手里提着一只土黄色的老母鸡。

冯老太还没容周天英开口，先说话了：“你不是要到村里去吗？把这只老母鸡带上，给淑惠送去。”

周天英心里一愣，婆婆真的神了，她怎么知道我要到村里去？

冯老太又说：“淑惠的孩子正在吃奶，我听说她奶水不足，让她熬点儿鸡汤喝。告诉她，别忘了放点儿红糖红枣红小豆。”

周天英心里稍稍有些不快，罗淑惠给孩子喂奶，难道我没给孩子喂奶吗？罗淑惠的奶水不足你心疼，我的奶水也不足啊，你是知道的啊……罗淑惠是你什么人呀，你这么牵肠挂肚地惦记着，我可是你儿媳妇呀，我喂的可是你亲孙子呀……罗淑惠不就是跟你儿子搞过对象吗？你儿子都跟她一刀两断了，你还打断骨头连着筋，这到底是咋回事嘛！

当周天英从冯老太手里接过那只老母鸡以后，心里的不快也随之逝去了。毕竟这都是鸡毛蒜皮的小事，她到村里可是要去干大事的。

周天英来到梨花渡村，走进罗淑惠家的时候，罗淑惠正坐在屋脊上“骂鸡”。

做饭补衣，生孩子骂鸡，是梨花渡乃至大运河女人们的四项基本技能。前三项不用说了，一目了然。骂鸡却需要申述一下。家家户户都养着鸡，养鸡是女人业绩。养鸡不是为了吃肉，要的是鸡蛋。农村穷，在生产队拼死拼活干一年，一个劳动日几毛钱，还有几分钱的。一个劳动日按十个工分计算，男劳力干一天记十分，妇女则记八分。这是一级劳动力，二级三级依次降低。如果一个劳动日合两分钱，两分钱能买一盒火柴，那个生产队便叫作“火柴队”；如果一个劳动日合三分钱，三分钱能买一根冰棍儿，那个生产队则叫“冰棍儿队”；如果一个劳动日合两毛钱，两毛钱能买一斤酱油，那个生产队则叫“酱油队”……在生产队干活儿见不到钱，可是居家过日子，离开钱还不行。总得吃盐吧，总得买个针头线脑吧，总得给上学的孩子买铅笔橡皮吧？这些钱从哪儿来？卖鸡蛋，从鸡屁股里抠，所以家家户户都要开办一个“鸡屁股银行”。

养鸡如此重要，鸡的危险也越发加重了。且不说黄鼠狼偷鸡，插队知识青年不懂得农民的艰辛，馋急了也偷鸡。街坊四邻偷鸡的不多，谁这么缺德呀？可是鸡都是散养的，到处土里刨食，或许便走错了路，溜达到别人家去了。赶上这家人爱小，看进来的是一只老母鸡，便用箩筐把人家的鸡扣起来，等那鸡下了蛋再把它放走。雁过拔毛，鸡过留蛋。

女人们收工回来，进门的第一件事就是清点自家的鸡。发现少了一只鸡就像发现敌情一样，立即着急冒火，跳着脚地骂起来。其实女人们都知道，鸡真的要是丢了，骂也没用。没用也得骂，骂是一种声明，告知全村我家的鸡丢了；骂是一种宣泄，心里的火气不发出来，肚子会憋出个大疙瘩的；骂是一种表演，乡村寂寞，难得有一点儿文艺活动，一些有文艺天赋的女人也得不到展现，屈才了。一般骂鸡都是在自家的大门口，或者站在门口的高台阶上。罗淑惠别出心裁，她登上屋顶去骂，这是一个能展现辉煌的大舞台。

曹大海失去了小兔子，娶了罗淑惠，那叫一个乐，常常睡觉都能笑醒了。他赚了，赚大发了。一个糠窝头换一个大白馒头，一棵狗尾巴草换一朵牡丹花，一只小柴鸡换一只金凤凰。结婚的时候，罗淑惠提出的三个条件，他条条都答应，只要能把罗淑惠娶到炕头儿上，他当牛做马都认了。还别说，曹大海说话算数，结婚以后，他严格遵守“三项协议”。前两项不用说了，第一项不许骂人打人，曹大海恨不得把罗淑惠当菩萨供着，哪舍得打骂呢？第二项让罗淑惠当家，家里穷得贼进来都哭，这家有什么好当的？关键是第三项，轮流做饭分担家务。一个大老爷们儿撅着屁股烧火做饭，这在梨花渡是不能容忍的，太给老爷们儿掉价了。曹大海能吃能干力大无穷，站着比别人高，躺下比别人宽，也称得上是顶天立地的男子汉。他在家里的表现引起了梨花渡男人的不满，他丢的不是自己的脸，砸的不是自己的牌子，这关乎梨花渡男人世界的权利与尊严。于是有人愤愤不平，有人恶毒讥讽，有人出谋献策。吴大娘儿们的男人曹大泉甚至说：“兄弟，你不是管不了媳妇吗？交给哥哥，不出三天，我保证给你调教出一个贤妻良母来。”

这天上工的时候，罗淑惠早早地来到了老榆树下，双手抱着肩，不说也不笑，默默地看着前来上工的男男女女。等人来得差不多了，她淡定地走到男劳力的群里，客客气气地喊着：“大泉大哥，您过来一下，我跟您说句话。”

梨花渡有梨花渡的习俗，大伯子跟兄弟媳妇之间是不能开玩笑的，绝对要规规矩矩的，就是在大街上走碰面，都是要互相回避的。宁在小叔子腿上坐，不在大伯子眼前过。实在有事情需要交往，也得恭恭敬敬，该叫什么叫什么，还要互相以“您”相称。罗淑惠也实在胆大包天了，在大庭广众之下喊着“大泉大哥”，人们胆胆突突地看着罗淑惠，又疑疑惑惑地看着曹大泉。

曹大泉赶忙把叼在嘴里的烟袋磕打了一下，客客气气地来到罗淑惠面前：“弟妹，您找俺有事？”

罗淑惠绷着脸，郑重地说：“大泉大哥，您不是跟俺家大海说，让我跟您过三天，帮助大海调教调教我吗？今儿晚上我就到您家去，您让嫂子提前把被窝儿给我腾出来。”

罗淑惠说完，转过身走了。

老榆树下鸦雀无声，这么精彩的一幕，居然没有人笑。

罗淑惠这一招儿，把梨花渡所有男人的嘴都堵上了，没有人敢在曹大海面前说三道四了。按说，曹大海可以理直气壮地执行“三项协议”了，问题却出在了曹大海自己的身上。他毕竟是喝运河水长大的，“大男子主义”的特权和优越感像病毒一样潜伏在他的血液里。久而久之，他慢慢地懈怠下来。他不敢公开推翻“三项协议”，却常常装傻充愣，明推暗拖。轮到他做饭了，他总是找各种借口晚回来，让罗淑惠替他做。罗淑惠，多精明的人啊，她早就看出来曹大海的偷奸耍滑了，却不在乎。渐渐地，罗淑惠发现了男人的劣根性，你越宽容他，他越是蹬鼻子上脸羊上树。后来曹大海即使回到家，也是抽烟喝水磨磨蹭蹭，就是不张罗接手做饭。罗淑惠觉得，到了该教育教育他的时候了。

这一天是单日子，轮到罗淑惠做饭。中午收工罗淑惠回到家，却没有抱柴火点火，而是蹬着梯子上了房，站在屋顶上骂开了鸡。

曹大海回来了，见她还没有做饭，便冲着屋顶喊她。

罗淑惠说：“咱家的老母鸡丢了，还有心思吃饭？”

曹大海说：“你们老娘儿们就是这样，大骡子大马死了不心疼，丢了一只鸡能骂三天。”

罗淑惠说：“废话，大骡子大马是集体的，碍咱家蛋疼了。老母鸡是咱自家的，针头线脑打油买盐，都靠这鸡屁股银行呢！你不当家不知柴米贵，站着说话不腰疼。”

曹大海说：“你先下来做饭吧，今天是你的班。”

罗淑惠说：“那你上来骂鸡吧。”

曹大海站在屋顶上，鼓起大肚子，运了半天气，才喊出了一句：“我家的鸡丢了……”

刚一开口，大街上便响起了一片哄笑。本来嘛，骂鸡打狗喊孩子，都是老娘儿们的活儿，哪儿有大老爷们儿干这种事情的，比烧火做饭丢人多了。曹大海脸上发烧，一屁股坐在了屋顶上，再也张不开口了。

罗淑惠提着烧火棍出来了，冲着屋顶上喊：“嗨，我说，你倒是骂呀！”

曹大海嘟嘟囔囔地说：“要不……还是你上来骂吧。”

罗淑惠说：“那饭怎么办？我米都淘好了。”

曹大海说：“我替你做吧，那有什么辙。”

看看，罗淑惠拴好了套儿，曹大海伸着脖子往里钻。罗淑惠又站在了屋顶上，扯开了嗓子，有板有眼合辙押韵地骂起来：

我家的母鸡在正东，
吃了变成狐狸精。
我家的母鸡在正西，
吃了变成歪嘴驴。
我家的母鸡在正南，
养了孩子没屁眼儿。
我家的母鸡在正北，
娶了媳妇当乌龟……

罗淑惠骂一阵唱一阵，又不断地跟过往的人打招呼，完全不像别的老娘儿们骂鸡那种心急火燎要死要活的拼命劲儿。

“嫂子，饿着肚子骂鸡呀？”

“你大哥做饭呢。”

“今儿不是单日子吗？”

“人家发扬风格，替我做呢。”

听听，这哪儿是骂鸡呀，纯粹是给曹大海扬名挂号呢。

罗淑惠正在得意着，听到下面有人喊她，一看是周天英，急忙顺着梯子下来了。

周天英已经来到院子里，把手里的鸡递给罗淑惠。

罗淑惠一愣：“鸡跑你家去了？不会吧？”

周天英说：“我婆婆送给你的，说你正在奶孩子，需要补养一下。”

罗淑惠接过那只鸡仔细看着，疑惑地问：“这鸡真的是冯妈的？”

周天英说：“那还有错，我婆婆从后院捉出来的。”

罗淑惠说：“这明明是我家的鸡呀……”

周天英说："怎么会是你家的呢?"

罗淑惠回头看了看正在做饭的曹大海，低声说："我把鸡扣在西厢房的眼箩筐里，诈曹大海说丢了。"

周天英说："那你看看你家的鸡还在不在?"

罗淑惠急忙跑进西厢房。西厢房的外屋，眼箩筐还扣在地上，可是里面却空空的什么也没有。

周天英也感到奇怪："你什么时候把鸡扣起来的?"

罗淑惠说："我收工以后扣的，没多会儿。"

周天英说："这就怪了，你再仔细瞧瞧，这真是你家的鸡吗?"

罗淑惠说："哪个娘儿们不认识自己养的鸡呀，可是，这鸡……像又不像……"

两个人正在疑疑惑惑地讨论着，一个女人失魂落魄地跑进来，抱着罗淑惠便哇哇地哭起来。

罗淑惠也慌了，急忙拍着那个女人问："怎么了?出什么事了?"

周天英看着那个陌生的女人，齐耳短发，蓝制服，蓝裤子，一双洗得发白的球鞋，不像是梨花渡的女人，谁呢?

那个女人松开搂抱罗淑惠的双手，依然抽抽噎噎地哭着。待她惊魂甫定，周天英急着问起来了："咋回事呀，大白天的遇上鬼了?"

那个女人说："比鬼还可怕呢?"

周天英说："莫非是'四大仙'在作祟?"

那个女人说："我到村东南的高粱地里检查排水情况，回来路过运河边……一大群男人……光着身子一丝不挂，还冲着我嗷嗷怪叫……"

那个女人的话还没说完，罗淑惠便笑了，周天英也笑了。自古以来，大运河便是男人世袭的领地，他们在那里可以肆无忌惮为所欲为。摸鱼可以光着屁股，撑船可以光着屁股，过河可以光着屁股，洗澡更可以光着屁股。每到夏天，大河里满是光着屁股的男人，梨花渡的女人已经见怪不怪了。更有甚者，这些男人不但自己不害臊，还常常犯嘎冒坏。有女人从河边路过，他们便拍着屁股狂呼乱叫："快来看，快来瞧，走过去，瞧不着……"夏天的中午或晚上，女人不是万般无奈，是不会轻易到河边来的。不过真的要是遇上这种情况，你只当没长眼睛没长耳朵匆匆过去就是了。他们疯是疯闹是闹嘎是嘎坏是坏，却绝对不会做出伤天害理的事情来的。

这时候，周天英才问罗淑惠："这位妹妹是谁呀？"

罗淑惠又笑了："哦，都没顾得上介绍。她叫田静娴，县妇联的领导，对了，还是沈秋萍和康运桥的同学呢。"

县委检查团见识了梨花渡的野娘儿们"甩开膀子大干"之后，都很震动，觉得梨花渡的妇女工作一定很出色，她们中间一定会有许多英雄模范人物和可歌可泣的事迹，便把县妇联副主任田静娴派下来，让她抓个"典型"出来。在那个"典型引路"的年代，梨花渡要是出个"响当当"的典型，县委、公社党委自然也是"响当当"的了。他们绝对不会想到，梨花渡连个妇联主任都没有，那个在媳妇们面前一呼百应的罗淑惠，不但仅仅是个"白丁社员"，还是个"缓期执行"的犯罪分子。

罗淑惠又把周天英介绍给田静娴，田静娴一听，急忙握住了周天英的手，兴奋地说："韩书记跟我说了，你要回梨花渡来当妇联主任，没想到你这么快就来了，更没想到在这儿见到你。"

罗淑惠却傻眼了，叫了起来："什么什么？你们说什么？天英，你是妇联主任了？"

周天英的脸红了，解释说："我还没上任呢，韩书记刚跟我谈完话。哦，对了，韩书记说田主任在这儿呢，我是来向田主任报到的。"

罗淑惠上下打量着周天英，满心的疑惑："不对呀……不对。"

周天英说："是不对，我跟韩书记说了，我哪儿是当官的材料呀。要是当官，也应该让罗淑惠当呀。"

田静娴说："听这口气，你们俩算是老朋友了。"

罗淑惠说："何止是老朋友啊，铁杆闺密。"

田静娴笑了："铁杆闺密？铁到什么程度？"

周天英说："淑惠是我的妹妹，可是她从小就比我强，处处都比我强。比我强却不欺负我，处处罩着我，让着我，让来让去，把自己的未婚夫都给我了……"

田静娴糊涂了："什么？未婚夫还能随便给人？你也太夸张了。"

罗淑惠说："别听她胡吣，未婚夫哪儿是我让给她的，是我没那个造化，她捡了个大便宜。"

田静娴说：“你们越说我越糊涂了，到底是怎么回事？”

罗淑惠突然转向周天英：“我刚才说不对，不是说你不能当官，是你当了官之后，怎么还给我送礼？”

周天英说：“送啥礼了？”

罗淑惠说：“那只老母鸡呀。”

周天英说：“那只老母鸡不是你自己的吗？”

罗淑惠说：“当然是我的了……”

周天英说：“是你的，怎么跑到我婆婆手里了？”

罗淑惠说：“你婆婆管着‘四大仙’，抓只鸡还不容易？”

田静娴又说话了：“你们都说些什么呀？我怎么一点儿都不明白？”

罗淑惠说：“别说你不明白了，我们俩都被闹糊涂了。对了，天英，你当官了，以后可得跟我划清界限。”

周天英说：“你又不是阶级敌人，我跟你划啥界限。”

罗淑惠说：“派出所的人跟我说了，地富反坏右，我算‘坏’，‘黑五类’呢。”

周天英说：“我也觉得你够坏的，以后得防着你点儿。”

罗淑惠扑上来，拧着周天英的脖子：“我让你防，现在就给你点儿颜色看。”

两个人很自然地打闹起来。

外面，曹大海的饭做好了，喊吃饭。

罗淑惠说：“开饭了，我们边吃边聊。”

田静娴说：“我在沈秋萍家定了饭了。”

罗淑惠说：“你不去吃，她家的饭也馊不了。”

接着，罗淑惠又冲外面的曹大海喊着：“再摊一盘子鸡蛋，加俩人饭。”

三个人出西厢房要到正房吃饭，吴大娘儿们突然跑过来：“不好了，范希云朝河边跑去了，要自杀……”

008 乡党篇 罗大鞭子

罗大鞭子是我们孩提时代的英雄。那是一个充满火药味儿的年代，时时处处都有斗争，斗争呼唤着英雄，我们所认识的英雄都堆放在课本和有限的课外读物里。现实生活如火如荼，却见不到叱咤风云的英雄。我们总是抱怨生不逢时，没有赶上枪林弹雨的战争年代。现在的斗争再尖锐，也产生不了英雄，都是猫捉老鼠的游戏。一大群貌似勇士的人去抓一个手无寸铁的“敌人”，然后又把老迈的羸弱的甚至呆痴的“敌人”押到斗争台上批倒批臭。这算什么战斗，半点儿危险也没有。在没有半点儿危险的群体斗争中，我可爱的同胞们表现出了极大的热情，而我们却不以为然。

我们宁可承认罗大鞭子是英雄。

首先人家罗大鞭子有英雄形象，换句话说，长得就像个英雄。身高一米八五，虎背熊腰，大脸蛋子，大眼珠子，大嘴岔子。特别是满脸的络腮胡子，如果不剪不剃，任其像紫穗槐一样地蓬长，活脱脱一个喝断桥梁水倒流的猛张飞。

张飞使的是丈八蛇矛，而罗大鞭子使的是丈八红缨长鞭。春夏秋三季，梨花渡的男人和女人一律打着赤膊，穿着笨拙丑陋的挽腰裤，下面也多是打着赤脚。罗大鞭子不，即使在酷暑如蒸的三伏，他也穿着那身威风凛凛的行头：白汗褟儿，敞着怀，潇洒着两排精美的“算盘疙瘩”。下身里面是单裤，外面是套裤，裤腿儿用青色腿带子紧紧地绑着，腰间则是一条巴掌宽的板带。脚下穿着水靴，靴面上遮着护袜。他出现在我们面前的时候总是赶着车，而大多时又都是车上装着满满的货物。

驾辕的是一头藏青色的骟骡，长套是一匹枣红马，边套是一头大叫驴。总是先闻其声再见其车马，然后才能目睹英雄的真面目。我们将他的红缨长鞭称为闪电，将他的吆喝称为霹雳。大多数的时候，他都是跟在车辕左边的，但是我们总是热盼着他挺身上车，两条腿劈在车辕上，两只胳膊挓挲着，整个人形成了一个“X”形。这是在道路坑洼泥泞的时候出现的，罗大鞭子挥舞着长鞭，啪啪啪……长鞭上的红缨划出了三道耀眼的闪电，直落在辕骡套马和边驴的头顶上。紧接着，便是三声炸雷般的吆喝：驾……驾……驾……

三头牲口各在其位，低下头颅，前腿弓，后腿绷，拼尽力气，花轱辘车闯滩过岗，一路飙飞，越过了险境。这时候，罗大鞭子长长地吐出一口气：哦喝驾……

这声音像雨后的一串长雷，轰隆隆地从三头牲口的头顶上滚过，渐渐远去。三头牲口直起腰，昂起头，打着长长的响鼻。它们享受着主人的赞赏，也骄傲着自己的荣光。

农家子弟都喜欢牲口，尤其是骡马。可是能成为真正的把式的人却寥寥无几。把式是农村最受尊重的人。

罗大鞭子不是一般的把式，是专门赶大车的把式，是闻名遐迩的把式。用现在流行的话讲，是著名的专业大把式。

著名且不说，专业却是名副其实的。

从十六岁开始，他从父亲手里接过丈八红缨长鞭，便在梨花渡徐记烧锅当起了专职把式。

徐记烧锅是京杭大运河上有名的酒厂，建于清道光二十三年，也就是徐家先祖徐世杰买下梨花渡那五千亩屯田之后。悬挂在徐记烧锅门前的那块匾额，是当年仓场总督爱新觉罗·铁麟题写的。徐记烧锅酿造的漕运老窖、运丁醇白、青门秘酿，都香名远播，随着滔滔汩汩的大运河，北上通州销往京师，南下杭州远传闽赣。

徐记烧锅有两个大把式，一个是冯大鞭子，一个是罗大鞭子。冯大鞭子赶的是轿车，专门伺候老掌柜和他的眷属进京下卫出远门的。罗大鞭子是专门赶车拉料送酒南来北往的。按照现在的说法，一个是小车司机，一个是货车司机。

关于罗大鞭子的传闻很多，这可能跟他整天价走南闯北经得多见得广有关。那些传闻都很神奇、很刺激、很惊悚。譬如说，罗大鞭子有一个女儿，却没有老婆。有人说了，罗大鞭子是有老婆的，而且是在路上捡的。有一天罗大鞭子去北京送酒回来，车过萧太后河边的一片树林子时，天已经完全黑了。突然，拉长套的枣红马停了下来，单蹄刨地，昂首嘶鸣。辕骡和边驴也都支棱起了耳朵，举步不前了。

牲口是有灵性的，马是有夜眼的。马的夜眼在它的前腿内侧，罗大鞭子用鞭杆子专门指给我们看。那里确实有两只圆圆眼睛，甚至还有睫毛，怎么看不见眼珠子呢？罗大鞭子说，夜眼是夜里才睁开的，专门看人眼看不见的东西。

那么在萧太后河边，马的夜眼看见了什么呢？罗大鞭子疑疑惑惑地来到头马前面，路中间坐着一个一身素白的女人，披散的长发遮住了半边脸，手里拿着一块手帕，正在悲悲切切地哭着。

罗大鞭子问她，她说是河东沙古堆的人，丈夫死了，大伯子为了侵占丈夫遗产，把她赶出来了。罗大鞭子问她去哪儿，她说回娘家，娘家在山东德州……罗大鞭子替女人着急了，哎呀妹子，你走错方向了，德州应该往南走，你这是往北去呀……

女人又悲悲切切地哭起来。

英雄气短，儿女情长。罗大鞭子好心眼，便让女人上了他的车。

罗大鞭子把女人拉回了家，女人却不走了，非要给他当媳妇不可。孤男寡女烈火干柴，两个人一拍即合便过起了日子。罗大鞭子每天照常赶着大车走南闯北，女人在家里洗衣做饭，很是恩爱。那时候徐记烧锅早就没有了，罗大鞭子给生产队赶大车。没过多久，人们发现，壮得像个铁塔似的罗大鞭子慢慢地垮了下去。先是瘦，面黄肌瘦皮里抽肉，后来赶不了车了，连走路都打晃儿。我们也是看见过的，他拄着一根花椒木拐棍儿，晃晃悠悠地从家里出来，靠在门外的土墙上晒着太阳。眯缝着眼睛，像是睡着了。

村里的传闻越来越邪乎了。说罗大鞭子领回来的那个女人是个狐狸精，长得天仙一般的漂亮，又懂得媚术，天天没日没夜地纠缠着罗大鞭子，为的是采真精修炼成仙。罗大鞭子被狐狸精毁了。人家极其负责任地警告过罗大鞭子，让他把那狐狸精赶跑。罗大鞭子不听劝告，不相信自己的女人是狐狸精。事情传到了冯老太耳朵里，冯老太来了。

那个女人见到冯老太，浑身筛糠一样颤抖起来，咕咚咕咚地给冯老太磕头。冯老太闭上眼睛，伸出右手的食指和中指，口中念念有词。女人在炕上滚动着，抽搐着，痛哭地哀求着。罗大鞭子急了，求冯老太别再折磨自己的女人，冯老太不理睬罗大鞭子，继续念咒施法。炕上的女人现出了原形：拖着一条长长的尾巴的母狐狸……

这件事最早是妈妈跟我说的，我问过爸爸。爸爸说，瞎咧咧，女人就喜欢胡诌八扯。

我说，我看见过罗大鞭子病得靠墙站着。

爸爸说，他那是饿的，那年头人人都这样，你不是都瘦成一把骨头了吗？

那女人呢？罗大鞭子家里确实有个女人，我看见过的。

女人倒是有一个，那是罗大鞭子的相好。

不是狐狸精吗？

哪儿来的狐狸精？

不是狐狸精她哪儿去了？怎么不见了？

她回老家了，不跟罗大鞭子过了。

为什么不跟罗大鞭子过了？

还不是因为罗淑惠。

罗淑惠怎么了？是啊，罗淑惠怎么回事？

干张着嘴饿了三年之后，命大的活下来了。农民靠种“十边地”，靠“小摸小拿”，靠“倒腾高价粮”，又满满地把肚子填起来了。肚子饱了，身上的力气便回来了。罗大鞭子又重新举起了丈八红缨长鞭，嘚驾哦喝地威风起来。

我是在运河湾拐角处的一片小树林里找到罗大鞭子的。我家跟罗家还有点儿亲戚，论起来我该叫他大舅。到底是怎么个大舅，连父亲都说不清楚了。穷怕亲戚富怕贼，穷了几辈子了，该断的早就断了。

这里原来是一片河滩荒地，罗大鞭子开垦出来，种上了白蜡杆儿。白蜡杆儿光溜溜、直挺挺的，是做花枪杆、镐把、铁锨把、耙子把用的，是市场上很稀罕的东西。这片荒滩地足足有十几亩，密密匝匝的小树苗儿长得很健壮，看来罗大鞭子是没少下功夫的。罗大鞭子推着一辆堆积得像小山一样的独轮车，上面是一捆捆的小树苗儿。他把小树苗儿从独轮车上卸下，一棵一棵地在白蜡杆儿的苗儿间插着。原本白蜡杆儿的密度已经很大了，那些小树苗儿几乎是一棵挨一棵地插进去的，像夹起了厚厚的密不透风的篱笆。

他对我解释说，河西开发区征占农民土地的时候，给林果的补偿是按棵计算的。林木每棵补十元，果树每棵补二十元。

我问他，这白蜡杆儿有多少棵。

他说每亩三千棵。现在还要补栽一些，争取每亩达到一万棵。

我低头看了看，乖乖，您这补种的不是白蜡杆儿的树苗儿，怎么还有杨树、柳树、苹果树呀？

我到哪儿去找这么多白蜡杆儿的树苗儿。我打听了，人家补偿的时候，不看什么树种，只是来人清点棵数。

我掐着指头算了算，就算一棵树苗儿补十元，一万棵就是十万元，光这些白蜡杆儿，就要补助百万元。

我说，大舅您可发了，要这些钱怎么花呀？

他说，要买辆车。

我吃了一惊，您还想当车把式。

他说，买汽车，买奔驰、宝马。

您还想过过开车的瘾。您七十多了吧？还能考驾照吗？

我给儿子买，儿子失业了，他让我买辆车给他，说去开黑车。开黑车一个月能赚五六千块呢。

等等，您儿子？您怎么还有儿子呢？谁呀？在哪儿呢？

罗大鞭子咧开嘴笑了笑，没回答我。

我后来问过徐先甲。

徐先甲也不知道罗大鞭子的儿子是谁，却告诉了我他的一些经历。

罗大鞭子和冯大鞭子当年都在徐记烧锅赶车，都是二十啷当岁的年轻人。冯老太当年是徐记烧锅的使唤丫头，来历不明，也不知道她姓什么，都叫她浅儿。浅儿当年很漂亮，细皮嫩肉大眼睛，又机灵又懂事。两个车把式都看上了冯老太，冯老太喜欢的是罗大鞭子，两个人还偷偷地钻过高粱地。可是不知道为什么，土改以后冯老太却嫁给了冯大鞭子。

一个谜未解，又多了一个谜。

不过，徐先甲还是提供了一些线索。

据说罗大鞭子没有娶上浅儿，心灰意冷，谁给他提亲他都不要，打起了光棍儿。

光棍儿罗大鞭子给生产队赶大车，拉粮食、拉化肥、拉酒糟粉渣豆腐渣，经常进京下卫走通州。当年农村流传着一个关于农民等级的民谣：五等人赶大车，鞭子一抱脖一缩，偷点儿马料换酒喝……就是说，车把式在农村算个肥差，排到第五等。

从梨花渡进北京，百二十里，通州是必由之路。赶大车当天回不来，需要途中住一夜。通州附近的九棵树有个大车店，大车店里有个女服务员，是个干净利索又颇有姿色的小寡妇。由于这小寡妇的缘故，许多大车把式都喜欢在这里投宿，常常来晚了就没地方了。

罗大鞭子第一次前来投宿，小寡妇便看上了他，热情有加，格外照顾。罗大鞭子却心如死水，波澜不惊，冷着脸对人家不理不睬。

时间长了，罗大鞭子无意中听到有人喊小寡妇的名字，也叫浅儿。

世界上怎么会有这么巧的事？

不知不觉地，罗大鞭子对小寡妇态度变了，仅仅因为人家的名字叫浅儿。

终于有一天，罗大鞭子夜里偷偷地从大通铺的房间里溜出来，钻进了浅儿的小屋。

两个人开始偷偷摸摸，后来明铺暗盖，最后便成了公开的秘密。

后来便是铺天盖地的“大饥馑”，许多生产队的大牲口都被宰杀了，城里城外很少见到赶大车的人了。九棵树大车店也歇业了。

据说，就是那个时候，浅儿来了，跟罗大鞭子住在了一起。两个人是准备结婚的，当时村里不同意。如果结婚，浅儿的户口就要迁到梨花渡，多一个人多一份口粮，村里没有粮食给外来的人。

终于把“大饥馑”熬过去了，罗大鞭子又赶起了大车。罗大鞭子到通州糠醛厂去拉糠醛渣，当柴火用。为了赶路，凌晨三点就要起来。已经是春天了，乍暖还寒，夜里还是有点儿冷。罗大鞭子走到半路，突然听到有婴儿的啼哭。他觉得又是遇上灵怪的事情了，见怪不怪，罗大鞭子没理会。啼哭声总是跟着他，罗大鞭子扬鞭催马，大车跑出几十里了，怎么也摆脱不掉那婴儿的啼哭。罗大鞭子慌了，他停住了车。啼哭声还在继续，非常清晰，似乎就在他的车上。天色已经泛白了，他绕到车后，发现草筐箩里有一个棉被包儿，哭声就是从那里发出来的。

罗大鞭子打开棉被包儿，里面是一个刚出生不久的女婴。

这就是罗淑惠。

罗大鞭子收留了罗淑惠，却把九棵树那个叫浅儿的小寡妇气跑了。

女人容不下女人。

罗大鞭子一直没有结婚，九棵树那个叫浅儿的小寡妇却嫁了人。浅儿是带着肚子嫁人的，嫁的是糠醛厂的一个工人。许多年之后，罗大鞭子才知道，浅儿身边那个儿子是他的。

罗大鞭子是有儿子的，如今儿子又有了儿子，罗家有后，在九棵树。

九棵树深深地牵挂着罗大鞭子，他要用这万棵树换一辆车，然后再到九棵树找他的儿子。

当然，他更惦记着浅儿。

浅儿嫁的那个男人死了，前几年。

009 左岸 坎篇

范希云要跑到运河边跳河自杀，必须穿过梨花渡的南街，也就是徐可良碰见吴大娘儿们掉裤子的那条街。开始的时候范希云并没有跑，她想默默地走到河边。可是路上她碰上了工人家属谷玉梅，谷玉梅连叫了她两声她不搭腔，再一看脸色不对，便从后面追上来。范希云见有人追她，索性撒开丫子跑了起来。这么一跑，谷玉梅慌了，忙喊救命。大寡妇康美兰听到喊声急忙从院子里出来，看见范希云在前面跑，谷玉梅在后面追，忙问啥事，谷玉梅说范希云要自杀。康美兰一听，也跟着喊了起来，喊声惊动了吴大娘儿们，吴大娘儿们没有跟着谷玉梅追赶范希云，而是直接跑到了罗淑惠的家里报信。

罗淑惠、周天英和田静娴听吴大娘儿们一说，急忙跑了出来，跟着吴大娘儿们朝运河边追去。

事情往往就是这样，如果范希云去自杀没有碰上人，一个人来到河边，或许自杀便是一个漫长的过程。她会犹豫，会胆怯，会动摇，会思前想后。可是后面有人追，自杀便成了一个急迫的目标。到了河边，她连口气都没喘，连个愣儿都没打，便扑腾一下子跳进了滔滔滚滚的大运河。

谷玉梅又急又怕，跳着脚地哭喊起来：“救命啊……快救命啊……”

周天英跑到最前面，见范希云已经跳进了河里，在水面上扑腾着，水面上溅起了细碎的浪花。

谷玉梅催促着周天英：“快救人啊……”

周天英急哭了：“我……我不会水……”

正在这时候，只听到咕咚一声，罗淑惠连鞋都没有脱，便一头跳了下去。

罗淑惠把范希云弄上了岸，大家七手八脚地帮忙。范希云已经喝饱了水，肚子鼓鼓囊囊的像个大皮球。脸色煞白，嘴唇发青，眼睛都鼓了起来。

罗淑惠抱着范希云，命令着吴大娘儿们：“趴下！”

吴大娘儿们没明白罗淑惠的意思，瞪着眼睛看着她。

罗淑惠火了：“你看我干什么？快趴下。”

吴大娘儿们四脚扑地，像蛤蟆一样趴在了地上。

罗淑惠说：“把腰拱起来。”

吴大娘儿们把腰拱了拱。

罗淑惠使劲踢了她一脚：“把屁股撅起来，像跟你爷们儿玩狗连蛋一样。”

吴大娘儿们立即明白了，把胳膊和膝盖支在地上，高高地撅起了屁股，那姿势有点儿淫荡，却没有人笑。

罗淑惠把范希云朝吴大娘儿们腰上一放，脸朝下，鼓鼓囊囊的大肚子压在吴大娘儿们高高撅起的屁股上。顿时，一股污浊的汤水从范希云的嘴里喷出来，哗哗啦啦，草地上湿了一大片。

罗淑惠把范希云肚子里的水排空了，又把她从吴大娘儿们的身上抱下来，平放在草地上，有板有眼地做起了人工呼吸。渐渐地，范希云胸脯有了动静，一起一伏的，脸上也有了血色。突然，哇的一声，范希云哭了起来……

罗淑惠把范希云背到自己的家里。

范希云缓过来了，泪水汪汪地看着罗淑惠，嗫嚅地说：“你……你不该救我。”

罗淑惠说：“我怎能见死不救呢？”

范希云说：“我……不值得你救。”

罗淑惠说：“别这么说，老天爷给你一条命，这命不是你的，是老天爷的，你不能把老天爷的命给断了。”

范希云说：“我本来就是剩的……命贱，不该活。”

这句话，像刀子一样扎在罗淑惠的心里，她立即想起了自己讲的那个《小破鞋糊弄傻爷们》的故事，心里充满了愧疚，低声说：“嫂子……我不该，你别恨我……”

范希云哽咽着说："妹子，我不怨恨你……我恨的是我自己，恨的是周二宝……他扒光了我的衣服，吊在门框上用皮鞭子抽我，还招来一帮半大小子前来看热闹，你说我……我还有法活吗?"

罗淑惠烧了一锅热水，把大澡盆端进屋里，替范希云脱掉湿淋淋的衣服，给她洗着身子。罗淑惠发现，范希云其实长得很美。细腰丰胸大屁股，皮肉白白嫩嫩，特别是那两只馒头形的奶子，又丰满又结实。可是她浑身上下，却布着一条一条渗着血渍的伤痕。罗淑惠擦洗着她的伤口，抚摸着她的身子，心里充满了爱怜，充满了痛惜。鼻子一酸，泪水不由得流了下来。

夜里，范希云躺在罗淑惠的身边，讲起了自己悲惨的过去。

我的老家在山区，太行山，离梨花渡三百多公里。山区的日子比梨花渡苦十倍，我家穷，更是苦上加苦。我三岁的时候，父亲大雪天上山砍柴"跑了坡"，掉在山涧里摔死了。我的母亲熬不住了，扔下我跟一个锢漏锅的跑了，是我奶奶一把屎一把尿把我拉扯大的。都说家乡可爱故土难离，我对家乡半点儿感情都没有。我们那个穷山沟，真是连兔子都不屙屎，我就奇了怪了，我们的祖先怎么选这么一个地方落脚呢？落了脚还就扎了根，祖祖辈辈都离不开了。说是穷山恶水，我们那小山沟连恶水都没有，背一趟水要爬七八里的路。我牙还没长齐，就往嘴里塞又苦又涩的野菜树叶；刚会走路，我就背着小梯架子上山砍柴。刚刚懂事我就跟奶奶说，我长大了一定要离开这鬼地方。奶奶知道我恨透了这小山村，咬着牙供我读书。我自己也争气，考上县中学。为了凑自己的书费学费饭费，我一边读书一边纳鞋底儿，每天都纳大半夜。怕影响同学们休息，我就躲到厕所里去纳。天寒地冻，厕所里没有暖气，我的手脚都冻烂了。这些苦我都能吃，这些罪我都能受，我心里边揣着一个梦想，将来考上大学，在城里找个工作，把奶奶接出来享几天福。

"文化大革命"来了，大学停止招生了，我只好又回到那该死的小山沟。可是我的心并没有死，我天天等着、盼着，整夜整夜睡不着觉。我等着"文化大革命"早点儿搞完，盼着大学恢复招生，也幻想着上帝能赐给我一个离开家乡的好机会。妹子，我不怕你笑话，我还到庙里偷偷烧过香许过愿呢。你说咱是个高中生，从小受的是唯物主义教育，怎么还会烧香拜佛呢？真的，人在没有路的时候，天上打过一道闪，也把它当成一条路。宁可信其有，也不信其无，万一心诚则灵呢！

机会终于来了，有一天我在大队门口写黑板报，来了一个骑自行车的人。他四十多岁，清清瘦瘦的，说话嗡嗡隆隆的，典型的西南方口音，脖子上有一个很大的喉结，还戴着一副白边眼镜。人家说这是新来的公社书记，还是个大学生呢，也是因为“文化大革命”才派到这穷山沟里接受再教育的。他在我身后站了一会儿，跟我们村主任说，这姑娘的字写得不错呀。然后他又把我叫到大队部，问我叫什么名字，多大年龄，在哪儿读的高中，等等，还让我写一篇“评法批儒”的文章，过两天送到公社给他看看。从那以后，他不断地让我到公社找他，总是给我许愿。一会儿说让我到公社当广播员，一会儿说让我当公社团委书记，一会儿又说推荐我上工农兵大学。

我把一切希望都寄托在他的身上，他就是我拜的神。在他面前，我成了一只服服帖帖的猫，任他抚摸，任他摆弄，任他蹂躏。终于，他有了另一只猫，便把一张工农兵大学的招生表赏给了我。我原以为，付出了这么屈辱的代价之后会时来运转的。我暗暗发誓，只要离开这个小山沟，我就永远不再回来了；只要离开这个披着人皮的“四眼狗”，我就骂他八辈祖宗。万万没想到，所有的关口都过了，到录取体检的时候，医院却告诉我怀孕了……

大学没上成，我一下子跌入了十八层地狱。我成了臭名远扬人人唾弃的破货……我真的不想活了，也不能活了。奶奶苦苦地哀求我，不让我撇下她……我可怜的奶奶，为了她我才活下来的，也为了她我才远走高飞嫁到梨花渡来的……

范希云讲着这些往事的时候，显得异常平静。像是在讲述一个遥远的、已经被人遗忘的故事；像是在捕捉着一个可怕的已经朦胧的噩梦。

梨花渡险些出了人命，受害的是妇女同胞。作为县妇联副主任田静娴，作为即将上任的村妇联主任周天英，是不能不闻不问的。妇联就是维护妇女权益的，她们要为妇女撑腰，要惩处戕害妇女的元凶。

两个人商量要开一个批判大会，把周二宝揪出来让全村的妇女批判，批深批透，批倒批臭。

她们来到罗淑惠家找范希云，鼓励她站出来揭发检举周二宝迫害妇女的罪行。

还没轮到范希云说话，罗淑惠首先提出了反对意见：“不行，周二宝打老婆不对，可是他不是打一天两天了，自从把范希云娶进门来就打，怎么今天才批判呢？”

周天英说：“今天才批判他，是因为范希云跳河了，差点儿出了人命。”

罗淑惠说：“是啊，差点儿出了人命，你们才出来干涉。看来什么事情都有个尺寸，不能过。周二宝平时打老婆可以，把老婆打到要自杀了就不行了。可是你们想想，为什么平时周二宝打老婆没有管呢？因为村里人都把范希云当作‘破鞋’，女人一‘破’了就不值钱了，就是没主儿的狗，随便打骂都理所当然，是不是？”

周天英说：“咱就是要教训一下周二宝，别让他以为妇女是可以随便欺负的，咱妇联要为妇女当家做主。”

罗淑惠说：“我的意思是，周二宝是批不倒批不臭的。就算把周二宝批倒批臭了，你让范希云怎么办？她跟周二宝离婚吗？不离婚还怎么在一起过？”

田静娴明白过来了，觉得罗淑惠说的有道理，光批判周二宝是没用的，闹不好还会给范希云带来更大的麻烦。可是，怎么办呢？就把周二宝白白地放过去，太便宜他了，以后他会变本加厉，更不把范希云当人了。

罗淑惠说：“是要教训一下周二宝。”

周天英问：“怎么教训？”

罗淑惠说：“这事交给我吧，我来教训他。”

周二宝来了，他迟疑地推开小栅栏门。罗淑惠隔着玻璃看见了，掩着怀迎了出去。

周二宝见了罗淑惠，低着头说：“弟妹，您救了俺家的一命，俺谢谢您了。”

罗淑惠双手抱肩，身子倚靠在门框上，眯缝着眼睛看着周二宝，一声没吭。

周二宝有点儿慌了："弟妹，她……要是没啥事，俺就把她带回去吧。"

罗淑惠依然不开口。

周二宝更加摸不着头脑了。

忽然，罗淑惠转身进了屋，拿出一条扁担两只水桶，往周二宝脚下一扔，厉声说："去，先给我挑水去。"

周二宝蒙了："弟妹，这……到底是咋回事呀？"

罗淑惠说："您媳妇怀孕了您知道不知道？"

周二宝说："啊……知道。"

罗淑惠说："我也怀孕了。"

梨花渡有这么一个风俗，媳妇有了身孕的男人，是绝对不能跟其他孕妇说话的。说了话，等于抢了人家的奶水，很不吉利又很不道德的。万一不小心说了话，就要立即采取补救措施，把抢去的奶水退回来。怎么退回呢？由男方给女方的家里挑水。挑回来水往水缸里倒的时候，水缸上面要放一张筛子，水通过筛子过滤到水缸里。

周二宝无奈，挑着水桶出去了。罗淑惠把一张筛子放在水缸上，又找了一根皮管儿，一头插进水缸里，一头通到水缸旁边的葡萄架下。然后，她坐在屋门槛上，一边奶着孩子，一边等着周二宝挑水回来。

罗淑惠住在南街，离官井有半里多路。周二宝因为媳妇投河觅死，中午就没吃饭，现在已经到了傍晚时分了。人是铁饭是钢，一顿不吃饿得慌。饿着肚子给罗淑惠挑水，也实在够呛。前三趟还不觉得怎么样，毕竟是三十多岁的棒郎子嘛。第四趟有点儿喘，第五趟脑袋冒了汗，第六趟第七趟，两条腿开始打软儿了。罗淑惠家的水缸也真怪，看着不大，怎么挑了八担还不满？周二宝咬着牙又挑了两担，缸里的水还没漫过筛子。他觉得奇怪，掀开筛子看见了那根皮管儿，气得说话都变了音："弟妹，您这不是成心要戏我吗？"

罗淑惠说："我救了您媳妇一命，您给我浇浇葡萄还不应该吗？"

周二宝又注意到了罗淑惠怀里吃奶的孩子："弟妹，您……您根本就没怀孕。"

罗淑惠说："我怀孕不怀孕，能告诉您吗？"

周二宝说："您这孩子还吃奶呢，这……"

罗淑惠说："我们拍的是热窝儿，您管得着吗？"

周二宝张着胡子拉碴的大嘴没词儿了。

罗淑惠开始教训周二宝了："您今儿的水不是给我挑的，是给范希云挑的，算是您向范希云认罪赎罪。您凭什么张嘴骂人伸手打人？不错，希云过去是不大清白，结婚的时候又瞒了您。可您知道，她过去是让恶狗咬了，命够苦的了。您应该疼她、爱她，替她把狗咬的伤口治好。她为什么会嫁给您呢？因为她觉得您是个人，不是条狗，不会像那条恶狗那样咬她。话又说回来了，希云要不是有那个污点，能嫁给您吗？您找个犄角旮旯的地方撒泡尿照照，就凭您那副德行，您配得上范希云吗？人家长得漂亮不说，还是个高中生。您呢？小学五年级都没念完。您摸着胸脯想想，娶范希云这么一个媳妇，您亏了吗？"

罗淑惠声高气壮，狗血喷头地数落着周二宝。可有一样，罗淑惠不管说话有多难听，却口口声声地以"您"称呼着周二宝。罗淑惠是本村的娘家，按照街坊的规矩，她可以从娘家论，叫周二宝哥；也可以从婆家这边论，也叫周二宝哥。虽然同样都是哥，哥跟哥却是大不一样。娘家那边的哥，是兄妹关系，说话可以随便甚至可以互不讲礼；婆家这边的哥，是大伯子和兄弟媳妇的关系，要彬彬有礼装模作样客客气气，半点儿都不能放肆。罗淑惠口口声声地以"您"称呼周二宝，就是提醒他，你是大伯子，给我老实点儿规矩点儿。

周二宝懂得这规矩，尽管罗淑惠说话再难听，他也得老老实实伸着脖子挨着数落。等罗淑惠的话说得差不多了，他才唯唯诺诺地说："得了，弟妹，水我也给您挑了，您该骂的也都骂了，再说俺也认错了，您就让俺把媳妇领回去吧。"

罗淑惠一副余怒未消的样子："把媳妇领回去？没那么便宜，我派人找田主任和周天英去了。"

周二宝问："田主任是谁？找周天英干啥？"

罗淑惠说："田主任是县妇联副主任，周天英呢，马上就当咱梨花渡的妇联主任了。"

周二宝说："这事还要经妇联？"

罗淑惠说："当然要经妇联了！妇联是干什么的？是保护妇女权益的。您知道您这叫什么吗？是家庭暴力、虐待妇女，还差点儿出了人命。告诉您，不但要经过妇联，还要经过法院呢，要由村妇联、县妇联直接向法院起诉您。人命案，至少要判您十年八年的……”

罗淑惠说到这儿，急忙停住了嘴，她突然意识到，她身上还背着一桩“人命案”呢，而且她还是正在服刑的案犯呢。

幸亏周二宝的脑袋短路了，没想起这个茬口儿。周二宝是个耗子扛枪窝里横的主儿，别看他在老婆面前称王称霸逞威风，真要是在外面遇上点儿风吹草动，比耗子的胆子都小。让罗淑惠这么一拍唬，他早吓得心肝发颤了。周二宝大嘴一咧，眼泪花花，双膝弯曲，身子下坠，就差没给罗淑惠跪下求饶了：“弟妹……求求您了，您给说几句好话，千万别经官……”

罗淑惠说：“不经官也行，得开您的批斗大会，您得在全村人面前低头认罪……”

周二宝真的哭了：“弟妹，不行啊，俺丢不起那人啊……俺娘有心脏病，那批斗大会一开，非要了俺娘的命不可啊……”

罗淑惠说：“您怕经官，怕批斗，怕蹲大狱是不是？”

周二宝哭着说：“啊……是，俺怕……”

罗淑惠说：“那范希云还怕挨打呢。”

“俺保证不打她了，连一个指头都不捅她了。”

“您嘴里那是舌头吗？”

“俺要是说话不算数，任您怎么惩罚都行。”

“我现在就要惩罚您。”

“俺认罚，心甘情愿。”

“这也算不得惩罚，只是给您一个认罪赎罪的机会。让范希云先在我这儿住十天，我管住不管吃，谁家的粮食都有定量。您一天三顿饭做好了给她送过来。不许钻胡同贴墙根，就在大街上明扯大摆地走。谁要是问您，您就实话实说。”

这分明是让他栽跟头现丑，周二宝含糊了。

罗淑惠立刻绷起了脸：“怎么，您嫌寒碜了是不是？怕丢人是不是？那我不管了，您去找妇联吧。”

周二宝忙说：“别别，俺按照您吩咐的做还不行？”

罗淑惠又补充说：“范希云让您这么一折腾，命算捡回来了，可是没死也脱了一层皮，何况她肚子里还怀着您的孩子，您得好好给她补补身子。”

周二宝忙说：“应该的，应该的。”

“每顿饭都白米白面，一点儿粗粮都不能吃。”

“是，是。”

“鸡鸭鱼肉，凡是能买到的，都尽量给她买，每顿饭至少两个菜，一荤一素。”

“行，行，错不了。”

周二宝走了，罗淑惠笑了。她抱着孩子进了屋，对范希云说：“怎么样，给你出气了吧？”

范希云红着脸说：“你让他买鸡鸭鱼肉，哪儿来的钱呀？”

罗淑惠叹了一口气：“瞧瞧，你还替他为难起来了。咱女人呀，天生一副贱骨头。不行，这回你听我的，一定要把这十天坚持下来。”

周二宝前脚走，周天英和田静娴后脚便进来了，她们一直在外面盯着呢。周天英和田静娴还没开口说话，沈秋萍闯进来了。人不到，笑声先进来了。嘎嘎嘎的，像是被公鸭子追赶的浪鸭子。再一看，沈秋萍手里提着两只沉甸甸的铁皮暖壶，一手一只，身子晃晃悠悠。

田静娴忙问：“怎么了？碰上欢喜神了，不至于吧。”

沈秋萍说：“哪儿是欢喜神呀，我碰上财神了。”

说着，沈秋萍把两只铁皮暖壶放在水缸旁边的小饭桌上，对罗淑惠说：“快拿几个大碗来……啤酒，冰镇的，拔凉拔凉的。”

罗淑惠拿出四只饭碗，沈秋萍端起一只暖壶，倒了满满的四大碗啤酒。晶莹剔透的啤酒嘶嘶冒着凉气，翻腾着细碎的水花儿，看着便十分诱人。

周天英首先端起一碗，扬起脖子，猛地喝了一大口。突然噗的一声喷了出来，喷了罗淑惠一脸。

罗淑惠忙问：“怎么了？呛着了？”

周天英抹着嘴巴：“这是啥玩意儿呀？马尿，比马尿还臊。”

沈秋萍和田静娴一起笑起来。

罗淑惠接受了周天英的教训，没敢喝，看着沈秋萍。

田静娴却把啤酒端起来，一口一口地喝着，一边喝还一边得意地抹着胸脯子，很享受的样子。

沈秋萍问周天英："你是第一次喝啤酒吧？"

周天英说："是啊，怎么了？"

沈秋萍说："第一次喝啤酒都不习惯，喝着喝着就上瘾了。"

罗淑惠试探着喝了一小口，舔着舌头咂摸着滋味儿。

田静娴问："怎么样？"

罗淑惠说："是有点儿臊味儿，不过也不难喝。"

沈秋萍说："你再喝几口，一会儿就适应了。"

周天英说："人还能适应臊味儿？我再尝尝。"

罗淑惠说："瞧瞧，白嘴儿喝酒，总得有点儿菜呀，我去给你们拍盘黄瓜，摊盘鸡蛋。"

田静娴说："拍盘黄瓜就行，鸡蛋就不用摊了。"

罗淑惠进屋准备酒菜去了，三个女人在小饭桌旁边坐下来。

田静娴突然问："喂！秋萍，你怎么想起买啤酒来了？"

沈秋萍说："梨花渡原来没有啤酒，今年是第一次卖，供销社弄来的散装啤酒，五毛钱一升，挺便宜。"

田静娴说："五毛钱一升还便宜？县城里卖四毛钱。咦，对了，你刚才说你碰上财神了，真的发财了？"

沈秋萍说："对啊，要不我哪儿有钱买啤酒呀？"

周天英说："快说说，你怎么碰上的财神？"

沈秋萍说："我今天拿着三十个鸡蛋过河到镇上去卖，咱村供销社收购八分钱一个，镇上能卖一毛钱。一个鸡蛋差两分，三十个鸡蛋就差六毛呢……"

田静娴说："你可真会算计，下乡几年会过日子了。"

沈秋萍说："庄稼人的日子比不了你们城里，一分钱都要掰成两半儿花。"

周天英说："秋萍，你接着说。"

沈秋萍说："我提着鸡蛋路过徐家大院，一个大嫂问我，用粮票换鸡蛋行吗？我问她怎么换，大嫂说，原来她换过，一斤粮票换三个鸡蛋。我一想，三个鸡蛋三毛钱，黑市上一斤粮票能卖四毛钱呢，也划算。这样，我给了她三十个鸡蛋，她给我十斤粮票。我琢磨着，静娴来了好几天了，也没好好请她吃顿饭，便进了南来顺饭馆。饭馆里有新出锅的大肉包子，五毛钱一斤。我拿出一块钱，买了两斤肉包子，一斤十个，两斤就是二十个……”

田静娴一听，忙问：“包子呢？快拿出来。”

沈秋萍说：“你先别急，听我往下说。我拿着包子往回走，大桥头有一帮修护堤的民工，正是开饭的时候，开饭前他们光着屁股在河里洗澡，见到我便嗷嗷地叫起来，还拍起了屁股花……”

田静娴气愤起来：“这帮流氓，我也遇见过。”

罗淑惠端着摊好的鸡蛋和拍好的黄瓜出来了，正好听见田静娴那句话，便说：“他们算不上流氓，可这样胡闹，应该算是流氓行为。”

田静娴依然十分气愤：“对，至少是流氓行为，这种流氓行为也应该打击，不能让他们胡作非为。”

周天英说：“不是在说包子吗，怎么转到流氓身上去了？”

罗淑惠问：“什么包子？”

周天英说：“沈秋萍买的大肉包子。”

罗淑惠问：“哪儿呢？你们都吃了？一个都没给我留？”

沈秋萍说：“哎呀，你们别打岔好不好，听我说。我是用一个网兜儿提着包子的，二十个大肉包子鼓鼓囊囊白白胖胖，把那些嘎小子都馋坏了。他们问我，包子卖不卖。我顺口说，卖，两毛钱一个。那些嘎小子一听，噼里啪啦地就从水里蹦出来，要买我的肉包子……”

田静娴紧张地问：“他们光着屁股就上来了？”

沈秋萍说：“我冲着他们喊，都给我把裤子穿上，不穿裤子不卖你们。别说，这些嘎小子还挺听话，匆匆忙忙把裤子穿上了。他们一下子把我的包子抢完了，没抢到的还急着要打架。我一看，二十个包子卖了四块钱，赚大发了。我问他们还要不要，要就在这儿等着。我连跑带颠跑回南来顺饭庄，掏出八斤粮票，全买了包子。我把包子提到河边，又卖了十六块钱。我给你们算算，我拿三十个鸡蛋原本只能卖三块钱，这么一折腾，我手里有了二十块钱。你们说，我是不是碰上财神了？我发了财不忘朋友，看见供销社来了鲜啤酒，很多人都在排队，我也排上了队。打啤酒需要暖壶，我顺手买了两个暖壶，四块钱一个，加上打四升啤酒两块，我共花了十块钱，现在我手上还有十块钱……路上我算计好了，明天我还去，带上一百个鸡蛋，淑惠嫂子，把你家的鸡蛋都给我，赚了钱咱俩对半分……”

田静娴叫了起来：“乖乖，你还想去呀？这可是犯法的事，你的胆子也太大了。”

沈秋萍说：“我卖鸡蛋犯啥法了？”

田静娴说：“你这哪儿是卖鸡蛋呀？这是投机倒把，要判刑坐牢的。”

沈秋萍说：“什么？这算投机倒把？”

周天英说：“还算干吗？就是投机倒把，前两年镇上的赖老四从城里倒腾服装卖，就给抓起来了。”

田静娴说：“秋萍，我知道你心眼儿活，鬼点子多，你可得收敛点儿。这件事就到此为止吧，下不为例。”

沈秋萍叹了一口气：“想了一路的发财梦，到你们这儿都摔碎了。悲哀啊，我的心都碎了。”

周天英说：“那咱的啤酒还喝不喝呀？这可是投机倒把的钱买的，还有这两个暖壶。”

罗淑惠说：“啤酒咱大伙儿喝，暖壶给我留下一个。”

周天英说：“你不怕呀？”

罗淑惠说：“我怕什么？投机倒把的事情又不是我干的，要抓也抓不到我的头上呀。”

沈秋萍叫起来：“凭什么呀？哟，炒豆大伙儿吃，炸锅是一个人的，我冤不冤啊？”

田静娴说：“秋萍的事儿就这样吧。天英同志，你马上就要上任当妇联主任了。我建议在梨花渡搞一个‘破旧立新，移风易俗’的活动。”

周天英问：“咋个移风易俗？”

田静娴说：“先从男人光屁股抓起，必须树立新风气，让他们文明洗澡。”

沈秋萍说：“洗澡讲什么文明呀？你洗澡不脱光了？”

田静娴说：“在家里洗澡，怎么光都没关系，河边是公共场所，大庭广众。”

沈秋萍说：“我听说了，在国外还真有许多地方是裸体游泳的，而且男男女女在一起。”

田静娴说：“那是资本主义国家，是腐败糜烂的生活方式。河边也是阵地，无产阶级不去占领，资产阶级必然去占领。”

沈秋萍说：“这河边还有阶级斗争？也太夸张了。”

田静娴说：“阶级斗争无处不在，所以我们必须天天斗，月月斗，年年斗。与天奋斗，其乐无穷；与地奋斗，其乐无穷；与人奋斗，其乐无穷。”

沈秋萍说：“行了，斗来斗去，把活路都斗死了，把赚钱的路也斗死了……”

罗淑惠插嘴说：“你们先别争了，我倒是觉得田主任说得对，我们是要占领河道。”

周天英不解：“占领河道？谁占领？”

罗淑惠说：“女人占领，梨花渡的娘儿们要占领河道。”

010 右岸　艮篇

占领河道的行动计划，是在大船板棉花地里策划的。大船板在村东边，紧挨着“老婆肚皮”，有七八十亩，种的都是棉花。农民需要棉花，棉裤棉袄被子褥子毛窝老头乐，都是棉花絮的。国家不发给农民棉票，只有自己种点儿。种是种了，棉花也像粮食一样是不能私分的，采摘之后要交给国家。什么东西交给国家都叫爱国：粮食叫爱国粮，棉花叫爱国棉，菜叫爱国菜，猪叫爱国猪，蛋叫爱国蛋，如此等等。

这天的活茬儿是给棉花打药。棉花最容易患病虫害，给棉花打药是一项技术活儿。这技术活儿是由县里统一指挥的，打什么药，打多少药，什么时候打，都要统一部署，叫“战役”，田间地头的标语是这样的：苦干七昼夜，气死帝修反，消灭棉花病虫害。棉花打药什么时候开始，什么时候结束，都是死命令，令行禁止。可是有个问题却被县领导忽略了。棉花打药的时间是人规定的，可是棉花患病虫害的时间却由棉花的克星自己做主。棉花的克星不听指挥，“一元化”领导也无可奈何。患虫也好，患病也罢，大抵由传染传播造成的，传染传播是需要一定的时间的。全县那么大，东南西北的棉花相隔百余里数百里，怎么能说咳嗽一起咳嗽说喘一块儿喘呢？去年患的是棉蚜虫，也是全县统一指挥打药的。打药的时候，棉蚜虫据说在二百里外北安镇的棉田里猖獗呢。梨花渡的棉田里没有蚜虫，没有蚜虫也必须打药，不能破坏全县统一部署。打完药一个多星期，北安镇的棉蚜虫被消灭了，溃不成军的棉蚜虫重新纠集队伍，以疯狂的复仇姿态扑向了梨花渡的棉田。梨花渡的棉田是一个星期前打的药，这会儿药效刚好过期，蚜虫们像日本鬼子一样兽性大发，实行“新三光”政策：吃光、嚼光、毁光。

去年梨花渡的棉花减了产，显而易见的原因是防治的时机不对，药打早了。可是有着高度政治觉悟和组织纪律性的公社党委不这样认为，他们召集各村干部开会，继续部署“苦干七昼夜，气死帝修反”。老主任康百顺回来给媳妇们传达指示：给棉花打药，是战役，不许请假，旷一天工罚三天……

新来参加劳动的周天英提出了疑问：“老主任，我听说，去年咱给棉花打药了，结果棉花还是被蚜虫吃了，今年怎么还打呀？”

康百顺说：“俺也是跟公社这么说的，公社说，去年咱的药用错了。”

周天英问：“去年咱用的是啥药呀？”

康百顺说：“去年咱用的是一〇五九，错了。”

周天英问：“那咱今年用什么药？”

康百顺说：“今年咱得用幺〇五九……”

周天英首先笑起来。

康百顺说：“你笑啥？幺〇五九比一〇五九劲儿大，你有文化，应该懂的。”

这一下，媳妇们像一群鸭子一样嘎嘎嘎地笑起来，笑得前仰后合，没完没了。

康百顺火了：“笑啥笑啥笑啥呀？有啥好笑的？你们这群娘儿们，就知道一天到晚地浪笑。不就是笑俺不会说话吗？你们会说话你们干，这窝里窝囊的官俺不当了……”

媳妇们见康百顺真生了气，又都围过来，有的拉胳膊，有的拍肩膀，有的胡噜脑袋。

工人家属谷玉梅说：“得了，老主任，俺在您的领导下，不是高兴吗？”

京白梨李春暖说：“老主任，您可不能不干，您要是不干，这地球真的就不转了。”

罗淑惠站在康百顺的面前，伸出一个指头：“叔，别理她们，她们就知道犯贱。我问您，这是几？”

康百顺说：“逗傻子呢？我连‘一’都不知道？”

罗淑惠说：“这‘一’还叫什么？”

康百顺说：“‘一’就叫一，还能叫啥？”

罗淑惠说："麻将里有张牌叫'幺鸡'您知道吧？"

康百顺说："'幺鸡'是一呀？"

罗淑惠说："是一为什么叫'幺鸡'呀？"

康百顺说："幺就是一，一就是幺呀，你连这都不知道？"

罗淑惠说："那您想想，这幺〇五九跟一〇五九有什么不同呢？"

康百顺想了想，使劲一拍脑袋："嗨，这事闹的……"

媳妇们又笑起来。一天辛苦而低效的劳动就这样快乐地开始了。

中间打歇儿的时候，她们却严肃地讨论起了真正快乐的事情。罗淑惠招呼大伙儿开会。有句话说得对，权威不是人为树起来的，是在生活和斗争中自然形成的。罗淑惠原本就人缘好，水平高，办事公平，再加上那次率领娘儿们赤膊上阵保护了"老婆肚皮"的玉米，更加令人口服心服心悦诚服。罗淑惠一招呼，媳妇们齐刷刷地围上来。

占领河道的计划是罗淑惠提出来的，是田静娴和沈秋萍极力支持的，现在她们却让周天英宣布。周天英有点儿胆憷，她没当过官，她被任命为梨花渡村妇联主任的事现在还没公布。再说，她跟这些媳妇们虽然认识，可是并不熟悉。她还是在学校读书的时候利用星期天和节假日来参加过劳动。毕业以后，她便去了料器厂，今天也是她第一次下田跟媳妇们一起干活儿。名不正言不顺，她不知道怎么说，更不知道说什么。

罗淑惠竭力地扶持她，利用自己的威望树立周天英的权威。她说："周天英是我的发小，从小学到初中，谁也没离开过谁，是我最好的朋友。从今天开始，她跟咱同呼吸共命运了。"

大寡妇康美兰发问了："周天英不是工人吗，怎么不上班了？被料器厂开除了？"

罗淑惠说："大寡妇你嘴上留点儿德，什么叫被开除了，人家回村参加劳动另有重任。"

工人家属谷玉梅说："料器厂的工人又不是国家正式职工，能有啥重任？"

谷玉梅的老公是镇上南来顺饭店的厨师。南来顺饭店原来是清门兴武六帮头廖公谋创办的，原来叫南来顺饭庄，公私合营以后把饭庄改为饭店，原来的职工都改为国家工人了，发工资，吃粮票。但凡工人，无论干什么，只要发工资、吃粮票，便高人一等。谷玉梅是工人家属，话里话外行动坐卧总有一种优越感，处处谝能，高人一头的样子。沈秋萍最看不惯她这副德行。沈秋萍说："重任不重任的跟国家职工有什么关系？哟，你以为只有国家职工才配有重任，告诉你，哪个锅里都有烂白薯。"

谷玉梅谝是谝，可是胆小，她又知道沈秋萍跟罗淑惠好，不敢招惹沈秋萍，便咽了口唾沫，忍了。

罗淑惠说："你们别打岔，欢迎周天英给我们讲话。"

别说，谷玉梅跟沈秋萍这么一调节，周天英的情绪稳定下来了，并且突然有了话题，她神态平静地说："刚才罗淑惠说了，我们从小学到初中都是同学。我和罗淑惠一起参加过县里体校的培训，那时候正是夏天，我们成群结队地到河边去游泳，虽说我不会游泳，也跟着去瞎扑腾……"

吴大娘儿们又多嘴了："女学生也去吗？"

周天英说："当然了，我们男生和女生一起去。"

吴大娘儿们又问："啊？女生和男生一起洗澡？"

周天英说："我们不叫洗澡，叫游泳。"

吴大娘儿们说："那不一样吗？不都是脱光屁股在水里泡着吗？"

李春暖抢着说："城里人游泳没有光屁股的，都穿着游泳衣。"

吴大娘儿们说："到水里还穿衣服，多别扭呀？"

罗淑惠发话了："吴大娘儿们，你还有完没有？"

吴大娘儿们吐了一下舌头，赶紧闭上了嘴。

周天英接着说："县城里的河道，属于男人，也属于女人，是男女共用的。可是我们梨花渡的河道却只属于男人，女人不但不能用，连近前都不行。这不公平，这是歧视妇女。现在是新社会了，女人能顶半边天，凭什么干活儿的时候让我们顶半边天，河道却连边都不让我们沾。这不，县妇联的田副主任也在这儿呢，罗淑惠提出来一个行动：占领河道。"

吴大娘儿们憋不住，又开口了："咱老娘儿们占那河道干啥？"

罗淑惠说："晚上咱到河里洗澡，不比你在家用脸盆一把一把往身上撩水痛快？"

范希云经过那次自杀，罗淑惠给她撑了腰，也提起了精神，她说：“俺是山沟里长大的，见到水两条腿就发软，淹死了咋办？”

沈秋萍说：“我用铁丝给你们划出一个安全区，最深的地方也没不了肚脐眼儿。”

康美兰反倒积极起来：“对，咱占领一段河道，就是不洗澡，中午也可以到那儿打青草。”

田静娴发言了：“我支持，百分之百支持。我们占领河道，不光是为了游泳、洗澡、打青草，更主要的是为妇女争利益。男人在河道里为所欲为，这是恶习，我们要显示妇女的力量，树立新风气，把千年不变的老规矩破一破、改一改。”

见县妇联领导都这样支持，妇女的情绪高涨起来。七嘴八舌集思广益，一套完整的占领河道的计划诞生了。

第二天早上，人们到老榆树下上工的时候，发现墙上贴着一张大红告示：

重要启事

即日起，梨花渡的妇女同胞要与男同胞分享河道。运河东岸北至聚仙台，南至蒲草湾，包括在此范围内的草滩、树林及整个水面，均划归妇女所有。每天中午十二点至下午两点，晚上八点至十二点，妇女要在此洗澡，男士必须避路绕行。若贸然侵犯此地，当以流氓论处。

特此通告！

梨花渡“半边天”

这张告示一贴出，梨花渡立即掀起了轩然大波。人们奔走相告，议论纷纷，比地震预报还要震撼人心。一时间，男人和女人的对立到了白热化，战争一触即发。

男人们为保护他们的世袭领地，立即组织出一支防卫队。中午收工以后，他们连饭都顾不上吃，便进入了“阵地”，准备击退来犯的“敌人”。可是这天媳妇们却没有露面，他们白挨了半天饿。晚上，他们又早早地做好了准备，仍然是空等一场。一连三天，都是如此。男人们放心了，原来女人们是气壮如牛，胆小如鼠，瞎咋呼。

万万没有想到，第四天晚上，媳妇们开始进攻了。这个战略方针是罗淑惠提出来的，她给大伙儿讲了一段《曹刿论战》，“一鼓作气，再而衰，三而竭”。之所以选择这个时机发动总攻，一方面是把“敌人”拖疲沓了，使他们放松了警惕，涣散了斗志；另一方面，她们在此间做了一些分化瓦解工作，主要是各自把自己的男人管住，不许他们到这段河道上来。现在，守卫在这里的“战士”，大多数是没娶媳妇的小光棍儿。

这是一个美丽的夜晚，月亮还没有出来，满天的星星又密又亮。小伙子们吵吵嚷嚷，争先恐后地跳到清悠悠的大运河里。他们在河水里嬉闹着，蹦跳着，激起了满河碎银子似的浪花。罗淑惠率领着媳妇们，来到聚仙台，钻进小树林，观察着河道上的动静。河滩上隐隐约约晃动着一群男人的身影，他们像是刚从水里爬出来，一边噼里啪啦地拍打着屁股，一边齐声唱起了“屁股花”：

咚咚嚓，咚咚嚓，
比比谁的大，
统统一边大；
咚咚锵，咚咚锵，
比比谁的长，
统统一边长；
咚咚喧，咚咚喧，
比比谁的顽，
统统一边顽……

罗淑惠一声令下：“媳妇们，唱起来。”

向前，向前，向前，
我们的队伍上前线。
占领运河湾，
赶走男子汉。

一条大河分两半，
你半边来我半边……

歌声整齐嘹亮，气势昂扬，那群拍打着“屁股花”的小伙子顿时被惊住了。他们一边互相鼓励着说着大话，一边慌慌张张地寻找着自己的裤子。别看他们平时犯嘎憋坏，在远处调戏着单身女人，那都是仗着人多势众，互相壮胆。让他们单独到女人堆里，保证说话脸都红。罗淑惠曾经给吴大娘儿们的侄子曹大闹介绍过一个对象。曹大闹平时咋咋呼呼，仗着胳膊根粗到处打架斗殴，可是相亲的时候见了人家姑娘，便软成了一摊泥。跟人家姑娘面对面坐着，脑袋上呼呼地冒汗。憋了半天，才问人家一句话，你们那儿下雪了吗？要知道，当时是夏至节气，哪儿来的雪呀？姑娘以为他脑子有毛病，站起来走了。不仅仅是曹大闹，农村的孩子没见过大世面，不敢见生人，见生人脸就红。你想想，这会儿他们都光着屁股，迎面来了那么一大群女人，怎能不胆战心惊呢？

冲锋在前的不是罗淑惠，是周天英。

“冲啊……杀啊……”

“抓活的……别让他们跑了……”

“先把他们裤子抢过来……”

小伙子们魂飞魄散，狼狈逃窜。媳妇们未动一刀一枪，未伤一兵一卒，便轻而易举地占领了河道。她们高兴得蹦啊，跳啊，滚啊，笑啊，一个个脱掉衣服，煮饺子似的噼里啪啦地跳进了河里。

月亮出来了，满河的小星星也被媳妇们连同男人们一起赶跑了。河面上蒸腾着一层淡淡的雾气，缭绕着赤身裸体在水中嬉戏的女人们。罗淑惠、沈秋萍、田静娴、李春暖等会游泳的女人们在河水中探索着，很快便用铁丝圈出了一个安全区。

媳妇们在安全区喊叫着，呼唤着，她们不会游泳，只是在水里扑腾着，互相撩着水逗闹着。吴大娘儿们在陆地上壮得像头牛，到了水里笨得像只大狗熊。她两手乱抓，两脚乱蹬，那蒲包一样的身子怎么也漂不起来。沈秋萍拉着她的两只手，耐心地指点着，累得直喘气。罗淑惠拿起吴大娘儿们那条大裤裆的裤子，先在水里浸湿，又把两条裤腿儿扎上，然后从裤腰里灌满气，再把裤腰一扎，说：“吴大娘儿们，我给你做了一个水牛，你骑上。”

吴大娘儿们趴在鼓胀起来的裤子上，悠悠晃晃，平生第一次漂浮在水面上，嘻嘻，那叫一个美气、爽气。

田静娴也下水了，她没有像媳妇们那样脱光了身子，而是穿着乳罩儿裤衩儿下去的。

李春暖本来是穿着游泳衣的，见别人光着屁股如此潇洒，索性也脱光了，其乐无穷。

媳妇们在水里泡了一会儿，又跳到河滩上，继续跳着笑着，还像男人那样打起了“屁股花”，并且像男人那样嘎笑着、坏叫着：

噼噼啪，噼噼啪，
姑娘比“妈妈儿”，
比比谁的大，
统统一般大；
噼噼啪，噼噼啪，
妈妈比“妈妈儿”，
比比谁的大，
统统往下塌……

软绵绵毛茸茸的草地上，罗淑惠和田静娴并肩躺着。她们的头前，躺着沈秋萍和周天英。

河水凉津津的，草地是暖烘烘的。田静娴觉得，长期以来，她那身肥大呆板的蓝干部服，像一层厚厚的躯壳箍在她的身上。现在，蜕掉了那个壳，她的四肢和整个身心都舒展开了。河水把她内心深处的那层壳泡酥了，洗裂了。她像一只成熟了的金蝉，在这群可爱的媳妇中间获得了新生，展开了翅膀，飞向了遥远的天地之间。

罗淑惠身子很慵懒，连说话的声音都是轻轻的：“静娴……”

田静娴嗯了一声，她注意到，这是罗淑惠第一次没有叫她“田主任”，而是叫她“静娴”，她心里一阵发热。

罗淑惠说：“你那天到‘老婆肚皮’去了？”

田静娴又嗯了一声，心里紧张起来。

“你看见了什么?”

“我什么也没看见。”

“知情不报，你担当得起吗?”

“淑惠。”田静娴也直接叫起了她的名字，“我也是农家女儿，农民怎么过日子，我懂。”

罗淑惠被深深地打动了，她抓起田静娴的手，紧紧地攥住了。

周天英心里一惊，她们在说什么?

罗淑惠转移了话题：“说说你自己吧，听说你还没结婚，有对象吗?”

田静娴苦笑了一下。

罗淑惠说：“有什么难处跟妹妹说说。”

田静娴叹了一口气：“都说男怕选错行，女怕嫁错郎。我已经选错行了，不能再嫁错郎了。”

罗淑惠一愣：“你不是挺好吗? 国家干部，还是个不小的官，你知道沈秋萍多羡慕你吗?”

田静娴说：“阴错阳差，或许这就是命。我从小就喜欢做梦，做过许多梦，可从来没梦想过要当官。”

罗淑惠说：“那你的梦想是什么?”

田静娴苦笑了一下：“说出来不怕你笑话，我一直梦想着当作家。”

罗淑惠说：“当作家? 像康运桥那样?”

田静娴没言语。

罗淑惠说：“说不定康运桥真的能当作家，听说他写的小说在北京的刊物上都发表了。你知道吗?”

田静娴轻轻地说：“我看过了……”

媳妇们欢天喜地激情澎湃地折腾着，渐渐地累了困了，还有的惦记着家里的孩子，便意犹未尽地穿好衣服走了。

还有几个人像罗淑惠她们那样，舒舒服服地躺在草滩上，或低语，或假寐，或眼睁睁地看着满天的星星，没有走的意思，似乎她们要在这里过夜了。

谁也没有想到，冯老太来了。

周天英吓了一跳，以为家里出了什么事，婆婆找她来了。

冯老太背着一个沉重的箩筐，箩筐里发出叮叮当当的响声。

罗淑惠首先起身跑过来：“冯妈，您怎么来了？您背的是什么呀？”

冯老太把箩筐放在地上，神秘地说：“有人知道你们占领了河道，说是历史性的壮举，我也不知道啥叫壮举，让我专门来慰问你们。”

沈秋萍首先发现了箩筐里的东西，狂呼着叫起来：“哇……啤酒，瓶装的……”

媳妇们一听，忙跑过来，伸手就抢。

冯老太看到，除了田静娴，所有的人都赤身裸体一丝不挂，晃荡着大小不一形状各异的奶子，围着箩筐争抢着啤酒。她自己反倒不好意思起来，把眼睛移向了别处。

罗淑惠把褂子拿起来，披在身上，下身却还光着。

周天英见了，也草草地把衣服披起来。

最高兴的要算是李春暖了，她抢了两瓶啤酒，摇晃着小巧的身子，跳起了裸体舞。

罗淑惠问：“冯妈，您说的是谁呀？谁花钱买了这么多啤酒慰问我们呀？”

冯老太淡淡地说：“你魏伯。”

罗淑惠一时没明白：“魏伯？”

周天英说：“啊，我知道了，就是原来公社的老书记，魏大伯。”

罗淑惠奇怪了：“魏大伯凭什么慰劳我们？”

冯老太说：“他很赞成你们占领河道，说这是向旧传统开战的女权意识。”

李春暖说：“魏伯这么支持我们，他为什么自己不来，还让您背着这么多啤酒送来。”

冯老太说：“你们这么光溜溜的，他一个大老爷们儿怎么来？”

李春暖说：“别的男人来不行，魏伯来我们欢迎。”

吴大娘儿们说：“京白梨，你这小妖精可浪得没边了。”

大家欢笑起来，喝着啤酒，情绪高涨。

谷玉梅说：“这么美好的夜晚，还有美酒助兴，我们应该干点儿什么。”

大寡妇康美兰说："瞧把你浪的，想干什么赶紧回家呀，你爷们儿在炕头上等着你呢。"

谷玉梅说："你就是邪人邪性邪心思，我说干点儿什么，指的是正经事。"

大寡妇康美兰说："炕头儿上的事就不是正经事了？不是正经事你别干呀。"

冯老太见笋筐里的啤酒都被抢光了，背起笋筐要走。

范希云看着冯老太，突然心里一动，吐口说："淑惠，我倒是有个主意。"

罗淑惠问："什么主意？"

范希云低了一下头："算了，我还是不说了。"

罗淑惠火了："我就瞧不惯你这倒霉熊样子，有话就说，有屁就放，干吗含着骨头露着肉呀？"

范希云说："这话……从我嘴里头说出来不合适。"

罗淑惠说："你先说出来，让大伙儿听听合适不合适。"

范希云说："我看大伙儿都挺高兴的，趁着冯妈在这儿，让她给咱见个证。"

罗淑惠问："见证什么？"

范希云说："刚才谷玉梅不是说应该干点儿什么吗？我想……我想……"

罗淑惠急了："你倒是说呀？有什么见不得人的话呀？"

范希云说："话倒是好话，我就怕自己没资格。"

罗淑惠说："少废话。"

范希云说："我想……我想……我想在这美丽的夜晚，我们搞个仪式。"

罗淑惠问："仪式？什么仪式？"

范希云说："我们家乡，讲究姐妹结拜，村村都有姐妹会。"

周天英明白了："你是说，我们结拜成姐妹？"

谷玉梅首先叫起来："好啊，我就觉得应该干点儿神圣的事情，范希云的办法好，我同意，我们结拜成姐妹。"

李春暖也积极响应："好，不求同年同月同日生，但求同年同月同日死。”

吴大娘儿们也叫起来：“有福同享，有难同当。”

罗淑惠看了看众姐妹，想了想，向站在一边的冯老太问：“冯妈，您说，这样行吗？”

冯老太沉吟了一下，说：“不是我扫大伙儿的兴，十里不同音，百里不同俗。范希云你说的那个姐妹会，在你们那儿行得通，在梨花渡就不大好办。梨花渡讲究的是亲戚礼道，就算是街坊邻居，也得按辈分论，该叫什么叫什么。比方你跟淑惠论是妯娌姐妹，跟谷玉梅论就小了一辈，你该叫她婶子。还有你李春暖，你该管周天英叫姑奶奶呢，差着两辈呢。”

康美兰说：“是啊，我们在村里都叫惯了，突然以姐妹相称，会挨骂的。”

范希云忙说：“怪我考虑不周，算我没说。”

罗淑惠说：“我倒是有个主意，咱们不拜姐妹，咱们拜冯妈。”

冯老太忙说：“你这孩子，胡说什么呢？拜我干吗呀？”

罗淑惠说：“冯妈，您先听我说。我刚才数了数，留在这里没走的，正好九个人。在梨花渡您是仙姑奶奶，我们拜了您，您给我们每个人封个仙姑，九大仙姑。”

周天英说：“人家田静娴是国家干部，封仙姑不合适。”

罗淑惠说：“那就不算田静娴，我们八大仙姑。”

媳妇们一听，都叫起好来：“好啊，我们在村里该怎么论还怎么论，该叫什么叫什么，到了一起，就是八大仙姑。”

冯老太说：“你们想叫仙姑，也用不着我封。拜呢，更用不着拜我。”

康美兰说：“您是仙姑奶奶，我们不拜您拜谁呀？”

冯老太朝天上指了指：“现在正是满月当头，恰在子时，你们可以拜月亮。”

沈秋萍首先赞成：“对，拜月亮，多浪漫呀，我们拜月亮。”

周天英说：“咱们先把衣服穿好，要拜，就得认真一点儿。都说女人是月亮，月亮是我们女人的神，我们得尊重女神。”

李春暖说：“要我说，月亮是我们女人的神，我们在自己的神面前，应该赤身裸体、赤诚相见，我们就光着身子拜。”

范希云说：“赤身裸体我赞成，我去过教堂，里面的画都是裸体的。在神面前，我们应该毫无保留。”

罗淑惠说：“今天都怎么了？吃错了药了。”

周天英说：“要拜，我们先排一下座次，梁山泊一百零八将，还有排列呢。”

吴大娘儿们说：“按辈分排。”

康美兰说：“我提议按年龄排。”

罗淑惠说：“我也同意按年龄排，谷玉梅你记一下，大伙儿都报一下年龄。”

谷玉梅在河滩上胡噜出一片沙地，用树枝在上面写着：

大寡妇康美兰
吴大娘儿们
工人家属谷玉梅
山里妞儿范希云
大丫头周天英
洋娘儿们沈秋萍
媳妇头儿罗淑惠
京白梨李春暖

周天英看着谷玉梅在沙滩上写的字，说：“你怎么把外号都写下来了？”

谷玉梅说：“你刚才提到了梁山泊一百零八将，人家可都有绰号，比如及时雨宋江、玉麒麟卢俊义……有绰号才有江湖气。”

范希云一听谷玉梅把绰号都写出来了，心里突然紧张起来，她知道大伙儿背后都叫她小破鞋。她偷偷地朝沙滩上看了一眼，自己名字的前面却是山里妞儿。她心里一热，很感激地看了看谷玉梅。

吴大娘儿们叫起来：“我说谷玉梅，我的名字你怎么不写上？”

谷玉梅说：“吴大娘儿们不就是你的名字吗？”

吴大娘儿们说：“废话，我能生下来就叫吴大娘儿们吗？都是你们给我叫出来的。”

谷玉梅说：“那你叫啥?”

吴大娘儿们反倒不好意思了：“俺在娘家的时候，叫吴翠兰……”

座次排好了，就等着冯老太主持她们拜月了。

大伙儿扭头一看，冯老太不知道什么时候已经离去了。

月亮已经爬升到她们头顶上，把媳妇们的裸体照耀得瓷玉一般，闪动着诱人的光泽。

011 乡党篇　韩畅

提起韩畅，我脑子里闪出来的都是跟性有关的画面，而且都是乌七八糟肮脏龌龊令人作呕的东西。我早就知道他跟沈秋萍勾搭成奸了，我曾经想用大铁锤把他的脑袋砸个稀巴烂，还嫌不解气，想出了各种酷刑折磨他、羞辱他、虐待他，我知道这叫恨。我后来离家出走了，在外面转了一遭之后，我的恨却莫名其妙地稀释了。后来我明白了一个道理，杀父之仇不可不报，至于夺妻之恨嘛，另说吧。韩畅固然罪不可赦，沈秋萍也不是好东西，我自己又如何呢？

在我高中毕业即将离校前夕，面临着一个艰难的选择，在沈秋萍和田静娴之间剧烈地摇摆着。就在跋前疐后的时候，我遇见了韩畅。我遇见韩畅的时候，他已经是梨花渡公社革命委员会副主任了。

韩畅大我六岁，是“文化大革命”前的老初中毕业生，算是回乡青年。改变他命运的也是一场运动，叫作“四清”。“四清运动”主要是整农村基层干部的。

韩畅的老家叫边柳营，一个远离大运河的小村庄，但是依然属于梨花渡公社所辖。可想而知，韩畅这样一个乡村“秀才”，在“四清运动”中肯定是积极分子。“四清运动”把基层干部整下了台，积极分子上台当干部便是顺理成章的了。

我总觉得，韩畅是一个绝顶聪明的人。许多“四清”积极分子，亦像后来“文化大革命”当中的造反派一样，愚顽生猛，不讲情面，心黑手狠，钻脑袋不顾屁股，浑蛋一屁股泥。运动过去了，他们把人都得罪惨了，挨整的干部抖搂抖搂羽毛，官复原职，这些“运动员”便成了“清理”的对象，成了“吃运动饭”的流氓无赖小混混儿。韩畅却完全不这样，他只是跟在“四清工作队”后面清账查账，从来没有上台揭发过谁批斗过谁。边柳营的干部没有多少“四不清问题”，是属于“软、懒、散”类型的，运动过去以后，韩畅仗着年轻、有文化、人缘又好，便“火线入党”，当上了村党支部书记。

韩畅当上村支书之后立即“抓革命促生产”，他知道，工人闹革命，工厂减产了，有国家兜着。农民怎么折腾还得靠土里刨食，国家才不会因为你“革命”了多奖励你白馍或者少征收你“爱国粮”呢。农民要明白自己的身份，家雀不能跟着圆屁股飞。边柳营远离大运河，种的都是旱田。韩畅带领群众打土井，修水渠，旱田变水田，当年的粮食产量就翻了一番。

梨花渡的公社党委书记是魏能麟，他很快发现了边柳营这个典型，并且把他作为“接班人”提拔到公社任生产科科长，主抓全公社的农业生产。

魏能麟把韩畅提拔上来之后，自己也被调到县里任农业局局长，主管全县的农业。

不久便是史无前例的“文化大革命”，魏能麟成了“走资派”被揪了出来。

魏能麟被揪出来之后，韩畅便成了梨花渡公社造反派觊觎的目标，已经有人贴出了大字报，“魏能麟的孝子贤孙”“修正主义的黑苗子”云云。韩畅就是韩畅，在危机四伏的关键时刻，他没有坐以待毙，而是逆袭而上，仗着他主管农业积累下来的人气，成立了以还乡知识青年为代表的“新农民造反团”，主动出击，很快占领了梨花渡，并且杀向县里，冲进县农业局，郑重宣布：魏能麟在梨花渡流毒甚广，需要押回梨花渡批倒批臭。魏能麟被抢回了梨花渡，实际上被韩畅巧妙地保护了起来。

我之所以钦佩韩畅，甚至引韩畅为师，就是因为他这些非凡的壮举。我以为这是智慧，是对社会与人生的洞察力，或者是人性的基本善良使然。直到后来，徐先甲的一句话，彻底颠覆了我对韩畅的看法。他说，什么智慧，什么基本善良，纯粹就是“鸡贼”。鸡贼者，狡诈乖巧，欺世盗名之谓也。

学校里停课闹革命，我便回了乡，好歹挣几个工分补贴家用。当上了革委会副主任的韩畅继续网罗人才，发展自己的势力，以成立“大批判组”为名，把我调到了公社，不算正式干部，还在队里挣工分，只是每天补助半斤粮票四角钱，算是饭费。有人管饭，又白挣工分，何乐而不为呢？

韩畅确实高看我一眼，也许是因为我是潞河中学高中生的缘故，或许是我写的大批判稿使他能暗自服气。总之，他对待我要比对待别人亲近得多，夜里值班，他还常常拉我跟他一起喝酒。我呢，读书人的臭毛病，人敬我一尺，我敬人一丈，人家端起酒杯叫我一声兄弟，我就以为遇见了千古知音。觥筹交错中，我便把自己的隐私与两难和盘倒给了人家。

燕窝村出了一桩花柳案，村里一个二流子奸污了“下放户”，被村民戴上高帽到镇上游街，押在了公社“专政小组”的临时牢房。

那个二流子外号叫蒺藜狗子，“下放户”据说是个颇有姿色的离异少妇。

人嫌狗不待见的蒺藜狗子居然跟一个城里娇娘勾搭成奸，这让人很不舒服，怪不得拉他出来游街呢。

酒过三巡，韩畅突然来了兴致，要提审那个奸污城里娇娘的蒺藜狗子。

他说，我就是纳闷儿，蒺藜狗子用啥手段让那个城里娘儿们脱了裤子呢？

两个“专政分子”把蒺藜狗子押了上来，就在我们酒桌旁边审讯。

蒺藜狗子说，这辈子能玩上一个城里娘儿们，也算值了，没白来一世。

韩畅问，城里娘儿们不也是娘儿们吗？莫非她下面是横着的？

蒺藜狗子说，还别说，就是不一样。

韩畅问，咋不一样？

蒺藜狗子说，人家文明。

韩畅说，文明？文明不也是……韩畅说出了那俗陋的动词。

蒺藜狗子却说，人家不叫操。

韩畅说，你们不是上床了吗？

蒺藜狗子说，上床是上床了，人家不叫操。

韩畅说，不叫操你不也操了吗？莫非你是强奸。

蒺藜狗子说，不不，不是强奸，她愿意，愿意着呢……我是说，干那事，人家不叫操。

韩畅说，不叫操叫什么？

蒺藜狗子说，人家叫做爱。

韩畅笑了，还他娘的做爱，你们有爱吗？

蒺藜狗子说，做爱跟操不一样。

韩畅问，咋个不一样？

蒺藜狗子说，人家用嘴……

韩畅的兴致高涨起来，不厌其烦地让蒺藜狗子交代起来，不放过每一个细节。

最后，韩畅得出了一个影响我一生的结论：妈的，还得搞一个城里娘儿们，要不这辈子真的白活了，连蒺藜狗子都不如。我算没戏了，你还有希望。

就是韩畅所说的希望，让我毅然放弃了田静娴，选择了沈秋萍。

因为田静娴是个农村柴火妞儿。

这个会，我是不想参加的，因为韩畅；可我又极想参加，也是因为韩畅。

韩畅是“打造漕运古镇领导小组”的组长。可见县里是很重视这件事情的，专门派一名副县长挂帅。副组长是梨花渡镇现任党委书记杜剑明，我不认识，据说此前是县委宣传部的副部长。

这是一个座谈会，会场是长方形的对坐形式。我刚一进门，坐在主席位置上的韩畅便起身奔过来，大老远地便伸出手来，高呼着我的名字。我注意到了，陪在他身边的官员们有些吃惊，不知道进来的是什么来头的大人物，能让高高在上的韩畅如此激动热情。

他紧紧地拉着我的手，向杜剑明和其他官员介绍着，这就是传说中的康运桥，著名作家，咱梨花渡的骄傲……

会议的议题是讨论未来新漕运古镇的设计方案，主持人是镇党委书记杜剑明。

多年不参加官方的会议了，但是我依然熟悉那套令人生厌的议程，按照级别大小介绍领导，介绍所谓的专家学者，介绍设计单位。

设计单位在显示屏上介绍设计理念及设计方案。开始的时候却是在大张旗鼓地介绍他们的设计公司，得过若干金碧辉煌国内国际大奖云云。然后便是打出了更加金碧辉煌的设计效果图。

所谓的专家学者大多是从外面请来的，头衔也是金碧辉煌的，有县里的、市里的、省城的，还有北京的。我唯一认识的就是徐先甲，他坐在我的斜对面。我回来以后还没有见到他，他对我参加会议一点儿都不觉得意外，没有像韩畅那样大呼小叫地打招呼，只是咧着嘴巴笑了一下。

如同许多官方组织的研讨会一样，发言踊跃，且个个都是高度评价，什么新思路、大手笔、跟得上时代潮流、三百年以后还不落后云云……

我已经习惯了，耳朵听着一套，眼睛看着一套，心里另外想着一套，倒也觉得有趣。

专家们的发言争先恐后，竟然抢起了话筒。我看了看韩畅，韩畅含着笑，一副悠然自得的样子。这家伙在官场上修炼得越来越精到了，就像冯老太手下的“四大仙”，快要得道了。如果漕运古镇这个项目顺利完成，他升官是手拿把攥的，至少县长可以扶正，很可能一步到位当上县委书记。正是踌躇满志的时候，底气足，说话也豁达了许多。喂，你们可别光唱赞歌呀，要提意见，多提宝贵意见……

韩畅的话还没说完，下面便响起了一个声音，很洪亮，语惊四座。韩副县长说得对，该听听不同的声音了。我先问问这个大名鼎鼎的设计公司，你们设计的是梨花渡吗？不是打造漕运古镇吗？一百年前的梨花渡你们知道吗？三百年前的梨花渡你们知道吗？我甚至想问你们一句，你们知道大运河吗？你们知道漕运吗？你们什么都不知道，有什么资格设计漕运古镇？还弄得这么花里胡哨，什么山影、水影、楼影、树影？梨花渡有山吗？没有山你们还要造一座山，这他娘的是设计吗？纯粹胡闹。你们建那么多高楼大厦干什么？还不是为了赚钱。说白了，你们设计的根本就不是漕运古镇，是开发商的建筑住宅，是牟取暴利的商品。你们不是为梨花渡设计的，是为开发商设计的。我第二要问的是县政府领导，梨花渡到底是谁的？改造梨花渡，打造漕运古镇，到底谁说了算？你们整天价把人民挂在嘴边上，口口声声让人民当家做主，人民什么时候当过家，什么时候做过主？这次的梨花渡改造，必须全镇人民说了算。必须开人民代表大会讨论通过，这是《宪法》规定的，人民有这个权利。第三我还想问问你们这些专家，不知道从什么时候开始，政府开始重视专家，制定各项标准找你们专家，论证三聚氰胺对人体无害找你们专家，抬高煤价、电价、油价找你们专家，讨论延长退休也找你们专家。你们是什么专家？我就纳闷儿了，怎么政府随便说点儿什么搞点儿什么扔出点儿什么，都有那么多人唱赞歌拍马屁呀？我现在算明白了，刚才坐下的时候发现每个人面前有一个信封，打开一看是一沓钱，数了数，还真不少，五千块大洋。专家们，你们看清了，这是钱吗？不是，这就是一块骨头，扔给你们一块骨头，想让你们怎么叫你们就怎么叫，想让你们怎么摇尾巴你们就怎么摇尾巴……再难听的话我就不想说了，何况这块骨头也扔给了我。我没有给你们拍马屁，这块骨头我不要，我也没有资格要。你们看好了，这信封我给你们原封不动地放在这儿了，这块骨头我不叼……

韩畅这回可不大悠然了，脸色一阵青一阵白。他还算有教养，一动不动地听着徐先甲的发言。

我以为徐先甲会拂袖而去的，可是没有，他发完言后，却很郑重地坐下了。

杜剑明却沉不住气了，不知道如何控制会场，也不知道该如何往下进行了。

韩畅像是突然看见了我，马上换上一副非常轻松的语调说，让康运桥先生讲讲吧，这是我们梨花渡的大才子。

我知道许多双眼睛都盯住了我，唯有徐先甲依然低着头。

我看了看韩畅，韩畅冲我非常友好地点了点头。

我看了看表，时间不早了，据说杜书记为我们准备了丰盛的晚餐，而且我们将有幸与韩副县长共进晚餐。

我用眼角的余光看见了徐先甲向我投来锥子一样的目光，我知道，他认为我也来抢骨头了。

我说，为了不影响大家的胃口，我只说一句。

没有任何反应。

我说，我完全同意徐先甲先生的发言。

我知道，所有投在我身上的目光都改变了温度和力度。

我又说，哦，我再补充一句，就一句。这个红包我要，毕竟是真金白银。更主要的是，我花了这么多时间，听了这么多我不想听的话，也算是劳动了，而且是很艰苦的劳动。这是我的劳动报酬。

非常滑稽的是，我和徐先甲都愉快地参加了晚宴。更为滑稽的是，晚宴上，韩畅拉着我和徐先甲居然喝起了交杯酒，好像我们从来就是割头换颈的朋友。还拉过来杜剑明，让他们重视我们两个人的意见，说这才是对梨花渡负责任的意见，梨花渡的未来就靠我们了。

我真想问问韩畅，说出这话的那个地方，叫嘴吗？

012 左岸　艮篇

连周天英自己也不明白，她是怎么出卖了罗淑惠、出卖了梨花渡的。背叛原来是这么容易，似乎连想都不用想，甚至没有半点儿犹豫。

与当妇联主任同等重要的是入党，这是必需的。根据组织原则，韩畅要向周天英讲解党章，他讲的是要对党无限忠诚。对党的忠诚体现在方方面面，要对党说实话，跟党不能有二心，要坚决跟党走云云。最后，韩畅非常严肃地问周天英："你对党忠诚吗？"

周天英低下了头。

韩畅问："这么说，还有些事情没有跟党说清楚？"

周天英还是低着头。

韩畅说："是你自己的问题呢，还是别人的问题呢？"

周天英果断地抬起了头说："是梨花渡的问题。"

韩畅一愣："梨花渡有什么问题？"

周天英说："问题很大！"

韩畅问："是哪方面的？"

周天英说："他们欺骗党，弄虚作假……"

韩畅听完周天英讲后，顿时怒火中烧，大发雷霆。康百顺，你的胆子也忒大了。县委号召"全县山河一片红"，你却搞"金包银"，这是公开跟县委对抗，跟公社党委对抗，跟党对抗。看着你老实巴交窝窝囊囊的，原来你是哑巴吃饺子，心里有数啊。更让韩畅气愤的是，县委检查团来检查的时候，你居然让一帮老娘儿们光着膀子搞迷魂阵，用对付日本鬼子那一套对付党。让县委领导受了骗，让我这个堂堂的公社书记也受了骗。县委还要树你们梨花渡为"学大寨"的典型呢，现在可倒好，变成欺骗的典型了，成了反面教员了。你让我这公社党委书记跟县委怎么交代，脸往哪儿放，情何以堪？对了，还有……

韩畅急切地问：“这个问题田副主任知道不知道？”

周天英即刻想起了罗淑惠跟田静娴的对话，可是不知道为什么，她原本想说实话的，话从嗓子眼出来，却在舌尖儿上打了一个弯儿：“这个……不知道。”

韩畅问：“不知道是什么意思？”

周天英说：“我不知道田副主任知道不知道。”

韩畅武断地说：“连田副主任也受骗了，没想到康百顺是这么狡猾的家伙。不对呀，康百顺有这个心眼儿吗？我看他就是比木头墩子多俩耳朵，他怎么会有这个心计？是谁在背后给他出谋划策？”

周天英心里很清楚，她可以出卖梨花渡，但是不能出卖罗淑惠，便说：“这个……我不知道。”

韩畅说：“这是阶级斗争，非常严峻的阶级斗争，我们必须全面粉碎阶级敌人复辟资本主义的阴谋，采取果断措施。”

周天英含糊了：“韩书记，您……您想干吗？”

韩畅说：“干吗？立即召开全公社的现场会，把全公社所有的拖拉机都调过来……”

周天英浑身颤抖起来：“韩书记，您是要把那片玉米地毁了？”

韩畅气急败坏地说：“不仅要清除那片玉米地，还要把康百顺揪出来公开批判，撤职查办……”韩畅说到这儿，把后面的一句话咽下去了：我不把这片玉米地清除，上面知道了，就会把我清除的。

周天英的身子瘫软下来，这个结果是她没有想到的，她怎么不想想“出卖”的后果呢？

周天英那个悔呀，悔得肠子都青了。她是回梨花渡当官的，她模模糊糊地知道，当官应该是为人民服务的，是为百姓谋福利的。可是她还没有走马上任，却先把梨花渡出卖了。梨花渡的百姓能饶了她吗？罗淑惠能原谅她吗？她知道“金包银”的主意是罗淑惠出的，也知道脱光了膀子应付检查团是罗淑惠干的。要是把这些都告诉韩畅，罗淑惠就完蛋了。韩畅说这是阶级斗争，要揪出康百顺的幕后黑手，这黑手明明就是罗淑惠。还好，她没有出卖罗淑惠。

冯老太听周天英说完，脸都白了，两道眉毛拧在了一起，长长地叹息着。

周天英急着问："妈，怎么办呀？"

冯老太没有埋怨周天英，只是一个劲儿地说："沉住气，沉住气……"

周天英怎么能够沉住气呢？韩畅已经让办公室下通知了，明天在梨花渡将会有一场惊心动魄的斗争。"老婆肚皮"那片玉米地将被拖拉机毁掉，老主任康百顺将被揪出来批斗，闹不好还会连累罗淑惠……

孩子哭闹起来，饿了。

周天英去给孩子喂奶。

周天英心里翻江倒海，魂儿都碎了。她草草地给孩子喂完奶，安置孩子睡了，又匆匆来到了婆婆的房间。

冯老太没在房间，黑更半夜的，她到哪儿去了呢？

周天英跟着公社党委书记韩畅来到了梨花渡。那时候，干部下乡不是什么新鲜事，不要说公社干部，就是县里、市里，甚至省里的大官小官也经常下乡"三同"，即"同吃、同住、同劳动"。

批判康百顺的会议是在大队部的院子里进行的，参加者只限梨花渡的社员，应该算是内部批判吧。

会议由公社党委书记韩畅主持，主席台就是一张长条桌，周天英在另一张桌子旁边做记录。

康百顺站在主席台前面，低着头，态度很老实，很诚恳。

韩畅动员报告做完了，号召大伙儿揭发批判。冷了半天场，没有人发言。韩畅有点儿尴尬，反复动员，并点了罗淑惠的名，让她带头发言。

罗淑惠很给韩畅面子，很郑重地站起来，先背了一条《毛主席语录》，"凡是反动的东西，你不打，它就不倒"，然后，便义愤填膺地揭发起了康百顺的滔天罪行，"忆苦思甜的时候，工作队让他讲讲解放前的苦，你们知道他说什么吗？他说，解放前给地主扛长工，一年挣十二石棒子，加点儿糠菜，一家五口能填饱肚子。工作队让他讲讲挨饿的事，他说，要说饿，怎么也饿不过1960年，我妈就是那年饿死的，我爹得了浮肿，要不是我偷吃了队里的牲口料，早变成一把骨头了……你们说，康百顺反动不反动?”

沈秋萍带头喊起了口号：“打倒反革命康百顺!”

口号喊完了，吴大娘儿们腾地站起来：“我揭发，康百顺不但是反革命，还是大流氓。”

吴大娘儿们的话一出口，整个会场都被震惊了，人们嘁嘁喳喳。韩畅敲了敲桌子：“安静安静，让这位女同志说下去。”

吴大娘儿们把脸一绷：“你们嘀咕啥，我说他是大流氓，有证据。有一年村里演戏，那时候还没有电灯，点的是汽灯。汽灯需要打气儿，挂在戏台上面的。康百顺光着膀子，穿着大裤裆的挽腰裤，蹬在凳子上给汽灯打气儿。也不知道他怎么弄的，大裤裆秃噜一下掉下来，他里面也没有穿裤衩儿，一支蜡烛似的光溜溜地站在凳子上。这还不算，他还喊，‘老乡们，快闭眼吧，俺可不是成心啊’……”

吴大娘儿们没说完，会场上便哗哗地笑起来。

韩畅气坏了，这哪儿是批判会，纯粹是取笑胡闹。他知道庄稼人的毛病，什么笑话一开了头便搂不住，再开下去，不定会说出什么段子来呢。

韩畅收住话题，只好亲自上马，直奔主题：“康百顺，你认罪不认罪?”

康百顺老老实实地说：“俺认罪。”

韩畅说：“你说说，你罪在哪儿?”

康百顺说：“俺不听党的话，跟党有二心了。”

韩畅问：“你怎么跟党有二心了?”

康百顺说：“俺不该种玉米。”

韩畅问：“你为什么要种玉米?”

康百顺说：“因为玉米比高粱好吃。”

韩畅说：“既然你认罪了，明天就在现场会上好好检讨吧，争取宽大处理。”

康百顺看了看韩畅，哀求着说：“韩书记，明天俺一定好好认罪，俺认了罪，那片玉米能不毁吗?”

韩畅火了：“什么？你还惦记着那片玉米。你不是说，宁吃社会主义的高粱，不吃资本主义的玉米吗？”

康百顺说：“那高粱俺吃行，可是还有那么多老人孩子呢，他们吃不下啊！”

罗淑惠又说话了：“韩书记，康主任都认罪了，那片玉米您就给俺留下吧。”

韩畅坚决地说：“不行。对待资本主义绝不能心慈手软。”

罗淑惠说：“再说，那片玉米也不是康百顺种的呀。”

韩畅问：“不是康百顺种的，是谁种的？”

罗淑惠说：“是驴种的。”

韩畅没明白：“你说什么？”

罗淑惠说：“大青驴拉的耠子，周二宝点的种，小豆子打的砘子。”

韩畅咆哮起来：“罗淑惠，你成心捣乱是不是？别忘了你的身份！”

在公社党委书记韩畅的亲自率领下，公社各级领导，各村大小干部，以及各直属单位的头头脑脑，包括五台“铁牛55”、三台履带式拖拉机，浩浩荡荡开进了梨花渡。

这支队伍总共有二三百人，韩畅坐在前面的拖拉机上，神态严峻，火脸烟眉，真像个身先士卒的将军。跟在后面的队伍，虽然没有那么威风，可是也都黑着脸，面面相觑，窃窃私语，战战兢兢，不敢紧跟，也不敢掉队。

周天英坐在第二台拖拉机上，虽然神色庄严，却不那么理直气壮。拖拉机在凹凸不平的土路上颠簸着，她的心胆肝肺以及肠胃膀胱也随之颠簸着。特别是膀胱，被颠簸得快要破了，总有要撒尿的感觉。她真的含糊了，没想到她的一句话，会惹出这么大的一个事件。完了，“老婆肚皮”上那八百亩玉米地肯定要毁了，那可是全村一千多口人的口粮啊。毁了这八百亩玉米地，今年全村人就要吃高粱，而且还是又难吃又难屙的牛腿高粱。周天英似乎看到了，乡亲们在端着饭碗伸着脖子吞咽那些又黑又硬的高粱米饭的时候，都把眼睛瞪圆了。瞪圆了眼睛的乡亲不是要说话，是要骂人：周天英，我操你亲娘，操你八辈祖宗……

周天英恐惧地闭上了眼睛。

韩畅率领的“机械化部队”开进了梨花渡，走在队伍前面的是穿着警服、提着警棍的警察，梨花渡镇派出所全体出动。他们的任务是用手铐把康百顺生擒，然后押上拖拉机，戴上高帽子。他们先要在“老婆肚皮”的地头上开批判会，把康百顺批倒批臭以后，把拖拉机开进那片玉米地里。最好——韩畅来不及事先做工作了，这会儿他才想起来，最好有几个觉悟了的群众反戈一击，挥着镰刀铁锨冲进玉米地，像消灭“帝修反”那样同仇敌忾，将那片代表“资本主义”的玉米消灭掉。如此，这场斗争才能取得决定性的胜利，梨花渡才能真正称为“兴无灭资”的典型。唉，当时太冲动了，工作没做到家。梨花渡偷种玉米，是坏事，是毁他前程断他官路的险事；处理好了，就会坏事变成好事，抓出一个彻底“与资本主义决裂”的典型。

周天英见大队人马进了梨花渡，一直朝着康百顺家的方向扑过去，她的心紧缩起来，身子也紧缩起来。她蜷缩在拖拉机的驾驶室里，真想让自己沉下去，沉到地下去，或者沉到拖拉机的底下，让那厚厚的履带把自己碾碎算了。

韩畅的队伍雄赳赳气昂昂地朝前走着，突然停住了。从康百顺家的大门里，移动出了另一支队伍。这支队伍白衣白帽白褡裢，白鞋白袜白披肩，有的长发飘飘，有的鬏髻高高，一个个脚轻步慢，身影婀娜，无声无息，像一队从康百顺家梦游出来的白衣鬼魂。更为奇特的是，每一个白衣鬼魂的腰间，都夹着一个麻眼箩。所谓麻眼箩，就是平时筛粗面的大眼箩。每一面箩里，都堆放着白花花的纸钱儿。暄暄腾腾的，像是一团飘动的白云。人们正在迟疑，突然，惊心动魄的苦唱声齐刷刷地响了起来：

我的天呀我的地，
坑人的冤家你就这样离去。
你走了俺可怎么办，
狠心的缺德的无情无义。
你是俺的心呀你是俺的肝，
你是俺生命的四分之三，
你死了跟俺有何相干，
俺还要为你把眼泪哭干……

韩畅傻了，周天英却明白了。韩畅跳下拖拉机，周天英也紧跟着跳下来。韩畅问："她们这是干什么？"

周天英说："报丧。"

韩畅问："报什么丧？"

周天英说："人死了，女人们要到土地庙去报丧，告诉土地神，谁谁死了，就跟到派出所销户口一样。你们那儿不也是这样吗？"

韩畅不由得笑了："都什么时候了，你们村还搞'封资修'这一套儿？'文化大革命'难道白搞了吗？"

周天英说："这是旧风俗，头两年改了，现在又复辟了。"

韩畅突然疑惑起来："这不是康百顺的家吗？谁死了？"

周天英说："您等等，我去问问。"

这支报丧的队伍是罗淑惠带领的，土地庙在村西边，韩畅的队伍是从西边进村的，正好跟报丧的队伍相遇。报丧应该是直接去土地庙的，按照风俗，本村的乡亲如果遇上报丧的队伍应该要有所表示的。男人要向报丧的队伍鞠个躬，算是答应出殡的时候去抬杠了；女人遇上报丧的队伍，要跟在队伍后面，到土地庙的时候往墙上贴几枚纸钱儿。如果进村路过的外乡人遇上报丧的队伍，就会主动地停下来，报丧的队伍会围着他们转一圈儿，周围撒上纸钱儿，算是对外乡人的尊重。外乡人等报丧的队伍走了，要把地上的纸钱儿捡起来，揣在怀里带回家去。这纸钱儿很吉利，预示着发财或走运。

现在，罗淑惠带领的报丧队伍和韩畅率领的"灭资"队伍遇在了一起，罗淑惠便带着白衣女人们围着韩畅的队伍转起来。一边转一边哭唱，并且撒下了一圈儿纸钱儿。附近的村民懂得这习俗，弯下腰争抢着纸钱儿。韩畅刚要发火，周天英哭着跑回来了："韩书记，韩书记……"

韩畅也紧张起来："你哭什么，出了什么事？"

周天英哭着说："是康百顺……"

韩畅问："康百顺怎么了？"

周天英哭得更厉害了："他死了……上吊死了……"

韩畅愣住了："为什么？他为什么要死？"

周天英说："他怕了……怕批判……"

韩畅说："他这是畏罪自杀，是自绝于党，自绝于人民……"

周天英哭着说："韩书记，我们别……别批判他了，人都死了……"

韩畅说："人死了也不行，死了更要批判，不能让他的流毒传播下去……"

一个穿着白衣、戴着白帽的女人悄然走过来，低声说："韩书记，能借一步说话吗？"

韩畅低头一看，是冯老太，他疑惑地问："冯老太，您怎么也来了？"

冯老太说："论起来，百顺还是俺兄弟呢，俺来送送他。韩书记，您过来一下。"

韩畅与冯老太只见过几次面，而且几乎没有说过话。但是，韩畅总是觉得，冯老太身上有一种力量。这力量很神秘，让你感觉不到，又让你无法抗拒。这会儿他听冯老太说"借一步说话"，便不由自主地迈开了腿，跟着冯老太朝前走去。

前面的墙角处，冯老太停了下来。

韩畅站在冯老太面前，等着冯老太开口。

冯老太看了看韩畅，韩畅突然明白了，冯老太身上的那种神秘的力量，是从她的眼睛里发出来的。她的眼睛很深、很亮，从里面发出的光亮具有一种强大的穿透力，让韩畅不寒而栗。

冯老太低声说："老魏让我告诉你，当行则行，当止则止，别把事情闹大。"

韩畅沉吟了一会儿："已经这样了，不能收兵退缩吧？"

冯老太说："老魏说，你不是想当典型吗？要当正面的典型，不要当反面的典型。直说吧，康百顺弄虚作假，你当书记的也是有责任的。这事情闹到县里，'全县山河一片红'就会受到影响。再说，前几天检查团刚来的，他们什么都没发现，你这不是打他们的脸吗？你好好想想。"

韩畅打了一个寒战，是啊，梨花渡是全公社的重要村镇，就在公社党委的眼皮底下，出了这么大的事，公社党委能没责任吗？今天批判康百顺，明天该检讨该批判的就是我韩畅。我怎么能把丑当俊呢？我怎么没想到这一层呢?

冯老太又说:“老魏说，那八百亩地不是小数目，你把那片玉米毁了，秋收必定减产，必定要影响全公社的产量。到时候梨花渡公社拉全县的后腿，县委能放过你吗?”

韩畅的心提到了嗓子眼儿。

冯老太说:“再说，现在又出了人命，人命关天。现在不是‘文化大革命’刚开始的时候，那时候人死就死了，红卫兵还会喊口号，死了喂狗，狗都不吃。眼下上边军管了，军管会要追究起来，你说不清啊。”

韩畅一点儿主心骨都没了，颤颤巍巍地说:“老魏没说，该怎么办吗?”

冯老太说:“见好就收吧，你给大家说两句，各村接受教训就行了，到此为止吧。”

韩畅叹了一口气，也只好如此了。

013 乡党篇　罗淑惠

一次偶然的机会，我索取了罗淑惠的“初吻”。

就在康百顺“死”后不久，我和罗淑惠一起打夜班浇水稻。稻田在村西南的南大洼。南大洼低洼易涝，十年九涝，春旱秋涝，再加上盐碱浸泡，是一块所谓“三涝一碱”的低产薄田。要说真正“学大寨”见成效的，应该是对南大洼的改造。三年前，康百顺带着梨花渡的“半边天”大干苦干一冬春，车推人拉，把南大洼整平了，又修了一条引水渠，硬是开垦出了三百多亩的水田，种上了稳产高产的水稻。没有人宣传这件事，康百顺又是个不计名利更不懂名利的人。得到好处的是梨花渡的百姓，城里人每月发放的粮票里含有大米白面，庄稼人只能种什么吃什么。说得夸张点儿，自古以来，梨花渡的庄稼人有一多半没尝过大米饭的滋味儿。现在好了，秋天按定量分粮的时候，家家户户也能分几十斤带壳的稻谷了。

罗淑惠干的活儿是改畦口。水通过抽水机从大运河里提上来，引进水渠，水渠里的水流向田埂，哪块水稻该浇水了，就在田埂挖个口子，把水放进去。等那块田浇完了，再把田埂的口子堵上，挖开另一块田埂。之所以叫作畦口，是从菜田里引申过来的。菜田称作畦，一垄两垄算一畦，一片也算一畦。

我在水泵房外面看水泵，这是一个“很甜”的活儿。其实水泵转起来根本用不着看着，我借着水泵房上面的灯光看书。

初秋的夜晚有些凉爽，很舒适。野外的空气里饱含着稻花的清香，很熨帖。罗淑惠拿着铁锨改着畦口，改完畦口便静静地等待着渠水慢慢地灌溉着秧苗儿。很轻松的活茬儿，很美丽的夜晚，很惬意的环境。

我发现，罗淑惠拄着铁锨立在田埂上，却把目光投向了我。我也不时地把目光从书上移开，看看星光照耀下的罗淑惠。偌大的田间只有我们两个人，心里有一种异样的感觉。

突然背后有人说话，你这水是咋看着的，田都灌满了，还不把畦口改过来？

天呀，老主任康百顺来了，手里提着一把铁锹。

罗淑惠不由得叫起来，老主任，您不是死了吗？怎么又出来了？

俺死够了，不想死了。

我只听说过活够了，不想活了，还没听说过死够了的人呢？

要是让你天天死，你也有死够了的时候。

您先别够，人只要死了，要死很长很长时间呢，直到再重新托生。

死我倒不怕，就怕天天躺着，庄稼人的筋骨不活动，骨头缝都生锈了。

好吃不如饺子，好受不如倒着，这么享福的事儿您还够了，依我看，您真够贱骨头的。

不行，我还是起来找点儿活儿干吧，贱人贱命贱骨头。

您不死了，让公社发现了怎么办？您别忘了，咱那儿可还有八百亩玉米呢？

那你让我死到什么时候？

总也得等玉米收下来呀，要不前面的功夫都白费了。

这样吧，我白天死，晚上活行不？

听着两个人的对话，我笑着。突然，泵房门上的电灯灭了，水泵的响声也停了。

康百顺急着问，咋的了？咋不抽水了？

我说，停电了。

康百顺说，停电了？都停了，一点儿都没有了？

罗淑惠笑起来，您以为电流像撒尿呀，尿完了还能再挤咕点儿出来。

康百顺说，好歹把这畦水稻浇完呀。

罗淑惠说，得了，您回家接着“死”去吧。

停电了就等于是收工了，我抬头看了看“三星”，刚过半夜，回去还能睡半宿觉。

我夹起书朝村里走，罗淑惠从后面追上来。

这么早回去干吗，想媳妇了？

我愣了一下，随口说，不回去干吗？

我们到河边走走，多美丽的夜晚啊。

真小资，这哪儿像梨花渡的野娘儿们呀。

于是，我们一起朝河边走去。

我比罗淑惠大五岁，小时候大五岁就像两代人，基本上是没有什么交流的，何况我又在外面读书。罗淑惠在梨花渡叱咤风云，我只能躲在一边看热闹。因此，对她一直是敬而远之。这会儿走在一起，多少还是有点儿拘谨的。

她问我，刚才你看的是什么书？

我说，《简·爱》。

她愣了一下，便仰着头吟哦起来：

> 每个人都应该以自己的行为向上帝负责，不能要求别人承担自己的命运……如果上帝赋予我财富和美貌，我会让你难于离开我，就像我现在难于离开你一样。可是上帝没有这样安排。但我们的精神是平等的。就如你我走过坟墓，平等地站在上帝面前……

这太让我惊愕了，我停下脚步，傻子一样看着她。

她解释说，我上初中的时候就看过，高中的时候又看过两遍。

穿过聚仙台，有一片河湾，长满了蒲草和莲花。河水静静的，莲叶上趴着一对对恩恩爱爱的青蛙。它们在夜幕下深情地交配着，为繁衍后代辛苦地享受着。

我们很默契地坐下来，经过一天的日晒，河滩上的青草有些温暖，又有些清凉。我们坐得很近，肩挨着肩，互相都能听到对方的呼吸和心跳。我把手轻轻地放在她的肩头上，她却把头低下，枕在我的膝盖上。

我的艳遇来了，忍不住捧起她的脸。她仰起头，我看见她的眼睛里闪着泪花，泪花像掉进了油锅里，在长长的睫毛上飞溅着。我们热烈地狂吻着，时间在这一瞬间凝固了。

终于从窒息的深吻中挣脱出来，她躺在我的怀里，舔着自己的双唇，依然泪眼婆娑地看着我。

我暗自设计着下一步的动作。

她却说，这是我的初吻。

我忍不住笑了。

你不信是吗？我跟冯青海谈了三年多的恋爱，只是拉过手。

那曹大海呢？你们结了婚，生了孩子，难道也没吻过？

你不知道吗？咱庄稼人特讲实惠，男女之间那点儿事都是直奔主题，无暇旁顾。

我不由得大笑起来。

她也笑了，当然，我说得夸张了点儿。刚结婚的时候，他也想吻我，我不让。

为什么？他是你男人呀。

我一个黄花大姑娘，嫁给他一个二婚头，够亏的了，好好的一畦白菜让猪拱了。我把身子给他了，让他随便糟蹋，把初吻留下了。

这话我信。

不好好刷牙，抽烟，还吃大蒜，那臭烘烘的嘴巴，比茅坑还臭……

我终于懂了，罗淑惠嫁给曹大海受了多大的委屈，忍受了多大的痛苦啊。

她直起身，叹了一口气，完了，我这野娘儿们变成骚娘儿们了。

此话怎讲？

我偷了人了，偷的又是好朋友的男人，真他妈的缺德。

我很文明地说，不发生性关系就算不上偷人。

她却叫嚷起来，怎么，你还想操我呀？

见她又露出了野娘儿们的真面目，我也壮起了胆子，索性我们把革命进行到底吧。

拉倒吧，我可不想当破鞋。

说着，她站起身，胡噜胡噜屁股，走了。

014 右岸 震篇

康百顺“死”了，周天英全面接管了梨花渡，当上了村革委会主任，党政财文一把抓。如此一来，梨花渡还是没有妇联主任。妇联主任必须有，田静娴临走的时候交代过了。那么由谁来替代周天英当妇联主任呢？

最好的人选是罗淑惠，周天英这么认为。

冯老太却不同意。

周天英跟婆婆争辩起来：“为什么呀？是的，她是犯了法，可是没有剥夺政治权利呀，再说，刑期满了就恢复选举权和被选举权了。”

冯老太笑了，她笑周天英还蛮懂政策，不简单。

周天英说：“当然了，我现在是梨花渡的第一把手了，必须得讲政策。”

冯老太说：“我说罗淑惠当妇联主任不是她服刑不服刑的事，跟你说的那些政策也没关系。”

周天英问：“那为了什么？”

冯老太说：“为了你俩的关系。”

周天英说：“这您就多虑了，我们俩什么关系？发小，铁姐儿们，还有什么好说的？哦，当然了，她爱上了冯青海，我后来跟冯青海结婚了。可是我不是从她手里把冯青海抢过来的，是政策不允许，她不能嫁给冯青海。这个，她一点儿也不嫉恨我，她还跟我说过，肥水没留外人田，挺好的。”

冯老太看着周天英，无奈地摇了摇头：“你呀，大镜面的脑袋。”

周天英困惑了：“那您跟我说说，到底是为什么？”

冯老太说：“罗淑惠比你漂亮你承认吧？”

周天英说："当然，论漂亮，梨花渡的姑娘媳妇有一个算一个，在罗淑惠面前都得甘拜下风。"

冯老太又说："罗淑惠比你聪明你承认吧?"

周天英说："当然，我从小就服她。"

冯老太接着说："罗淑惠比你能干你承认吧?"

周天英说："干农活儿，我跟她有一拼，做家务做针线我就不如她了。"

冯老太继续说："在梨花渡，罗淑惠比你有人缘、有威望、有号召力，你承认吧?"

周天英说："这倒是，她是媳妇头儿，梨花渡的大姑娘小媳妇都听她的。"

冯老太紧接着问："那么你呢? 你听她的吗?"

周天英说："我也听她的。"

冯老太笑了："那么我问你，是革委会主任官大呢，还是妇联主任官大?"

周天英说："当然是革委会主任官大了。"

冯老太说："你要是让罗淑惠当妇联主任，你们俩谁听谁的?"

周天英说："我们俩还分那么清楚干什么? 互相支持，互相帮衬，谁对就听谁的。"

冯老太说："孩子，你没当过官，我也没当过官。但是，我没吃过猪肉看见过猪跑，你呢? 恐怕连猪跑都没见过。当官不同于干别的，这行当特殊。在中国，这是一门最大的学问。你跟罗淑惠是发小，从小就不分彼此，你知道因为什么吗? 是因为罗淑惠仁义，还因为你对罗淑惠服气。如果你们一起当官，情况就变了。"

周天英还是不解，说："不会的，能变到哪儿去?"

冯老太说："自古以来，有让吃的有让穿的，有让房子让地让财产的，就是没有让权力的。为了权力，兄弟能翻脸，老婆能出让，儿子能把老子杀了。你想想，罗淑惠如果在你手下当官，事事处处都高你一头，强你一招，你说老百姓会听谁的? 就算你不在乎，老百姓心里有数，真到选举的时候，老百姓肯定把选票投给罗淑惠，你呢? 你这官还当得下去吗? 官当不下去了，你们俩的朋友还做得成吗? 听妈一句吧，两个人好归好，别往一块儿混。各混各的，两好并一好，好上加好；混到一块儿，谁都不落好，早晚翻脸。”

周天英仔细地咂摸着婆婆的话，觉得很有道理，又觉得很深奥。婆婆有文化，却没读过书；有历练，却没当过官。她哪儿来的这么多的心计、这么深的城府呢？她把“四大仙”管得服服帖帖，难道也把人世间看得清清楚楚？

尽管周天英并没有完全理解婆婆的深谋远虑，可还是很重视婆婆的意见，照婆婆的话去做了。她向来对冯老太很服气、很敬重，甚至很崇拜，就像对待罗淑惠一样。又不大一样，对待罗淑惠，虽然她要高看一眼，但是她们是平等的。两个人都是凡人，都是肉身，可以心碰心地交流。冯老太在她的眼里是神，是神圣，是敬畏。尽管她现在已经是冯老太的儿媳了，她依然觉得老人家是高不可攀的。

放弃了罗淑惠，周天英选中了一个人：沈秋萍。

自然而然的，周天英与沈秋萍关系密切起来，甚至超过了她与罗淑惠的关系。周天英与冯青海结婚以后，自然住在了婆婆家。婆婆家在河西镇上，周天英干活儿在河东的田间，中午回去很不方便，沈秋萍便常常约周天英到她家吃午饭。周天英为了方便自己带着午饭，她把带的饭往沈秋萍家的饭桌上一放，便不分彼此地同吃起来。

吃完饭，沈秋萍赶走丈夫康运桥，让周天英一起躺在她的床上睡个午觉。睡不着，两个人就说话，天南海北，想哪儿说哪儿。说来说去便说深了，说深了便成了闺密，闺密是无话不谈的。

沈秋萍向周天英谈起了自己的经历。

做姑娘时嘻嘻哈哈，结婚以后婆婆妈妈，有了孩子邋里邋遢。这是农村女人的生活三部曲，是沈秋萍总结出来的，确切地说，是沈秋萍的丈夫康运桥总结出来的。康运桥是个文学青年，立志要当作家的。

沈秋萍不相信“女人三部曲”，她决心通过自己的实践，为农村女人谱写一支昂扬激越的进行曲，让每一个音符都迸发着青春的火花，鸣响着幸福的旋律，跳动着爱情的和音。这些酸话都是她写在日记里的。

她是一个充满热情、幻想，喜欢追求浪漫和虚荣的姑娘。她的父母亲都是通州潞河中学的教师，她家便在校园里的教师住宅楼。她生活在一个书声琅琅、充满了青春活力且诱人神往、催人奋发的环境里，得天独厚，从小便受到了良好的教育。她才高志远，精力充沛，兴趣和爱好是多种多样的。她喜欢绘画，她的作品曾参加过少年宫的画展；她喜欢拉小提琴，曾经在六一儿童节的时候在北京人民大会堂演出过；她也曾迷恋过医学，向往过太空，还崇拜过米丘林。

正因为崇拜米丘林，她对植物产生了浓厚的兴趣。潞河中学的校园里种有许多花草树木，学生们每天在这浓郁的绿荫下读书、散步，甚至谈情说爱，可是很少有人认识这些植物，连她自己也只能说出十几种植物的名字。让人佩服的是康运桥，几百种花木，他几乎都能叫出名字来，并且还能讲出它们分别属于哪门哪科哪类，讲出它们的原产地和生活习性。沈秋萍觉得康运桥是绿色的男神，她喜欢绿色，绿色是她的命运色。

也许是由于绿色的缘故，沈秋萍最终崇拜的对象居然是侯隽、邢燕子，她们响应伟大领袖的号召，广阔天地，大有作为，成了一代先进青年的楷模。暑假的时候，她跟康运桥来到了梨花渡，一下子被这里的天光水色迷住了。青春勃发单纯幼稚的沈秋萍爱上了农村，爱上了康运桥。她的爱是勇敢的、毫无顾忌的，她明明知道康运桥和田静娴关系非同一般，却依然向康运桥发起了猛烈的进攻，迫使康运桥感情的天平最终倾向了她。“文化大革命”开始了，康运桥断了求学路，要回梨花渡当农民。沈秋萍义无反顾地跟随着康运桥下乡当农民，她以热血青年的雄心壮志，和康运桥一起奉献自己的心血与汗水，改变着农村的落后面貌。同样单纯幼稚热血沸腾的父母，全力支持女儿的革命行动，接纳了康运桥，成全了这门婚事。

新的生活开始了。

沈秋萍毕竟是知识分子家庭出身的城市小姐，梨花渡的许多东西她都不习惯，很难适应。

首先是洗脸。梨花渡守着大运河，有的是水。可是一家人洗脸只用一盆水，公公洗完了婆婆洗，婆婆洗完了哥哥嫂子洗，然后是小叔子小姑子，轮到她这个小媳妇洗的时候，脸盆里已经是一盆黑汤了。更要命的是，全家人都用一条毛巾，黏糊糊的，馊味臭味汗味，哎呀恶心死人了。

康运桥解释说，各家都这样，梨花渡的风俗。梨花渡守着大运河不假，可是用水得到官井上去挑。要是天冷的时候，用热水还要费柴火。唉，梨花渡人过日子细，连一根火柴棍儿都舍不得糟蹋。

沈秋萍看着康运桥，突然有了一种陌生感。

尽管如此，这些都没有影响沈秋萍“铁心务农”的宏图大志，她觉得这些都是农民的愚昧、落后，她有责任改变这些陋习，他们应该是新一代的农民，创造一种新的生活。

创造新生活先要改变环境。

她跟康运桥商量好，先把他们自己屋里的土炕扒了，换上她从小睡惯了的双人床，床上铺着洁净的床单。

每天收工回来，不管多晚、多累，她跟康运桥都要在外面洗得干干净净，换上衣服，才能进入他们那舒适整洁的小屋。光是这一项改革，在梨花渡便引起了强烈的反响。许多新婚媳妇、待嫁姑娘都到她的小屋里来参观，而她则兴致勃勃、不厌其烦地向来访者宣传讲究卫生和睡双人床的种种好处。“三夏”大忙季节到了，争分夺秒龙口夺粮，庄稼人每天都是“早晨三点半，中午带顿饭，晚上连轴转”，又困又累，靠在树上都能睡着。这天晚上，沈秋萍从场院回来了，老主任康百顺照顾她，没让她下地割麦子，她还没累得那么邪乎。她洗完身子，换上干净的衣服进了屋，看见康运桥穿着脏兮兮的衣服，带着两脚泥就睡在了雪白的床单上。她气急了，把康运桥从床上揪起来，推出了门外。

累坏了的康运桥也火了：“是你的床单值钱，还是我的命要紧？”

沈秋萍也怒冲冲地说：“你洗洗身子换换衣服就要你的命了？不讲卫生才要人的命呢。这些科学道理你不是不懂，咱俩商量好的规定，你怎能随便破坏？”

康运桥被沈秋萍唠叨烦了：“行了行了，女人结婚以后就婆婆妈妈，一点儿不假。”

沈秋萍也不依不饶：“还嫌我婆婆妈妈，有了孩子还邋里邋遢呢，咱还没孩子呢，你就这么邋里邋遢了。”

为这事，小两口足足地干了一架，这是他们结婚以后的第一次吵架。甜蜜的爱情中注入了苦汁。三天以后，沈秋萍也被累垮了，她站都站不稳，走路都想睡觉，拖着软塌塌、散了架似的身子进了家门，不要说洗身子换衣服了，连说句话的力气都没有了。她一头扑在床上，连身子都顾不得翻，就趴着睡着了……

冬天来了。顺着大运河吹来的风很凶很硬，河面上结了一尺多厚的冰层，屋里的地面都冻得裂开了缝儿。梨花渡村里人没有像镇里人那样用煤火炉取暖。供销社的煤球只供应河西镇上有居民户口的人，农民是不发煤票的。就算是供应，梨花渡的庄稼人也买不起。他们祖祖辈辈的取暖方式就是往灶膛里添柴火，把土炕烧得热烘烘的。沈秋萍两口子那扒了土炕换了双人床的小屋，见不到一点儿烟熏火燎，干净倒是干净了，可变成了一个大冰箱。夜里，她和康运桥把所有的被子衣服都盖上，连鼻子眼睛都不敢露出来，还是冻得浑身发抖，五脏六腑都凝结起来。夜里在痰盂里撒一泡尿，第二天早上就冻成了冰坨坨，倒都倒不出来。沈秋萍的手脚都冻烂了，康运桥的耳朵也生了冻疮。公婆心疼他们，让他们搬到东屋的土炕上去住。

东屋里不但住着公婆，还有上中学的小叔子和读小学的小姑子，一家六口挤在一个土炕上，连翻身都困难。沈秋萍躺在结着脏嘎巴、扬着尘土的黑炕席上，憋着气不敢呼吸。从炕缝里钻出来的烟气，火锅里冒出来的蒸汽，还有公婆及小叔子小姑子身上散发出来的臭气熏蒸着她、压迫着她。除了她和康运桥，全家人入冬以来就没洗过澡，连被子都被身上的油泥染黑了。她早已经顾不得每天洗身子换衣服了，这么冷的天，脱掉衣服不变成冰棍儿才怪。再说，全家人都在一个房间里，也没法换衣服呀。唉，脏点儿就脏点儿吧，冻不死就阿弥陀佛了。那天吃早饭的时候，她觉得后脖颈子上有点儿痒，伸手一抓，妈呀，一个鼓鼓溜溜的大虱子。她立刻起了一身鸡皮疙瘩，恶心得差点儿吐出来。

难熬的冬天终于过去了，她和康运桥又搬回了他们那干净的小屋。可是，没有人再听到她讲睡双人床的优越性了。

像寒冷和肮脏一样难以忍受的，便是梨花渡媳妇们的粗野。她看见结婚才一年多的谷玉梅光着膀子，挺着两个肉包子一样的小乳房到她家来串门，她臊得连头都抬不起来。她听见那些野娘儿们用最粗俗、最直接的语言描述她们的“炕头动作”，她就像从自己的脖子上抓到虱子一样的恶心。男人们到一块儿大概也是这样。那天夜里，她跟康运桥互相爱抚的时候，康运桥却说出了那么难听的一句话。她顿时怒从心起，兴致全无，把康运桥推到一边，蒙着被子哭了大半夜。

她真觉得自己忍受不了了。可是有什么办法呢？走也走不掉，躲也躲不开。在这群野娘儿们当中，她成了一只离群索居的孤雁，干活儿的时候，她低头一声不吭；田间休息的时候，她抱着一本书躲开了人群。她的清高孤傲把野娘儿们激怒了，越是当着她的面，越是满嘴喷大粪，还把大尾巴蛆一样的冷言冷语朝她的耳朵里塞：

“别看人家结婚这么长时间了，说不定还是黑籽红瓤儿的大姑娘呢。”

“这么正经，干吗不去当尼姑？”

“你以为尼姑就正经啊，念完了经就往和尚的被窝儿里钻。”

“人生大道理，许干不许说。”

“酸文假醋。”

幸亏有罗淑惠。罗淑惠处处关照她、保护她，那些野娘儿们太放肆了，罗淑惠便站出来训斥她们：“你们还有点儿出息没有，有本事回家管管自己的爷们儿，男人欺负女人不够，你们还帮助男人欺负女人呀？”

没有人敢对抗罗淑惠，那些野娘儿们那么厉害，在罗淑惠面前都服服帖帖的。

罗淑惠有时候专门凑在她身边，问她读过什么书，看过什么电影，尝过什么美食，逛过什么风景。这些都是她最感兴趣的话题。罗淑惠在说这些话的时候，你绝对不会把她跟野娘儿们联系在一起。

有罗淑惠这么罩着，野娘儿们不敢再欺负她了。那次在“金包银”的玉米地里，吴大娘儿们扯下她的乳罩她没有急，还光着膀子保护了玉米地，这简直是惊天动地的壮举，连她自己都不相信能做得出来。从那以后，野娘儿们便彻底接受了她。她想，梨花渡的野娘儿们接受了她，是她剥掉了衣服，向野娘儿们妥协了。难道她自己也变成野娘儿们了吗？她不甘心，很不甘心。

周天英动员她出来当妇联主任，她没有答应，也没有拒绝。她说想一想。想什么呢？就想一个问题，是我要改造野娘儿们，还是让野娘儿们改造我？是文明战胜粗俗，还是粗俗战胜文明？

她把这个问题跟周天英提了出来，周天英很震惊。她震惊的不是别的，而是沈秋萍的这一招非常有用。在梨花渡村，只要管住了这些野娘儿们，就稳住了半壁江山。可是如何管住这些野娘儿们呢？她没有罗淑惠那样的威望，这些野娘儿们不会听她的。通过沈秋萍提出的这些，用文明战胜粗俗，改造野娘儿们，就能够让她在梨花渡树立起威信，确立自己的领导地位。

她觉得自己很有远见卓识了，很像个领导者了。

周天英立刻把这个问题向党委书记韩畅做了汇报。

韩畅非常敏感，连声赞叹："高，高，高啊……"

周天英不解："韩书记，您说谁高？"

韩畅说："当然是沈秋萍高了。"

周天英说："沈秋萍不高，比我矮半头呢。"

韩畅说："我说她觉悟高、认识高。把一个司空见惯的生活习俗，看成了意识形态问题，看成了路线斗争问题。在思想意识这个阵地上，无产阶级不去占领，资产阶级必然要去占领。你回去跟沈秋萍谈，必要的时候我也要跟她谈谈，让她马上写一份入党申请书。我们要突击她入党，让她火线入党。"

周天英惊愕地看着韩畅，沈秋萍有那么"高"吗？

韩畅意犹未尽，爽快地说："你们开展一场向旧风俗开战的群众运动，形成巨大的声势，搞出一个灭资兴无的典型出来。我全力支持你们，说，要多少钱？公社给你们拨款。"

周天英高兴极了，回去马上找到沈秋萍，传达了韩畅书记的重要指示。

只是有一点周天英没主意，整治这些野娘儿们，要多少钱呢？要钱干什么呢？

沈秋萍说："当然需要钱了？"

周天英不明白。

沈秋萍问："依着你，改造这些陋习，应该怎么办？"

周天英不假思索地说："先开大会动员，再培养骨干，然后利用大鸣大放大辩论大字报……对了，写大字报需要钱……"

沈秋萍说："你这一套是搞运动，你们都是吃运动饭的，靠运动起家的，最熟悉这一套了。"

周天英说："不搞这一套搞啥？"

沈秋萍说："这一套当然要搞，要搞也是你搞，我不懂。"

周天英问："那你搞啥？"

沈秋萍说："改造一种习俗和生活习惯，是长期的过程，需要经过几代人的努力。"

周天英叫起来："啥，几代人？那还要我们干啥？"

沈秋萍说："不管时间有多长，从我们开始。"

周天英说："开始什么？怎么开始？"

沈秋萍说："八个字：潜移默化，润物无声。"

周天英说："你是说'和平演变'？"

沈秋萍说："我可不敢说这么反动的话，我只是说，让我们从妇女们的生活细节开始。"

周天英问："啥细节？"

沈秋萍说："天英，你跟我说实话，你睡觉穿衣服吗？"

周天英奇怪地问："睡觉穿啥衣服，那不是糟蹋布吗？"

沈秋萍说："即使不穿睡衣，连裤衩儿也不穿吗？"

周天英说："我在家当姑娘的时候穿过，结婚以后就不穿了。"

沈秋萍说："那别的人呢？"

周天英说："别的人，明告诉你吧，有的人都没见过裤衩儿乳罩儿。从小到大，从当姑娘到当媳妇，外面大裤裆，里面'硬山搁'。"

沈秋萍说："我们就从这儿开始，你回去跟韩书记要钱，先给梨花渡的妇女每人买一套裤衩儿乳罩儿。"

周天英惊叫起来："妈呀，那得多少钱呀？"

沈秋萍说："买便宜点儿的，每人三块钱就够了，咱妇女劳力，就算一百五十人，有四百五十块钱也够了。"

周天英摇起了头："太多了，公社恐怕拿不出这么多钱。"

沈秋萍说："你先跟韩书记说说，不行先买裤衩儿也行。"

周天英要求沈秋萍跟她一起去找韩畅，沈秋萍犹豫了一下，答应了。

周天英万万没想到，韩畅见了她们是那么兴奋，一个劲儿地夸奖沈秋萍，有好几次，韩畅都绕到沈秋萍的身后，亲热地拍着她的肩膀。提到钱，韩畅居然那么大方，连奔儿都不打，一口答应了她们的请求，给了她们五百元运动基金，让她们改造梨花渡的旧风俗。

周天英和沈秋萍很激动，很兴奋。

韩畅比她们还要兴奋，他高高地仰起头颅，充满了无限的向往："太有意义了，历史的意义。从今天起，梨花渡的妇女与传统观念彻底决裂，过上了一种崭新的生活，她们也像城里人那样，穿上了裤衩儿，戴上了乳罩儿。你们知道吗？这完全可以上《人民日报》的头版头条，是震惊世界的新闻。"

沈秋萍笑了，心里说，有那么邪乎吗？不就是让妇女不光屁股吗？

沈秋萍当上妇联主任之后，所干的几件事情的结果，可以用四个字概括：哭笑不得。

先说裤衩儿乳罩儿买回来之后，沈秋萍不辞辛苦，挨家挨户地给妇女们送上门。妇女们当然高兴了，在她们的常识里，都是老百姓给当官的送礼，现在沈秋萍这个主任反过来给老百姓送礼，新鲜。伸手不打笑脸人，不管送多送少，人家心意到了，咱得知情领情。别看韩畅把这些宝贝当成具有划时代意义的伟大创举，梨花渡的娘儿们却不买账。你送点儿啥不好，哪怕是三斤黄瓜二斤面，也比这些布条子有用啊。

沈秋萍每到一家，送上一份礼物之后，总要不厌其烦地讲文明生活方式，从穿裤衩儿乳罩儿开始。妇女们也都笑嘻嘻的，连声说对。可是等沈秋萍把那些裤衩儿乳罩儿都发完了，也没见谁穿出来戴出来。沈秋萍问她们为什么不戴，别人都不好意思说，吴大娘儿们说了："这大热天的，能少穿点儿就少穿点儿，等天冷了再穿，多少能挡挡寒。"

沈秋萍原本想说，裤衩儿乳罩儿不是为了挡寒的，是一种文明的生活方式。可是想了想，又闭上了嘴，不可理喻，懒得跟她们费唾沫。

天气凉了，沈秋萍终于等到了一个让媳妇们穿裤衩儿乳罩儿的机会。上面改革了，怎么改？不知道，只是听说"公社"撤销了，"三面红旗"拔了一面。"公社"改成了镇，书记没变，还是韩畅。镇政府又多了些部门，多了些官员。老百姓不知道多了哪些部门，也不知道多了哪些官员。只是偶尔从镇政府门口路过，看见进进出出穿制服的多了，院子里停的自行车多了。官多了以后，老百姓有一个更加切实的感受，一个是收费多了，一个是管事儿多了。

先不说收费，人家沈秋萍发放的裤衩儿乳罩儿可没收费，免费送的。你们不是不穿吗？不是等着天凉了再穿吗？现在天凉了，有了一个非穿不可的机会。县里要举办一个农民运动会，让梨花渡出一支女子啦啦队。镇里来了两个年轻的官员，专门负责培训。韩畅对周天英和沈秋萍说了，这可是一个很大的荣誉，一个很露脸的机会，绝对不能砸锅。

培训了半个月，很见成效。那些平时嘻嘻哈哈的野娘儿们挺认真，居然能走花步，跳大秧歌，双手整整齐齐地挥舞着鲜花彩绸了。她们兴高采烈专心致志，倒不是因为对这工作有多喜欢，而是每天每人补助五毛钱，农民们第一次见到现钱，跟发工资差不多，能不发疯吗？

更让媳妇们惊喜的是，每人还发了一套演出服，水红色的运动衣，上面还印着字。

天气确实凉了，早晨的时候，河边都看得见冰碴儿。临出发的时候，周天英和沈秋萍给大家开动员会，提出了许多要求和注意事项。沈秋萍一再强调的是，一定要穿上裤衩儿乳罩儿："你们没发现吗？这水红色的演出服很薄很透，如果你不穿裤衩儿，连屁股沟子都看得清清楚楚。一定要穿戴乳罩儿，因为我们要蹦要跳，不戴乳罩儿，两只大肉坨子，就会像两只兔子一样乱蹦乱跳，成什么了？"

媳妇们都严肃起来，因为她们是第一次接受如此严肃的任务，没有人再胡说八道了。

第二天出发去县城的体育场，镇政府专门派了一辆大卡车送她们。看得出来，她们都把运动服穿好了，可是没有露出来。因为天气凉，外面都穿上了棉衣外套。

运动会开幕式开始了，妇女们在辅导员的带领下，踏着音乐，踩着节奏，像发了情的母牛一样冲进了体育场。也许是表演太精彩了，梨花渡的媳妇刚一露面，全场都欢呼雀跃起来，四周的人都站起来，欠着身子朝前看着。许多记者匆匆忙忙地跑过去，举着照相机狂拍着。

沈秋萍这会儿正在主席台上听韩畅的指示，周天英突然跑上来："秋萍，秋萍，咋办呀咋办呀？"

沈秋萍问："怎么了？"

周天英指着梨花渡的表演队："你看你看。"

沈秋萍从远处看了看，队伍很整齐，大家跳得也很卖力气："这不是挺好的吗？”

周天英说：“好啥呀，你没听四周的观众都在起哄吗？”

沈秋萍说：“起什么哄？怎么了？”

周天英拉着沈秋萍：“你到台下看看。”

沈秋萍到了台下，脑袋立即大了，要不是周天英扶着她，她肯定会瘫在地上：广场中央，梨花渡的女人们算是露了大脸，也现了大眼。一身水红色的运动衣很鲜艳，她们表演得也很狂野。裤衩儿肯定是穿了，屁股沟子也没露出来。乳罩儿也确实戴了，戴哪儿了？戴在运动衣的外面了。运动衣是水红的，乳罩是雪白的，远远望去，如同一片红莲上绽放着朵朵荷花……

歪打正着，效果却是出奇的好。评委们一致认为，把乳罩戴在外面，是大胆的创新。现在国家进入了改革开放的历史阶段，要倡导和鼓励各种形式的创新。梨花渡的表演队获得特等奖。

沈秋萍只好哭笑不得了。

让她哭笑不得的事情还在后面。沈秋萍负责上门免费发放的，除了上次的裤衩儿乳罩儿，还有经常性的东西：避孕套儿。

这些东西原本可以到妇联办公室和医务室去领，都嫌麻烦，也不是嫌麻烦，说不好意思，嘻嘻，这些野娘儿们，还有不好意思的时候，鬼才信呢？实际上就是不想用，不是女人不想用，是男人不想用。说用那玩意儿不过瘾，不舒服，宁可让自己的老婆怀孕流产，他们也不牺牲这么点儿舒服。沈秋萍说这是另一种大男子主义，没办法，她只好送货上门，并且动员男人坚持使用。

康水生是新结的婚，小媳妇是从山东沂蒙山区娶来的，挺漂亮。沈秋萍推门进来的时候，康水生不在家，小媳妇把避孕套儿接过来的时候脸都红了。

沈秋萍问：“知道怎么用吗？”

康水生媳妇摇了摇头，又急忙把头低下了。

沈秋萍打开一个避孕套儿，又拉过小媳妇的左手，让她把中指伸出来，把避孕套儿套在她的中指上。又问：“明白了吗？”

小媳妇红着脸点了点头。

几个月以后，在上工集合的老榆树下，沈秋萍发现康水生媳妇的肚子鼓了，她急着说：“你的生育指标在两年以后呢，你怎么现在就怀孕了？”

康水生媳妇红着脸说：“俺也不知道怎么就怀上了……”

沈秋萍问：“你们没戴套儿吗？”

小媳妇说：“戴了，每回都戴。”

沈秋萍说：“戴了怎么还怀上了？”

小媳妇说：“俺也觉得怪呢，咋不管用呢？”

沈秋萍说：“是不是套儿让你们弄破了？”

小媳妇说：“没有啊，好好的。”

沈秋萍说：“见鬼了，你们是怎么戴的？”

小媳妇伸出左手的中指：“就这样戴的？”

沈秋萍一惊：“你把套儿戴哪儿了？”

小媳妇用右手指着左手的中指说：“就戴这儿了，你不是这样教俺的吗？”

沈秋萍那个气呀，心里的火呼呼地往外拱：“谁让你戴那儿的？我那是给你做的示范。”

小媳妇胆怯地问：“那……该戴哪儿呀？”

沈秋萍恨不得抽小媳妇一个嘴巴，情急之中冒出了一句粗话：“戴你爷们儿鸡巴上。”

沈秋萍话一出口，老榆树下哄地笑起来，男人们也跟着嗷嗷地叫好。

罗淑惠站出来：“沈主任说的好不好呀？”

大家一起喊：“好……”

罗淑惠又喊着：“妙不妙呀？”

大家又一起喊：“妙……”

罗淑惠继续喊：“再来一个要不要呀？”

大家疯了似的喊：“要……”

沈秋萍气急了：“起什么哄呀？讲粗话还有返场的？”

015 乡愁篇　我的大运河

转动地球仪，我们会发现，在这块雄鸡形的版图上，几乎所有的大江大河都是从西向东奔流入海。唯有京杭大运河，像一条逆天的蓝色蛟龙，从帝都出发，纵向截流，穿六省市，挽五江河，蜿蜒南下。从通州到杭州，全长一千七百九十四公里，十六倍于苏伊士运河，三十三倍于巴拿马运河。

翻开发黄的史册，站在21世纪的今天，穿越到公元前21世纪，中华民族的历史亦像大江大河一样波澜壮阔、生生不息。大禹治水建立了夏王朝，经过了千年风雨飘摇，到公元前1122年商末，周部落传十二代至古公亶父，亦即周太王。周太王有三子：长子太伯，次子仲雍，三子季历。周部落乃传位长子的世袭制，但是太伯见三弟季历有贤德创世之才，便带着二弟仲雍以采药为名逃离周土，让位于季历。

太伯和仲雍隐姓埋名，逃到了梅里，即今日之江苏无锡附近。梅里是断发文身、赤身裸体、以巢为居的原始部落，太伯、仲雍带来了中原文明，教他们耕田养蚕、筑屋修路，很快便获得了土著的信任，推举为君长，于是便有了吴国，自号句吴。

为了排除水涝、开辟良田，太伯带领吴国人历时四年，修了一条长八十七里、宽十八丈的人工河，史曰“太伯渎”。

这便是京杭大运河的第一锹土。至今已经三千余年了。

历史的车轮沉重而缓慢，却从容不迫，一步一个脚印，终于把越王勾践和吴王夫差推上了惨烈壮阔、悬念丛生的吴越大舞台。此前，从楚国逃往吴国的伍子胥向吴王阖闾献策“先破楚、后图越”，开凿了东连太湖、西入长江的“胥渎”和连接太湖与东海的“胥浦”，这是两条充满宏图大志的运河。公元前506年，吴王以伍子胥、孙武为将，发水兵三万，沿“胥渎”入长江，出海进淮河绕到楚国的后院，出其不意给楚国致命的一击。楚昭王问，太湖与长江根本不通，吴军这只青蛙是怎么跳过长江进入淮河的？当得知是伍子胥修了运河，长叹曰，吴王用心深远，亡楚者楚人也。

公元前494年，吴王夫差率军伐越，对阵夫椒，勾践大败，率五千人逃到会稽山，被吴军团团包围，成了瓮中之鳖。越王勾践在范蠡、文种的策划下，投降吴国并带着夫人给夫差为奴。范蠡又向夫差献上了绝代佳人西施。

吴王破了楚，灭了越，北上伐齐，挺进中原，与晋争霸主地位。于是，一条野心勃勃的江南大运河奇迹般地开凿出来：从吴国的首都姑苏到邗城（扬州），连接了钱塘江和长江，又从邗城出发，直抵淮安，连接了长江与淮河。

继续把运河向北延伸，将中国的南方和北方怀拢在一起的是隋炀帝。

公元605年，即大业元年，3月17日，在洛阳营造东都的工程正式奠基。四天以后，即3月21日，隋炀帝颁旨开凿通济运河，从洛阳出发，直通淮安，南下扬州。不算修筑东都的工匠与民工，光通济运河便从全国征集了三百六十万民工，那真是名副其实的“大跃进”，运河全长两千余里，从开工到竣工，只用了一百七十一天。当年的8月15日，隋炀帝意气风发登船东巡。

整个船队官船两千八百四十五艘，兵船两千四百艘，首尾相连两百余里。隋炀帝所乘的龙船有四层，高四十五尺，长两百尺，上有正殿、内殿、东西朝堂，中层有一百二十个房间，下层为内侍的居处。纤夫八万人，“垫脚女”九千人。所谓的“垫脚女”，就是专门负责为龙船拉纤的妙龄少女。

四年以后，隋炀帝又诏发河北诸军征集五百余万军民开凿永济运河，亦从洛阳出发，直通涿州，即今日之北京。

通济运河和永济运河开通后，全长五千余里。两条运河像两条长长的手臂，将大半个中国紧紧搂在皇帝的怀里。

可怜隋炀帝建树了如此伟业，自己被叛军勒死后，却连一副像样的棺木都没有。难怪唐代诗人皮日休云：

尽道隋亡为此河，
至今千里赖通波。
若无水殿龙舟事，
共禹论功不较多。

作为大运河的子孙，我很喜欢讲大运河的故事。每当提起大运河，人们会立即说起隋炀帝。我常常纠正说，隋炀帝修的是通济运河和永济运河，不是京杭大运河。

京杭大运河是谁修的呢？

从地图上我们会看到，通济运河和永济运河连接起来，确实贯通了中国南北，但是它像一张弯弓，是把南方和北方迂回连接起来的。它又像一匹马的缰绳，呈弯曲状垂落在地上。

元世祖忽必烈定都北京之后，修建元大都，北京人口剧增，粮食及各种物资缺口巨大。而要从南方将这些粮食物资运往北京，则需要那条弯弯曲曲的弓背状及马缰状的通济运河及永济运河。忽必烈深深地叹息，谁能在弓背上拴起一根绷直的弓弦？谁能将垂落在地上的马缰拉直？

宰相刘秉忠向元世祖推荐了伟大的郭守敬。

我在这里无意讲述郭守敬在修建京杭大运河中的智慧和功绩，我只想告诉你，他作为一个中国科学家在国际科学史上的地位。

1981 年，为纪念郭守敬诞辰七百五十周年，国际天文学会以他的名字为月球上的一座环形山命名，他的周围是爱因斯坦、欧姆、焦耳……1276 年，郭守敬制定出《授时历》，通行三百六十多年，他算出一年的时间是 365.2425 天，与现在最新的科学计算仅差二十三秒；他制造了世界上最早的赤道仪，比丹麦的天文学家早了三百多年；他创造了独特的球面三角学，比欧洲早了四百年……

总之，是郭守敬修建的大运河，把通州和杭州直接连接起来，从元朝到明清，三千里京杭大运河帆樯蔽日、万艘朝宗，运载半天下财富，仅漕粮一项，每年就达四五百万石之巨。

这就是我的大运河。

那条来自天边的神秘的小船不是顺着大运河从水上漂来的，而是从空中飘飞而来的。船是应该漂浮在水面上的，可是那条小船不是，是出现在云端处的。它的周围是飘绕的彩云，彩云是真实的，因为是傍晚，夕阳把云朵染红了，很艳很艳的红。开始出现的时候，只是一个黑点，在彩云的映衬下，那个黑点很突出、很醒目，我以为是一架飞机。可是飞机不会这么慢，简直看不出黑点在移动。随着彩云的升高，它的轮廓便渐渐地显露出来。

是一条船，船上晃动着人影，似乎是一个男人，还有一个小孩儿，穿着彩云般的衣服，小女孩儿。从船上不停地飞出洁白的花朵，我慢慢地看清了，不是花朵，是鱼鹰。鱼鹰从船头上飞起，在空中打了一个旋儿，一头扎进水里，嘴里叼着一条鱼，又飞落在船头上。越来越清晰了，看管鱼鹰的是那个穿着花衣服的小女孩儿。她从鱼鹰的嘴里掏出鱼，又从脚下的筐里捞起一条小鱼，喂在鱼鹰的嘴里……

河滩上的草鲜嫩嫩的，草丛中的花朵细小而鲜艳。我坐在河滩上的草地上，凉丝丝的，很舒服。

河水很沉静，又很洁净。坐在河边，能看清很深很远的河底。河底下沉淀着丝丝缕缕的水草，被水流梳理得整整齐齐。小鱼小虾在水草间自由自在地游动着，悠悠的。整个河面都是透明的，连淹没在水面下的船底都看得清清楚楚。若干年之后，我从网上看到一组美得令人心颤的照片，就是这种感觉。由于河水是透明的，漂浮在水面上的小船，像是悬在空中一样。我由此断定，当时出现在我面前的不是幻觉，而是视觉的误差。那条小船确实是从天边飘飞过来的。

小船上打鱼的是一对父女。那时候在大运河上打鱼的人很多，有撒网的，有拉网的，有下渔钩的，也有用鱼鹰的。我对此已经习以为常了，但是那对父女还是很吸引我。

他们把小船拴在岸边的垂柳上，算是安顿下来。船头上有一个小灶，父亲在灶上准备着晚餐，女儿便蹦蹦跳跳地上了岸。

她光着脚，她的脚很小，窄窄的，瘦瘦的，像一对小水萝卜。可是她的脚趾却张得很开，花瓣儿似的开放着。我不知道为什么先注意到了她的脚，并且对她的脚有如此深刻的记忆。这或许跟中国男人的恋足癖有关，嘻嘻。

她翻看着我的柳条筐，那里面装的是我挖的野菜：刺儿菜、苣荬菜、仁仁儿菜、落落儿菜……有些是人吃的，有些是喂猪的。人和猪都属于杂食动物，大凡猪能吃的东西，人都能吃。所以说，中国农民吃的是猪狗食，干的是牛马活儿。

她翻出了一块棒子面饼子，是我出来的时候从饽饽篮子里拿的，准备挖野菜时吃的。那是一块没有掺糠菜的纯玉米面的饼子，焦黄焦黄的，很稀罕的，还没舍得吃呢。

她觉得很奇怪，我说，你尝尝吧。她咬了一小口，很慢很慢地咀嚼着。我又发现她的嘴唇很薄，牙齿很白很细，小嘴唇嚅动起来很好看，像鱼儿。

她告诉我她叫浅儿，我开始听到是"钱儿"，我说你爸爸是财迷，光想着钱了。她说不是"钱儿"，是"浅儿"，深浅的"浅"。她说她读过书，只读了一年半，她妈妈死了，患痨病死的。妈妈死了以后，她就跟爸爸上了船。

她知道我们这个地方叫梨花渡，是她爸爸告诉她的。她对我说，明天一大早，她爸爸要把打到的鱼拿到镇上去卖，还要给她买一双鞋。自从跟爸爸上了船以后，她就没有穿过鞋。

我把我的鞋脱下来给她穿，有点儿大。她很高兴，啪嗒啪嗒地在草地上奔跑起来。

他们没有走，第二天我到河边挖野菜的时候又见到了她。她和爸爸正在河面上打鱼，见到了我，挥着手叫喊着。她爸爸把小船靠了岸，她又跳上了岸。

我问她，你爸爸给你买鞋了吗？她有些沮丧，爸爸说没见到合适的鞋，明天卖鱼的时候再买。

她问我见过大海没有。我说没有。她说她见过，去年跟爸爸到大海里打过鱼。我读过高尔基的《海燕》：在苍茫的大海上，狂风卷集着乌云。在乌云和大海之间，海燕像黑色的闪电，在高傲地飞翔……

我渴望海。

她给了我一个小海螺，很光润，大概她已经玩了很久了。她说把小海螺放在耳朵上，可以听到大海的声音。我试了试，耳边确实响起了呼啸声，不知道是不是大海的声音。

作为回报，我把自己的弹弓送给了她。

我说用弹弓可以打鸟，她问我能不能打鱼，我不敢肯定。她让我教她使用弹弓，我很乐意。我们到聚仙台的小树林里打鸟，那里的鸟多。可是那天我的技术发挥得不大好，天都黑了，一只鸟都没打下来。

我有点儿尴尬，她却安慰起了我，说不是我技术不好，是运气不好。水面的事情都得靠运气，譬如他们打鱼，有时候会打许多，有时候一条都打不到。

他们居然在河边住下来，小船有篷，可以睡觉；有灶，可以烧饭，船是他们流动的家。

那一天我采了许多野花，把浅儿的脑袋插得花花绿绿。她很高兴，围着我又蹦又唱。

我们玩得很尽兴，天大黑了，我才把她送回小船。

第二天傍晚，我又来到绿草如茵的河滩上，河面上的那条小船却不见了。

浅儿走了，像一片树叶一样飘走了。

我却像留在树枝上的叶蒂一样，孤独地怀念那决绝远去的叶片。

我第一次体会到了怀念的滋味。

这也是我平生第一次怀念一个女孩儿。

我常常把这视为我的“初恋”。

我至今珍藏着那个小海螺，常常把它放在耳边倾听大海的声音。

我一直没有浅儿的消息，也不知道她还记不记得我。

若干年之后，我从徐先甲的嘴里得知冯老太的乳名也叫浅儿。我眼前立即浮现出小船上那对朦朦胧胧的身影，并且把冯老太和我那个“小恋人”关联在一起。

这个世界上原本就有许许多多的秘密，能够露出冰山一角的少之又少。

这就是我的大运河。

016 左岸　震篇

罗淑惠总觉得周天英这步棋走错了，穷家破业的，这个官有什么干头儿？据说现在是“新时期”了，改革开放了，上面下起了急风暴雨，下面的地皮也见湿了。公社改成了镇政府，村里的管委会变成了村委会。官还是原来的官，没变。也有大变的，从包产到组到包产到人到分田到户，生产队哗啦啦散摊子了。土地分到了户里，骡马驴牛大车铁犁电机水泵筛子扫帚也都分的分卖的卖了。村委会成了一个空架子，办公的地方就是一个破烂大院，连把不晃荡的椅子都没有。

原以为各种各的田各吃各的饭省事了，没想到有些事情更难办了。比如说用电，过去生产队的时候供电局也来收电费，有就给，没有就欠着。现在不行了，供电局又来收电费，跟周天英要，周天英哪儿来的钱？向各家各户摊派，不用说没钱，有钱谁也不愿意掏呀。商量协调，村里没辙，供电局不讲情面，把梨花渡的电停了。

正是浇冬小麦的时候，家家户户抢着浇地，水泵不转了怎么浇？

多数人家都忍了，不浇就不浇吧，减产就减产吧，反正也不是咱一家。庄稼人就是这样，只要灾难不是降落到一个人的头上，谁也不挺起肩膀扛着，都缩着脑袋忍着。比谁的耐性大，比谁能咬住牙，比谁能到底。

也有不甘心忍的，脑瓜儿灵活想招儿的，比如罗国庆两口子。

在整个梨花渡村，罗国庆两口子称得上是鸡贼人尖儿，别人看不见的他们看见了，别人想不到的他们想到了，别人不敢干的他们敢试试。罗国庆的媳妇是老主任康百顺的亲妹妹，因为太会过日子，都叫她铁笊篱。铁笊篱不漏汤，两口子真是天设地配的一对儿，过日子的两把好手。男人是个筢子，能搂，女人是个匣子，能攒。村里人当面夸赞他们，背地里都瞧不起他们。人尖儿嘛，谁也不敢沾他们，碰尖儿出血，贴手掉皮，谁离近了谁吃亏。

全村的冬小麦都浇不上水，谁也没辙，罗国庆两口子却有办法。他们的麦田临近着侉子庄的地界儿，侉子庄有一个村办服装厂，效益不错，全村的电费都由服装厂付，所以人家不欠电费，也没停电。侉子庄的电灯照样亮，侉子庄的水泵照常转，罗国庆动心思了：偷电。

他偷电的办法很简单，拉两根电线来到侉子庄的地界儿，把他的电线往侉子庄的输电线上一挂，他的水泵便欢快地转起来，清凌凌的水浇灌进了麦田里。罗国庆两口子的心里那个美呀，美得铁笊篱都想改名叫小俊儿。

这一天，周天英和沈秋萍正在村委会商量着收购大白菜的事情。大白菜是北方人家过冬的看家菜，都要储存，家家户户门口都有一个白菜窖，要存够一冬天吃的菜。农民怎么样收藏储存政府不用操心，政府考虑的是居民，居民也需要冬储大白菜，市场上要有足够的供应。种植大白菜也是政府给的指标，今年包产到户了，种多种少农民自己说了算。政府感觉到市场上的大白菜要紧张了，马上动员各村多交大白菜，又是政治任务。

周天英在大喇叭里广播，让种大白菜的人家前来登记，征订交售数额。

村里人三三两两地来到村委会，有一搭没一搭地应付着周天英下达的指标。

村委会大门外一阵乱哄哄的惊呼怪叫，紧接着就是哭喊声连成一片。周天英一惊，拉着沈秋萍急忙往外跑。

一群人用门板抬着一具女尸进来了。跟在后边哭天喊地、要死要活的是罗国庆。

罗淑惠正是这个时候来到村委会的，她站在人群外面，听着人们七嘴八舌嚷嚷着，渐渐地明白了。躺在门板上的是罗国庆的女人铁笊篱。罗国庆两口子正在偷电浇小麦，风一吹，挂在人家输电线上的电线掉下来，罗国庆的老婆拿着挂电线用的那根竹竿把临时电线挑起来，又伸着脖子往输电线上挂。竹竿在水里泡得湿漉漉的，成了导体。铁笊篱手里的竹竿跟电线接触的一刹那，便被击倒了……

这事情有点儿大，又出了人命，人命关天。罗淑惠看出了周天英和沈秋萍都有点儿慌张，便悄悄地告诉沈秋萍，让她马上给派出所打个电话，让他们派两个警察过来。

周天英振作了一下情绪，指着罗国庆说："你老婆偷电被电死了，你往村委会抬干吗？又不是村委会让你去偷电的。"

罗国庆浑不讲理惯了，无理搅三分，够本哭三天，现在遇见了这么大的事情能不闹吗？他又捶胸又跺脚，扯着嗓子狂哭呐喊："怎么不怨你怎么不怨你？就怨你，就该怨你，你就该负责任。梨花渡要是不停电，我们至于到侉子庄偷电吗？不偷电她会电死吗？"

周天英说："这可新鲜了，你偷电还偷出理由来了，再说停电不停电咱梨花渡有这个权力吗？电是供电局停的，你就是找也得去找供电局呀！"

罗国庆说："供电局停的电不假，人家为什么要给咱梨花渡停电？为什么不给侉子庄停电？"

周天英问："那你说为什么？"

罗国庆说："这不是和尚脑袋上的虱子——明摆着嘛，是你们当官的把人家供电局得罪了，你们得罪人老百姓跟着你们受罪。是你们得罪了供电局，供电局才停了电；供电局停了电，我们才去侉子庄偷电。你说，这不怨你怨谁？"

周天英说："先甭管怨谁，你把你老婆抬到村委会来是什么意思？你要干什么？"

罗国庆说："干什么你还不明白吗？我老婆是你们害死的，人死不能复活，我也不跟你们胡搅蛮缠，我认了。可是人死了总得发丧吧？发丧得要钱吧？我没了老婆你们得包赔我损失吧？给多给少你们看着办吧。"

周天英想，婆婆说得真对，有些人就是不能惯，惯哪儿坏哪儿。遇上这浑不讲理的主儿，只能让人家哭笑不得，你有什么办法。周天英真的不知道该如何对付这鬼难缠的罗国庆，气得嘴唇都哆嗦起来。

罗淑惠走了过来，她站在罗国庆面前，一句话不说，两只眼睛死死地盯着他。罗国庆跟罗淑惠同门同姓，论起来还要管罗淑惠叫姑姑。

罗国庆心里发毛了："你看着我干什么？你又不是官。"

罗淑惠说："我不是要管你这臭事，我是想问问你，你老婆到底是怎么死的？"

罗国庆说："刚才不是说了吗？她是被电死的。"

罗淑惠说："要我看，你老婆死得可疑。"

罗国庆糊涂了："可疑？可什么疑？"

罗淑惠说："你老婆不是电死的。"

罗国庆问："不是电死的是怎么死的？"

罗淑惠说："我怀疑是谋杀。"

罗国庆问："谋杀？她是被谁谋杀的？"

罗淑惠说："我怀疑是你。"

罗国庆立刻跳起来："你胡说，你这是血口喷人，你这是栽赃陷害，你这是没眼猪瞎嘞嘞胡说八道……"

罗淑惠说："你别跳，你也别喊，有理不在嗓门大。你越跳越证明你心虚，我只是说怀疑是你谋杀了你老婆，到底是不是我说了也不算。"

罗国庆更急了："你怀疑是我杀了我老婆，我凭什么要杀我老婆？我吃饱了撑的，我活腻了作死呀？你说我谋杀我老婆，你有什么证据？"

罗淑惠说："不是证据，是疑点。"

罗国庆说："疑点也行，你说说，有什么疑点？"

罗淑惠说："疑点有三，这第一……"罗淑惠走上前，掀开罗国庆老婆身上盖着的苇席片，装模作样地看了看，用怀疑的口气说，"被电死的？据我所知，被电死的人身上都要被烧焦，烧家雀儿一样。你老婆身上怎么没有被烧焦呢？"

罗国庆说："没烧焦也是电死的，电死的人不一定都要烧焦。前年漕粮务村一个大车把式被雷劈死了，身上一点儿伤都没有，你能说他不是雷劈死的？"

罗淑惠说："我这是第一个疑点，再说第二个。像接电线这样的活儿应该是男人干的吧？为什么你让一个女人去干？你的用心是什么？"

罗国庆说："哪儿来的什么用心？我当时正跟一个过路的人说话，没工夫。"

罗淑惠说："过路的人？这个过路的人是谁？哪儿来的？到哪儿去？有证据吗？你能把他找来做证吗？"

罗国庆说：“我哪儿知道他是谁？还没说两句话她就出事了。出了事那个人就走了，我到哪儿去找人家做证？”

罗淑惠说：“没有人做证就是你的一面之词，法律是需要证据的，这你懂吧？”

罗国庆说：“我不懂，我就懂得你这是胡说八道。”

罗淑惠说：“那好，我再说第三个疑点，你有杀人动机。”

罗国庆更急了：“什么？我有杀人动机？我有什么动机？”

罗淑惠说：“你屁股上有三个疤瘌这没错吧？”

罗国庆说：“那又怎么样？”

罗淑惠说：“这三个疤瘌是怎么来的大家都知道，你跟村南头二秃子媳妇通奸，有一回正好被二秃子撞上，二秃子抄起三齿耙就朝你屁股上打去，你屁股上就落下了三个疤瘌。我说的没错吧？”

罗国庆说：“有错没错的这跟我老婆的死有什么关系？”

罗淑惠说：“大伙儿都知道，二秃子去年到运河里凿冰窟窿抓鱼，从水里没爬上来，沉在河底下死了。二秃子死了，二秃子的老婆成了寡妇，你为了跟二秃子的老婆结婚，故意害死了自己的老婆。我分析得对不对？”

罗国庆说：“对不对的都让你说了，你可真会分析。上有天下有地头顶三尺有神灵，我老婆要是我杀的，天打五雷轰！”

罗淑惠说：“你用不着发誓，发誓也没用。真的假不了，假的真不了。刚才我说了，这人命关天的大事，我说了不算数，要通过公安局验尸、侦查、取证，最后才能确认。”

罗国庆慌了：“什么什么？还要通过公安局？”

罗淑惠说：“这是命案，不通过公安局谁敢随便处理……瞧，他们来了。”

罗淑惠的话音刚落，警车的警笛声便在村里响了起来。

警车停在了村委会的大门外面，从车上下来两个穿着警服的警察。警察首先来到铁笊篱的尸体旁边，非常仔细地观看了一会儿，问：“谁是家属？”

罗国庆慌了，结结巴巴地说：“啊……我……我是……”

警察问：“你是她什么人？”

罗国庆说："啊啊……她是我老婆。"

警察说："这尸体我们要拉走验尸。"

罗国庆问："验尸？是不是还要开膛解剖？"

警察说："当然要解剖了，要不怎么能查出死因呢？你也得跟我们走。"

罗国庆问："去哪儿？"

警察说："去派出所，你得把事情的经过说清楚，把证人找出来，这是人命关天的大事，一点儿都不能马虎。"

罗国庆哆嗦起来："警察同志……我老婆真的是被电死的，天地良心，我半句假话都没说……警察同志，您能不能不给我老婆解剖，不把我带走……我我……我真的没说瞎话……"

罗淑惠看到火候差不多了，暗中捅了捅周天英，自己悄悄地退了出去。

周天英趁机上前替罗国庆说起了好话："警察同志，我得给罗大哥求求情了，你们看这尸体能不能不解剖。您知道，在农村最忌讳的就是人死了以后还要大卸八块，在我们这儿，'凶死'的人都不能进祖坟。尸体不完整了，灵魂便不能超度托生，灵魂不能超度托生便会成为孤魂野鬼。这野鬼会经常前来找生者的麻烦，特别是直系亲属和有恩怨关系的人。农村经常闹些'鬼魂附体'的病，就是这些孤魂野鬼和妖怪精祟在作怪。如果老婆死后成了孤魂野鬼，罗国庆就惨了。"

警察听周天英一说，差点儿笑出声来。这哪儿是替罗国庆说话，纯粹是在吓唬罗国庆。梨花渡的干部也真够可以的，为了对付一个刁民，用警察来吓唬还不够，还要用鬼魂吓唬。

罗国庆可认真起来，他见周天英替他说话，自己也慌忙求情："是啊是啊，别解剖我老婆了，她死了已经够可怜的了，要是再把她大卸八块，她变成鬼也饶不了我，警察同志求求您了……"

警察说："要是村委会出面要求不解剖，我们可以再向上级请示请示，不过村委会得给你出个证明。"

罗国庆忙说："出证明出证明，我们村委会给您出证明。"

警察说："你说出证明就出证明，你又不是村委会的干部。"

罗国庆说："我们村委会主任不是在这儿吗？她不是在替我说

话吗？”

警察说：“村委会出了证明我们可以不把尸体拉走，可是你还是得跟我们走，我们得把事情调查清楚。”

罗国庆说：“别价呀，我老婆死了，后事总得办呀？您把我带走了，把我老婆扔这儿算怎么回事？”

周天英说：“罗大哥，你放心吧，你把嫂子抬这儿来，不就是想让村委会替你办嫂子的后事吗？你跟警察走吧，我一会儿给火葬场打电话，让他们来车把嫂子拉走就是了。”

罗国庆更急了：“不行不行，人死了怎么着也得停三天呀，装裹还没买呢，不能让她光着身子走呀！人没了，亲戚朋友都得给信儿，哪儿能说烧就烧了呢？我老婆的后事我还是自己办吧，就不麻烦你们村委会了。”

警察问：“你既然想自己办后事，干吗把你老婆抬到村委会来？”

罗国庆说：“我抬走，抬走，马上抬走，其实抬到村委会来也没别的意思，就是让干部知道我老婆是怎么死的。”

警察说：“你老婆到底是怎么死的现在还很难说，不过你说要给老婆办后事，我们也得讲点儿人之常情。你先把后事办了，然后再去派出所跟我们说明情况吧。”

罗国庆一听不让他去派出所了，一个劲儿地千恩万谢：“谢谢谢谢，太谢谢了……”

这场风波就这样平息下来了，晚上在罗淑惠的家里，周天英和沈秋萍发自内心地表示感谢。

沈秋萍问：“淑惠姐，你怎么编派出那么三条把罗国庆唬住了？”

罗淑惠说：“对付不说理的人，你就得比他更不说理。”

周天英说：“没错，我婆婆就说过，农村干部跟国家干部不同，跟城里的干部也不同。要当农村干部，你首先得学会如何对付刁民。你让老实巴交的农民服你不难，让刁民怕你可不那么容易。”

沈秋萍说：“你是说，对付刁民就得比刁民还刁？”

罗淑惠说：“对付刁民的关键是不能跟他们对打对骂，不能把自己的层次降低。要胳膊根你肯定干不过他们，吵闹乱骂更不是办法，这是他们的长项。对付他们要扬长避短，知道他们的软肋在哪儿。一刀子插在他们的软肋上，让他们跳不起来也叫不出来。这样就算他们不服你也会怕你，只要让他们在你面前不尥蹶子就行。”

周天英诚恳地说：“淑惠，你出来吧。”

罗淑惠问：“你让我出来干什么？”

周天英说：“这村委会主任，还是你干最合适。”

罗淑惠笑了：“你别糊弄秃丫头上轿子了，别说我不能干，就是能干我也不想干。”

沈秋萍说：“淑惠姐是不为五斗米折腰。”

罗淑惠说：“就你们这官，挣得了五斗米吗？”

罗淑惠终于离开了农村，离开了梨花渡，跟着丈夫曹大海一起来到了县城。

如同梨花渡一样，这个县城也有一个美丽的名字：彩流。据说当年精卫填海的时候，把从昆仑山上衔来的一颗颗石子存放在这里。那些石子都是经过精卫鸟用泪水和带血的唾液浸过的，晶莹剔透，异彩纷呈。一条从太行山流淌出来的大河淹没了彩石，河水变成了色彩斑斓的清流，于是得名“彩流”。

离开梨花渡，离开农村一直是罗淑惠的梦想。但是下决心真的抛家舍业背井离乡，还是因为沈秋萍跟她说了一些令她震惊的话。

曹大海到外面打工去了，女儿曹朵儿上中学住校，家里只剩下了罗淑惠一个人。沈秋萍来串门，罗淑惠留她吃饭，又喝了点儿酒，于是沈秋萍便住在了罗淑惠家。

酒后吐真言，又睡在一条土炕上，私密空间很快就成了闺密私语交心的温床。

不知道怎么就把话题引到了周天英的身上，沈秋萍问罗淑惠：“你跟周天英的交情到底有多深？”

罗淑惠说：“可以说是不隔心。”

沈秋萍问：“怎么个不隔心？”

罗淑惠想着说：“我们俩是发小，又是同学，还同时爱过同一个男人……”

沈秋萍笑了：“同时爱过同一个男人，那应该是情敌呀。”

罗淑惠说："这怨不得别人，是我没资格嫁给冯青海，权当是周天英替我嫁了，肥水没流外人田。"

沈秋萍又笑了："淑惠姐，我从来没见过你这么大度的女人，什么事情都想得开。"

罗淑惠说："人啊，什么事情都得往宽处想，往善处想，往好处想。要不，路就会越走越窄，没法活了。"

沈秋萍说："淑惠姐，我家运桥常常跟我说，你真的太不幸、太不容易了。你看，跟一群野娘儿们开个玩笑，还弄出个人命案；人命案坐几年牢也就算了，反正是过失杀人，没想到把自己一辈子都搭进去了。这些都不说，说是命也罢，运也罢。咱就说你跟周天英吧，论人品，论相貌，论聪明，论威望，她哪样儿都没法跟你比，可是树都是你栽的，果子都让她摘了。"

罗淑惠说："也不能这样说，周天英也不容易。"

沈秋萍扳着指头说："你看，你带领大伙儿光着膀子'学大寨'，让县里发现了一个典型，好处你一点儿没落着，便宜都让她占了。那天罗国庆闹事，要不是你出面三下五除二解决了，她真的麻了爪儿。"

罗淑惠觉得有点儿不对劲儿，便说："秋萍，你怎么一个劲儿地说周天英呀，这里面有什么事吧？"

沈秋萍说："当然有事，要不我跟你嚼什么舌头？"

罗淑惠说："有话你就直说吧，到底怎么了？"

沈秋萍说："我就是觉得不公平，人得讲良心，得了便宜卖乖也就罢了，不能得了便宜还生怨。"

罗淑惠说："生什么怨，我可半点儿怨气都没有。我谁都不怨，只怨自己命运不济。"

沈秋萍说："你当然没生怨，你把人家当闺密、当铁瓷，掏心窝子给人家，人家对你如何？"

罗淑惠说："你说周天英吗？她对我也不错呀，时不常地把家里的好东西往我这儿鼓捣，我都过意不去了。"

沈秋萍说："别自作多情了你，她把好东西送给你，是她心甘情愿的吗？那是她婆婆总是惦记着你。每次给你送完东西，都嘟哝好几天，说她婆婆脑袋让门挤扁了，发神经，狗奶不喂崽，硬是给猫吃。"

罗淑惠沉吟了一下："周天英说得对，我也想不明白，我跟冯家一毛钱的关系都没有了，干吗还总是勾勾连连的，弄得我很为难，不知道怎么回报人家。"

沈秋萍说："周天英说她婆婆齁丁儿看不上她，总觉得只有你才配得上她儿子。"

罗淑惠说："不对呀，我跟冯青海的事儿冯老太从来就没吐过口儿。这还不说，我每次去她家，她都让我带着周天英，周天英要是不去，她就总轰我走。更可恶的是，她从来不让我跟她儿子单独在一起，我跟冯青海三年，根本算不上恋爱，拉过两次手，还做贼似的。不要说接吻，连抱一下都没有，亏不亏呀？"

沈秋萍说："你猜周天英怎么说？她说，从小学到中学，你处处都压她一头，出头露脸的都是你，她就是你的小催巴儿。"

罗淑惠说："这倒是真的，可是我不知道她心里不服气。"

沈秋萍说："更不服气的是现在，那天罗国庆闹事你帮她解了围，她可火了。说你多事儿，就是抢风头，就是给她难堪，就是养活孩子唱大戏……"

罗淑惠扑哧笑了。

沈秋萍问："你笑什么？对了，养活孩子唱大戏是什么意思？"

罗淑惠说："逞能呗。"

沈秋萍说："逞啥能呢？"

罗淑惠说："女人养活孩子，你说逞啥能？"

沈秋萍依然不解。

罗淑惠戳了一下她的脑门儿："笨死你，猪脑子。"

沈秋萍突然明白了，咯咯地笑起来。

沉默了好一会儿，沈秋萍又说："你知道周天英的官是怎么当上的吗？"

罗淑惠说："不是韩书记让她当的吗？"

沈秋萍说："凭什么韩畅单单看上了她？"

罗淑惠说："这我就不懂了。"

沈秋萍说："官场上流传着两句话，男干部是'提前进步'，女干部是'日后提拔'。"

这回该罗淑惠“猪脑子”了。

沈秋萍提示她：“‘提前进步’就是提着钱才能进步，明白了吧？”

罗淑惠说：“那‘日后提拔’呢？”

沈秋萍说：“‘日’是动词，明白了吧？”

罗淑惠沉吟了半天：“不会吧，周天英不是那种人。你听到的是流言吧？”

沈秋萍脱口说：“是韩畅亲口跟我说的。”

罗淑惠震惊了：“真的？”

沈秋萍说：“韩畅能往自己脑袋上扣屎盆子吗？”

罗淑惠说：“不对呀，这么神秘的事，韩书记怎么会跟你说呢？是不是他也想给你一个‘动词’？”

沈秋萍笑了笑，没吭声。

自从跟沈秋萍谈了许多私密话之后，罗淑惠便开始动心思了。说实话，她从来没有怀疑过周天英，更没怀疑过与周天英的友谊。周天英怎么会对自己有那么多的怨气呢？

她想跟周天英聊聊，也想解释一些误会，恢复和巩固她们之间的友谊。这么多年的交情来之不易，不能说抛弃就抛弃的。打定了主意以后，她便郑重其事地备了一下礼物，一盒点心、半斤茶叶、五斤挂面，还有一刀肉。

她要找的是周天英，这些礼物却是给冯老太预备的，为的是还一下这些年冯老太的情分。

周天英不在家，说是到县里开会去了，要一个礼拜之后才回来。罗淑惠心里有点儿不快，走这么长时间，怎么连个招呼都不打？

冯老太留罗淑惠吃饭，罗淑惠没心思，就借口还有事情告辞了。冯老太把她送到门口，说了一句话：“淑惠，你不打算到外面找点儿营生？”

罗淑惠一愣，不明白冯老太的意思。

冯老太说：“天英在村里主事了，按说你该帮衬帮衬她。可是，人啊，人不能有权。人有了权就不知道能吃几碗干饭了，多傻多笨的人只要戴上官帽儿，就全是能耐梗了。”

罗淑惠不大明白冯老太说的是什么，但是隐隐约约觉得，冯老太用意很深。表面上听，冯老太对周天英有非议，可是建议罗淑惠离开梨花渡，无疑是为周天英行使权力扫清障碍。既然如此，她何不顺水推舟远离这个是非之地呢?

罗淑惠进城了。

曹大海在彩流县城当装修工，罗淑惠投奔丈夫去了。

装修工也分几个工种：搞装饰做家具的是木工，改线路安电器的是电工，刷墙面铺地板做防水的是瓦工。曹大海当年在公社的水利专业队砌过墙盖过房铺过水管，对瓦工比较在行，便揽上了装修队里的泥水活儿。

最累的是泥水活儿。罗淑惠四十多岁的人了，从来没干过这么累的活儿。铺地板用的是地砖，地砖摞在一起死沉死沉的，罗淑惠一趟一趟往楼上背，有的七八层楼都没电梯，背一趟就累得喘粗气，背半天浑身都散了架。还有做防水刷墙壁用的水泥，更沉，压得她骨头都要碎了。在村里“学大寨”，再累也能偷懒，这活儿是自己的，半点儿懒都偷不得。

终于轮上了一个轻松一点儿的活儿，新建成的牡丹园小区，三室两厅两卫，二楼。起码搬运地砖水泥要省许多劲儿。

她和曹大海先做两个卫生间的防水，刷好防水漆抹好水泥之后，便放满了水试验，四十八小时不漏水才算是成功。他们一边等待着防水试验，一边粉刷着四面墙壁。眼看四十八小时快到了，两口子按部就班地收拾着，下一步便是在卫生间墙壁上粘贴瓷砖，安装卫生用具了。

门被敲开了，一个女人的声音叫嚷起来：“你们谁做的防水呀，刷防水漆了吗？抹水泥了吗？这是地面还是筛子，你们到我们家看看，一片汪洋了……”

罗淑惠先是看着闯进来的那个人，有点儿怪异，留着长发，上身穿着红花衬衣，下身是牛仔裤，脸上抹着厚厚的粉，嘴唇也红得腻人。个子很高，大手大脚大脑袋，腰身却扭成了S形，有几分生硬的妩媚。

罗淑惠光看着这个女人了，没顾上听她说话。倒是曹大海首先明白了，急忙说：“哟，是吗？您下面漏水了？”

女人更加妩媚起来：“大哥你不相信是不是？你到下面看看去呀，

水都流到我的客厅去了，把我的画都淹了。你知道我的画值多少钱吗？你赔得起吗？”

这时候罗淑惠全明白了，也真的心慌起来。他们的防水没做好，漏到下面去了。她跟着曹大海急忙跑到楼下，楼下跟楼上一样，也是三室两厅两卫，还多了地下一层，算是个复式楼。

上面的水确实漏下来了，不是直接漏到卫生间里，而是顺着墙壁的缝隙漏到了客厅里。不像那个女人说得那么严重，严重的是水还在流，更严重的是客厅里乱糟糟的，堆放的都是画纸画布书籍册页之类的。这些东西肯定很值钱，给人家淹了可赔不起。

罗淑惠冲着那个女人一个劲儿地赔礼道歉，亲亲热热地喊人家妹妹。

那个女人倒是不温不火不着急，还笑眯眯地对罗淑惠说：“我叫阿沫，你就叫我阿沫吧。”

曹大海拙嘴笨舌，不会说什么，全仗着罗淑惠跟人家交涉着。

罗淑惠殷勤地说：“阿沫妹妹，您放心，给您漏的地方我们负责给您修，这墙上挂水印了，等干了之后我们给您重新刷墙。”

罗淑惠只说刷墙，不敢说赔人家被淹书画的损失。

阿沫说：“先甭说墙，我这些书画纸布的怎么办？就让它们继续淹着吗？”

罗淑惠说：“那……您说怎么办呢？”

阿沫说：“快点儿搬走呀！”

罗淑惠忙问：“搬哪儿去呀？”

阿沫说：“能往哪儿搬呀，地下室呀，好在地下室还没漏。”

罗淑惠心里踏实了一点儿，不就是搬东西吗？

上面有人喊曹大海，曹大海借机走了。

罗淑惠留下来给阿沫往地下室搬东西。东西很多，罗淑惠既不知道从哪儿下手搬，又不知道搬下去往哪儿放。好在有阿沫指挥着，罗淑惠认认真真地照办就是了。

等把东西搬完之后，罗淑惠发现，墙上的水还没有流到下面，地上的东西一点儿也没有淹。

阿沫一个人在厨房里做饭，正对着水池子里的一条大鲤鱼发呆。

罗淑惠进来跟阿沫告别，阿沫说："大姐，你会杀鱼吗？"

罗淑惠看着那条大鱼没言语。

阿沫娇声娇气地说："好可怕啊，太残忍了。"

罗淑惠说："你起来，我给你弄。"

阿沫退到一边，罗淑惠系上围裙，立即成了厨房里的家庭主妇。

阿沫说："大姐，你多做点儿菜，中午就在我这儿吃吧。"

罗淑惠忙说："不不，给你漏了水，就够添麻烦了，怎么还能在你这儿吃饭呢？"

阿沫说："你跟我客气什么，你跟我这儿吃饭，我高兴。"

罗淑惠说："那不行，还有你大哥呢，我一会儿还得去给他做饭呢。"

阿沫说："把大哥叫来一起吃不就行了吗？你在这儿帮我做饭，我去叫大哥。"

阿沫说着，不等罗淑惠同意，就开门上楼了。

中午，罗淑惠两口子和阿沫一起吃饭，阿沫还拿出了一瓶高粱酒跟曹大海喝了起来。罗淑惠心里踏实了，看阿沫顺眼多了。这个阿沫真有意思，怒气冲冲地上楼讨伐他们，现在也不提让他们修房子了，也不提让他们赔画了，还推杯换盏地跟他们交上了朋友。

阿沫吧唧着嘴巴品尝着罗淑惠做的菜，赞不绝口，还一口一个大姐亲亲热热地叫着。

罗淑惠也以礼相待，口口声声地叫着阿沫妹妹。

阿沫兴致越来越高，要求罗淑惠不要再干那又脏又累的活儿了，给她来当保姆，做饭。

罗淑惠说："那可不行，这泥水活儿太麻烦，又扛水泥又搬砖的，你大哥一个人干不过来。"

阿沫说："大哥，你为什么不自己干？"

曹大海说："怎么自己干？"

阿沫说："自己当老板呀！"

曹大海笑了："我哪儿是当老板的料呀？"

阿沫说："当别的老板也许你干不了，这装修老板谁都能干。接了活儿，需要木工找木工，需要瓦工找瓦工，需要电工找电工，说白了，就是个包工头儿。"

曹大海说："看起来你对装修还挺熟悉。"

阿沫说："当然熟悉了，许多人家的装修都是我设计的。曹大哥，你要是拉起一个装修队，我负责给你搞设计。"

曹大海还有点儿畏难："就是……活儿不好找，得有路子。"

阿沫拍着胸脯说："你找我呀，活儿有的是，我包了。"

罗淑惠真的动心了，认真地问："阿沫妹妹，你说的不是酒话吧?"

阿沫说："姐姐，你信不过我是不是?告诉你吧，这个小区叫牡丹园，在这里买房的，有许多像我这样的人，画家、书法家，还有作家、音乐家、艺术经纪人……光是这些人的活儿都干不完。"

罗淑惠一锤定音："大海，干，你要是不干，我干，咱们成立一个公司，我来当经理。"

阿沫急忙摇起了脑袋："不不，不嘛，姐，你千万不能当经理。你要到我这儿来，让大哥一个人搞装修公司。"

罗淑惠问："我到你这儿来干什么?"

阿沫说："来当保姆，给我做饭……不不，我说错了，不是保姆，是……是管家，你来了，我把整个家都交给你。"

罗淑惠没说话，细细地思考着。

阿沫把双手放在罗淑惠的胳膊上，扭着身子摇晃着，嗲嗲地央求着："姐，求你了，我这儿需要你，真的需要你……"

罗淑惠觉得很肉麻，身上顿时起了一层鸡皮疙瘩。

017 乡愁篇　海南的潮起潮落

1988年4月13日，海南建省。

一时间，无数淘金者摩拳擦掌，无数热血青年激情澎湃，无数冒险家趋之若鹜。十万大军下海南，我也是其中的一员。不，应该是两员，还有蛮子。

离开农村，离开梨花渡是我的梦想。从骨子里说，我不是一个安土重迁的农民，总有一个东西在我的心里躁动着。我是在一个青年作家笔会上认识蛮子的，笔会结束之后，我没有回梨花渡，跟蛮子一起奔向了海南。那种豪情，就像奔赴大革命一样的义无反顾。

海南的荒蛮混乱和破败并没有让我们动摇，像一个虔诚的圣教徒接受教主的考验，磨难是殉道的必需。我们像诸多漂泊者一样，睡工地上未成形的楼房，吃街边的炒粉炒面，荒鸟寻食一样到处找工作。许多情侣是黏在一起来的，甚至是逃婚私奔出来的。到了海南之后，便劳燕分飞了。原因很简单，海南居大不易，女人只有跟了大大小小的老板才有活路。

蛮子没有离开我，也没有去傍大款或小款，并且很幸运地在一家杂志社找了一份校对的工作。

正是因为蛮子有了这份工作，我们才在海南站住了脚。我们租了一套房子，只有一个很小的厨房和很小的卫生间，没有卧室。你说怪不怪，也不怪，据说兄弟俩分家，卧室分给哥哥了，哥哥另开了一个门，便成了两家。尽管如此，还常常有朋友来投宿。如果来一两个人，跟我们俩挤一挤就凑合了。往往来三四个四五个，怎么办？总不能半夜三更把人家赶到大街上去吧。挤吧，无论男女都首足交错，侧着身躺下。最多的时候，这个小小的厨房居然塞过十一个人。如此人来人往，又都是文学界的同道，根本无法拒绝。问题是我和蛮子没有了空间，连做爱的地方都没有了。

好在有个小小的阳台，一天下班之后，蛮子从外面带回来一卷塑料布，叮叮当当地动起了工。小小的阳台被打造成一个小小的空间，不但能躺下我们两个人，还能在脚边搭建一个小小的书桌。好了，以后无论谁来，厨房即卧室你们随便挤，阳台则是我们的禁脔。

蛮子对我是有婚姻要求的。一个二十一岁的女孩儿，把处子之身献给了你，你得对人家负责呀！

可是我不能跟沈秋萍离婚，或者说，她不愿意跟我离婚。真的要离，非把人脑子打成狗脑子不可。

为这，我跟蛮子总是吵，开始是争论，后来变成了大吵。吵是吵，蛮子却离不开我。我多次离家出走，每一次都是被她找回来。找回来还吵，我还走，她还找。这日子过得像演戏。

我就是这样一咬牙一闭眼离开了梨花渡离开了沈秋萍的，我自己都认为够决绝的。

在混迹海南的日子里，我也常常想起沈秋萍，想起我的女儿唤唤。

沈秋萍会想念我吗？

说实话，我跟沈秋萍还是有感情的，婚后的生活也是甜蜜的、浪漫的。提到浪漫，我想起了一件最荒唐、最不要脸的事情。

我常常到外面去参加一些笔会什么的，有时候一走就是十天半月的。那时候人规矩得很，不像现在，到哪儿都有发泄的渠道。正是血气方刚的年纪，小别胜新婚。那一次我是下午到家，沈秋萍还在田里干活儿。我忍不住了，跑到田里去找她。忘了他们正在干什么活计，我是在地头上喊她。她见我找来了，不知道发生了什么事，就跑着来到田头。我一把拉住她就往高粱地里拖，她不明白我的意思，一个劲儿地问，怎么啦？出什么事啦？

田间的那些野娘儿们却看懂了，起哄地喊起来。

当沈秋萍明白我的意图之后，我已经把她的裤子扯了下来。

我们在高粱地里野合，那帮野娘儿们成了啦啦队，高声叫喊着，加油，加油……康运桥加油……沈秋萍加油……

在如此刺激的呐喊声中，我们很快进入了疯癫状态。沈秋萍在下面被极大地激发起来，无法自控，也跟着喊了起来，运桥加油……加油运桥……

我极其兴奋地逗弄她，加油干什么？说……

沈秋萍完全失控了，叫嚷着，操我……运桥，加油操我……

在我们的夫妻生活中，这是沈秋萍第一次说丑话，说得酣畅淋漓。

我们同时进入了高潮，进入了顶峰体验状态。这是我一生中最完美的一次性交。

物极必反，就是在这次顶峰体验之后，我们进入了冷战阶段。我发现了她的背叛。

她想解释，但是我不给她机会。我什么都不说，只是不再与她同床，自己搬到厢房小屋里去住了。她问我，我也不解释。就这样，我们变成了最熟悉的陌生人。

我知道这种伤害比讨伐更冷酷，比打一顿骂一顿要残忍得多。

她求我给她机会，她求我不要跟她离婚，我依然什么都不说。她哭，我视而不见；她跪在了我面前，我拂袖而去……

我也没想跟沈秋萍离婚，说不清的缘由。

跟沈秋萍是冷战，跟蛮子是打打停停。

我也烦，烦恼不堪的时候居然见到了田静娴。她是跟着县委领导到海南考察的，我看见了报纸上发的消息才知道她来了。

旧情人见面，总是要偿还情债的。

我买了足够的吃食，躲在我们的小厨房里，任谁来敲门都不作声。那时候没有手机，连 BP 机都还没有出现。所有前来投奔的人都是到杂志社找蛮子的，蛮子恰恰到广州出差了。

在那个小厨房里，我们疯狂地做爱。我一直以为她很守旧，甚至会是性冷淡。没想到她比蛮子还疯狂，她疯狂地叫着，还让我使劲掐她的乳头。她的乳头都被我掐扁了，掐出了血，还不行，还让我用力再用力。真的难以想象，她怎么会有这么大的抗痛耐力呢？

折腾得筋疲力尽之后，我们相拥在一起，沉默着。谁也不提过去，也不提现在。我知道她有着较为丰富的性经历，但是她又没有结婚，她身后的男人是谁呢？我没有问，我知道问她也不会告诉我。

外面不断地有人敲门，我们在里面默不作声。

最后敲门的是蛮子，她回来了。我这才记起，我们已经在这小厨房里厮混了两天三夜了。

我们小心翼翼地穿着衣服，尽量不碰出一点儿音响。邻居方嫂出来了。蛮子问她，见到康运桥没有。方嫂说，几天都没见了。蛮子说，她的钥匙在办公室，直接回家来了。方嫂让她先到她家等一等。蛮子说，我到办公室去取钥匙，把行李放在你家吧。

在确信蛮子离开之后，我收拾好小厨房，带着田静娴悄悄地走出来。

方嫂在楼道的公共水管旁洗衣服，她冲我做了一个鬼脸，我还给了她一个感激的笑容。

018 右岸 巽篇

罗淑惠离开梨花渡之后，沈秋萍便有点儿后悔了，后悔在罗淑惠面前说了那么多周天英的坏话。她从心眼里瞧不起周天英，说不能说，写不能写，办事窝窝囊囊，觉得她完全没有资格、没有能力掌控梨花渡的大权。沈秋萍当初跟罗淑惠说那些话，是想让罗淑惠取代周天英。让她辅佐罗淑惠，她口服心服。让她屈尊在周天英的手下，她总觉得委屈。现在，罗淑惠走了，不可能掌权梨花渡了，她也只好继续给周天英当马仔。她又舍不得放弃妇联主任这个职务，官不大，但大小是个人物。

当然，她对周天英的诋毁和抱怨，或许还有更深层的原因，甚至连她自己都没有清晰地意识到，那就是她和周天英与韩畅之间的复杂关系。

沈秋萍骨子里就是想成为人物的。她为什么要崇拜邢燕子、侯隽，因为她们是人物。她为什么下嫁到梨花渡并铁心务农，爱康运桥是感情的需要，成为人物却是她隐藏在内心深处的梦想与追求。

周天英心情很不好，镇上开了大会，公开表彰和奖励“万元户”。全镇六十三个自然村，一多半的村都有“万元户”，堂堂的梨花渡，却一个“万元户”都没有。周天英受了批评倒是小事，丢的是梨花渡的脸啊。党委书记韩畅一点儿也不讲情面，说什么半年之后再推不出“万元户”来就别干了，让能干的上来。改革就是先改领导，换不了思想就换人。

沈秋萍向周天英提供了一个情况，差点儿让周天英给沈秋萍跪下磕头。

沈秋萍说，她有一个同学，是北京一家精密铸造厂的厂长，属于国营企业，由于要扩建规模，准备到农村另选厂址。现在，许多地方，从村里到乡镇甚至到县里，都抢着争取把工厂搬到自己的地盘去。

周天英是笨点儿，沈秋萍说得很清楚了，她还是不大明白："工厂搬过来有啥好处?"

沈秋萍扳着指头给她说："第一，这个厂要占地一百五十亩，多了甭说，一亩地补助占地费两万元，就是三百万。第二，这个工厂要扩建，必定要招工，初步估计要招三四百名工人，咱近水楼台，怎么也得给咱百八十的招工指标吧？第三，这么大一个工厂来到梨花渡，梨花渡又平添了这么多人，要吃饭吧？要买菜吧？要理发洗澡逛街买零食吧，你算算，咱这市场一下子就繁华起来了，可赚钱的地方海了……"

周天英激动起来，一个劲儿地拍巴掌，问沈秋萍："那么多人抢这个工厂，咱有可能吗?"

沈秋萍说："我不是跟你说了嘛，那个厂的厂长是我的同学，从初中到高中。"

周天英的心眼活泛起来："仅仅是同学吗?"

沈秋萍的脸红了。

周天英的小聪明冒出来了："你得跟我说实话，这关系到咱梨花渡的发展和命运问题。"

沈秋萍老老实实地承认了："他追求过我。"

外面一阵喧闹。

大喊大叫着闯进来的又是罗国庆，后面依然跟着一大群人。不同的是这次他没有抬着老婆的尸体，而是拉扯着被打得遍体鳞伤的女儿。

还没容周天英站起身来发问，罗国庆便一把将女儿甩在了周天英面前，命令着："跪下，给周主任跪下。"

周天英看了看眼前的女孩儿，蓬头垢面，浑身是伤，身上穿的白校服都被撕破了。女孩儿被罗国庆摁在地上，半卧半跪着，像一只受了伤的小羊羔儿。周天英厉声说："罗国庆，这孩子怎么了？你凭什么打她?"

罗国庆暴跳着："我打她，我要打死她，我要是不怕杀人偿命，非打死她不可……"

周天英问："这是谁的孩子?"

罗国庆依然嚷着："谁的孩子？谁能生出这么丢人现眼的孩子？我

罗国庆造孽啊，刚刚死了老婆，又出了这么大的事，我还怎么活呀？我不活了……周主任，你得给我做主啊……”

周天英不耐烦了：“你别瞎嚷嚷，到底是怎么回事？你给我说清楚。”

罗国庆号哭起来：“我说……我说什么呀？我没脸说呀，我说不出口呀……我就这么一个孽障，她妈活着的时候就说供她念书，让她上高中、上大学，我们舍不得吃，舍不得花，攒点儿钱都供她读书了。你问问她这书是怎么读的？你问问她……”

周天英说：“我问你呢？到底出了什么事？”

罗国庆说：“被学校开除了，我们再怎么供她也没用了，人家学校不要她了。这……这让我跟她死去的娘怎么交代呀？”

周天英问：“为什么被学校开除了？她犯了什么错？”

罗国庆咧着大嘴说：“丢人啊……丢人啊……她要是真的偷了抢了打架了，我也好说呀。这事……这事……唉，你让她自个儿说吧。”

周天英厉声说：“我就让你说，学校为什么要开除她？她到底犯了什么错？”

罗国庆朝女孩儿的肚子上狠狠地踢着：“你瞧瞧，这么大点儿的孩子，肚子里就揣进了野种……”

周天英明白了，她走到女孩儿的身边，将罗国庆推到一边，和蔼地说：“孩子，你起来。”

女孩儿半卧半跪着，没动。

罗国庆号叫着：“你没听见周主任的话吗？周主任让你起来。”

女孩儿坐起了身子，周天英打量着这个孩子，孩子确实不大，也就有十二三岁的样子。唉，现在的孩子也真是的，一个个胆子比贼还大，什么事情都干得出来。周天英弯腰将女孩儿拉起来，女孩儿战战兢兢地站在她面前，脑袋耷拉在胸口窝上。

周天英问：“孩子，跟姑姑说实话，你肚子里真的怀上了宝宝？”

女孩儿点了点头。

周天英问：“你叫什么名字？”

女孩儿嗫嚅道：“罗小丝。”

周天英问：“你多大了？”

罗小丝说："十五。"

周天英吃了一惊，扭头问罗国庆："她有十五吗？"

罗国庆说："她说的是虚岁，十四刚过。"

周天英脱口说："十四岁也不像呀！"

罗国庆说："吃多少好东西都不长个儿，随她妈。"

周天英又问罗国庆："她几年级了？"

罗国庆说："都初中二年级了，她妈活着的时候，天天晚上看着她复习功课，考试的时候在班里总是前三名，每年都拿回好几张奖状。她妈死了我顾不上，她学的东西我也不懂，这才几个月没管她呀，她就坏成这样了。"

周天英又弯下腰问罗小丝："告诉姑姑，你肚子里的宝宝是谁的？"

罗小丝抬头看了周天英一眼，没说话。这一眼看得周天英心里动了一下，这孩子虽说长得瘦小，却很标致，细皮嫩肉，白里透红。特别是那双眼睛，出奇的大，出奇的水灵，黑白分明，闪光透亮。周天英突然对这女孩儿爱怜起来。这么小的孩子怎么就干这种事情呢？孩子没妈了，又遇上了这么一个浑蛋的爸爸，今后要是不上学，这辈子不就毁了吗？

周天英更加温和地说："跟姑姑说实话，肚子里的宝宝是谁的？"

罗小丝小声说："同学的……"

周天英问："你在跟男同学交朋友是吗？"

罗小丝点了点头。

周天英又问："你的男同学在哪儿？"

罗小丝说："他也被开除了。"

周天英回头看了看沈秋萍。

沈秋萍明白："把她交给我吧。"

罗国庆哈着腰对周天英说："我带着她来找你，是想让你跟学校说说，能不能不开除她，这孩子喜欢读书……"

周天英气怒地说："我就知道你到我这儿来演的是苦肉计，先让沈主任把她肚子里的孩子处理掉，剩下的事以后再说。"

罗国庆继续央求着："周主任，这孩子没妈了，你不可怜我，也得可怜可怜这孩子呀……"

周天英挥着手将罗国庆赶了出去，罗小丝也像小羊羔似的跟着沈秋萍走了。

周天英跟着沈秋萍进了孙文茂的办公室之后，才知道人家城里的官是怎么当的。

办公室分为内外两个部分，外间是一个会客厅，摆放着沙发茶几绿植盆景，墙上挂着名家字画。里面是一张老板台，老板台后是一张老板椅。老板台很大，周天英不知道那叫老板台，还叫它办公桌。心里想，这办公桌有半铺炕那么大，要是值夜班，上面睡三五个人一点儿也不挤。那老板椅是可以转动的，靠背很高，孙文茂坐在上面显得很矮小，就像一个小木偶在上面转来转去的，有点儿好玩。老板台的前面有一排沙发，还有两把椅子。跟孙文茂谈话的人如果多，就坐在沙发上，其中有一两个重要的人物是要坐在椅子上的。坐在椅子上的人离孙文茂近一些，说话要方便点儿。周天英越发觉得孙文茂不是在办公，倒像是过去衙门里的审案。不同的是，孙文茂没有拍惊堂木，下面的人也不用跪着。可是孙文茂的威风却不比衙门里的大老爷小，前来办事人的卑微和胆怯也不比跪在堂下的平头百姓差多少。这只是办公室的里面，外面还有一间会客厅，中间隔着一块半透明的屏风，里面的情况外面的人看得清清楚楚。周天英和沈秋萍是坐在外面的客厅里等候的，客厅很大，靠墙的三面都是沙发。在客厅与里面的办公室门口，有一张小桌子，上面放着一部红色的电话机。坐在那个小桌子旁的是一位很年轻、很漂亮的小姐，这大概就是孙文茂的秘书了。

周天英和沈秋萍进来的时候，那位小姐很有礼貌地站起来，笑容可掬地问：“请问你们找谁？”

周天英一时有点儿紧张，沈秋萍忙说：“我们是来找孙厂长的。”

小姐继续问：“你们是哪儿的？”

沈秋萍说：“啊……我们是梨花渡的，这位是梨花渡的村主任，叫周天英，我叫沈秋萍，是妇联主任……”

小姐看了看两个人的穿戴，并没有流露出瞧不起人的表情，又问：“你们跟孙厂长约好了吗？”

沈秋萍说：“啊……是孙厂长叫我们来的。”

小姐说："请等一下。"

沈秋萍指了指里面老板椅上那个转着身子的人，对周天英轻声说："他就是孙文茂。"

周天英没说话，她注意到那个小姐在给孙文茂打电话。相隔不到三米，用得着打电话吗？

只听到小姐说："有两个梨花渡的人想见您。"

里面的孙文茂并没有拿起电话，只是用指头往电话机上摁了一下，说了声："知道了。"

这样，小姐很客气地请周天英和沈秋萍坐在客厅的沙发上，又给她们送来了两杯茶水。

客厅里还有七八个人，大概都不是一伙儿的，都绷着脸焦灼地等待着。

办公室里有人出来了，小姐指着门口的一个年轻人说："请您进去吧，孙厂长接待您的时间是五分钟。"

年轻人慌忙进去了。

虽说只隔着一道屏风，里面孙厂长和来访的人说的话却一点儿也听不到。周天英只想知道，这些人来找孙文茂都是来干什么的，难道都是为了工厂搬迁的事吗？工厂搬迁无疑是一块肥肉，谁不想来抢一口呢？

周天英和沈秋萍一直在客厅里等着，有点儿像是在城里的大医院里看病。外面的人挂好了号在门诊室外面等着，那个秘书小姐就像是叫号的护士。一个病人进去了，外面的人就依次往前挪一下，心里也多了一分希望。周天英和沈秋萍耐心地等待着，希望里面的人快点儿出来，又希望排在他们前面的人快点儿进去。就这样，进去的出来，出来的又进去，等来等去总也轮不到她们。有些比她们后来的人都进去又出来了，她们坐起了冷板凳。这不是在医院看病，要是在医院看病，周天英早就上去跟那小姐理论理论了。

直到临近中午的时候，孙文茂打发走最后一个客人，秘书小姐也没有叫她们进去，周天英有点儿沉不住气了。怎么，不见我们？看不起我们？嫌我们是农村来的？你不就是一个厂长吗？看这谱儿摆得比省长还大，周天英当然没有进过省长的办公室，她只是心里这么比喻。这比喻来自心里的不平，这不平又点起了一团一团的火气。周天英的肚子饿了，摸了摸背包里带的葱花饼，没敢掏出来吃。又朝里面看了看，孙文茂的办公室里已经没有人了，他从老板椅上站起来，在办公桌上鼓捣着什么。

周天英腾地站起身来，拉着沈秋萍就往外走。

沈秋萍使劲挣脱着周天英，低声说："别别，咱再等等……"

秘书小姐过来，笑眯眯地对她们说："孙厂长已经安排好了饭，一会儿陪你们一起用餐。"

周天英傻了，孙文茂原来把她们当成重要的贵宾对待了。她恨自己太沉不住气了，怎么忘了孙厂长跟沈秋萍这层关系呢？

从北京城里回来以后，沈秋萍便没有再露面，这到底是怎么回事呢？

周天英亲眼看见了孙文茂和沈秋萍这一对老同学见面的一幕，真算是长了见识。城里人总是嘲笑农村人睡觉光屁股，满嘴是粗话，他们可倒好，那大方得也实在没边了。在饭桌上，当着周天英的面，两个人就喝交杯酒。晚上是住在宾馆的，孙文茂安排的。周天英想，她和沈秋萍两个人住一个房间就行了，可是孙文茂不干，非要每个人安排一个房间不可。这不是很明显吗？

有了这层密切的关系，周天英觉得工厂搬到梨花渡是板上钉钉的事了，可是沈秋萍为什么不露面了呢？

也许，沈秋萍的秘密暴露了，不好意思了。沈秋萍是要脸面的人，她可能觉得没脸见周天英了。周天英理解。

周天英到沈秋萍家里来找她，康运桥不在，据说到县文化馆参加业余作者创作会议去了。

沈秋萍在院子里浇花，她和康运桥早就不跟公婆一起住了，在村子西边盖了五间砖房，独门独院，很自在。

周天英发现，沈秋萍很憔悴，脸色蜡黄，头发也披散着。怎么了？病了吗？

沈秋萍苦笑了一下，没说什么。

周天英自己搬了一个小板凳儿坐下来。

沈秋萍也坐在了周天英的对面。

周天英直截了当地提起了精铸厂搬迁的事情，她心里太急了。

沈秋萍却躲躲闪闪，不想再提那件事情了。

周天英紧紧地咬着不放："到底是怎么回事？你后来没再跟孙厂长谈谈吗？"

沈秋萍说："谈也没用，竞争太激烈了，那天你在他办公室也看见了，都在抢那块肥肉。"

周天英说："既然大家都在抢，我们也得拼命呀，别废在半途呀。"

沈秋萍说："为了达到目的，都在拼命压低地价。据孙文茂说，原来他们准备占地补助是五万元一亩，现在有的要两万，有的要一万，还有的要八千。"

周天英说："咱要五千。"

沈秋萍说："五千太少了，咱吃亏吃大发了。"

周天英说："剜到篮里才是菜，先把钱弄到手再说，吃点儿亏怕什么？总比受穷受憋受欺负要强吧。"

沈秋萍不再说什么，只是摇头。

周天英突然觉得事情有点儿不妙："你不想管了是吗？"

沈秋萍抬头看着周天英，眼睛里含满了泪水。

周天英慌忙问："咋啦，出了啥事？"

沈秋萍突然扑进周天英的怀里，呜呜地哭了起来。

周天英觉得问题严重了，扳着沈秋萍的肩膀，连声问："你别哭呀，到底是咋回事？"

沈秋萍哭着说："姓孙的不是人……是畜生……比畜生还畜生……我再也不想见到他了……"

周天英的心像是被狠狠地敲击了一下，急着问："他……欺负你了？"

沈秋萍抽噎着说："我真傻……我怎么会上他的当呢……我……他说，旧情人相见，总是要偿还相思债的。奶奶的，我跟他算什么旧情人……我以为他真的对我念旧情……我他妈的还感动呢……整个一傻子……"

周天英说："他不是念旧情吗？"

沈秋萍说："他是恨我，是报复我……说我当初背叛了他，现在要加倍地惩罚我……你知道吗？我一直觉得他是个文明人、斯文人……他奸污我的时候，说出来的话比梨花渡的野娘儿们还难听……他是故意这样的，他骂我婊子，骂我骚货……他还打我……”

周天英惊诧了：“怎么，他还打你？”

沈秋萍说：“打我的脸……我这才知道，一个畜生要是恨起人来有多么可怕……”

周天英沉默了。

沈秋萍说：“天英姐，你说，这么一个畜生，我还能理他吗？”

周天英说：“你不理他，就这么忍了？”

沈秋萍说：“我忍不了，我要杀死他，杀死他，我去给他偿命都行……”

周天英沉吟着，缓缓地说：“不……你不能干蠢事……但是这口气也不能忍。”

沈秋萍说：“那你说怎么办？”

周天英说：“咱得把他的精铸厂拿下来。”

沈秋萍火了：“你还惦记着他的精铸厂？我连自己的贞节都搭进去了，你还嫌不够吗？”

周天英说：“你别急，我们想想办法。你想想，他最需要什么？”

沈秋萍说：“他需要对我报仇，他已经达到目的了。”

周天英说：“你再想想，他还需要什么？”

沈秋萍说：“他想要处女。”

周天英吃了一惊：“什么？他要处女干什么？”

沈秋萍说：“他侮辱我的时候说过，他这辈子，最亏心的就是没玩过处女。他追求我的时候，我是处女，可是没给他；他原来以为他老婆是处女，结婚以后发现也是个‘破货’；后来他玩过无数个女人，可是没有一个是处女……”

周天英浑身颤抖起来，世界上居然还有这么可怕的男人。突然，她眼前一亮，激动地问：“秋萍，那个罗小丝怎么样了？”

沈秋萍一愣：“哪个罗小丝？”

周天英说：“就是罗国庆那闺女，不是怀孕了吗？后来怎么样了？”

沈秋萍说：“我帮助她流产了，忘了跟你汇报了，在镇卫生院做的。”

周天英问：“她不是被学校开除了吗？”

沈秋萍说：“是啊，发生了这种事学校能不开除她吗？”

周天英问：“那个让她怀孕的男孩子呢？”

沈秋萍说：“跑了，是从湖南来的借读生，他父母是做服装生意的。出了事怕承担责任，一家人都跑了，连生意都不做了。”

周天英叹了一口气：“听说小丝学习还是挺好的。”

沈秋萍说：“还真是的，我后来又到她家去看过她一回，都被学校开除了，还整天抱着书本读书呢，盼望着有一天还能回到学校。”

周天英说：“是啊，罗国庆求过我，让我跟学校去说说。忘了，一直没顾上。”

沈秋萍说：“找学校恐怕也不行，她的影响太坏了。”

周天英说：“我琢磨着，也不能说完全没有希望。让她回学校恐怕得给学校做点儿贡献。”

沈秋萍说：“做什么贡献？我们还穷得哭爹喊娘呢，哪儿有钱给学校。”

周天英思索着说：“是啊……要贡献就得有钱……钱从哪儿来，要让我们为学校做出贡献，得先让罗小丝为咱村做点儿贡献，或者说做点儿牺牲。反正她也是……”

沈秋萍惊愕了，她呆呆地看着周天英，像看着一个陌生人。她又错了，总觉得周天英笨，没脑子，没能力，可是她居然想出了这么歹毒的一个主意。歹毒是歹毒，可对付孙文茂这个畜生必须这么做，他罪有应得。

傍晚下班以后，孙文茂从自己的办公室里出来，刚要锁门，周天英便出现在了他的身边。孙文茂吓了一跳，见是周天英，不高兴地说：“你怎么在这儿？”

周天英说：“我在这儿等您半天了。”

孙文茂说：“有事你怎么不到办公室去找我？”

周天英说：“我见您办公室里总有人。”

孙文茂说：“有人怕什么？你这样鬼鬼祟祟的，好像我们之间有什么事似的。”

周天英说：“还真有点儿事。”

孙文茂说：“有什么事明天再说吧，我下班了。”

周天英说：“明天您一上班，办公室里又人来人往的，说话不方便。”

孙文茂说：“不就是工厂搬迁的事吗？我不是说好了让你们投标吗？你们的材料准备好了吗？我们得优中选优，好中选好。”

周天英说：“我找您不是为了精铸厂搬迁的事，不是……”周天英一边说着，一边朝孙文茂神秘地挤着眼睛。

孙文茂疑惑地看着周天英，把办公室的门打开了。

进了办公室，周天英坐在了孙文茂的对面，把随手提来的黑塑料提包放在孙文茂的办公桌上。

孙文茂不耐烦地说：“什么事快说吧，我晚上还有一个饭局呢。”

周天英不慌不忙地从黑提包里拿出一个小小硬皮本，翻开，递给了孙文茂。

孙文茂问：“这是什么？”

周天英指着硬皮本：“您瞧瞧，瞧瞧……”

孙文茂问：“你让我瞧什么？”

周天英说：“这是罗小丝的户口簿。”

孙文茂问：“罗小丝是谁？”

周天英说：“就是昨天晚上沈秋萍给您送来的那个女孩儿，怎么样？您玩得还开心吧？”

孙文茂火了，将户口簿往周天英面前一扔：“你什么意思？”

周天英又拿起户口簿递给孙文茂：“您瞧瞧，您还没瞧呢。”

孙文茂说：“你让我瞧什么？”

周天英说：“我让您瞧瞧罗小丝的年龄，她现在正好十三岁零四个月零三天，我是按昨天的日子算的。《刑法》上有规定，与未满十四岁的少女发生性关系，无论什么原因都要按强奸论处。”

孙文茂叫了起来：“你胡说，我昨天问她了，她说她十四岁。”

周天英说：“她说的是虚岁，我们农村都说虚岁，说惯了，连生日都按阴历过。可是法律上计算年龄是按出生年月日算的，您看看罗小丝的出生日期。”

孙文茂的脸色发白了：“那又怎么样？我跟罗小丝没有关系，什么关系都没有。我不认识她，我也从来没见过她。”

周天英说：“是啊，您对这种事有经验，您不是跟沈秋萍说过吗？提起裤子就可以不认账。您不承认昨天晚上见过一个叫罗小丝的女孩儿吗？”

孙文茂说：“就算我承认见过她又怎么样？我跟她什么事都没有，我们只是一块儿吃顿饭、聊聊天，什么事都没做。”

周天英问：“要是罗小丝说您跟她发生了性关系呢？”

孙文茂说：“她那是诬陷，那是她一面之词，我不承认，我什么都不会承认的。”

周天英说：“是啊，我们知道您会不承认的，所以我们还留下了一些物证。”

孙文茂问：“什么物证？”

周天英从黑塑料提包里拿出一个小塑料袋，里面有一些皱皱巴巴的东西：“这是罗小丝昨天穿的内裤，还有卫生纸。我想把这些东西拿去化验，会有一个真实的结果吧？”

孙文茂呆住了，脸色非常难看，用冒着凶光的眼睛死死地盯着周天英。

周天英神态自若地说：“孙厂长，我知道您在想什么？因为我在您的办公室里，这是您的地盘，您的老窝儿。在自己的老窝儿里您是不甘心吃亏的。您会一个电话把保安叫进来，把我赶走，把我带来的东西抢过去销毁，甚至还可以对我下毒手。是不是这样？”

孙文茂仍然死盯着周天英。

周天英说：“您别这样看着我，这样不友好。临来的时候我跟沈秋萍交代好了，她领着罗小丝在派出所门口等着呢。如果一个小时之内我不能见到她们，沈秋萍马上就会拉着罗小丝到派出所报案。顺便再说一句，我今天拿来的只是罗小丝穿过的内裤和从卫生间里捡来的一些破烂，真正的物证在沈秋萍那里，她会直接交给派出所的。”

孙文茂眼睛里的凶光渐渐地塌软下来，像两缕将息未息的烛光。

周天英又说：“我再补充一句，你们辖区的派出所所长姓程，当初是我们梨花渡的插队知识青年。程所长是很讲情义的，每年都回村里去看看，跟走亲戚一样。”

孙文茂的眼皮垂落下来。

周天英的神态和语气依然是平和友善的：“孙厂长，我们没有别的意思，就是想跟您交个朋友。我们觉得您办事痛快、讲义气，跟您合作对我们双方都是有利的。当然，我们非常希望您能把精铸厂搬迁到我们梨花渡，我们梨花渡穷，就算您帮我们一把，您就是财神，我们到您这儿请财神来了，您千万别拒绝我们。”

孙文茂无计可施了，很无奈地说：“那好吧，说说你们的条件。”

周天英说：“听说你们要占用一百五十亩地？”

孙文茂说：“这是最起码的。”

周天英说：“我们一亩地要五万元。”

孙文茂的眼睛又瞪起来：“什么？到我这儿抢来了？别人都要八千，最多的要一万。”

周天英说：“我说了，我们梨花渡穷，您既然要帮助我们脱贫，干吗不把好事做到底呢？”

孙文茂说：“五万无论如何是不行的。”

周天英说：“五万是一分钱都不能少的。”

孙文茂说：“你是在敲诈我。”

周天英说：“反正是国家的钱，又不从您自己的腰包里出。”

孙文茂说：“国家的钱我也不能随便乱扬，我得负责任。”

周天英说：“您是国家的，我是集体的，要多少钱也不塞进我的腰包。”

孙文茂说：“我要是不答应呢？”

周天英说：“那就对不起了……不过没关系，您就是进了监狱我也会去看望您的，您这个朋友我交定了。”

孙文茂用两只手抱住了脑袋。

周天英说：“三天之内，我就要跟您签订合同，合同的签订地点在梨花渡，我先到梨花渡等您去了。”

孙文茂抬起头来还想说什么，周天英却拎起黑提包推门而去了。

沈秋萍为精铸厂搬迁到梨花渡立下了汗马功劳，周天英在村委会上提出奖励沈秋萍十万元。这在当时是很流行的，叫作“招商引资奖”。十万元在梨花渡人的眼里就是一个大银行，就是一个大钱柜，一辈子没见过这么多的钱。尽管所有的人都把眼珠子瞪出血来了，却谁也没有理由反对周天英的提议。是啊，精铸厂搬迁到梨花渡，光是占地费就有七百五十万元，奖励沈秋萍十万元多吗？

沈秋萍这天又跟周天英一起进了城，是来跟孙文茂谈判建新厂房的具体事宜的。周天英又出乎沈秋萍意料地设计了一个神机妙算，她从多方面了解到，精铸厂搬迁，总厂给了三千万元，市里还补贴了两千万元。这五千万元除了占用梨花渡的土地七百五十万元，剩下的钱就是盖厂房和更新设备了。周天英总觉得这是一汪肥水，肥水不流外人田，无论如何还要从中再捞一把。周天英的神机妙算就是将盖厂房的工程拿过来，不全拿过来，也要拿过来一部分。梨花渡不缺瓦匠木匠，过去搞水利建设的时候还成立过建筑队。周天英想办一个梨花渡集体所有制的建筑公司，承包精铸厂新厂的建设工程。

沈秋萍从书包里取出两个存折，递在周天英面前说：“这是你奖励我的十万元，我分成两个存折存起来了，一个存折五万元。”

周天英不解：“干吗还存两个折？”

沈秋萍说：“我承认跑精铸厂搬迁我卖了力气，可是真正办成这件事的不是我，明白人谁都知道。你制服了孙文茂，也给我出了气报了仇，我还应该感激你。在村委会上，大家就提议也该给你一份奖金，你坚持不要。这功劳不是我一个人的，奖金我也不能独吞，你一半，我一半，给。”

周天英伸出胳膊拦住了沈秋萍，真诚地说：“我说不要就是实实在在的不要，明里不要，暗里又拿你的钱，算什么玩意儿？再者说了，现在虽说招商引资允许奖励，谁知道什么时候政策变了这又成非法的了？这钱只要我不拿，什么时候我都理直气壮，就算是再来个‘四清’什么的，我也能给你扛着。”

沈秋萍说：“这钱是我给你的，我不会跟任何人说的，只有天知、地知、你知、我知。”

周天英说：“那也不行，只要我自己知道我心里就不踏实。你别让我犯错误，也别让我睡不着觉。”

沈秋萍说：“这两个存折上都写的是我的名字，我只是把密码告诉你就行了，任何事情都不会有的。”

周天英说：“别说了，写上你的名字就是你的钱，你的钱我就更不能要了。我说话算数，你别打我的脸。”

沈秋萍看着周天英，郑重地说：“天英，我服了你了，真的，口服心服。”

周天英笑了：“我知道，你们原来最服的是罗淑惠，都觉得我不行。其实呢，砍倒蒿子蹦出了狼，出水才见两腿泥。”

沈秋萍把周天英的手抓了起来。

019 左右岸 少阳篇

要出事了。

吃早饭的时候，冯小螺突然说出这么一句话。奶奶用锥子一样的眼睛狠狠地瞪了她一下，冯小螺浑身一哆嗦，立刻低下了头，用粥碗把整个脸都遮起来。瞟过碗边，冯小螺又瞟了瞟哥哥冯行文。冯行文黑着脸，嘟噜着嘴嚼着窝头咸菜，厚厚的嘴唇吧唧着，响声大得有点儿吓人。她没有看妈妈，她知道妈妈什么话都不会说的，也不会有任何表情的。

不知道从什么时候起，这个家的饭桌上充满了敌意。所有的人都大口大口地吃饭，似乎要用饭把心里的东西压下去。每个人都想早点儿吃完离开饭桌。饭桌像一块充满血腥气味儿的角斗场，但是谁都知道，角斗不会发生的。

就这样，冯小螺背着书包上了学，十二岁，她已经读小学五年级了。

哥哥冯行文比她大三岁，已经是初中二年级的学生了。梨花渡中学和小学都在镇上，中学在镇东，小学在镇南，上学期间她跟哥哥是碰不见的。她怕碰到哥哥，或者说她怕哥哥。原来不是这样的，原来她是家里的小公主，奶奶疼她，妈妈爱她，哥哥时时处处地保护她、照顾她。就是三年前她跟曹小菊打了一架，一切都变了。

曹小菊比她大两岁，是吴大娘儿们的女儿，长得像她妈一样人高马大。冯小螺绝对不是她的对手，她之所以敢于向曹小菊叫板，完全靠着有哥哥给她撑腰。因为曹小菊太霸道，谁手里有好吃的，她抢过来就吃。别人对她敢怒不敢言，冯小螺却不吃她这一套。那天冯小螺啃着一个老玉米，曹小菊上来就抢，冯小螺举着玉米就朝曹小菊的脸上砸去。

曹小菊吃了亏，将冯小螺扑倒在地，一场狗撕皮一样的恶战开始了。两个人边拼命，边互相骂着，冯小螺骂曹小菊是女土匪，曹小菊却骂冯小螺是野种。

冯行文及时赶到了，曹小菊急忙放开冯小螺。冯小螺不依不饶，跳着脚地骂曹小菊是女土匪，曹小菊逃到远处，也跳着脚地骂冯小螺是野种。哥哥没有像往常那样去追打曹小菊，却悄悄地把她拉走了，冯小螺觉得很不解恨。

那天放学以后，哥哥没有像往常那样等着她一起回家，而是悄悄地走了。

冯小螺找哥哥，有人告诉她，冯行文拉着曹小菊到河边去了。冯小螺笑了。早上哥哥之所以没有替她“报仇”，大概是怕老师干涉，现在把曹小菊拉到河边，肯定是教训她去了。冯小螺不能放过这解恨的机会，背着书包朝河边跑去。

哥哥也在，曹小菊也在。奇怪的是，哥哥并没有打曹小菊，而是面对面站着，好像在说着什么。

也不知道曹小菊说了些什么，冯行文放过曹小菊，一个人走了。冯小螺追上去，又像平时那样要蹿到哥哥的肩膀上，跟哥哥耍赖，让哥哥背着。

哥哥却黑着脸把她推倒在地上。

冯小螺哭了。

哥哥也没有像往常那样上前来哄她。

她在地上打起了滚儿。

哥哥却装作没看见，径直走了，连头都没回。

从此，哥哥便不再理她，见到她总是黑着脸。

她以为哥哥在逗她玩儿，或者因为什么生了她的气。她多次企图跟哥哥重归于好，挽回哥哥对她的关爱。她失败了，哥哥连话都不跟她说了。她哭着叫哥哥，冯行文却朝她吼叫着：“你别叫我哥哥，我不是你哥哥。”

冯小螺委屈极了，向奶奶告状。

奶奶总是向着她，平时哥哥即使没有欺负她，她向奶奶诬告哥哥，奶奶都要把哥哥骂一顿。这一次真的怪了，奶奶的脸也黑了，也闭上嘴巴不说话了。她害怕了。

晚上，她躺在妈妈的怀里，问妈妈。

妈妈抚摸着她的肩膀，也是不说话。

她想跟妈妈发火，却发现妈妈的眼睛里都是泪。

突然间，在这个充满笑声和疼爱的家里，她从一个高贵的宠儿变成了一个孤独的弃婴。

这个快乐的家庭丢了魂儿，变得陌生和恐怖了。最会嬉皮笑脸逗弄她的哥哥变了，变得沉默寡言，脸上连笑模样都没有了。整天慈眉善目絮絮叨叨的奶奶也变了，变得凶狠起来，特别是那双眼睛，射出来的目光像锥子，能扎得人心肝发颤。连妈妈也变了，变得躲躲闪闪，说话也低声下气了。

这到底是怎么回事呀?

没有人理睬冯小螺了，除了小灰。

她原来跟妈妈一起住在正房西屋的，后来搬到西厢房住了。这样，奶奶一个人住正房，哥哥住在东厢房，她和妈妈住在西厢房。妈妈每天在村子里工作，回来很晚，她做完作业，便早早地钻进了被窝儿。钻进被窝儿却睡不着，她要等妈妈。妈妈回来躺在她身边，她才睡得踏实。

妈妈很晚还不回来，她困得上下眼皮直打架，依然坚持着。坚持久了她就会迷迷糊糊，说是睡着了，却又醒着，什么都知道。她觉得门帘儿动了一下，声音很轻很轻，不像是妈妈回来了，妈妈有时怕吵醒她，也会蹑手蹑脚，但是不会这么轻。她静静地闭上眼睛，似睡似醒地等着妈妈。

那轻轻的声音窸窸窣窣，若有若无。

她吃力地睁开沉涩的眼皮，门槛下面出现了一个小小的微笑。这微笑很亲切，很温和，很像原来奶奶的微笑。奶奶的微笑是慈爱的、热乎乎的。冯小螺被这微笑感动了，她把眼睛完全睁开了，也抿起潮湿的嘴唇，回报那柔柔的微笑。

小灰立起身来，向她伸出两只小手。

冯小螺笑了，小灰的手真小，像奶奶包的小馄饨。

小灰似乎是为了哄她高兴，就像哥哥哄她高兴学驴打滚儿一样，小灰也把身子收起来，在地上打了一个滚儿。像奶奶的毛线球，冯小螺又笑了。

就这样，在小灰的哄逗下，冯小螺慢慢地进入了梦乡。

从此之后，每天晚上小灰都来陪伴她。

她把心里的委屈告诉了小灰，小灰闭着眼睛，同情地垂下了头。

小灰成了她最好的朋友。

那是个星期天，冯小螺到河边去打猪草。庄稼人的孩子吃不了三年闲饭，会走路就会干活儿。往日去打猪草，都是哥哥带着她。哥哥打草，她在河边采野花，或者在花丛里追着蝴蝶玩。临回家的时候，哥哥把自己打的草分给她一些，放在她的小筐里。不是为了交任务，是为了博得奶奶的夸奖。

多么幸福的小姑娘啊。

现在，哥哥不会再带她了，她真的要自己干活儿。到了河边，顾不得采野花了，也没有心思跟蝴蝶玩了。她拚命地挥着镰刀，手上磨出了泡，泡破了，血水上沾满了泥土。很疼，却不能哭，没有人听她哭了。

她背着满满的一筐猪草往家里走，一路上摇摇晃晃，喘不上气来的时候她就靠着高坡歇一下，歇完了又背起筐往家走。她体会到了劳动的艰辛，也体会到了生活的委屈。

家里面没有人，院子里静得可怕。她放下草筐，肚子饿得咕噜噜叫唤。她来到奶奶住的正房，想找块饽饽吃。找来找去没找到，猛一抬头，发现奶奶把饽饽篮子挂在了屋梁上。屋梁很高，奶奶是怎么挂上去的？

冯小螺想找奶奶要点儿吃的，便来到后院。后院是奶奶独有的天地，没有要紧的事情，谁都不会到这里来的。妈妈不来，哥哥不来，冯小螺从小被宠爱惯了，天不怕地不怕，常常违背奶奶的训诫跑到后院来玩。后院也没有奶奶，更没有什么吃的。地上干干净净的，连一片草根树叶都没有。她进了小跨院，藏仙楼前的香炉里插着草香，香头儿上还冒着烟，看来奶奶刚才还在这里。奶奶哪儿去了呢？

冯小螺看着那个藏仙楼，一直以来她很想爬上去，奶奶总是阻止她。她前后左右地看了看，连一个人影儿都没有。强烈的好奇心像小灰在她心里打滚儿，痒痒的，还有点儿疼。她完全忘记了自己在家里受歧视、遭白眼的处境，又恢复了小公主的任性。不管三七二十一，她蹬着前面放香炉的砖台，爬上了藏仙楼。

登上了藏仙楼，自然便可以扒着院墙了。院墙那边是谁家呢？好像有人在说话，她双手扒着墙头上的瓦片，不够高，她又跳下藏仙楼，搬上来两块砖，再上去，脚蹬着砖，脑袋便顺利地伸出了墙头。

又是一个小院，很小很小的小院，只有一间小房，房子前面的小院子只有两张八仙桌那么大。小院里有一个小灶台，灶台上的锅里冒着热气。

她看见了奶奶，奶奶正往灶膛里塞着柴火，一股浓浓的香气飘过来，冲进了冯小螺的鼻子。真香啊，她使劲吸了吸鼻子，是炖鸡肉的味道。

奶奶的身边放着一张小桌子，很小很小的小桌子。桌面上放着一把茶壶、两只茶杯。桌子旁边的木墩上，坐着一个有点儿发胖的老人，白头发，戴着一副黑框眼镜。

冯小螺认识这个老头儿，有一次跟奶奶到供销社打酱油碰到过他。他跟奶奶很熟，奶奶让冯小螺叫他爷爷，后来又让冯小螺叫他魏爷爷。

原来魏爷爷就住在她家后院的后边呀，怎么住这么小的一个小院呢？他家里没有人吗？怎么让奶奶给他做饭呢？

冯小螺觉得裤脚儿一紧一紧的，像是有人拽她。低头一看，是小灰。小灰正伸着小小的嘴巴，一下一下拽着她。

冯小螺跳下了藏仙楼，小灰却爬上了藏仙楼。冯小螺刚要埋怨小灰，却见小灰用那小小的嘴巴把她刚才搬上去的两块砖拱了下来。

冯小螺高兴了，小灰真懂事。

小灰从藏仙楼上跳下来，肉团儿似的朝后院的门口爬去。冯小螺紧跟在后面，离开了后院。

冯小螺刚刚离开后院，后院的门就响了，奶奶回来了。

爸爸死了。

爸爸是出车祸死的。

爸爸原先是个军人，那是冯小螺的骄傲，也是奶奶妈妈哥哥的骄傲。在部队的时候，爸爸是个汽车兵，开着装满机枪大炮的汽车在祖国的边境线上巡逻，那是多么的威风啊。这是冯小螺想象的。后来爸爸从部队转业了，转业后的爸爸没有回梨花渡，而是到了遥远的新疆油田开汽车。

爸爸突然死了，说是开着的汽车掉到山涧里去了。

如同天塌了一样，全家立刻哭声一片。

最后，妈妈到新疆去了，说是处理爸爸的后事。奶奶哭了两天之后，打起了精神，又开始烧火做饭喂猪喂鸡了。

哥哥却依然没有起来，他躺在东厢房的小屋里，不哭了，可是不吃不喝也不睡，蒙着被子，死了一样。

奶奶耐心地劝慰着他，把煮好的面条儿端到他的炕头，面条儿里还卧着两个鸡蛋。

哥哥还是不起来。

冯小螺在东厢房的窗根底下，一边剁着猪菜，一边偷听着屋里的动静。

说也奇怪，对于爸爸的死，冯小螺并没有像奶奶妈妈哥哥那样悲痛欲绝。她也伤心，也难过，也有一种大难临头的感觉。可是她号哭不出来，只能默默地掉眼泪。实际上，她对爸爸依然是陌生的。爸爸每年休一个月的探亲假。刚回来那几天她认生，不敢跟爸爸亲近。她知道爸爸疼她爱她，给她买了不少女孩儿喜欢的东西。爸爸还骑着自行车带着她到镇上去玩，买好吃的。等跟爸爸熟悉了，还没容得上撒娇，爸爸又走了。等来年爸爸回来的时候，依然要重复那从陌生到熟悉的过程。现在爸爸死了，她只是觉得爸爸还没有回来。

她恨自己这样，怎么悲伤不起来呢？怎么不能像奶奶妈妈哥哥那样放声痛哭呢？

哥哥突然在屋里又大哭起来，边哭边喊叫着："是我害了爸爸……我害了爸爸……"

奶奶宽慰他说："孩子，别这样说，你爸爸遇到的是车祸，是个意外。"

哥哥固执地哭叫着："不不不……是我……是我……爸爸是我害死的……"

奶奶说："别这样想，千万别这样想，快起来，把这碗面条儿吃了……"

哥哥哭叫得更厉害了：“奶奶，您不知道……您不知道啊，爸爸就是我害死的……”

爸爸远在天边，哥哥怎么会说是他害死的呢？哥哥悲伤过度，精神错乱了。

冯小螺的身上发起抖来。

爸爸死了之后，哥哥对冯小螺更加凶恶起来。他总是瞪着那双冒火的眼睛，仇恨地瞪着冯小螺。好像爸爸是冯小螺害死的，她跟哥哥有着杀父之仇一样。可是，哥哥明明自己说的，是他害死了爸爸。

奶奶依然对她那么冷淡，看都不看她一眼，连她的名字都不叫了。有什么事情吩咐她，总是喊“嗨”，好像她从此改名叫“嗨”了一样。

事情总算过去了，奶奶说，没有过不去的火焰山。奶奶依然有条不紊地操持着家务，妈妈依然到村里当她的官，哥哥也依然早出晚归地上学。

生活复归了平静。

天气渐渐地冷了，不少人都穿上了秋衣或薄棉袄。

冯小螺却还是穿着打了补丁的夹袄，常常冻得打哆嗦。放学的路上又刮起了风，很硬的西北风。冯小螺身上冷，低着头顶着风朝家里走，快到门口的时候，突然觉得有点儿异样。门外的花秸垛旁边，哥哥和几个男孩子正在鬼鬼祟祟地做着什么。

她家的院子外面是一个小场院，场院周围夹着篱笆，里面种着萝卜和大白菜。菜园的外面，一个坟头状的花秸垛。花秸就是碾碎的麦秸，主要用途就是抹房。梨花渡大多是泥土房，屋顶上的泥每年都要抹一遍，抹房的时候，泥里要掺上花秸。家家户户都有一个必不可少的花秸垛。

花秸垛是圆形的，上面也抹了厚厚的一层泥，为的是把花秸遮盖住。周围的花秸都露在外面，常常有鸡呀鸭呀在花秸垛旁边觅食。由于花秸垛都在院子外面，又由于花秸垛容易隐藏一些小动物，特别是黄鼠狼、刺猬、蛇什么的，在孩子们的心目中，花秸垛又多了一些恐怖的色彩。一个人是不敢靠近花秸垛的，特别是晚上，出来的时候都绕开花秸垛走。

哥哥他们却在花秸垛后面嘀嘀咕咕，是什么新鲜的游戏吗？冯小螺好奇地躲在一边窥视着，几个孩子突然走开了，一边走一边弯腰捡拾着地上的树枝秸秆。冯小螺明白了，他们要烧烤东西。在野地里，他们偷到玉米、白薯、毛豆就是这样，几个人分头去捡拾柴火。可是，快到冬天了，地里都光秃秃的了，他们能烧烤什么呢？

冯小螺悄悄地来到花秸垛后面，地上有一个泥球儿，西瓜大小。泥是新的，软软的，汪着水珠儿。里面包的是什么呢？什么东西会用泥包上烧烤呢？

冯小螺突然觉得那个泥球儿在蠕动，她心里突然一颤，那被包裹在泥球里蠕动的是小灰。

天啊，小灰怎么会被他们抓住了？

她听人说过，一些大胆的孩子会吃刺猬的。据说刺猬的肉很好吃，白白嫩嫩的，蒜瓣儿肉，蘸上点儿酱油，香极了。

她几乎顾不上多想，急忙蹲下身子，双手慌乱地扒着小灰身上的泥皮。泥皮很厚，费了很大的劲儿才把小灰扒出来。小灰也被吓坏了，身子软塌塌的，站都站不起来了。

冯小螺将小灰的身子转动了一下，惊慌地说："你快跑呀！"

小灰跑了，没有钻花秸垛，朝院子里跑去。

哥哥回来了，不见了地上的泥球儿，却见冯小螺满身是泥。

冯小螺想跑，可是身上一点儿力气都没有了，双脚像是粘在了地上。

哥哥抄起一根鸡蛋粗的木棍儿，朝冯小螺劈头盖脸地打下来。

冯小螺倒在了地上。理智告诉她，哥哥不会放过她的，哥哥肯定要把她打死的。她没有哭，也没有求饶，求生的本能让她匍匐在地上，双手紧紧地抱着脑袋。哥哥挥舞着木棍在她身上噼里啪啦地打着，开始的时候她还知道疼，打着打着，她只听见噼里啪啦的声音，身上什么感觉也没有了。她觉得她要死了，蒙眬中，她看见奶奶回来了。奶奶手里提着柳条篮子，像是刚从供销社买东西回来。奶奶朝花秸垛后面看了一眼，奶奶确实看了一眼，她那求助的目光还跟奶奶那惊异的目光碰撞在了一起。仅此而已，奶奶的目光仅仅跟冯小螺的目光碰撞了一下，便匆匆扭过头，径直朝院子里走去了。

冯小螺明白，奶奶不想救她，她今天肯定会死在哥哥的手里了……

冯小螺醒来的时候，首先感觉到的是火辣辣的疼痛，紧接着，火辣辣的周围又是暖烘烘的。她睁开眼睛，看到的是另一双淌泪的眼睛。半天，她才明白，她是躺在妈妈的怀里。妈妈搂抱着她，默默地流着泪。

冯小螺知道自己没有死，知道是妈妈救了她。

妈妈见她醒了，低下头，把脸贴在她的额头上。

冯小螺哼了一声。

妈妈轻轻地问："疼吗?"

冯小螺叫了一声："妈妈……"

妈妈哽咽着说："妈妈对不起你……"

冯小螺轻轻地问："妈妈，我是野种吗?"

妈妈的眼泪滴在冯小螺的脸上，也是火辣辣的。

冯小螺是搭着罗大鞭子的大车来到北京城的，进的是左安门。

每年入冬之前，梨花渡都要到北京木材厂拉刨花锯末，那是烧火做饭过冬取暖最好的柴火。之所以能到木材厂拉刨花锯末，是徐可良帮助找的门路。徐可良的舅舅是木材厂的车间主任，这些东西没有人拉走，也会当垃圾扔掉的。每拉一车刨花锯末，给木材厂一袋白薯干儿。各取所需，两不吃亏。

大车上带着装箱用的茓子，还有一袋白薯干儿。

茓子下面有一个草筐篮，是路上喂牲口用的，里面装的是拌好的草料。

冯小螺就是躺在草筐篮里的。罗大鞭子早上三点钟就要出车，拉出骡子套好车就走，无须检查车上的东西，都是事先准备好的。

罗大鞭子赶着车，冯小螺躺在草筐篮里睡觉。

一觉醒来，天大亮了。

大车进木材厂的时候要登记，趁这个机会，冯小螺从草筐篮里爬出来，悄悄地溜走了。

冯小螺离家出走了，会有人找她吗?妈妈肯定会找她，妈妈会急疯的，会把嗓子喊哑的，会没日没夜地到处找她；奶奶可能也会找她，但绝不会像妈妈那样着急，沿着村上镇上找两遍也就算了；哥哥绝对不会找她，哥哥恨她，巴不得她离开这个家呢。冯小螺笑了，临出门的时候，她把哥哥的小棉袄偷出来了，大半新的，去年奶奶才给他做的。没有棉袄，看你怎么过冬，冻死你。

冯小螺想着走着，走着想着。想着想着脑子断了弦儿，不知道该想什么了；走着走着腿软了，不知道该往哪个地方走了。不是说北京很繁华吗？不是说北京有金銮殿吗？不是说北京城里的人像大运河的洪水吗？冯小螺朝街道两边看了看，也是破破烂烂的街道，也是歪七扭八的房屋，也是家家户户门口堆着炉灰垃圾，跟梨花渡镇差不多。比梨花渡镇的汽车多，比梨花渡镇的商店多，当然，人也比梨花渡镇多点儿。这是北京吗？两边的招牌和标语上，出现最多的是“虹桥”两个字，这个地方一定叫虹桥了，虹桥是北京吗？远处，往北，矗立着一些灰不拉儿的高楼，也许那个地方叫北京。

冯小螺像梦游一样，浑浑噩噩地在虹桥附近转悠着。转着转着，肚子饿了，街道两边的小饭馆里飘出来诱人的香气。她只好忍着，把裤腰带紧紧地勒了勒，使劲咽着唾沫。转着转着，天黑了，到哪儿去睡觉呢？她有点儿犯愁了。离开家的时候，她几乎什么都没想，只觉得这个家不能待了，必须离开。现在她才知道，离家之后面临着两大难题：一是吃什么；二是住哪儿。

天已经完全黑了，街道两边的路灯亮了起来。又刮起了凉飕飕的小风，街道上的人都急匆匆地往家里赶。冯小螺没有家，她不必那么急匆匆的，她像一条走丢了的小母狗儿，惊恐地寻觅着、躲藏着随时降临的危险。

终于发现了一个可以栖身的地方，一个杂杂乱乱的工地上，堆放着许多水泥管。水泥管摞在一起，空空的，一眼便可以看见对面。冯小螺突然发现一个水泥管的两边的出口被堵上了，是用乱草废纸碎布片什么堵上的。绕到另一边，也被堵上了，是用整齐的砖头堵上的。冯小螺把砖头一块一块地拿下来，借着外面侧映过来的灯光，发现里面黑乎乎的，像是堆着什么东西。是人吗？里面有人吗？冯小螺喊了两声，没有人应声。她试探着往里面伸着脑袋，又试探着往里面探着身子，什么也看不清。等了一会儿，她朝四外打量着，没有什么可疑之处，她便鼓起勇气爬了进去。

里面铺着一堆烂稻草，稻草上还有一条破棉絮。冯小螺是爬着进去的，爬到烂稻草上面，便直接钻进破棉絮里。里面避风，很暖和，破棉絮更像一个被窝儿。冯小螺顺势躺下了，脑袋下面还有两块烂砖头，正好当作枕头。

冯小螺找到了住处，又暖和又舒服的住处。她突然感到累了，身子软绵绵的，上眼皮和下眼皮打起架来，她想睡了。

困了又睡不着，肚子咕噜噜地叫着，一天没吃东西。临出门的时候，她从奶奶的饽饽篮子里拿了两个棒子面饼子，在路上就吃完了。饿了就想吃的，吃什么呢？她隐隐约约闻到一股味道，很熟悉的味道。像罗大鞭子草筐篮里的味道，是身上沾的味儿吗？不对呀，怎么在外面闻不见，到里面却有了呢？也许外面有风，味道都被吹散了。不管他，睡吧。越说睡越睡不着，越说不管他那味道越浓烈。她烦躁地翻了个身，那味道在她的嘴边出现了。她下意识地伸了伸舌头，那味道竟然在她的舌尖儿上出现了。她猛地抬起头来，立即明白了。她枕着的不是烂砖头，而是豆饼。豆饼是喂牲口用的，所以罗大鞭子的草筐篮里有这种味道。冯小螺高兴极了，她爬起来，拿起一块豆饼敲击着另一块豆饼，两块豆饼上都掉下了许多碎渣儿。冯小螺把豆饼的碎渣儿撮进嘴里，这是她吃到的最香、最美、最有味道的东西了……

冯小螺是被一声喊叫惊醒的，紧接着，两只脚便被别人拉着拖出了水泥管。她躺在水泥管外面的地上，身上便遭到了一阵拳打脚踢，还有乱七八糟的骂声："小丫头片子，竟敢占我们的窝儿……你哪儿来的？滚，快点儿给我们滚……"

打骂她的是两个半大小伙子，比她班上的同学大不了多少。两个人都穿得破破烂烂的，怀里还抱着一些废纸包着的东西，像吃的。

两个男孩凶恶地叫着："滚啊，你快滚啊……"

冯小螺试图央求两个男孩发发慈悲，说："我没地方去，你们让我去哪儿呀？"

男孩说："你爱去哪儿去哪儿？滚得远远的，别再想占我们的窝儿。"

冯小螺继续努力着："让我跟你们一起住行吗？我身子小，占不了多大地方。"

男孩说："不行，你一个黄毛丫头，跟我们住在一起算怎么回事？"

冯小螺说：“我们还是孩子，那怕什么？”

男孩说：“你是孩子，我们不是孩子了，滚，快点儿滚……”

冯小螺无奈，只好离开水泥管，朝着一个灯光繁密的地方走去。夜晚的风更凉了，肚子空身上自然会冷，幸亏把哥哥的棉袄偷来了，不然非冻死不可。

天亮了，冯小螺又累又困又饿，她在一个墙角坐下来。这里避风，又能被早晨的阳光照耀着。更让她心里激荡的是，她的前面有一辆卖煎饼的小车。煎饼车上的香味儿把她包围起来，像盖上了一层暖烘烘的被子。她肚子越发叫起来，不是咕噜噜地叫着，而是凶恶地号叫着、呐喊着，恨不得伸出蛇一样带钩儿的舌头，把煎饼车上那香喷喷的煎饼卷进肚子里……

两个声音把她惊呆了：

“找到没有？”

“没有，这一夜我把方圆附近都转遍了。”

“天英呢？”

“天英到派出所去了……”

冯小螺听出来了，眼前这两个人是罗淑惠和沈秋萍。她们在煎饼车前见面了，说了几句之后便买了两个煎饼。卖煎饼的给她们摊着煎饼，她们在煎饼车前面等着。冯小螺看见了她们的腿，罗淑惠穿的是薄棉裤，沈秋萍穿的是运动服。两个人的鞋上都沾满了土，可以想象得到，为了找她，她们是一路跑一路喊，她们一夜都没有睡，一夜都没有停止对她的寻找。

冯小螺腾地站起身，要跑上去跟她们见面。可是，两个人拿着摊好的煎饼走了。

冯小螺又沮丧地坐下来。

不知过了多久，卖煎饼的车子推走了，太阳高高地悬在了她的头顶上。

马路对面有几行树，树叶开始发黄了，稀稀拉拉地飘落着。

飘落的黄叶下，一个瘸着腿的男人在给路人理发。很简单的理发摊儿，一个凳子，一个围裙，一把手动推子。

冯小螺慢慢地走过去，站在了瘸腿男人面前。

瘸腿男人理完了一个男人的头发，摘下他脖子上的围裙，顺着风抖搂着。

冯小螺向前移动了一下脚步。

瘸腿男人问：“你要理发？”

冯小螺点了点头。

瘸腿男人说：“来，坐下吧。”

冯小螺坐下来：“多少钱？”

瘸腿男人说：“你理，不要钱。”

冯小螺问：“为什么不要钱？”

瘸腿男人说：“因为你没有钱。”

冯小螺说：“我要把头发剪掉。”

瘸腿男人一愣：“剪掉？这么好的头发剪掉？”

冯小螺说：“我要理一个男孩子的发型。”

瘸腿男人笑了：“跟我女儿一样，我女儿也理了一个男孩子的发型，假小子。”

冯小螺笑了。

理完了发，瘸腿男人又从脚下的木匣子里拿出一个布包儿，打开，里面有两个包子：“拿去吃吧。”

冯小螺往后退着身子：“不不，我吃了，您怎么办？”

瘸腿男人说：“吃吧孩子，我可以回家去吃。”

冯小螺的眼睛模糊了。

020　乡党篇　徐先甲

在梨花渡，在很长的一段时间里，徐先甲只是一个传说。

在梨花渡，在很长的一段时间里，徐家大院是一个难以消磨的名字。

最早是乡政府，后来是公社，再后来是镇政府。可是梨花渡人依然习惯地称呼其为徐家大院。譬如村干部到乡政府开会，会说，到徐家大院开会；譬如两口子吵架急了眼，要经官，女人会说，我到徐家大院告你；又譬如镇里的干部下乡，村里的老人会问，你是从徐家大院来的吗？当年魏能麟当公社书记的时候，有一次到梨花渡村给村干部开会，很晚了，康百顺关切地问，您还回徐家大院吗？魏能麟火了，我回公社。你给我记住，那个地方叫公社，不叫徐家大院。我就奇了怪了，一个反动资本家留下的几间破房子，怎么就改不过名来呢？

徐家大院，一个古老的传说。

徐家大院是个烧锅，按照现在的说法即酿酒厂。

徐家大院在梨花渡镇的中街，大门临街，前店后厂。这个院子确实很大，前面是三进院落，门楼、游廊、甬道，正房厢房天井耳房，一水儿的青砖黛瓦磨砖对缝雕梁画栋。后面是一个更大的院落，高房阔棚，仓廒酒窖，以及酿造作坊，从临街的大院一直延伸到大运河边。唯其大，谓之为大院，名副其实；因其主人姓徐，称之徐家大院，实至名归。

徐家大院如此辉煌阔大，却不张扬，临街的门楼也普普通通，连个匾额都没有。

有一块匾额，很珍贵的，挂在后面的酒坊门楣上。匾额上雕刻的是“青门秘酿”四个大字，落款是爱新觉罗·铁麟，书于道光二十一年孟春。爱新觉罗·铁麟是当年的漕运仓场总督，官居正二品。

所谓“青门秘酿”，乃是专门为青门酿酒的。

青门者，亦即青帮。据传，青帮的初祖为达摩，达摩的弟子神光为第二代祖师。达摩为佛传禅宗的第二十八世，神光为第二十九世。达摩之下共有四位法师合称前五祖。而青门二十四辈是从金祖算起的，为“清”字辈。金祖名纯，字碧峰，又名幼孜，浙江宁波人。第二代是罗祖，为“净”字辈。罗祖名清，法号净清，甘肃兰州府渭源县东乡罗家庄人。第三代是陆祖，为“道”字辈。陆祖名逵，镇江府丹徒人。第四代便是陆祖的三位弟子翁、钱、潘，为“德”字辈，即青门的后三祖。

翁祖名岩，字福亭，江苏常州人；钱祖名坚，字福斋，江苏武进人；潘祖名清，字宜亭，杭州武林门外哑巴桥人。陆祖带领翁岩、钱坚、潘清在五台山修炼，正是雍正初年，大运河漕运停滞已久，盗贼蜂起，运丁闹事，白莲教乘机蛊惑人心，亟待整顿。六部公议，悬榜招贤办理漕运事宜。陆祖对三位弟子说：“尔等清福有限，应该为国家出力。从前金祖就是为国家运粮的功臣，你们应该下山揭榜，速定运粮良策，报效国家，留名千古。”

翁、钱、潘三人直奔开封，前往抚署揭了皇榜。当时河南抚台是田文镜，听了三个人的献计献策，认为人才难得，马上联系漕运总督张大有同本上奏。雍正帝见了奏折，非常高兴，赐三人五品督粮官，归漕运总督张大有节制，并听命于勘视河工钦差何国宗指挥。

雍正三年，定漕运名曰天庾正供。张大有督命翁、钱、潘监造船只：头船长十二丈八尺半（意为全漕一百二十八帮半），宽二丈四尺（意为二十四节气），深一丈八尺（意为十八罗汉）。尾船九丈五尺（意为九江五岳），宽深与头船同。每船用板三百六十五块（意为周天三百六十五度），外有三块板，即头顶黄板，身背纤板，脚踏跳板。共计用板三百六十八块。整船用钉七千七百七十二根（意为七十二地煞）。共造新船九千九百九十九只半（所谓无半不成帮，半只为脚划子）。

浚河造船完工之后，又由何国宗奏明雍正帝，恩准翁、钱、潘三人，各开山门广收弟子。

翁岩收徒八人（意为八仙过海），钱坚收徒二十八人（意为二十八宿)，潘清收徒三十六人（意为三十六天罡）。

翁、钱、潘的堂号分别为“翁佑堂”“钱保堂”“潘安堂”，连接起来即“保佑平安”之意。

天庾正供乃朝廷大计，雍正皇帝命三堂师徒分帮承运，调兑八省漕粮。翁、钱、潘领旨后，又到古北口哪王庙朝祖，陆祖即将鹅头禅师制定的二十四字派传予三堂，作为青门谱系排辈依据。这二十四个字是：

清净道德，文成佛法，能仁智慧，
本来自性，圆明行理，大通悟学。

三位青帮祖师接受了二十四字派之后，回到杭州，在武林门外宝华山哑巴桥一带，建立家庙及十二座家庵，修订了家谱，并在家庙中设立了漕粮承运事务所，制定了“十大帮规”“香堂仪式”“家法礼节”及各项条例、戒律。

话扯远了。青门各帮都有许多帮规仪轨，拜师收徒开大小香堂以及堂前拜祖等，都需要供酒饮酒，就是平时在河面上撑船拉纤及歇乏自娱，也离不开酒。不知道从哪个帮兴起来的，委托徐记烧锅按照自己的口味酿造琼浆，渐渐地都带着秘方前来，久而久之，为青门各帮酿酒竟然成了徐记烧锅的主要业务。青门定制的佳酿大多被取走了，也有一部分流传出来。据说仓场总督铁麟就是品尝了兴武六醇酿之后，觉得清冽醇厚爽口清心，兴之所至，便提笔为徐记烧锅题写了匾额。

徐记烧锅传承了一百余年，到了徐启明这一辈依然兴盛不衰。徐启明的父亲徐乾宇与徐启亮的父亲徐乾镐是亲兄弟，徐先甲是徐启明的长子，与徐可良是没有出五服的堂兄弟。徐先甲的下面还有两个弟弟一个妹妹。徐启明是一个精明智慧的实业家，又是一个与国民党高层有着密切联系的商人。国民党溃败之前，他便早早地变卖了家产，换成黄金逃往台湾。当时徐先甲正在通州潞河中学读书，在那里接触了地下党，成了向往新中国的进步青年。他无论如何不愿意跟着父亲逃往台湾，宁可跟徐启明断绝父子关系。徐启明无奈，只好把徐家大院留下来，带着老婆及徐先甲的弟弟妹妹离去了……

徐家大院本来是父亲留给徐先甲的，可是解放军进入之后，立即成了兵营，后来又顺理成章地成了地方政权的办公场所。徐先甲从学校回来后，被分配到供销合作社当售货员，也就栖身在供销社的后院集体宿舍里。

反右开始了，供销社开会，深挖细找，非要划出一个右派来不可。划谁呢？职工们左瞧瞧右看看，都是拉家带口的人，划成右派日子就更不好过了。会议开成了闷头葫芦，一个个耷拉着脑袋一言不发。憋了好长时间，徐先甲的尿憋不住了，离开会场到茅房撒尿。等他回来的时候，会散了。他还问，怎么散会了，不是还没划出右派吗？没有人回答他，都扭着脑袋避开他的询问，匆匆地走了，做贼一样。

原来趁他撒尿的工夫，有人提出来把他划成右派。一呼百应，一致通过，于是乎徐先甲便当上了右派。

后来徐先甲对我说，那时候真是傻，脑袋被门夹扁了。第二天一早领导便找他谈话，说他被划上右派了。他不服气，连我父母到台湾我都没跟着，怎么是右派呢？领导说，右派不是反动派，是人民内部矛盾，这顶帽子你先戴着，过两年就给你摘了。好歹咱也算是完成了任务，你就委屈一下吧。

既然这么说，徐先甲也就认了。认了以后，他就被通知到乡里开会，又到县里受训。在县里没待几天，便被赶上一列轰轰隆隆的火车，跟着一大帮素不相识的人一起，遣送到甘肃夹边沟劳动改造去了。

这一去就是二十一年，直到“文化大革命”结束了，右派开始改正，他才又重新回到了梨花渡。

回到梨花渡，他找到供销社，供销社的老人都不在了，连一个认识他的人都没有。他又找到公社，公社告诉他，右派改正问题归县委组织部负责。他又找了县委组织部，组织部倒是接待了他。可是，查了半天，没有他的案底。他又回到公社，又找到供销社。找来找去，人家告诉他，当年供销社把他人送走了，材料却没有报。所以，他根本就不是右派。

他开始了漫长而又荒诞的上访路程。

他要求给他改正，人家说，你不是右派我们给你改正什么？他说，我不是右派凭什么送我去劳改？人家说，送你去劳改你也不是右派。他说，那么二十多年的苦我就白受了？你受苦跟右派没关系，反正你不是右派。这些车轱辘话来回来去地说，怎么也辩不出道理来。

我就是在徐先甲没头苍蝇乱撞的时候认识他的。那正是所谓文艺的春天来临的时候，我也像许许多多有梦想的年轻人一样，开始文学创作。经常到县里参加学习班，还经常到县里市里的编辑部送稿。来来回回坐公共汽车，便跟同样来来回回坐公共汽车的徐先甲熟悉了。

后来他真诚地问我该怎么办。我说，你的事还真的邪门儿，不是右派人家确实没法给你改正。改正什么？再给你戴上右派的帽子，逻辑上说不通。我问他，你让人家给你改正的目的是什么？他说，工资补不补无所谓，总得给我一个工作吧？总得给我一间房住吧？我说，你别要求人家给你改正了，你就要求工作、要求房子就行了。

他还真按照我的主意办了。不久，公社把他安排在水利专业队工作，住房也由水利专业队安排。

徐先甲被安排到了水利专业队，一天班也没有上过。原因是他快到退休年龄，给他安排个单位，一是有了个安身之处，二是可以领到一份微薄的退休金。

可是徐先甲不是甘于寂寞的人。他在夹边沟劳动改造期间，跟一个高人学会了堪舆，也就是看风水。农村建房子、选坟地，以及房间院落的设计，包括家具摆设，都需要看风水。此前也有过几个土生土长的风水先生，都是一知半解小打小闹，徐先甲一出场，开口不凡鹤立鸡群头头是道，很快便闻名遐迩，成了堪舆界的翘楚。为了把他跟那些土风水先生区别开来，人们称他为徐大先生。

徐大先生不仅看风水，还写作。写梨花渡的历史掌故、民风民俗、传奇人物、民间故事、民间歌谣、民间技艺等等，很快被政协文史资料委员会发现，聘为特邀委员，从事全县文史资料的搜集整理工作。从此，徐大先生声名远播，被业内人士尊称为徐老师。

韩畅组织的那个漕运古镇规划座谈会之后，我正式拜访了徐老师。

这是个半似仓库半似工棚的小院，是当年水利专业队的一个库房，在运河大桥下面。持家的是个女人，很年轻，三十岁左右，以女主人的身份帮助徐先甲招待我。趁女主人出去烧水的工夫，我偷偷地说，您是老牛吃嫩草啊，艳福不浅。

他说，我十九岁当右派去劳改，四十岁才回来，四十三岁才摸到女人，你说我亏不亏呀？

我还想说点儿什么，见他眼睛里闪出了泪花，便作罢。

我说，我想看看梨花渡那张航拍的照片，就是把梨花渡拍成太极图的那张。

他答应着，却不把照片拿出来，而是急不可待地跟我商量起了一件很严肃的事情。我说严肃，是说他的神情很严肃，像是革命党。

他拉我跟他一起起头，把梨花渡的群众组织起来，到县政府，到省城，甚至到北京去上访，揭露韩畅之流与开发商勾结，肆意破坏梨花渡城镇化改造这一胡作非为的罪行。

我说，你有证据吗？他说，当然有证据了。

说着，他就给我搬出了一大堆的材料，我把你叫回来，就是想让你跟我们一起保护梨花渡。

我说，这可是犯忌的事情。

他反而激昂起来，毛主席教导我们说，要奋斗就会有牺牲……

我立即拦下了他，别，我跟你不一样，我不能做你的同盟者。

他问我，咱俩咋不一样了？

我说，我有正义感，但没有使命感。自从……啊，我给自己定了一条底线，凡属带有革命性质的事情，我都敬而远之、避而远之。

他急了，你怎么堕落成这样了？

我说，我只是个书生，百无一用是书生。

021 左右岸 老阳篇

城市的上空模模糊糊的，像一个巨大的筛子，筛下了粗沙子一样的雪粒儿。雪粒儿铺洒在地上，地上又刮起了打着旋儿的风。风卷着雪粒儿，打在脸上，生疼生疼的。风又带着雪粒儿钻进了裤脚儿，两条腿都冻僵了。幸亏上身穿着哥哥的小棉袄，还不算冷。下面可惨了，只穿着一条旧秋裤，外面套着薄薄的单裤。早知道，应该把棉裤穿出来。冷还不说，肚子还咕噜咕噜叫着。又冷又饿，这滋味儿实在不好受。

冯小螺现在真正体会到了，人要活着，两件事情最重要：一是吃；二是睡。每天每时每刻，她都要自己问自己，今天吃什么？今天到哪儿去睡觉？

离开家已经半个多月了，值得自豪的是，这半个多月她竟然活下来了，而且完全是靠着自己活下来的。她也记不清楚到底是怎么活下来的，可是要继续活下去，她却没有了勇气。太难了，她想回家。

家里至少有掺糠的窝窝头儿可以填肚子，有暖暖的被窝儿可以睡觉，还有学校。冯小螺最喜欢的就是她的学校，她喜欢学习，奶奶妈妈哥哥从来没有督促过她的学习，可是她的学习成绩在班里总是前三名。她没有刻苦，没有努力，甚至从来没有完成过作业。她很不明白，为什么那么多同学受刑一样地学习，却总是考不出好成绩。她只在课堂上听讲，听上一遍就会了，会了就记住了，根本用不着做作业，也用不着复习。学习好是天生的，跟努力不努力没关系，有些人天生就不是读书的材料。

想到这些，冯小螺怀念起了学校。她跟妈妈说过，要读高中，还要上大学。她是有理想、有追求的。她的理想是当一名医生或者护士，她觉得，穿白大褂儿的女人最美丽，像天使。

可是，家里也有白眼，奶奶的白眼。家里也有仇恨，哥哥的仇恨。

奶奶的白眼比饿可怕，哥哥的仇恨比冷凶残。

家是回不去了，可是她得活下去。

天黑下来，雪粒儿中的灯光是朦朦胧胧的，噩梦一样。

她到哪儿去找吃的，到哪儿去睡觉呢?

前面是一排门脸儿房，有一辆装满蔬菜的大车停在了门前，几个人正冒着雪搬车上的菜。

冯小螺混在搬菜的人中间，钻进了房子里面。

这是一个菜站，每天早上居民都要排队到这里来买菜。头天晚上，菜站就要把第二天要卖的菜准备好。

冯小螺躲在了一堆大白菜的后面。

工人们卸完了车，走了。

一个穿着制服的男人从里面闩上了门，穿过菜堆，进了里面的一个房间，很响地关上了门。

冯小螺冷，白菜上苫着稻草帘子和麻袋片。她悄悄地站起来，把稻草帘子铺在冰凉的地上，躺下来，又把麻袋片盖在自己的身上。她笑了，怀着深深的歉意对白菜说："对不起了，你们比我耐冻。"

身上稍稍暖和一点儿，肚子更显得饿了。她又从麻袋片底下钻出来，四下寻找着。谢天谢地，这里面除了大白菜，居然还有大萝卜。她顾不上给萝卜洗泥，也找不到水，用麻袋片擦了擦，便大口大口地嚼起来……

不知道过了多久，她是被一阵吵闹声惊醒的。天亮了，菜站的房子没有窗户，里面还很黑。

她必须得出去了，让人家发现就麻烦了。她在白菜堆后面爬着，嘿嘿，居然有一个小小的后门。后门虚掩着，她一推便开了。她理直气壮地来到了菜站的前面，争吵还在继续，是一个中年妇女和一个胖老太太。胖老太太说中年妇女夹塞儿，中年妇女说她早就来了，把菜篮子放在这儿排队了。胖老太太说，菜篮子排队不算数。两个人就这么吵着，队伍中的人有向着中年妇女的，有向着胖老太太的，吵吵嚷嚷。

菜站开门了，买菜的人都紧张起来，重新排着队。中年妇女要排在胖老太太的前面，胖老太太毫不让步。中年妇女妥协一步，要排在胖老太太的后面，胖老太太后面的人又不干了。中年妇女赌气走了。

冯小螺很同情中年妇女，跑上去问："阿姨，您怎么不买菜了？"

中年妇女说："惹不起咱还躲不起，大不了一天吃酱油蘸盐花儿。"

冯小螺说："您为什么用菜篮子排队呀？"

中年妇女说："我一个人，又要买菜，又要买早点。见菜站没开门，我把菜篮子放在那儿了，就先去买早点了。"

冯小螺说："您排在后面多等一会儿不就行了吗？"

中年妇女说："我得先把早点送回家，我儿媳妇刚生完小孩儿，这豆浆怕凉了。"

冯小螺好心地说："阿姨，您先回家送早点，把菜篮子给我，我给您排队。"

中年妇女看了看冯小螺，高兴起来了："那敢情好，谢谢你大侄女，你没事吗？"

冯小螺说："我没事，我排队等着您。"

冯小螺提着菜篮子排在队伍的后面，后面陆续有人来，排在了冯小螺的后面。前面买完菜的人走了，后面的队伍却越来越长。

终于轮到冯小螺站在柜台前面了，冯小螺伸长脖子朝后面看着，那个中年妇女还没有来。大概她的家不近吧。冯小螺灵机一动，对后面的人说："你们先买，我妈还没把钱给我送来。"

这样冯小螺让过了三四个人，那个中年妇女来了。

冯小螺把菜篮子交给那个中年妇女，站在了队伍外面。

中年妇女买完了菜，看见了冯小螺，掏出了一毛钱塞在了她的手里。

冯小螺嘴上说不要，手却不由自主地把钱接过来。

中年妇女说："真得谢谢你，要不今天真的要吃酱油蘸盐花儿了。"

冯小螺又问了一句："您明天还来买菜吗？"

中年妇女说："当然得买了，一大家子人呢，不买吃什么？"

冯小螺说："明天我还给您排队吧。"

中年妇女说："好啊，这样吧，我也不能白麻烦你，你给我排一次队，我给你一毛钱。"

这是冯小螺离家进城之后，赚到的第一桶"金"。虽说少了点儿，毕竟是劳动所得。

冯小螺每天替中年妇女排队，后来有人发现了这个秘密，来了之后便把菜篮子交给冯小螺。冯小螺把菜篮子摆好，亲自看着，没有人敢不承认。后来冯小螺又有了新发现，她替前面的人排完队，后面又有人来，可以继续替后面的人排队。每替一个人排队，都能挣到一毛钱。最多的时候，她一早上为十二个人排过队，挣了一块二毛钱。这可是一笔巨大的收入啊，比新进厂的工人工资还高。

菜站里卖菜的人也渐渐地跟冯小螺熟悉了，一个郝叔，一个金嫂。卖完菜以后，郝叔和金嫂还要把菜站里里外外打扫干净。冯小螺嘴巴甜手脚勤，帮助郝叔和金嫂打扫菜站，干得很卖力气。冯小螺发现，菜站里那些垃圾都是剩下的菜根菜叶，有时候还有整棵的蔬菜。除了萝卜大白菜，还有菠菜芹菜香菜什么的。冯小螺把这些垃圾收拢到一块儿，便一根一根地挑起来。她把挑出来的菜理顺，又洗干净，拿到居民小区门口去卖。没有秤，不论斤，一毛钱一把。一天卖十几把，又挣一块多钱，冯小螺发了。

冯小螺卖剩菜的生意越做越好，郝叔和金嫂心疼冯小螺，每天卖菜的时候故意多剩点儿。有时候一个人抱不了，就借菜站的筐背着去卖。

那一天卖的是菠菜，她又排开了堆，还是一毛钱一把。居然没有几个人来买，北京人吃菜有时候也是很挑剔的。她灵机一动，把菠菜用稻草一把一把地捆好，显得很整齐，又分成了两堆。有人问多少钱，冯小螺指着地上的菜说，这边的一毛钱一把，那边的一毛五一把。有人问，这边的为什么多卖五分钱？冯小螺说，这边的菜是郊区来的，那边的菜是广州运来的。于是大家都买从广州运来的菜。那一堆很快卖完了，冯小螺趁人不备，又把这边的菜分成两堆，仍然是从广州运来的。分来分去，所有的菜都卖完了……

这是冯小螺第一次展现自己做生意的天分。

天越来越冷了，北京人都穿上了羽绒服。冯小螺还是穿着哥哥的旧棉袄，她手里虽说有了点儿钱，可是舍不得给自己买衣服，算了算，也不够买衣服的。

晚上，她依然睡在白菜堆的后面，依然是铺着稻草帘子盖着麻袋片。

下雪了，不是小雪粒儿，而是铺天盖地的鹅毛大雪。

夜里又刮起了大风，后面那扇小门是烂木板钉的，风一吹木板便活动起来，呼嗒呼嗒地拍打着，吵得人睡不着觉。破门呼嗒是小事，要命的是寒风直接吹进来，菜站里面像冰窖一样的冷。稻草帘子不管用了，冯小螺像是躺在结了冰的河面上；麻袋片更不管用了，冯小螺像光着身子一样的冷。她努力蜷缩着身子，抱成一团，还是冻得直打战。冯小螺受不了了，受不了也得受，她没有躲，也没地方躲。

冯小螺睡着了，实际上是被冻昏了。

这是徐可良从蔬菜公司调到这个菜站的第三天，任菜站的站长。官不大，却是正科级。北京的官编制高，要不怎么说到了北京才知道自己的官小呢。科级到地方上就是“局级”领导，要配专车、配秘书、吃小灶的。可是这站长每天要骑着自行车上班，晚上还要在这冰窖一样的菜站里值班。好在他的小屋有煤火炉，蜂窝煤随便烧。外面冰天雪地，小屋里却温暖如春。

徐可良躺在床上看书，半辈子养成的毛病了。读书人喜欢静，外面的小破门呼嗒呼嗒响，吵得他心烦。

徐可良是穿着裤衩儿背心儿、披着棉制服、趿拉着拖鞋出来的，他看了看那扇破门，想找个什么东西把破门的洞堵上。他绕过白菜堆，脚下被绊了一下，差点儿摔倒。他觉得不对，地上的东西软塌塌的，他捏亮手电筒一照，差点儿叫出声来。原来是个孩子，这么冷的天，怎么睡在这儿呀？

地上的孩子醒了，睁着一双惊恐的眼睛看着他。

徐可良问：“你谁呀？怎么在这儿呀？”

孩子没回答，大概是冻得说不出话来了。

徐可良弯下身，把孩子抱起来，来到自己值班的小屋。他想把孩子放在自己的小床上，可是看见孩子身上的衣服脏兮兮的，还散发着一股难以忍受的臭味儿。一向喜欢干净的徐可良改变了主意，把孩子放在了地上。

孩子坐起来，依然胆怯地看着徐可良。

徐可良接着问：“你叫什么？”

孩子低头想了一下："美伢。"

徐可良问："美伢，姓什么？"

孩子说："姓周。"

徐可良叨咕着："周美伢，怎么叫个女孩儿名？"

孩子急忙解释说："俺家全是小子，俺妈稀罕女孩儿，就把俺当女孩儿养了。"

徐可良又问："你从哪儿来？"

周美伢说："彩流县。"

徐可良一愣："彩流县？你是彩流县哪村的？"

周美伢迟疑了一会儿，说："城关的。"

徐可良问："彩流县有个梨花渡你知道吗？"

周美伢说："听说过，没去过。"

徐可良又仔细看了看周美伢："你饿坏了吧？我这儿也没什么吃的。"

周美伢说："倒是不怎么饿，就是冷，又困，想睡觉。"说着，周美伢不由自主地看了看徐可良那张单人床。

徐可良犹豫了一下，说："你想睡我的床倒是可以，不过……你身上也太脏了。这样吧，炉子上有现成的水，你洗洗吧，正好我这儿还有个澡盆。"

徐可良说着，从床底下拉出一个铝制的大澡盆，放在屋子中央，从外面提了一桶水进来，倒在澡盆里，然后又将炉子上的铁壶提下来，朝里面倒着热水。

周美伢看着身边那热气腾腾的大澡盆，突然紧张起来。

徐可良伸手试了试水温，对周美伢说："把你的脏衣服脱了，把身子洗干净。"

周美伢胆胆突突地看着徐可良，没动。

徐可良严厉起来："你听见没有？快脱衣服洗澡。"

周美伢低下了头。

徐可良又出去了，周美伢慌忙脱着衣服。

徐可良端着一个洗衣盆进了屋，发现周美伢已经光着身子坐在了澡盆里。徐可良蹲在地上，把周美伢脱在地上的衣服捏起来，扭着脸，皱着鼻子：“这些臭衣服，多少天没洗了，要不是我这儿没衣服，真想给你扔了。”

周美伢扭头看见了，忙说：“你别给我洗，我穿什么？”

徐可良说：“洗完了，我在炉子上给你烤，明天早上就干了。”

周美伢说：“那夜里我穿什么？”

徐可良说：“夜里钻被窝儿睡觉，穿什么衣服？”

周美伢一直背着身子洗着澡，徐可良蹲在她的后面洗着衣服。衣服洗完了，拧干，他从外面找来一个眼箩筐，扣在炉子上，又把衣服一件一件搭在筐上。

徐可良把这一切做好以后，发现周美伢已经上床钻进自己的被窝儿里了。

徐可良无奈，只好也钻进了被窝儿。

周美伢用被子紧紧地裹着身子。

徐可良说：“你别把被子都抢过去，给我点儿。”

周美伢松开了紧紧拉着被子的手，徐可良把身子躺好，却没有睡，拿起一本书，借着灯光看着。

周美伢背对着墙壁，问：“你睡觉不关灯吗？”

徐可良说：“你先睡，我看会儿书。”

周美伢说：“你不是有工作了吗？还读书干吗？”

徐可良说：“什么逻辑？有工作就不看书了？”

周美伢说：“读书不就是为了找工作吗？”

徐可良说：“听这话你就不是读书的材料。”

周美伢不服气地说：“谁说的，我在班里总是前三名。”

徐可良说：“你快睡觉吧，明天我送你回学校。”

周美伢说：“我不回去。”

徐可良不再理睬周美伢，侧着身子看起书来。

周美伢很快就睡着了。多少天没洗澡了，洗了澡身上轻松得像减了一半的分量；多少天没睡热被窝儿了，热被窝儿很快让她进入了温柔的梦乡。

徐可良早上起来，到外面给周美伢买回了早点，又一件一件收拾着烤在筐上的衣服。衣服已经干了，热乎乎的。徐可良看了看躺在被窝儿里的周美伢，周美伢正忽闪着两只小鹿一样的眼睛看着他。

徐可良说："你醒了，快起来穿衣服，穿好衣服吃早点。"

周美伢没动，依然忽闪着眼睛看着他。

徐可良说："听见没有，快起床穿衣服。"

外面的菜站门前已经有人开始排队了，徐可良见周美伢赖在被窝儿里，火了，一把抓起被子，忽地一下子把被子掀开了。

周美伢"啊"地叫了一声，光溜溜地呈现在徐可良面前。

徐可良顿时傻了，瞪着两只眼不知该如何是好。

周美伢紧紧地蜷缩着身子，脑袋埋在胸前。

徐可良半天才说："你……你是个小丫头？你怎么不早说？"

周美伢说："你快出去，我好穿衣服。"

徐可良把衣服扔在周美伢的身上，出去了。

任徐可良苦口婆心磨烂了嘴皮子，周美伢就是不回家。徐可良说："你不回家也行，别在我的菜站里，赶快给我离开。"周美伢也不离开菜站，死缠死赖，徐可良一点儿办法都没有。周美伢不走，徐可良还得管她吃饭，吃饭倒不是什么大事，粮票取消了，吃点儿什么都方便。麻烦的是晚上周美伢还要占他的床睡觉。鸠占鹊巢，徐可良只好在地上铺上草袋子，又从家里拿了床被子，和衣而卧。

好在周美伢手脚勤快，脑瓜儿灵活，能为菜站办不少事情，也不白吃饭。

见周美伢穿的衣服太单薄、太破旧，徐可良便带着她进了商场，想给她买两件女孩子穿的衣服。周美伢不干，说不能暴露她的女儿身。徐可良想了想，是啊，要是大家都知道周美伢是个女孩儿，再跟他睡一个房间就不像话了。挑来挑去，买了一条毛裤、一件中性的羽绒服，穿戴起来，依然像个男孩子。

时间长了，徐可良又给周美伢办了一个临时工的身份。作为站长，他是有这个权力的。临时工一个月三十二元钱，周美伢很满意，咱不但有工作了，还算是个城里人了。只是没有城里人的户口，等着吧，会有的。

周美伢每天都是快快乐乐的，天气暖和之后，徐可良又把菜站后面的一个小库房腾出来，给周美伢一个单身宿舍，两个人分开住了，都踏实了。就这样，一天一天，一月一月，又一年一年，四年过去了。周美伢已经十六岁了，成了菜站一个有资历的职工了。

时光的车轮突然加速地转动起来，让国人感到眩晕，眼花缭乱，脑子也跟不上趟了。

改革追上来了，蔬菜公司要把菜站承包下去，徐可良不干，要求回公司机关工作。

周美伢听说了，把徐可良拉到自己的小屋里，严厉地训斥着他："你傻呀，你干吗不承包？这么一大块肥肉干吗扔给别人？"

徐可良说："你不懂，这担子太重了，我挑不起来。"

周美伢说："你想想，你承包过来，这菜站不就是你的了吗？"

徐可良说："这菜站要运转，要六个正式工人、五个临时工，这些人每月要发工资的，还有，水费电费办公费管理费，都要一大笔钱，这钱从哪儿来？"

周美伢说："我们是菜站呀，菜站做的就是生意，做生意就是为赚钱的，赚了钱什么事情都好办了。"

徐可良说："关键是这菜站不赚钱，这么多年都是公司背着，你想想，要是赚钱，公司能把它当包袱甩出去吗？"

周美伢说："菜站不赚钱是因为你们吃的是大锅饭，每天开门卖菜，卖多卖少跟任何人都没关系，谁好好给你干呀？承包了就不一样了，把菜站当自己的生意做，不可能不赚钱。"

徐可良说："我没那本事，我从参加工作就在这个公司，现在是正科级了。公司把菜站甩出去，不能把我甩出去。"

周美伢说："你呀，真没出息。你不干我干，我干行不行？"

徐可良说："你是临时工，又不是干部，没有权利承包。"

周美伢说："你把它承包过来，然后再承包给我。"

徐可良说："那叫转包，违反政策，犯法，这事我能干吗？"

如同当初徐可良动员周美伢回家一样，任周美伢磨烂了嘴皮子，徐可良就是不承包这个菜站。

周美伢势在必得，她开始动脑筋了。

几天没动静，徐可良以为周美伢不再动员他承包菜站了，抓紧跟公司的领导沟通，一心要回公司工作。

公司领导一直希望徐可良承包菜站，总是说“研究研究”，总也研究不出个结果来。

徐可良心里烦，心里烦的徐可良惹出了个大麻烦。

晚上，周美伢买来酒菜，来到了徐可良的卧室兼办公室。说是自己过生日，请徐可良喝酒。

徐可良正想借酒消愁，便跟周美伢喝了起来。

周美伢兴致勃勃，总是找些开心的话题让徐可良高兴，并且一杯又一杯地陪着徐可良喝酒……

酒杯里晃动着酒花，酒花在徐可良的眼睛里不断地放大着，放大出一条滔滔滚滚的大运河。大运河碧波荡漾，荡漾出一群活蹦乱跳的野娘儿们，野娘儿们占领了河道，光着身子在大运河里嬉闹着、蹦跳着，有节奏地拍打着“屁股花”……

徐可良醒来的时候，听见窗外合欢树上的麻雀在叽叽喳喳地叫着。他的头还有些疼，紧绷绷的，胸口也有些憋闷。他摸了摸胸口，继而又摸了摸身子，身上光溜溜的，什么都没穿。怎么回事？他睡觉从来是不光屁股的，从小养成的习惯，被梨花渡的野娘儿们嘲笑的习惯。不对，还有一个光溜溜的身子，紧紧地贴在他的身上，像他的一部分，又不全像。他猛然惊醒了，睁开眼睛，紧紧搂着他的是周美伢。

他腾地坐起来，推开周美伢。

周美伢仰着脸看着他。

他慌了，急着问：“这是怎么回事？你怎么跟我睡在一起？”

周美伢哇的一声哭了起来。

他更慌了，慌得他想马上把衣服穿上，又找不到自己的衣服在哪儿。

周美伢趴在被窝儿里大哭着，声音很大，如果外面有人，肯定能听见。

他摇晃着周美伢的肩膀：“美伢，怎么了？我们是怎么了？”

周美伢从身子底下抽出她的内裤，粉色的内裤上染着一片殷红。

他不明白：“这到底是怎么回事呀？”

周美伢哭着说：“你还问我……这都是你干的好事……呜呜……我

不同意，你非得……你把我的胳膊都要拧折了，我都给了你……以后我还怎么嫁人呀……”

他慢慢地明白了，他……他醉酒之后把美伢强奸了……他浑身震颤起来。

两个人渐渐地冷静下来，穿好了衣服，面对面地坐着。

徐可良知道问题的严重性，更知道自己犯了一个严重的错误。

周美伢低着头，泪水一直在默默地流着。

徐可良轻轻地说：“美伢，对不起。”

周美伢说：“你光说对不起有什么用？”

徐可良鼓起勇气说：“你放心，我会对你负责的。”

周美伢说：“你对我负责不负责的是小事，先想想你自己怎么办吧！”

徐可良没明白周美伢的意思：“我……我自己……是啊……”

周美伢提醒他：“你犯了这么大的错误，还能回公司机关吗？”

徐可良小心地问：“你……你要到公司告发我？”

周美伢说：“就算我不告发你，纸里能包住火吗？公司领导要是知道了，能不处理你吗？”

徐可良问：“那你说，我该怎么办？”

周美伢说：“还用我说，眼前一条现成的道儿。”

徐可良点了点头：“你是说，让我承包菜站？”

周美伢说：“那是你的事，你瞧着办。”

就这样，徐可良被逼上了梁山。

徐可良那个悔呀，悔得肠子都青了。虽说是改革开放了，可是蔬菜供应还是计划经济那一套。每天晚上，菜农把蔬菜送到菜站，第二天早上菜站开门营业。菜农送什么，他们卖什么；菜农送多少，他们卖多少。赶上阴天下雨，赶上菜田受灾或者其他什么原因，没有人来送菜，菜站只能关门停业。

就这么半死半活地维持着，时间像一头年迈的老牛拉着一辆散了架的破车，嘎嘎吱吱地向前移动着。好好歹歹也过了三年。徐可良实在干不下去了，几次向公司的领导提出辞职。领导说：“你是承包，订的是五年的合同，你不能辞职。”

徐可良不能辞职，下面的人却可以辞职。临时工自不必说了，领完工资第二天就不来了，连招呼都懒得打。正式职工也千方百计地找关系调走了。最后，菜站只剩下了徐可良、周美伢和半倒（导）体老宋。

老宋就是当初周美伢刚进城的时候，在小树林里理发的那个瘸腿男人。他当时给周美伢理发没要钱，还给了她两个包子吃。周美伢记得这个恩情，徐可良承包菜站之后，她便到那小树林里把他找来了，在菜站当上了临时工，按月领工资，比在小树林里给人家理发强多了。老宋在陕北插队的时候上山开石头，砸断了一条腿，走路向左边一歪一歪的，周美伢叫他“半倒（导）体”。徐可良愁得连书都读不下去了，没想到周美伢火上加油，她也辞职了。

徐可良心里骂着周美伢无情无义没良心，你一个无家可归的流浪小丫头，老子当年要不收留你，你能活到今天吗？怎么着？翅膀硬了，你也要飞了，把老子像破烂儿一样抛弃了，呵呵，人情如纸张张薄啊！

菜站处于半倒闭状态，由于不能给菜农按时结账，人家的菜也不往这儿送了。菜站没菜卖，又欠了一屁股两肋的债，徐可良自己的工资都发不出来了。

徐可良家里有老婆孩子，老婆在街道办的纸盒厂上班，那点儿工资根本养不了家。家里的日子过不下去，老婆便跟他吵，吵来吵去吵翻了，两口子离婚了。

徐可良家破了事业败了，整个人都被压垮了。垮了的徐可良染上了喝酒的毛病，“半倒（导）体”老宋就陪着他喝酒。

端起酒杯徐可良就骂周美伢，是这个小婊子害了他。也骂自己太没骨头，把这小婊子惯得没样儿，干吗非要听她的呢？自己好歹是个科级干部，铁饭碗让她给砸了，还害得他人不是人鬼不是鬼。

徐可良劝老宋走，说找个看门的差事也好啊，在他这儿连工资都发不出来。老宋说：“别呀，我再走了，谁陪你喝酒呀？你心里的这些不痛快跟谁说呀？”

徐可良感动得热泪横流，拉着老宋的手说，人生得一知己足矣。

三个月之后，周美伢回来了。

周美伢回来的时候是晚上，徐可良正跟老宋喝酒。酒杯刚端起来，周美伢便进了门。

徐可良和老宋都愣住了，这是周美伢吗？披肩长发，碎花衬衣，西装短裙，高跟鞋，还有，眉毛修了，眼圈描了，脸上化着淡妆，脖子上戴着木变石的项链。手里拉着一个拉杆箱，胳膊上挎着一个小坤包。哪儿来的一个女老板呀？这么漂亮，这么有气质，这么有派。

当两个人认出了是周美伢的时候，老宋激动得直搓手，又拉着周美伢入座跟他们一起喝酒。

徐可良始终是直直地看着周美伢，脸上一点儿表情都没有。

老宋说："既然美伢回来了，咱得好好喝喝。对面的小饭馆还没关门，我去整几个像样的菜。"

老宋说着就出了门，周美伢在徐可良的对面坐下来。

徐可良还是没说话，自己喝了一口闷酒。

周美伢问："跟老婆离婚了？"

徐可良没说话。

周美伢说："不就是老婆没了吗？大丈夫何患无妻？"

徐可良看了周美伢一眼，嘴角撇了撇。

周美伢说："我没跟你说风凉话，放心，三年之内，你要是娶不上老婆，我嫁给你。"

徐可良苦笑了一下。

周美伢说："这事就这么定了，还有什么可愁的？跟我说说。"

徐可良说："那好，你说说看，我是上吊死呢，还是跳河死呢，或者是摸电门死呢？"

周美伢说："活得好好的，干吗死呀？"

徐可良说："活得好好的那是你，我可没有活路了。"

周美伢说："我知道，公司为了把菜站这个包袱彻底甩掉，准备出卖，让你找买主呢，对吧？"

徐可良惊异地看着周美伢："你离开三个月了，怎么什么都知道呀？"

周美伢笑了："连你昨天晚上跟前妻借五块钱我都知道。"

徐可良更加疑惑了："你……你没离开北京？"

周美伢说："我有卧底。"

徐可良笑了："电视剧看多了吧。"

周美伢说："我没骗你，老宋已经两个月没领工资了，他为什么不离开你呀？"

徐可良歪着脑袋看着周美伢："真的假的？"

周美伢说："说正事吧，你不是找不到收购菜站的人吗？别发愁了。"

徐可良问："你给我找到买主了？"

周美伢点了点头，说："公司答应你，只要把菜站卖出去，你就回公司继续当科长。"

徐可良说："是啊，只要你帮了我这个忙，我请你到海南岛旅游一次，你不是一直想去看大海吗？"

周美伢说："我的条件是，我帮你把菜站卖出去，你必须继续留在菜站。"

徐可良说："你不如直接把我装进棺材里算了。"

周美伢说："知道谁要买这个菜站吗？"

徐可良问："谁呀？"

周美伢指着自己的鼻子尖儿，看着徐可良。

徐可良说："你开什么玩笑？就算你有钱都不行，这是公司与公司的交易，必须是公司才能买。"

周美伢打开自己放在桌上的小坤包，从里面拿出一张营业执照。

徐可良仔细看着那张营业执照，念叨着："大运河食品有限公司……法人：冯小螺……冯小螺是谁？"

周美伢继续指着自己的鼻子尖儿。

徐可良绝对不相信，使劲摇着头。

周美伢又从小坤包里掏出一个身份证，推到徐可良面前。

徐可良仔细对照着身份证上的照片，更加疑惑了："你不是周美伢吗？"

周美伢说："周美伢是我流浪期间的'浪名'，现在认祖归宗了，恢复了冯小螺的名字。"

徐可良继续看着那个身份证，突然大叫起来："你……你是梨花渡人？"

老宋端着一个托盘进来了，托盘上放着热腾腾的美味佳肴。

022 左岸 巽篇

阿沫向别人介绍的时候，从来不说罗淑惠是她家的保姆，也不像有些家庭那样称阿姨，而说是自己的管家，或者说是自己的助理。这让罗淑惠心里很舒服、很受用。

说心里话，阿沫身上有许多东西罗淑惠是看不惯的，甚至是有些恶心的。身为女人，抽烟喝酒，满嘴脏话，长得粗粗拉拉，还穿得花里胡哨。更受不了的是她的说话，粗着个嗓子嗲声嗲气，还伴随着摇头晃脑水蛇腰兰花指。乖乖，饶了谁吧。林子大了什么鸟都有。

可是阿沫是好人，心眼好，聪明，有才华，为人也大方。在她的鼓励和帮助下，曹大海真的办起了装修公司，当上了经理。而第一个活儿就是阿沫给联系的，三溪溏艺术花园的新房装修，甜活儿。

这是一个新建成的小区，打着文化艺术的招牌，对艺术家有优惠，不少人都买了这儿的房子。阿沫在艺术圈儿有人缘，为曹大海揽了不少装修的活儿。

给艺术家装修麻烦。房间里的设计都稀奇古怪别出心裁，又都十分挑剔。但是，成本高利润就高，曹大海又是个细致认真的人，还有点儿灵气，完全可以应付。

罗淑惠在阿沫家里当保姆，主要任务就是收拾房间。她家就是个社交场所，每天人来人往，且什么人都有。来了说喝酒就喝酒，说唱歌就唱歌，晚了困了喝多了，就随便找个地方睡下。这些人都不讲究，喝酒吃饭又多是从饭店要外卖，不用罗淑惠下厨。只是这些人折腾完了，走了，罗淑惠再把“战场”打扫一遍，仅此而已。

阿沫家常常是整夜地折腾，到这里折腾的男男女女都是夜游神。罗淑惠不能睡觉，只好跑到曹大海的工地去睡。搞装修有一大好处，总住新房。房子装修好了，主人还没搬进来呢，他们便先试住。曹大海是经理，有特权，同时装修三五家，他便把最好的一家留给自己和老婆住。曹大海很得意，罗淑惠也很知足。

装修别人家的房子，自然会联想到自己。罗淑惠和曹大海躺在别人的新房里，总是做着自己的美梦。美梦是野心勃勃的，他们要咬牙狠心，要省吃俭用，要扳着手指头攒钱，无论如何，要在城里买一套自己的住房。有了自己的住房，他们就算是大半个城里人了，如果将来女儿考上大学，他们就彻底脱离梨花渡，祖祖辈辈在城里扎根了。

这是罗淑惠的梦想，曹大海正好相反。努力攒钱的目标是一致的，可是钱的用途却大相径庭。曹大海不想在城里买房，他想在梨花渡翻盖自己的房子。他的房基是祖宗传下来的，一亩三分地，不小了。现在有钱的人都讲究住别墅，他完全可以盖一栋漂漂亮亮的乡间别墅，让城里的老板都眼红。

奋斗目标出现了严重的分歧，两口子为此常常吵得不可开交。吵着吵着，罗淑惠闭嘴了。她想，钱还没挣到手呢，吵有什么用？她得制订战略性的计划，其中最关键的就是让女儿曹朵儿离开梨花渡。他们就这么一个女儿，老了肯定要跟女儿在一起的。女儿在哪儿他们就在哪儿，他们在哪儿，哪儿就是家。要让女儿离开梨花渡，成为真真正正的城里人，就必须考上大学，这是唯一的出路，也是切实可行的办法。

遗憾的是，女儿的学习并不出色，这一点不像她罗淑惠，像曹大海。

她把自己的苦恼跟阿沫说了。

阿沫问："朵儿的学习到底差到什么地步？"

罗淑惠说："在班里中等偏下，要是不管她，上大学一点儿戏都没有。"

阿沫说："比如，考上大学要五百分，你女儿能考多少分？"

罗淑惠说："也就四百多分。"

阿沫说："能考三百分吗？"

罗淑惠说："三百分当然没问题了，问题是考三百分哪个大学要她呀？"

阿沫又问："你女儿喜欢画画吗？"

罗淑惠说：“喜欢是喜欢，小时候还参加过少儿比赛呢，后来怕耽误学习，我不让她画了。”

阿沫说：“这就好办了，把她交给我吧，我保证让她上大学，而且是全国最好的大学。”

罗淑惠不相信：“你能点石成金？”

阿沫说：“对，我就是要点石成金。”

就这样，罗淑惠没有跟曹大海商量，就把女儿接到城里来了。一是在城里最好的彩流一中借读，二是跟阿沫学画画。

阿沫家里杂乱，罗淑惠就让女儿跟他们一起住在正在装修的新房里。如此一来，一家三口居然在城里团聚了，提早过上了城里人的生活。

阿沫说，朵儿很有绘画的天分，并且拿出朵儿画的素描给罗淑惠看。罗淑惠看着女儿画的画，惊得半天说不出话来。女儿画的是裸体素描，而且画的是男人。一个中年男人，一丝不挂地站着，弯曲着胳膊，凸现着身上的肌肉；扭着身子，绷出了躯体的线条儿。罗淑惠首先看到的不是这些，而是那根处于半勃起状态的男根。罗淑惠不仅脸红了，而且愤怒了。女儿还是个学生，虽说已经十八岁了，可毕竟还是个黑籽红瓤儿的大姑娘，怎么能让她画裸体男人呢？

阿沫说：“画素描是学习绘画的基本功，不画是不行的。”

罗淑惠说：“画素描我不反对，什么不能画，花草树木，锅碗瓢盆，山川河流，你为什么单单让她画光屁股男人？”

阿沫说：“这不是光屁股男人，这是模特儿。模特儿你懂不懂？”

罗淑惠说：“我懂，没有女模特儿吗？”

阿沫说：“有啊，你看。”

阿沫又拿出几张曹朵儿画的女人体素描。这回，罗淑惠仔细看起来，别说，女儿确实有天分，画的好坏她不懂，只知道画得很像。画面上的模特儿是年轻的女孩儿，饱满的胸脯、鲜嫩的乳头都画得活灵活现。罗淑惠心里还是很别扭，嘴上却没的可说了。

如果说，女儿跟着阿沫学人体素描让罗淑惠担忧和恐惧，那么下面这件事，就更让她心惊肉跳了。

这片新建的小区还没有人入住，曹大海他们正在装修的这栋楼开盘销售了，前面的那栋还没有完工。

建筑工人也跟装修工人一样，总是要享受一下住新房的感觉。房子整体没有完工，可是房间已经成型了，水电也通上了。工人们便住了进来，没有床，就睡在地面上，地面上铺着木板，也很舒服。对面是一间木工用房，有一个很大的台子，台子平整舒适，一个现成的大床。两个年轻人，权且当他们是一对新婚的小两口吧，他们将那木工台当成了婚床，肆无忌惮畅快淋漓地折腾起来。前面的楼距离他们装修的楼很近，新房还没来得及安装窗户，屋子里又悬着一个足有两百瓦的灯泡。两个人招招式式都看得清清楚楚，纤毫毕见。是曹大海先发现的，他到阳台上收拾东西，一眼便看见了。他先是一惊，随即便呼叫着罗淑惠。罗淑惠一看，也傻了，这两个年轻人也太不要脸了。怎么能明扯大摆地干这种事情呢？

曹大海说："他们肯定以为这片小区里没有人。"

罗淑惠说："没有人也不能这样呀，真不要脸！"

曹大海说："谁像你呀，拉上窗帘还要关了灯。"

罗淑惠又有了新发现，惊恐地叫着："天呀，你再瞧瞧，对了，你别瞧，快进屋去。"

曹大海非要瞧不可，就在那对年轻人的下面一层里，几个姑娘在房间里洗澡。因为房间里只通了水，还没有安装水龙头，她们都是用脸盆洗澡的。光溜溜的一群大姑娘，每个人面前一个盆，一边洗着，一边闹着，互相撩着水，还叽叽嘎嘎地笑着。

曹大海来了兴致，一把将罗淑惠摁在阳台上，伸手扒着她的裤子。

罗淑惠使劲推开曹大海，推开房门朝楼下走去。

曹大海抱住了她："你不想吗？你瞧瞧人家。"

罗淑惠说："不行，我得去告诉她们，别让她们在这儿活现眼了。"

曹大海说："你管那闲事干什么？他们丢的是自己的脸，碍咱啥了？"

罗淑惠说："他们丢的是咱农村人的脸，万一让人家城里人发现了，不知道该怎么笑话咱呢！"

曹大海很扫兴，罗淑惠跑下了楼。

罗淑惠在阿沫家里收拾着房间，昨天晚上又是男男女女一屋子人。到处是脏盘子剩菜，到处是啤酒瓶子，到处是乱纸团儿，到处是……这是什么？恶心死了，用过的避孕套儿，里面还有更恶心的东西。谁干的？不是一个，有两三个。地下室的画案上还睡着一个人，跟曹朵儿一起学画画的男孩儿，叫杜小瓦。

罗淑惠用笤帚打着杜小瓦的屁股："都几点了？你还在睡？"

杜小瓦睁开眼睛，问："他们走了吗？"

罗淑惠说："你问谁呀？上面一个人都没有了。"

杜小瓦说："昨天晚上他们搞 Party，不让我上去，说怕我学坏。"

罗淑惠问："什么 Party，都是些什么人？"

杜小瓦说："一大帮人，折腾了大半夜，我也不敢上去看。"

罗淑惠似乎明白了，心里气愤起来，昨天晚上我还骂那些农民丢脸呢，闹了半天，这些城里人更不要脸。

电话突然响了，罗淑惠跑上楼，拿起话筒。

电话里是一个严肃的声音："请问是阿沫家吗？你是叫罗淑惠吗？"

罗淑惠说："是啊，您找我有什么事？"

电话里的男人说："你是阿沫的管家吗？"

罗淑惠说："啊……是，是。"

电话里的男人说："那你到派出所来一趟吧。"

罗淑惠说："派出所？你让我去派出所干什么？我又没犯法。"

电话里的男人说："不是你的事，是阿沫的事。"

罗淑惠心里乱跳起来，完了，准是阿沫他们昨天晚上乱搞，被派出所抓起来了。不管怎么说，自己是阿沫的管家，无论她出了什么事，都得管呀。

罗淑惠心虚肝儿颤，胆胆突突地来到了派出所。一路上，她心慌意乱地琢磨着，怎么替阿沫说情，怎么替阿沫开脱，怎么把阿沫捞出来。

进了派出所，罗淑惠乐了，所长她认识，原来在梨花渡插队的知识青年，姓金，叫什么不知道，大家都叫他小金子。更让罗淑惠高兴的是，小金子居然也认出了她，还叫她大姐。两个人亲亲热热地拉了一会儿家常，谈到了阿沫被拘的事情。

金所长说："大姐，你怎么跟他们混在一起了？"

罗淑惠不高兴地说："你这是什么话？我跟他们混什么了？"

金所长说："阿沫可说了，你是她的管家。"

罗淑惠说："没错呀，她花钱雇我的。"

金所长说："她的家有多大呀？怎么还雇个管家呀？"

罗淑惠笑了："你知道什么是管家吗？实话告诉你吧，就是保姆，叫管家好听点儿，有时候阿沫还说我是她的助理呢。"

金所长说："你这保姆成家长了，她在外面惹了事儿，还得让你来领她。"

罗淑惠问："阿沫到底惹啥事了？跟人家打架了吧？"

金所长说："她要是打架就好了，我们该怎么办就怎么办了，现在弄得我们老虎吃刺猬——不知道该从哪儿下嘴。"

罗淑惠说："怕扎嘴就别吃了，到底怎么了？"

金所长说："在彩流河光屁股洗澡，当地村民举报了，我们又不能不管。"

罗淑惠笑起来："在河道里光屁股洗澡有啥稀奇的，你又不是没下过乡。咱大运河边上，不都是光屁股洗澡吗？你洗过没有呀？"

金所长说："他们是男男女女一块儿洗。"

罗淑惠愣住了："这……这也太离谱了……算了，你们爱怎么办就怎么办吧，我走了，我不管了。"

金所长说："你不管哪行？人你领回去好好教育。"

罗淑惠说："他们这么伤风败俗，你们不管？"

金所长说："我们管也是教育。"

罗淑惠说："光教育哪儿行呀？怎么也得关他们一年半载的。"

金所长说："法律上没这条儿呀，他们只是洗澡，又没干别的。"

一个警察把阿沫带进来，阿沫看见罗淑惠，嬉皮笑脸地说："大姐，给你添麻烦了，谢谢你。"

罗淑惠火了："好啊你阿沫，那天我跟你说，我们大运河的人夏天都光屁股洗澡，你说什么来着？你说我们野蛮，你还记得吧？你们可倒好，不在大运河里光屁股，跑到彩流河光屁股去了。"

阿沫说："大姐，我们不是光屁股洗澡，警察同志误会了。我们搞的是行为艺术，行为艺术你们懂不懂？在西方是很流行的。"

罗淑惠说：“行为艺术就光屁股?”

阿沫说：“我们这不叫光屁股，叫回归自然。”

罗淑惠说：“呸，我们光屁股你们说我们野蛮，你们光屁股就成了回归自然了，哪家的道理?”

金所长有些不耐烦了：“算了算了，罗大姐你快点儿把她领走吧，跟我们这儿嚼扯半天了，什么乱七八糟的。”

这一段日子，罗淑惠非常开心。曹大海的装修公司干得顺风顺水，总有干不完的活儿。靠着阿沫的关系，装修了几个艺术家的住宅和工作室，没想到却成了品牌。谁要是问，曹大海就会说，哪个艺术家的房子是他装修的，你们去看看。如此一来，大大提高了企业的知名度，曹大海也大大地牛起来。还有就是曹朵儿，每个星期都来跟阿沫学画画，颇有长进。阿沫说，就这个水平，明年考美术专业，板上钉钉的事。更可喜的是，阿沫介绍她参加了一个省级的画展，居然得了一个青少年组的二等奖。阿沫说，冲这个奖项，高考的时候肯定会加分的。

丈夫一帆风顺，女儿争气要强，作为一个女人，还有比这更知足、更幸福的事情吗?

罗淑惠出来进去总是乐呵呵的，没人的时候还轻轻地哼着小曲儿。吴大娘儿们进城的时候见到过她，咧着嘴说：“瞧把你美的，下面那玩意儿都横过来了。”

还真得感谢吴大娘儿们，她给曹大海介绍了一个大活儿，装修一个酒店。据曹大海估算，这个活儿拿下来，至少够干一年的。一年下来，他们能纯赚八十万。天爷，八十万，你就是让罗淑惠睡着了说梦话，也不会说出这么大的数字。听着都吓人。有了这八十万，不，打一半伤耗，哪怕是四十万也行。曹朵儿上大学还有问题吗？到国外留学都行。在城里买房还有问题吗？可以买三室两厅带车库的，对了，说不定将来真得买辆小轿车。罗淑惠笑了，等空闲下来，先报名考个驾照……

罗淑惠是上街买菜的时候，无意中遇见吴大娘儿们的。当时，吴大娘儿们正陪着女儿曹小菊逛街。几年不见，曹小菊出落成一个如花似玉的大姑娘了。细高挑儿，翘屁股，大长腿，正是城里最时髦最抢手的女孩儿。曹小菊怎么长得一点儿也不像吴大娘儿们呀？也不像她的爸爸曹大泉呀？罗淑惠真的怀疑她不是曹大泉的种，甚至不是吴大娘儿们亲生的。

吴大娘儿们嘴上说罗淑惠得意，其实她心里比罗淑惠还得意。有了这么一个整齐露脸的女儿，当娘的能不骄傲吗？听说罗淑惠有个临时的“家”，吴大娘儿们非要拉着女儿去看看。罗淑惠也想跟吴大娘儿们聊聊梨花渡的事情，便多买了些菜，把她们带回家了。吴大娘儿们一看就笑了，这哪儿是家呀？不就是给人家装修，临时凑了个窝儿，装修完了立马就得给人家走人。跟农民工的工棚差不多，还不如工棚呢，工棚还是工人自己的呢。

曹小菊不但人长得漂亮，说话嘴儿也甜，还热心肠。见罗淑惠两口子搞装修，立马说要给他们介绍一个大活儿。曹小菊在彩流县政府的招待所工作，餐厅领班，跟招待所所长特别熟悉。招待所鸟枪换炮了，盖了一个大宾馆，已经封顶了，马上就要装修了。

这个大活儿不是谁想拿就能拿到的，狼多肉少，都瞪大着狼一样的眼睛，憋足了劲儿要进行一场你死我活的厮杀呢！

厮杀无他计，就是要拿下这个宾馆的总经理，也就是曹小菊说的招待所所长。这个酒店是政府投资的，总经理是政府任命的，他一个人说了算，拿下了他就等于拿下了那八十万。马克思曾说过：资本如果有百分之五十的利润，它就会铤而走险；如果有百分之百的利润，它就敢践踏人间一切法律；如果有百分之三百的利润，它就敢犯下任何罪行，甚至被绞死的危险。罗淑惠突然想起了这句名言，她为自己的知识感到自豪，别总觉得我是柴火妞儿，咱也是高中毕业，说句时髦的话，也算是读书人，小知识分子呢。

总经理也姓吴，叫吴丁东，跟吴大娘儿们的娘家同族，论起来是平辈，管吴大娘儿们叫姐姐。实际上他比吴大娘儿们还大两岁呢，可他硬是要叫姐姐，说叫姐姐亲切，顺口。吴大娘儿们也不认真，叫姐姐也偷吃不了两口奶，管他呢。

曹大海和罗淑惠设宴请吴丁东吃饭，让曹小菊帮忙安排。在城里待了几年，曹大海和罗淑惠都有了些见识。人家堂堂的宾馆总经理，什么没吃过，什么没见过，请他吃饭得上多高档的地方呀？

没想到曹小菊却说，到葫芦小院就行，吴总喜欢那里的环境，又喜欢吃老板娘做的清蒸仔鸡。

葫芦小院就是个农家院，比普通的农家院高级一点儿，很雅致，小院里种了几架葫芦，故名葫芦小院。

吴丁东倒是个蛮随和的人，随随便便地点了几个菜，便跟曹大海喝起了酒。酒还是吴丁东自己带来的，三十年的茅台。曹小菊说，这瓶茅台酒值一万元，够曹大海夫妇请五十次客的。弄得罗淑惠心里很过意不去，觉得欠了人家一个大人情。

饭吃了，酒喝了，那个活儿却没定下来。吴总说，抢这个活儿的人太多，光是条子就有几百张，好多都是书记县长副县长写来的。罗淑惠不知道什么是条子，回来曹大海跟她解释说，条子就是各级领导和各种关系写给吴丁东的，都是要求干这个活儿的。

罗淑惠一听就泄气了，没戏，一点儿戏也没有。

曹大海说："有戏。"

罗淑惠说："那么多人抢这个活儿，谁不比咱关系硬呀？"

曹大海胸有成竹地说："未见得。"

罗淑惠问："怎么未见得？"

曹大海说："你没看出来吗？曹小菊跟吴丁东关系非同一般。"

罗淑惠说："你别瞎说八道了，人家是亲戚，再说，吴总比吴大娘儿们还大呢。"

曹大海说："这个呀，你就不懂了，白在城里待了好几年了。"

罗淑惠说："你看出什么来了？"

曹大海说："你没见曹小菊穿的那个小短裙，连屁股都遮不上，两条大白腿就这么光着。"

罗淑惠说："那是曹小菊追时髦，学城里人的样子，跟吴总有什么关系。"

曹大海说："告诉你吧，喝酒的时候，吴总的手一直放在曹小菊的大腿根儿上。"

罗淑惠说："你别胡说了，我怎么没看见。"

曹大海说："那是你没往底下看。"

罗淑惠说："你看了？"

曹大海说："当然看了。"

罗淑惠说："好呀你曹大海，长心眼了，有经验了，注意拈花惹草了。说，跟谁学的？"

曹大海说："瞧你瞧你，咱不是说吴总和曹小菊吗？往我身上扯个啥？"

罗淑惠嘴上这么说，心里边还是对曹大海的话半信半疑。她不大相信吴总是那种人，更不愿意相信曹小菊是那种人。她心里干净，也不愿意看见别人藏污纳垢。

可是，没过几天，便验证了曹大海说的话。

吴总交给曹大海一把钥匙，要他给装修一套房子。这房子也在三溪溏。曹大海问怎么装修，吴总说，你问曹小菊就行了。又过了几天，曹小菊来找曹大海，交给他一张图纸。图纸显然是专业设计师设计的，档次很高，连里面的家具、装饰都一并设计好了。曹大海算了算，这套房子装修下来，少说也要二十万。曹大海有点儿咬牙，可是想到可以挣到手的八十万，也就答应了。她对罗淑惠说，舍不得女人逮不着和尚，权当是前期投资了。

罗淑惠问："这套房子到底是谁的？"

曹大海说："看样子是曹小菊的。"

罗淑惠说："这么说，是吴丁东买给曹小菊的了？曹小菊给吴丁东当小三儿了？"

曹大海说："这还用问，秃子脑袋上的虱子——明摆着的。"

罗淑惠说："吴大娘儿们肯定不知道这件事吧？不行，我得找找吴大娘儿们，不能眼看着她女儿往火坑里跳。"

曹大海说："你歇歇吧，你怎么知道吴大娘儿们不知道这件事？你怎么知道人家跳的是火坑？吴大娘儿们要是认可闺女跟吴丁东，你不是里外不是人吗？再说，还有装修宾馆的活儿呢，你不想干了？"

罗淑惠没的说了。

曹大海继续跟吴丁东保持着亲密关系，三天两头地请吴丁东吃饭。只是从此以后，罗淑惠再也不参加了，她心里不舒服，像是自己办了丢人现眼的事儿。

事情是从曹朵儿身上引起的。

曹朵儿跟着阿沫学画画，长进很大。阿沫身上那些让罗淑惠讨厌的东西，也渐渐地被她接纳了。开始的时候罗淑惠并没有在意，觉得女儿还小，还不懂事，可越来越发现阿沫对女儿的影响是不可小觑的。阿沫上次在彩流河边搞的那个“行为艺术”被派出所给搅了，很不甘心。最近他们频频开会研究，要搞一个大规模的“行为艺术”，要声势浩大，要造成影响，引起全世界的关注。罗淑惠就奇怪了，你一个画家，不好好画画，搞这些乱七八糟的干什么？有本事凭作品出名，像齐白石、徐悲鸿一样，怎么能靠闹事出名呢？

曹朵儿非常热心地参加了这次“行为艺术”的筹备工作，这让罗淑惠很不放心。她把女儿拉到一边，悄悄地问：“他们这次的行为艺术搞什么呀？别又是光屁股洗澡吧？”

曹朵儿非常自豪地说：“我们搞的是爱国主义教育。”

罗淑惠有点儿不屑：“就你们……阿沫？还搞爱国主义教育？歇菜吧。”

曹朵儿说：“听听我们的主题，把我们的血肉筑成我们新的长城。”

罗淑惠说：“这不是国歌吗？”

曹朵儿说：“就是国歌呀，发扬国歌精神，万众一心，热爱祖国，振兴中华。”

罗淑惠紧绷的心松弛下来，毕竟是个正经八百的主题，管他搞得好搞不好，至少不会惹是生非了。

罗淑惠还是太大意了，她只问了问阿沫他们的行为艺术搞什么，却没问怎么搞。曹朵儿说得很明确，把我们的血肉筑成我们新的长城，她怎么就没问问，到底这个长城怎么筑呢？

等罗淑惠知道事情真相的时候，已经迫在眉睫了。

原来，阿沫所谓的“爱国主义”的行为艺术，还有一个副标题：赤身裸体赤胆忠心赤诚相见拳拳赤子。他们组织了一千九百八十八个青年男女，在彩流河畔筑造一道“血肉长城”。这些年轻人大多是大学生，来自各地的大专院校。更让罗淑惠震惊的是，还有六十六个高中生，都是曹朵儿组织来的。天呀，男男女女光着屁股搭积木叠罗汉码长城，这成何体统？

罗淑惠知道这消息之后，马上去找曹大海，她要让曹大海到彩流河去，把女儿拉回来，就是抢也要把她抢回来。

已经是过午时分了。罗淑惠跑到装修工地，工地的领班说曹经理陪吴总吃饭去了。罗淑惠问在哪儿吃饭，领班说漕运老店。罗淑惠跑到漕运老店，饭店的人说他们刚吃完饭，到楼上歌厅去了。

这家饭店是有些规模的，吃饭住宿娱乐一条龙服务。罗淑惠匆匆忙忙地跑到楼上的歌厅，打听好他们所在的包厢。说实在的，罗淑惠是第一次到这高档的饭店来，更是从来没有进过歌厅。歌厅的服务员几次拦住她，她说找曹经理，人家才放她进去。好不容易找到了歌厅，罗淑惠推开了门。

歌厅里的灯光是昏暗的，里面乱哄哄闹糟糟的。罗淑惠在门口站了一会儿，才让自己的眼睛适应过来。茶几上摆满了红酒啤酒和各种小吃，四周的沙发上横躺竖卧地坐满了人，都是一对一对的。每个男人的怀里都搂抱着一个小妞儿，小妞儿个个穿着暴露，袒胸露乳，水蛇一样缠绕在男人身上。还有两个人站在屋子中间唱歌，仔细一看是吴丁东。他左手举着一根黑驴屌一样的话筒，伸着脖子吼叫着。右手却搂着一个同样光着脊背的小妞儿。

没有人发现罗淑惠进来，灯光太暗，有女人进进出出是很正常的。当罗淑惠已经站在曹大海面前的时候，曹大海依然毫无察觉，还恬不知耻地把一只大手伸进了小妞儿的胸部。

罗淑惠一把将小妞儿拉开，曹大海这才看清了罗淑惠。不容曹大海回过神来，罗淑惠左右开弓，挥着巴掌朝曹大海的脸上狠狠地抽着……

包厢里的小妞儿们尖叫起来，当吴丁东回过身来以后，罗淑惠已经怒气冲冲地走了……

更乱的事情发生在彩流河边。

罗淑惠是打了一辆摩的赶到彩流河的。大老远，就听见一片叫喊，看见一片骚乱。

这次派出所没有直接出面干涉，而是把附近的村民发动起来了，说他们聚众淫乱伤风败俗扰乱治安。时令已经进入深秋，天气很凉了，早上的时候，河面上都结了薄薄的冰碴儿。村民们提着水桶、端着水盆来了，你们不是要筑长城吗？好啊，我们帮助你们筑，浇筑。年轻人刚把衣服脱掉，阿沫和几个策划者正在指挥队形，村民们涌来了。一桶一桶一盆一盆冰凉的河水泼在那些光溜溜的躯体上，赤裸的年轻人躲避着、奔跑着……

年轻人唱着跑着，村民们喊着追着，半空中水花飞扬，河滩上裸体横陈。这些行为艺术家们都成了泥人水鬼，狼狈不堪。罗淑惠赶来了，拼命喊叫着“朵儿”。曹朵儿听到母亲的喊声，奔跑过来，好在她身上穿着乳罩儿，下面穿着裤子，显得没那么不堪。曹朵儿慌慌张张地喊着：“妈妈，你快去救救阿沫吧，她让人家打了……”

罗淑惠跟着朵儿跑到阿沫身边，阿沫的光身子被泥水包裹起来，看不出本来面目了。她趴在地上，脑袋上流着血。罗淑惠将自己的外套脱下来，好歹把阿沫裹上，又回身招呼着停在远处的摩的。

摩的把罗淑惠和阿沫拉到家，阿沫已经醒过来了，在罗淑惠的搀扶下进了屋门。

罗淑惠直接把阿沫扶进卫生间里，打开水龙头，要把阿沫身上的泥水冲洗一下，然后再为她包扎伤口。

当罗淑惠把水温调好，举着花洒，回过身来，扯掉阿沫身上的衣服的时候，脑袋嗡地大了，眼前一片昏黑。

阿沫是个男人。

几年之后，罗淑惠跟徐可良见面闲聊，徐可良说，我曾经把一个女孩儿当成了男孩儿，还跟人家睡在一个被窝儿了。

罗淑惠说，我曾经把一个男人当成了女人，跟他同吃同住好几个月。

两个人那个笑呀，像当初徐可良讲吴大娘儿们掉裤子的事情一样。

023 乡愁篇 漕运客栈

出梨花渡镇北门，朝东北方向走百十米，有一个静默无声的小院。小院紧邻着大运河，大门口就有一个石阶码头，码头上拴着一只废旧的小船，像是守护着小院的一条困倦的大狗。

小院的墙是木桩栽成的，栅栏门也是用树枝编织的，很古朴。篱上爬满了北方常见的喇叭花，院里则是一架葡萄，一口大缸，缸台上栽种着凤仙花。真的有一条大狗趴在葡萄架下假寐。

小院的建筑是一座三层的小楼，楼外面的墙壁显得很破旧，修修补补过的。修补的时候大概是材料不够，有的地方用砖，有的地方用石头，还有的地方用土坯，像打乱了的魔方，很不规则。

仔细看过，那些补丁又非常讲究：砌砖的地方错落有致，垒石的地方图案有则，码土坯的地方更是色彩新奇。不同的材质以及不同的图案，使这栋小楼的外表极不起眼又与众不同。

进了小楼，则是别有洞天。一楼是个大厅，大厅里的布置更是别出心裁，分成几个部分，有展厅，有茶室，有健身房，有音像间。陈设的东西有一个共同的主题：漕运。从色彩到实物，以及特别制作的桌椅箱柜木榻沙发，都跟漕运有关联。大厅往后院延伸，便到了运河边。没有院墙，是一个用玻璃搭建起来的阳光房。阳光房内的荷花与河滩上的芦苇菖蒲浑然相连，充满了乡野味道。阳光房再继续延伸，便是一个蔬菜大棚。里面湛青碧绿，四季如春，栽种着应季和反季的菜蔬瓜果。

二楼是客房，东西南北共有九个房间，尽管每一个房间的方向不同，却利用高低之别占领着空间。四面都是窗户，都临河，都能躺在床上看星星。房间里陈设风格各异，有中式的架床软榻，有西式的沙发席梦思，有日式的榻榻米。最讲究的是卫生间，马桶脸盆浴缸，都别出心裁，精美精细，舒适且艺术。每个房间里都悬挂着名人字画，有国画书法，也有油画版画。

第三层是独立的，连楼梯都是独立的。分为两个部分，一部分是书房卧室，一部分却是一个功能齐全的图书馆。图书馆里除了阅读的座位，还有举办讲座的小会议室。

这是漕运客栈，是作家秦桑的民宿，秦桑是以专门写漕运历史著称的。这个地方原来是公社的水利专业队，后来废弃了，秦桑把它买了下来，改造成了现在这个样子。

秦桑不在，管家是一个颇有姿色又热情爽朗的女人。我暗忖，是不是秦桑金屋藏娇？女人似乎看出了我的阴暗，漫不经心地把她的丈夫叫出来介绍给了我。后来我慢慢地弄清个中就里，女人叫唐雪雁，一个充满浪漫喜欢幻想的文学青年。她老家在四川广元，婚后不久便躁动起来。她跟丈夫说，世界那么大，我得去看看。说走就走了，漂到了北京。在一次与同伴骑游京杭大运河的时候，认识了秦桑。那时候秦桑正在建造漕运客栈，她便留下来帮忙。丈夫思念她，找来了。漕运客栈开业之后，秦桑便聘用他们夫妇当这里的管家。

问这里的经营情况，唐雪雁说，客人都是网上预约的，有的半年前就约好了。

客人为什么要住在这里？

体验生活呀。

体验生活是作家的事情，客人体验什么？

客人体验作家的生活。跟作家一起生活，说不定你会成为作家笔下的人物。在你死后很久很久，你还活在作家的作品里。

我笑了一下，问这里的房间价格。

唐雪雁说，不分淡季旺季，都是四百元。

我没说什么，心想，住在这里也是一笔不小的开销。

唐雪雁说，秦桑老师说了，你若来住免费，白吃白住。

我吃了一惊，你知道我是谁？

唐雪雁说，你一进门我就认出了你，你是康运桥老师。秦桑老师的书房里还有你的照片呢。

乖乖，我跟秦桑只见过一面，难得他如此看得起我。

我在漕运客栈住了下来，我的女儿就是在这里找到我的。

我的女儿叫唤唤，当年生下她的时候，我的父母一直想让我们再生个男孩儿，给康家传宗接代。后来计划生育抓得紧了，沈秋萍又是妇联主任，固然不能再生了。为了这个，我的父母一直对我和沈秋萍耿耿于怀。好在我的弟弟有个儿子，康家算是没有绝户。

唤唤从小是爷爷奶奶带大的，尽管是个女孩儿，但是也被一家人宠着，视为掌上明珠。

在我和沈秋萍漫长的“冷战”期间，唤唤跟我一直有联系，先是通过他爷爷奶奶联系，后来通过田静娴联系。我跟唤唤的关系不大像父女，倒有点儿像朋友，像哥儿们。她跟我说话从来没有客气过，对我从来没有用过“您”。

她找到我的时候，我正坐在漕运客栈的阳光房里喝茶。我这个从小吃糠咽菜长大的农家子弟，还学会了喝普洱茶。感谢秦桑让我住进了漕运客栈，否则我这一高雅的嗜好如何展示出来呢？

我让唤唤跟我学学茶艺，她嗤了一下鼻子，很不屑。

东拉西扯了半天，唤唤终于转到了正题，你什么时候回家？

我说，我这不是回来了吗？梨花渡就是我的家。

少废话，我问的是，你什么时候回自己的家。

我哪儿还有家呀？家里都成了胭脂巷了。

我妈的家不是家吗？爷爷奶奶的家不是家吗？我妈在厂子里专门有一个小院，就她自己住。爷爷奶奶在镇上买了房子，我跟爷爷奶奶住。

前几天我去看过你爷爷奶奶，见他们身体挺好，我就放心了。

这么说，你就不想见我妈了？

她想见我吗？

她当然想见你了，她不是让徐先甲给你捎过话吗？她不是让周天英动员过你吗？

我笑了笑。

你什么意思？

我说，在我和你妈之间，你不是保持中立吗？这可是你一贯的立场，现在怎么当起说客来了？

别闹了，都这么大岁数了，你觉得还有意思吗？你也在外面野了十多年了，倦鸟知还，回来跟我妈好好过日子吧。

我说，你妈是过日子的人吗？她还想好好过吗？

你要是真觉得跟我妈过不下去了，就离婚，干脆的。别这么乌涂着，合也合不了，离又不舍得离，怎么回事儿呀？

我可没有舍不得离，你妈要是想离，可以啊。如果协议离婚，让她把协议书拿来，我立马签字。如果她想起诉离婚，也行，我保证应诉。

你这是故意折磨我妈，我妈怎么了？不错，她是伤害你了。不就她跟韩畅那点儿事吗？都什么年代了，那算事吗？再说，这些年你在外面闲着了吗？我不愿意说你就是了。

不错，我他妈的也不是什么好东西。

她拿出一张卡放在了我面前，这里面有二十万块钱，我妈给你的。

算是离婚补偿吗？

我妈给你的零花钱。哦，你要不要？你不要我可拿起来了。

我急忙把她伸过来的手拦下，别，钱还是需要的。

她嘲讽地笑了，你们文人啊，就这点儿出息。

我转过话题，该说说你了，你都高二了，有什么打算？

我打算到美国去读书，我妈说，读完书就留在美国别回来了，她已经托人在芝加哥买房子了。

你妈也想移民，看来你妈混得不错了，攀上移民阶级了。但凡有权的有钱的，都在国外买个窝儿，留条退路。

可是我不想。

你不想去美国？

我想考农业大学园艺专业。

什么？我完全傻了，为什么？

毕业以后我想去西藏种郁金香。

我愣愣地看着她。

她脸红了，算了，还是告诉你吧。我爱上了一个康巴汉子，去年到西藏自由行的时候认识的。

我真的无语了。又一个准备流浪的灵魂，难道这是宿命？

024 右岸 离篇

副县长韩畅打来电话，命令周天英马上到县城来，把上访的康百顺弄回去。现在正是北京召开两会期间，省委规定绝对不能上访。彩流县是进入京城的必经之路，各个路口都设了岗，所有车辆，包括大货车、小轿车、公共汽车，特别是公共汽车，不但要停车检查，而且对每一位乘客都要仔细核查身份证。没有证件和进京理由的，一律下车。

可惜康百顺没有乘公共汽车，也没有乘别的交通工具。他是深更半夜的时候，从公路下面的玉米地里穿过去的。

此前，镇政府对所有上访户都分别看管起来，三人一组，一天二十四小时不错眼珠地监视。梨花渡镇上访的有十二户，镇里派了三十九个监督员进驻，康百顺是重中之重，派了六个人，双倍的兵力。居然还是让康百顺跑了，县领导跟镇领导摔电话，镇领导跟周天英拍桌子。周天英无奈，只好带着民兵，开着桑塔纳汽车进了城。

周天英坐在桑塔纳汽车上，自己跟自己笑了。原来康百顺当村主任的时候，大伙儿都瞧不起他，嘲笑他，嫌他没文化，净说错话，连一〇五九和幺〇五九都分不清。可是老了以后倒成精了，先后到县里、省里和北京上访了九十八次，差不多每一次都是周天英接回来的。每到关键时刻，村里镇里甚至县里都下大力气看管康百顺，怎么看也看不住，他都能成功地逃脱。这回更是邪行，六个人十二只眼睛愣是把他看丢了，真是丢了人了。其实康百顺的办法很简单，夜里有三个人值班，都在他家的院子外面。春寒料峭，三个人披着棉大衣都冻得打哆嗦。康百顺心疼他们，让他们到屋子里看守。三个人严守纪律，不跟康百顺接触。康百顺说：“我跟你们无冤无仇的，难道还怕我把你们打蒙了？再说，你们三个大小伙子，还怕我一个糟老头子？”三个人想想也是，说：“这样吧，我们轮流到你屋里暖和暖和，不影响你睡觉。”康百顺说：“来吧，反正我单身一人。”

第一个是看守组组长，侉子庄的民兵连连长，姓邱。邱连长先进去了，进屋之后，发现康百顺在喝酒，猪头肉、鲜黄瓜、花生米，喝得有滋有味儿。康百顺说：“来点儿？暖暖身子。”邱连长经不住诱惑，便跟康百顺喝起来。喝的是漕运老酒，六十五度，一口酒下肚浑身发热。康百顺跟邱连长聊了起来，攀起了老关系。邱连长的父亲也当过村主任，跟康百顺还有些交情。两个人边聊边喝，邱连长喝的是酒，康百顺喝的是水，壶里搞了鬼。邱连长连续值了四五天夜班了，原本就又困又乏，几杯酒下肚，眼皮就抬不起来了。邱连长趴在酒桌上睡着了，康百顺穿着邱连长的棉大衣出来了。外面看守的两个人看见穿着棉大衣的人出来，都以为是邱连长，谁也没多疑。康百顺进了自家的茅房，还把棉大衣脱下来，搭在茅房的墙头上。康百顺家的茅房连着猪圈，蹬着猪圈直接就能跨到墙外。两个看守都盯着康百顺家的门口，谁也没想到康百顺会从猪圈上逃跑……

来到县政府，周天英才知道问题的严重性。

韩畅铁青着脸，敲打着桌子对她说：“三天以后，全国两会代表、委员一行十几个人，其中包括民主党派的主要领导，要到咱彩流县调研，征求民意……你说，康百顺是怎么知道这个消息的？”

周天英摇晃着脑袋说：“是啊，这件事您不说我都不知道，他是怎么知道的呢？”

韩畅说：“你们村里有没有去过什么人？”

周天英说：“现在外地人比本地人还多，每天都有人进进出出的。”

韩畅说：“我是说那些危险分子。什么记者呀，维权律师呀，文化精英呀，网络大 V 呀，外国组织呀……”

周天英愣愣地看韩畅，一片茫然。

韩畅又问：“徐先甲最近有什么动态？”

周天英说：“徐先甲倒是挺活跃，不过他关心的是梨花渡拆迁问题，整天跟一帮人讨论漕运古镇的历史。”

韩畅又问：“他跟康运桥有过接触没有？”

周天英问：“康运桥怎么了？他不就是一个写书的人吗？”

韩畅挥了挥手，说：“算了，跟你说你也不懂，还是赶紧把康百顺找到，千万别让他跟两会代表、委员接触上。”

周天英说：“我们一点儿线索都没有，到哪儿去找呀？”

韩畅说：“我已经安排了公安局配合，各街道办事处也都行动起来了，把你的手机立即告诉各个部门，跟他们保持密切联系。”

周天英暗暗地叫起苦来，康百顺呀康百顺，你真是个害人精。

罗淑惠买菜回来，刚到阿沫所居住的小区门口，就听见一片混乱声。后面好像有人在喊抓人，还有噼里啪啦的脚步响。没容罗淑惠多想，横刺里冲过一个人，把她撞了一个趔趄，手里装蔬菜的网兜儿也掉在了地上。那个人回了一下头，接着往前跑。罗淑惠脱口叫了出来：“叔，叔……怎么是您呀？您怎么了？”

这个人正是康百顺。

康百顺停下脚步，回过头来，这才看清是罗淑惠。

罗淑惠继续问：“叔，您跑什么？谁在追您？”

康百顺惊恐地说：“啊……淑惠……是你啊，快……快救救我。”

罗淑惠来不及多想，从地上捡起网兜儿，拉着康百顺便进了小区。

罗淑惠把康百顺带进阿沫的家里，康百顺依然惊魂未定，一个劲儿地问：“这儿安全吗？他们会不会找来？”

罗淑惠问：“叔，您跟我说实话，您到底犯了什么事？他们为什么要追您？”

康百顺说：“俺……俺就是要告状……”

罗淑惠说：“是上访吧？”

康百顺说：“对对……是上访，现在到处都在抓上访的人……”

罗淑惠笑了：“叔，您上访，到底要告谁呀？”

康百顺说：“告精铸厂，大运河精铸厂。”

罗淑惠说：“大运河精铸厂，那不是沈秋萍的厂子吗？您告她什么？”

康百顺说：“对，我就是要告那娘儿们，那娘儿们不是人，心肠比蛇蝎还毒……”

罗淑惠一边跟康百顺说着话，一边在燃气灶上煮了一碗面条儿：

“叔，您肯定饿了，先吃了这碗面垫补垫补，我一会儿再给您做晌午饭。”

康百顺接过那热气腾腾的面条儿，眼圈儿红了。

罗淑惠说：“叔，您慢慢吃，咱边吃边说。您刚才说沈秋萍是害人精，她到底怎么了？我听说精铸厂归她个人了，还听说她成了亿万富翁了，她不是干了什么伤天害理的事情吧？”

康百顺用筷子挑着面条儿，沉吟着说：“俺常常琢磨，梨花渡毁成这样，怨谁呢？怨俺？俺本来就没啥本事，不是当官的料；怨周天英，她也不容易，她浑身是铁能打多少钉？寻到根儿上，还怨你。”

罗淑惠没明白：“怨我什么？怎么能怨我呢？”

康百顺说：“你要是接了我的班，掌管梨花渡，就不会出这么大的乱子。”

罗淑惠笑了：“您真逗，您说过让我接您的班吗？”

康百顺说：“俺心里想过，咱梨花渡真正心眼儿正又拿得起事的，就你罗淑惠。”

罗淑惠说：“就算您想让我接班，您说了算吗？”

康百顺说：“要不是你犯了大错，能有她周天英的份吗？”

罗淑惠的语气软了：“是啊，那是我一辈子最大的罪过，我自己都不会宽恕自己的。”

康百顺低着头吃起了面。

罗淑惠坐在了康百顺对面：“叔，兜了半天圈子，您还没说为什么上访呢？”

康百顺使劲摇了摇头，深深地叹了口气，从头说起来。

精密铸造厂顺利地搬到了梨花渡，厂址就建在聚仙台。这个厂子规模扩大之后，工人达到了四百多人。一小部分工人是原来的老工人，绝大多数都是在当地招收的农民。孙文茂依然是厂长，管理层的干部也多是新的，其中就包括沈秋萍。

沈秋萍是招商引资的功臣，又是孙文茂的情人。孙文茂玩弄了罗小丝之后，受到了周天英的威胁，吃了个哑巴亏。孙文茂在建厂的过程中，每时每刻都要跟梨花渡打交道。不是镇政府找他的麻烦，就是当地农民捣乱破坏。别的甭说，白天拉来的砖瓦钢筋，晚上就会偷走多半儿。找派出所报案，人家连案都不给你立，更不要说保护你了。他需要一个当地人维持交涉这些事情，最佳的人选当然是沈秋萍。

沈秋萍出来帮助孙文茂建厂是有条件的，必须名正言顺。孙文茂把她招收为正式职工，沈秋萍不干，要求当厂级领导。孙文茂请示公司之后，任命她为副厂长……

罗淑惠听着听着走了神，突然打断了康百顺的话："叔，您刚才说的那件事是真的？"

康百顺问："哪件事？"

罗淑惠说："就是她们利用罗小丝威胁孙文茂那件事？"

康百顺说："当然是真的了。"

罗淑惠说："这件事我也有耳闻，可是从来不相信。这么机密的事情，您是怎么知道的？"

康百顺说："是罗小丝临死的时候亲口对俺讲的，别忘了，俺是罗小丝的亲舅舅。"

罗淑惠沉思着说："孙文茂固然可恨，可是她们这么做也太卑鄙了，太缺德了。"

康百顺说："当时也是没办法，罗小丝的娘死了，她又想读书，不答应人家行吗？"

罗淑惠说："我说的不是罗小丝，是周天英和沈秋萍，她们为了达到自己的目的，怎么能不择手段呢？"

康百顺没接罗淑惠的话茬儿，按照自己的思路说下去。

新厂投产之后，沈秋萍自然是厂里的主要领导。孙文茂让她负责财务工作，她不干，要求负责生产和销售工作。

罗淑惠又问："既然沈秋萍把孙文茂坑害得那么惨，孙文茂怎么还信任她呢？"

康百顺说："孙文茂惨个啥？那精铸厂又不是他家的，给谁不是给呀？再说，孙文茂心里还一直稀罕着沈秋萍，这事有一次他亲口对俺说的，当时喝了点儿酒，酒后说实话。"

罗淑惠说："怎么会呢？孙文茂怎么会不恨沈秋萍呢？难道沈秋萍是狐狸精，给孙文茂喝了迷魂汤？"

康百顺说："女人都是狐狸精，都会把男人弄得鬼迷心窍的。再说，也怨不得女人，说了归齐还是男人贱，男人都贱，贱骨头贱肉。”

按说，财务是工厂的大权，是工厂的命根子。孙文茂信任她才让她管财务的。那娘儿们就是精，她早就看出了财务工作有高风险，凡是诱人的地方就是毁人的地方。

果然，几年以后，公司接到了举报，前来查账，发现了许多问题。管财务的副厂长被撤职了，孙文茂虽然继续留用，但是已经失去了公司高层领导对他的信任。

经济危机波及了精密铸造厂，许多订单都退回来了。工厂开始亏损，并且越亏越多。连续亏了三年，资不抵债了。正好上面开始搞国有企业改革，精铸厂要转制。转制就是把工厂卖给私人，没有人敢站出来举牌，都知道这是个无底洞，掉下去就会粉身碎骨。公司来人动员沈秋萍，他们认为卖给沈秋萍最合适。沈秋萍一边推托着，一边打着自己的小算盘。推托是假，是为了讨价还价。最后，沈秋萍接受了公司的条件：既承接资产，又承担债务，花了三百万元把精铸厂买了下来。

罗淑惠又叫起来：“三百万，沈秋萍哪儿来的那么多钱？”

康百顺说：“她没有钱，银行不是有钱吗？韩畅给她做担保，从银行贷款。”

罗淑惠说：“韩畅的胆子也真够大的，就敢给沈秋萍做担保？”

康百顺说：“那娘儿们早就跟韩畅不清不白，梨花渡的人都知道。”

罗淑惠确实有耳闻，并且听说，韩畅跟周天英也有一腿。她们可真够乱的，幸亏及早离开了梨花渡，才没跟她们一起蹚浑水。

不得不佩服沈秋萍的管理能力和运作水平，她当初选择分管生产和销售，都派上了大用场。都说沈秋萍是个有深谋远虑的人，她却说是瞎猫碰上了死耗子。

也是沈秋萍的命好，经济危机的风波渐渐平息了，国内外的大笔订单又像雪片般地飞来。工厂很快扭亏为盈，并且在同行业里拔了尖儿。现在，沈秋萍的工厂叫作大运河精密铸造厂，是全县十强企业，也是梨花渡镇的纳税大户。

罗淑惠感慨地说：“是啊，原来我还以为沈秋萍是个书呆子，读书都读傻了，真是小瞧她了。”

康百顺说：“读书有读傻了的，可是沈秋萍并不傻，她肚子里的玩意儿多的是，都是读书人的精明。”

沈秋萍开始就知道搞企业文化，厂门口贴出了大标语：以富裕消灭贫穷，以文明抵制野蛮，以知识替代愚昧。

新工人进厂的时候，每个人不但发一套工作服，同时还发裤衩儿和睡衣，女工发乳罩儿。

工厂设立了公共浴池，工人下班必须洗完澡、换上干净的衣服再回家。

在工人宿舍住的职工，无论男女，一律不许光屁股睡觉，抓住了要罚款。

她让康运桥给她写一首厂歌，康运桥不管。她花钱从县文化馆请人写了，谱上了曲子。每一个工人，包括门卫、保安、卫生员、炊事员都要会唱，领导要带头唱。上班以后先听到的是歌声，下班之后也要唱完歌再关工厂的大门。

她还分期分批地带着工人到外面参观旅游，还到“唱红歌”的那个城市取过经。

更绝的是，她提出建立八无工厂：无上访、无传销、无邪教、无盗窃、无赤膊、无脏话、无随地吐痰、无乱扔垃圾。

罗淑惠想，谁说读书越多越蠢，沈秋萍读的书都用到刀刃上了。她知道上面喜欢什么，便极力奉迎。上有所好，下必甚焉，这句话的深刻含义，她理解得真透彻。

沈秋萍的文明办厂出了名，登了报纸，上了电视，得了无数的奖，还当上了县政协委员。

沈秋萍红了。

大运河黑了。

河水里再也没有鱼了，河滩上的草都焦黄了。每到夏季，特别是桑拿天的时候，梨花渡和附近的村庄都充溢着恶臭和雾霾，呛得人喘不过气来。群众开始向上级反映，环保局来了，镇政府领导陪着喝酒吃饭塞红包，象征性地开了张微不足道的罚单就算处理了。

许多人发现身体出了问题，头昏、嗜睡、浑身乏力，都怀疑是精铸厂的污染，可是谁也拿不出证据。

问题的暴露是从学校的学生开始的。梨花渡小学在聚仙台的南面，临着工厂，守着河边。县教育局的领导前来检查教学，发现许多孩子无精打采，许多女孩儿的头发又稀又黄，再一细问，许多孩子说尿里有血。教育局领导不敢怠慢，请环保局、卫生局前来会诊，发现一多半的孩子是铅中毒。

孩子体内铅超标，铅从哪儿来的呢？河水里含有大量的铅，土壤中含有大量的铅，就连附近生产出来的大米、红薯、蔬菜也都是铅超标。

罪魁祸首就是大运河精密铸造厂。

更可怕的事情发生了，出了人命。

死的人是罗小丝。

康百顺说，罗小丝是为精铸厂做出过牺牲的，她用自己的身子换来了重新读书的机会。当然，学校为了恢复罗小丝的学籍，也获得了精铸厂数目不小的赞助。罗小丝读完了高中，还是没能考上大学。沈秋萍还算有良心，直接把她招收进厂，并让她当上了产品质量检测员。检测员每天都跟数不完的产品打交道。接触产品多，长期在生产车间里，自然吸收的铅也多。没有人注意到她病了，连她自己也大意了……

罗小丝死了。

沈秋萍没等罗小丝的父亲罗国庆前来闹，就主动上门抚恤，送上一张五万元的存折。

罗国庆已经堕落成一个酒鬼，自己的几亩地都包给别人种了，整天价都是醉醉乎乎的。

康百顺不干了，要求对罗小丝进行尸检，搞清死因，并且提出，不能再让精铸厂祸害梨花渡百姓了，必须彻底关闭。

这条件谁能答应？

康百顺为此走上了惊心动魄的上访之路。

康百顺为的是自己的外甥女，也为的是梨花渡的百姓，更为了大运河的子孙后代。

可是，没有人支持他，也没有人跟着他一起上访。

火灾起来了，没有人齐心协力地救火，只要没有烧到自己的房子，就都是无动于衷的看客。

罗淑惠看着对面的康百顺，一会儿觉得他很可怜，一会儿又觉得他很可敬。

周天英他们把康百顺追丢了，垂头丧气地回到了韩畅的办公室。韩畅问跟周天英一起追剿康百顺的刑警队队长，康百顺是从哪儿失踪的。刑警队队长说，在牡丹园小区附近。

韩畅说："你们调查过了吗？康百顺在那里认识谁？有没有亲戚朋友？"

刑警队队长说："没有线索，我们只能查看监控录像，看看他可能进了哪家的门。"

韩畅说："你们抓紧办，有情况马上跟我汇报。"

刑警队队长执行任务去了，韩畅扬手看了看表，对周天英说："杨县长那儿有个饭局，我们一起去。"

周天英说："你们县领导吃饭，我去就不合适了。"

韩畅说："是杨县长点名让你去的，说有个很重要的投资商，需要你去摆平。"

周天英说："杨县长也太高抬我了，我哪儿有那本事？"

韩畅说："你就别谦虚了，当年那么多地方争夺精密铸造厂，你还不是拿下来了。"

周天英的脸热了一下。

招待宴会设在佛罗伦萨酒店的维也纳餐厅。这是县城里最高档的酒店，据说是一个台湾商人投资修建的。之所以起这么洋气的名字，与近年来国人追求洋品牌有关。大城市求洋，小城市学大城市，青出于蓝而胜于蓝，起的名字更邪乎。

周天英跟韩畅坐一辆车来的，路上有司机在场，两个人只说了些官话。下了车进了酒店，他们一起上了电梯，电梯里没有人，韩畅问了一句："有小螺的消息吗？"

周天英的眼睛红了："这么多年了，生不见人，死不见尸。"

韩畅说："还得再找找。"

周天英说："大海捞针，到哪儿去找呀？"

韩畅说："我也托了一些朋友，包括各地的公安人员。"

周天英说："我早就不抱任何希望了，现在人贩子那么多，谁知道被拐卖到哪儿去了。"

韩畅说："我不放弃，只要有一分希望，我就要做百分之百的努力，这是一个父亲的责任。"

周天英说："我再说一遍，冯小螺跟你没关系，一毛钱的关系都没有。"

韩畅还想说什么，电梯门开了，服务员领着他们朝维也纳餐厅走去。

餐桌旁已经坐满了人，杨县长作为主人居于首位，两边多是各委办局的相关领导，还有两三个陌生的面孔。

杨县长热情地招呼着周天英："天英呀，就等你来开席呢，来，坐到我旁边来，给你留着座儿呢……"

自打一进门，周天英的身上便像被电击了一下，两只眼睛被杨县长身边的一个女人牢牢地吸引过去了。看不出那个女人长得什么样子，连长发短发都没看出来，也看不清那女人穿的是什么衣服。不是光线问题，是周天英的眼神凝固了，凝固在那个女人的两只眼睛上。

杨县长依然热情地招呼着："来来，天英，我给你介绍一下，这是我给你认的小妹妹……"

周天英根本没有听见杨县长说的话，依然呆愣愣地直视着那个女人。

杨县长转过身来对那个女人说："冯总，这可是我们县著名的女强人，最基层的领导……对了，你就叫大姐吧，周大姐……"

那个女人像周天英一样，对杨县长的话充耳不闻，她的两只眼睛也凝固了，凝固在周天英的眼睛上。

杨县长这才注意到了突如其来的异常，他看了看周天英，又看了看身边的女贵宾，还没回过神来，就听见一声撕心裂肺的叫喊："妈，妈呀……"

周天英扑了过来，紧紧地抱住了那个女人，使劲捶打着，也哭叫起来："天啊……我的天啊……小螺……小螺……是我的小螺吗……"

所有的人都震惊了，到底出了什么事?

韩畅完全明白了，默默地来到两个女人的身边，拍了拍周天英，又拍了拍冯小螺，喃喃地说："不哭，不哭，都不哭……"劝着别人不哭，他的眼泪却流淌出来，声音也哽咽了。

这奇异的一幕把宴会推迟了半个小时。

半个小时之后，周天英和冯小螺都平静下来，紧挨着坐在了一起，杨县长举起了杯，激动地宣布："让我们热烈地祝贺周天英和冯小螺母女重逢……"

一片掌声和唏嘘声，激动的泪花在每个人的眼里转动着，滴落在火辣辣的酒杯里。

杨县长用充满深情的口气介绍着冯小螺，感叹着世事无常、人生无常、无巧不成书。他说："到北京参加招商引资会议，一进会场我就盯上了冯总，就像被她迷上了一样，不是被她的项目迷上了，是被她的气质和神韵迷住了，总觉得似曾相识，就像前生有缘一样。没想到，真的有缘，这缘分也太深了，编都编不出来……"

周天英急着问："小螺，你搞的是啥项目呀？"

冯小螺低着头没说话，也许她不想说，也许不知道该从何处说起。毕竟，她跟母亲这么多年没见面了，要说的话太多了。

杨县长说："还是我替冯总说吧，首都搞菜篮子工程，说白了就是大力满足首都居民的蔬菜供应。政府专门拨一笔巨款，在周边地区建立蔬菜基地。冯总搞的是蔬菜大棚，种植反季节蔬菜。每亩大棚国家补助三万元，天英，你想想，一亩三万元，一百亩就是三百万……更主要的是，你知道一亩大棚每年能收入多少钱吗？最保守的说也在十万以上，农民种大棚蔬菜，一下子就可以富起来……"

没等杨县长说完，周天英就迫不及待地说："小螺，这是好事呀，大好事。回梨花渡去搞吧，妈支持你，全力支持你。"

冯小螺抬起头来说："妈，我跟杨县长事先说好了，在彩流搞蔬菜大棚可以，但是绝不能到梨花渡去搞。"

周天英说："为什么？梨花渡怎么了？"

冯小螺说："梨花渡怎么了您还不知道吗？我是在梨花渡待不下去了才跑出来的，您知道我那些年吃了多少苦？受了多少罪？说九死一生一点儿都不为过。"

周天英说："我知道，这些我都知道，你离开梨花渡，你以为我的日子就好过吗？你离家出走，是奶奶伤害了你，是哥哥伤害了你，妈妈伤害你了吗？罗淑惠、沈秋萍为了跟妈妈一起去找你，耽误了多少事，费了多少心啊……”

杨县长站起来，“好了好了，今天是个好日子，大家都高高兴兴的，来，我先带头干一杯，天英，我把女儿给你带回来了，你不敬我一杯吗?”

韩畅说：“我们都站起来，感谢杨县长让周天英母女重逢……”

宴会的气氛顿时欢快起来。

罗淑惠正在做着午饭，康百顺追到厨房继续跟罗淑惠诉苦。他心里憋着太多的委屈，实在是无处可说，无人可说，好不容易抓到了罗淑惠，像见到亲人一样倾诉起来。

突然，外面响起了剧烈的敲门声，伴随着的是凶猛的喊叫命令声：“开门，快开门……”

康百顺紧张起来：“他们来抓俺了……淑惠，你可得救俺啊……”

罗淑惠也紧张起来，她急忙跑到地下室，向阿沫求救。

地下室里，阿沫带着几个学生，其中包括曹朵儿和杜小瓦，正在画人体素描。由于罗淑惠的反对，阿沫不再让曹朵儿画男模特儿了，今天来的模特儿是一个妙龄女孩儿。如此一来，对杜小瓦又不大公平了，人家孩子也有父母，也有对孩子身心健康的担心。现在，罗淑惠可顾不得想这些了，她喊着让阿沫快上来，让他想办法把康百顺藏起来。

外面的敲门声越来越紧迫了，阿沫抓耳挠腮，这楼上楼下，什么东西都是明摆着的，一个大活人，藏哪儿呢?

罗淑惠说：“能从窗户逃出去吗?”

阿沫说：“窗户外面肯定都是他们的人。”

罗淑惠急得埋怨起来：“你瞧瞧，连个大衣柜都没有，床还是个垫子，连个耗子都没处藏。”

外面的敲门声和叫喊声更激烈了，有的人叫着要把门撬开。

阿沫急中生智，一把将康百顺拉过来，来到了地下室，用命令的口气说：“快脱……脱……”

康百顺哆哆嗦嗦地问：“脱？脱啥?”

阿沫说：“脱衣服呀。”

康百顺不解：“你让俺脱衣服干啥?”

阿沫催促着：“快点儿快点儿，让你脱你就脱。”

康百顺犹豫着把上衣脱下来。

阿沫说：“裤子也脱掉。”

康百顺看了一眼罗淑惠，罗淑惠退到楼上去了。危急中的康百顺也乱了神，他只看见了罗淑惠在场，没有注意还有画架后面的曹朵儿，更没注意站在模特儿台上赤身裸体的女模特儿。

阿沫继续命令着：“把裤衩儿也脱掉。”

康百顺急了：“你让俺光屁股？”

阿沫拿出了一个蕾丝的三角裤：“穿上这个。”

康百顺说：“这……这不是娘儿们穿的吗？”

阿沫说：“就让你穿娘儿们的，快。”

康百顺无奈，只好把蕾丝三角裤套上。

紧接着，阿沫把一个乳罩儿套在了康百顺的胸上，为他扣好。这乳罩儿是纯白的，里面又是垫起来的。然后，阿沫又给康百顺戴上了一个假发。康百顺现在才明白，阿沫是在给他化装。不得不佩服阿沫的绘画功夫，他让康百顺坐在一把椅子上，拿起画笔，只三五下，康百顺胸前的乳罩儿便画成了一个下垂的但并不干瘪的乳房。然后，又把长长的假发打散开来，一缕灰色的长发遮住了康百顺的半张脸，又垂下来遮住了一个乳房。阿沫朝那个女模特儿招了招手，让她站在康百顺的身边，把一只胳膊架在康百顺的肩上。

将康百顺和女模特儿摆好以后，阿沫让学生们坐在画架前面，专心致志地画起了素描。

罗淑惠打开门，一眼便看见了周天英。

周天英也看见了罗淑惠，稍稍愣了一下，便问：“淑惠，你咋在这儿？”

罗淑惠平静地说：“我在这儿当保姆，你怎么来了？”

周天英说：“怪不得康百顺会跑这儿来呢，是你收留了他？”

罗淑惠说：“你说什么？康百顺怎么了？”

周天英说：“快把康百顺叫出来，跟我们走。”

罗淑惠说：“什么康百顺，我这儿哪儿来的康百顺？”

周天英说：“小区的监控录像显示出来了，康百顺就进了这个楼门。”

罗淑惠说：“这个楼门每层三户，一共有二十七层，你怎么知道康百顺进了我们这个门……”

跟在周天英后面的人喊着：“搜，快点儿搜……”

周天英一边跟罗淑惠搭着讪，一边在楼上转了一圈儿。楼上实在没有藏人的地方，便又跟着几个随从下了地下室。

地下室，阿沫正指导着学生画素描，故意抬高了讲课的声音：“注意两个人的区别，年轻女人和老年女人的线条要分明，光线也不一样，把握好区别才能把人物准确地表现出来……”

周天英首先看见的是模特儿台上的两个赤身裸体的女人，几个随从都愣住了，贪婪地看着这令人惊异的一幕。

周天英训斥着：“看啥呀看，快找人……”

随从们在地下室也没有发现什么，就跟着周天英上来了。

周天英缓和了一下口气，半怨半劝地说：“淑惠，你不是跟曹大海在城里搞装修吗？怎么当起保姆来了？”

罗淑惠说：“是曹大海搞装修，我一直当保姆。”

周天英说：“当保姆也不能伺候这种人呀。”

罗淑惠说：“人家是画家。”

周天英说：“画家都这么不要脸吗？”

罗淑惠笑了：“人家画的是模特儿。”

周天英说：“大白天的就光屁股，一点儿羞臊都不讲。”

罗淑惠说：“那行，我给他们建议一下，以后晚上再画模特儿。”

周天英也笑了：“你呀，唉……这样吧，混不下去就回去吧。现在梨花渡也不错了，马上就会变得更好……哦，对了，告诉你一个好消息，小螺找到了。”

罗淑惠立即兴奋地叫起来：“是吗？在哪儿呢？怎么找到的？快让我见见她……”

周天英说：“我现在不跟你多说了，等抓到康百顺我再来找你，咱俩好好聊聊。”

周天英带着维稳队走了，罗淑惠关好了门，刚一转身，康百顺却咧着大嘴哭起来：“丢人啊……丢人啊……”

罗淑惠愣住了："怎么了？怎么了？"

康百顺一边扯着胸上的乳罩儿和头上的假发，一边哭着："让俺当了女人，还跟这光着屁股的女人站在一块儿，丢人啊……丢死人了……"

罗淑惠哈哈大笑起来。

025 乡党篇 冯老太

在梨花渡，如果说徐先甲是个传说，那么冯老太便是一个神话。

冯老太似乎从来没有年轻过，但是她也没有老。很少有人见过冯老太出嫁之前是什么模样，自从她跟冯大鞭子结婚以后，便是一身青衣。上身青衫遮臀，下身青裤扫地。这是典型的农村老太太的装束。这还不说，她的头上还戴着一顶小帽儿，线织的黑帽儿，差不多把眉毛耳朵都遮盖上了。尽管如此，从她半裸露的面部和走路的姿态，依然能感觉到她面容姣好、身姿婀娜。很多人都想窥视她的庐山真面目，却枉费心机。即使她在生产队劳动的时候，哪怕是酷暑三伏、汗流浃背之季，她也依然是这身打扮。

没有人敢要求她袒胸露乳，更没有人敢跟她开玩笑。不是因为她可怕，她很亲切，慈眉善目，说话慢条斯理，见到谁都是不笑不开口。可是她从来不跟人过分亲近，跟谁都保持着适当的距离。她从来不向任何人求助，但是梨花渡的人都会有求于她。她会给小孩儿拘魂儿，那年月不知道怎么了，孩子们总是马马虎虎，一不小心就会把魂儿弄丢了，我就丢了不止一次。丢了魂儿的孩子昏睡，发烧，水米不进，还说胡话，这时候就要求到冯老太了。冯老太来了之后，左手端着一碗清水，伸出右手的食指和中指，蘸一蘸水，在孩子的脑门前画着圈儿，口中念念有词，据说是咒语。冯老太闭着眼睛嘟嘟哝哝地念着咒，念着念着，孩子大叫一声，便睁开了眼睛。随即朝四下看看，便一骨碌爬起来，跑到外面玩儿去了。就这么神。

冯老太还有更绝的一招儿，就是驱除邪祟。在梨花渡，常见的邪祟是黄鼠狼附体，多发生在一些年轻体弱且心重的女人身上，被附体的女人顿时转换了身份，变成了村里一个死去的人。这个死去的人也可能是亲人或亲戚，也可能是八竿子打不着的普通邻居。而且，那个人也许是近几年死的，也许都死了十年八年十几年几十年了。更为奇特的是，这个被附体的年轻女人也许跟那个人熟悉，也许从来就没有见过那个人。无论是什么关系，也无论是熟悉还是陌生，当她的身份转换成那个人之后，便完全成了那个人。说话的声音，走路的姿势，表情动作，跟那个人别无二致。

被附体的年轻女人都是口吐白沫儿，又哭又闹，然后便是以那个附体人的口气发泄怨气，指责伤害过她的人。闹得凶的时候，更是乱蹦乱跳、乱打乱砸。无论闹得如何厉害，只要冯老太一来，被附体的女人便立刻瘫软下来。冯老太有时候厉声呵斥，有时候好言劝慰，必要的时候便将右手举到胸前，口中念念有词。但凡这个时候，那个被附体的女人便躺在地上，浑身抽搐，扭曲打滚儿，最后狂叫一声，似乎邪祟落败逃走，女人便呻吟着安静下来。安静下来已经是精疲力竭，慢慢地睡去。醒来之后，一切如常，所发生的事情统统不记得。

我亲眼见到过一次波及全村的邪祟附体，也见识了冯老太的真功夫。

那是“文化大革命”后期，正是上面指示“抓革命促生产”的时候，农村相对稳定下来。一个风和日丽的正午，安静的梨花渡突然喧嚣起来。

事件是从范希云家里开始的。周二宝收工走回家，见烟囱没有冒烟，进了门又见清锅冷灶，朝屋子里瞧了瞧，范希云四仰八叉地在炕上躺着，顿时火冒三丈，刚要发作，范希云便腾地从炕上蹿下来，指着周二宝，鼻子不是鼻子眼睛不是眼睛地数落起来，你到哪儿去野了，怎么现在才回来，你还知道有个家呀，不想回来别回来，滚……滚……给我滚……找你的死鬼爹去……

平时耀武扬威粗暴野蛮的周二宝却愣住了，这是谁呀？这是自己的媳妇范希云吗？不，不对，范希云哪儿有这么大的胆子，怎敢指着他鼻子数落他……不对，是母亲，是妈……只有他妈这样骂过他，只有他妈才能这样对待他……是妈，这声音是妈的，一手掐腰一手指着他鼻子的姿势也是他妈的，还有，那眼睛，一只圆瞪一只紧闭的眼睛也是他妈的，还有那斜着的嘴角儿……可是，他妈已经死了十几年了，范希云根本没见过他妈，他妈怎么会在范希云的身上复活了呢？

周二宝的妈是跳井死的，死得冤屈。

1958 年，中国人的狂欢节。群情激愤，斗志昂扬，心急如焚地“超英赶美”，为实现全国钢产量一千零七十万吨抛家舍命，县县建钢厂，乡乡有高炉，村村炼钢铁。有煤的挖煤，有树的砍树，没煤没树的拆房屋，柁木檩架都是大炼钢铁的燃料。有铁矿的寻铁矿，有废钢的献废钢，没铁矿没废钢的挨家挨户去搜，刀勺锅铲、铁锁钥匙门钌铞儿，凡是金属的都抄走，一件不留。搜查人员手里攥着一个铁秤砣，进屋就往锅里一砸，然后拔起破锅就拿走……

二宝妈心疼也没用，这是潮流，谁敢逆潮流而动呀？但是她实在舍不得那把使顺了手的小镐，还是她结婚的时候从娘家带来的，镐头镐把儿都光光亮亮的。她趁搜查队不注意，顺手塞进棒子秸垛里了。

按说，你偷偷地留下小镐好好收藏着就算了，当是捡了个便宜。可二宝妈是个闲不住的人，居然还敢拿出来用。

“大炼钢铁”之后就是“放卫星”，亩产八千斤一万斤十万斤，放完“卫星”之后又是落实“八字宪法”，深翻土地，深翻三尺八尺一丈二。那一年风调雨顺，是个丰收年，棉花白高粱红稻子黄，满地的庄稼顾不上收割，都被深翻在土地里了。二宝妈看着心疼，其实谁都心疼，心疼就心疼呗，反正庄稼是生产队的，不是谁家的。

二宝妈却不，天黑以后，她从棒子秸垛里拿出那把偷藏的小镐，背着筐来到了红薯地里。满地的红薯都没有收，她实在舍不得就这样糟蹋了。她用小镐一垄一垄地刨着红薯，装满了整整一筐，刚要背起来回家，被值勤的民兵发现了……

二宝妈的行为属于偷，而且是“大跃进”的高潮中偷集体财产，性质是破坏“大跃进”。她私藏小镐的行为也被同时发现了，属于破坏“大炼钢铁”，反对“三面红旗”。

如此“罪行”受到了严厉的惩处，二宝妈被拉到红旗飘扬口号震天的深翻土地的工地上。别人都在战天斗地，她却被戴上高帽子跪在地头上。整整跪了一天，水米未进，民兵连长宣布，明天要拉到镇上游街示众。

二宝妈是个好脸面的人，跪了一天已经没脸见人了，想到明天还要被拉到镇上游街，更是无法活了。当天夜里，她便钻进官井里自杀了……

范希云继续以母亲的神态和口气冲着周二宝骂着，你们这些挨千刀的，这么好的红薯都被埋在地里了，还不让刨。我这是偷吗？是你们不要我才刨的，你们这么糟蹋我心疼……

别看周二宝在范希云面前称王称霸，其实他是个胆小的人。见到范希云如此活龙活现地表演着母亲，他心里发毛了。他知道范希云被母亲的冤魂附体了，两条腿都打软儿，脸色发白，嘴唇哆嗦着说不出话来。前来看热闹的邻居提醒他，还不快去找冯老太。

冯老太跑跑颠颠地来了，进了门，只对范希云说了两句，别闹了别闹了，快走吧。

只见范希云咕咚躺在了炕上，睡过去了。

冯老太对周二宝说，没事了，让她睡一觉就好了。

话音刚落，隔壁又喧嚣起来，被附体的是工人家属谷玉梅。冯老太不等人来请，就直接奔了谷玉梅家。

谷玉梅从屋里跳出来，披头散发，光着两只脚，也扮演着二宝妈的样子哭闹起来，说我反对“大跃进”，我不就是刨两块红薯吗？你们凭什么随便砸人家的锅，凭什么把我家的箱子角都撬下来了，那是我娘家给我的陪嫁，你们还讲不讲理……

冯老太说，二宝妈，你怎么又闹起来了。都十多年前的事情了，陈芝麻烂谷子你还翻腾什么？

谷玉梅指着冯老太说，你们都不是好东西，都是败家子，那么多高粱玉米棉花都埋在地里不收，看到冬天你们吃什么……庄稼人不爱惜庄稼，庄稼神会不答应的……

冯老太严厉起来，二宝妈，你要是再闹，我就把你揪出来喂天狗了！

谷玉梅瞪着眼睛看着冯老太，不敢再哭闹了。过了一会儿，也咕咚躺在了地上。

冯老太从谷玉梅家出来，吴大娘儿们的男人曹大泉跑来了，说吴大娘儿们闹了起来。

冯老太又颠颠地跑到曹大泉家。吴大娘儿们更加过分，光着膀子在院子里跳动着，两个面袋似的奶子在胸前舞动着，噼里啪啦地拍打着她的肚皮。吴大娘儿们看见冯老太，也学着二宝妈的样子哭闹起来，你们还是庄稼人吗？深翻土地，把熟土翻到下面去了，把生土翻到上面来了，这地还能长庄稼吗？你们这是胡闹，谁让你们这么胡闹的……还放卫星，一亩地打三万斤，这样吹牛不怕闪了舌头……

冯老太又训斥着吴大娘儿们，吴大娘儿们可不好驯服，冯老太越训斥她，她闹得越厉害。冯老太只好让曹大泉把吴大娘儿们的衣服拿出来，往上面喷了三口水，又嘟嘟哝哝地念起了咒语。冯老太念咒的声音不大，却在吴大娘儿们的身上起了作用。吴大娘儿们越喊声调越低，越跳越没劲儿，最后也乖乖地躺下来……

这时候，村东头的大寡妇康美兰家又传出了哭闹声……

梨花渡的女人几乎都闹了起来，冯老太像个消防员，满村里救火。一直忙到天大黑了，才慢慢地消停下来……

有关黄鼠狼附体或冤魂附体的事情在梨花渡和大运河两岸的村庄里时有发生，医学家说这是一种癔症，发病时相互传染转移是一种心理暗示。我一直对此持怀疑态度，徐先甲说，世界上未知的事物比已知的事物多得多，没必要把什么事情都弄清楚了。

可是，冯老太为什么能降伏这些邪祟呢？她用的是什么办法呢？

徐先甲说，她这套本事，是我奶奶的真传。我奶奶当时就是“四大门”的香主，我小时候奶奶还带我到京东丫髻山进过香呢。

有关冯老太的神话传说，在梨花渡有许多，大多是神乎其神无凭无据。而且我对冯老太的了解，大体上是从徐先甲口中得知的，有一定的合理性。

冯老太是徐家烧锅的丫鬟，谁也说不清她的来历。土改的时候，冯老太是单身一人，分到了一个小院，是烧锅装杂物的小院。那时候她跟冯大鞭子还没有结婚，冯大鞭子原本也可以分到几间房子的，但是他听说罗大鞭子分到了四亩半地，动了心，便参加了梨花渡村的土改，成了一个实实在在的农民。

土地是农民的命根子，冯大鞭子有了自己的土地，便能在梨花渡扎根了。

冯老太和冯大鞭子结婚以后，住在那个小院，却要到梨花渡村去种田，成了典型的半工半农户。“大跃进”及“公社化”的时候，各行各业都动员起来。冯老太一直在街头上摆小摊卖杂物，不算有正式职业。“深翻土地”的时候，冯老太被动员跟着梨花渡人一起劳动，还被编入了妇女连队。再后来，吃食堂的时候，也给她一份粮票。就这样，冯老太糊里糊涂地便被从居民户口转入了农村户口，生了孩子，自然也算是农村户口。那年头，许多事情都说不清道不明，包括徐先甲被稀里糊涂地划成了右派。

全国性的大饥馑沙尘暴般地铺天盖地席卷而来。在大饥馑到来之前，有一个征收“爱国粮”运动。“放卫星”使人们的头脑发热，认为中国大地上粮食多得不得了，到了秋收过后，发现各地的粮库都没有满，于是便开始向各地征收粮食。地方上到底有多少粮食，谁也不知道，那些数字都高得离谱，因此征收的时候也尽量挤压。当时公社党委书记是魏能麟，他向上级拍了胸脯，保证完成征购任务。胸脯好拍，粮食却不好收，我们说过了，粮食大都被糟蹋到地里了。

生产队拿不出粮食，村干部又不敢说没有抓秋收，便随口说粮食都在老百姓家里呢。为了完成任务，便动员社员把家里的粮食拿出来，动员了半个多月，收效甚微。于是便组织各村的民兵挨家挨户地去翻粮食。社员家里也确实有少量的粮食，都是“大跃进”的时候随手抓回来的，多则三五斗，少则斗八升。见粮就翻，翻出来就拿走。冯老太家没有粮食，最多有几个没搓粒的老玉米，还在屋檐下挂着呢。民兵们不信，看中了炕头上的枕头，拿起来掂了掂，确实有些压手，撕开一看，里面装的是绿豆，于是也拿走了。

其实，冯老太家的枕头装绿豆是有讲究的，绿豆清火，起保健作用。

就这样，家家户户都干干净净了。大饥馑到来的时候，每天除了从食堂打来一碗照得见人影儿的稀粥和两个狗卵大的糠窝窝头，只有躺在炕上瞪着眼睛挨饿了。

最先饿倒了的恰恰是身强体壮的男人，他们体魄好，消耗量大，吃得多。冯大鞭子也不例外，饿得浑身浮肿，身上冒亮光。没有办法，人人都在挨饿，就看谁的命大了。

那时候冯青海已经出生了，大人挨饿，孩子当然没有奶吃，只能吃从食堂里打来的稀粥。两个大人都舍不得从孩子嘴里抢食，冯大鞭子终于饿死在自家的炕头上了。

冯大鞭子像睡着了似的停在炕头上，冯老太却不敢声张，为的是每天能从食堂里把他那份稀粥打回来……

冯家的小院紧挨着徐家大院的后宅，后宅是公社主要领导的办公室兼宿舍。小院对着一扇小窗户，正方形的。春天来临的时候，那扇小窗户打开了，从里面探出了一个脑袋。冯老太认出来了，那是公社书记魏能麟，那时候的魏能麟刚刚三十多岁，正是风华正茂血气方刚的好年纪。

冯大鞭子死了的消息到底还是败露了，据说是有人告密。中国从来不缺少告密者，至今冯老太也不知道是谁把她出卖的。冯老太被民兵抓走了，谁也说不清她犯的是哪条罪，反正是抓走了，关进大队部的小屋里，还要拉出去批斗。

父亲死了，母亲又被抓走了，孤苦伶仃的冯青海便拼命地哭。

哭声传进了那个小小的窗口，小窗口跳出一个人，进了冯家的小屋。

魏能麟把不满一周岁的冯青海抱起来，把一个馒头泡成糊糊，抹进嗷嗷待哺的小嘴巴里……

每天晚上，一个用报纸包好的小馒头便悄悄地出现在那个小小的正方形的窗台上。

冯青海是靠着那些小馒头活下命来的，直到大饥馑过后。

据说，完全是“八卦”，大饥馑过后的一天夜里，魏能麟从那正方形的小窗口跳进来，钻进了冯老太的被窝儿。

几年之后，公社整修办公环境，那时候已经是韩畅当公社党委书记了，用镇西南食品店的一个小院兑换了冯老太的小院，冯老太带着孩子搬走了，冯老太的小院改成了公社食堂。

026 左右岸 少阴篇

冯小螺回到了梨花渡，是跟徐可良一起回来的。虽说可以算是荣归故里衣锦还乡，他们却没有张扬。一辆红色宝马车开进了梨花渡。梨花渡早已经不再是梨花渡人的了，外来居住和工作的比原住民多了好几倍。而且来的人当中干什么的都有，有辆宝马车算什么，梨花渡人早已见怪不怪了。

这是一个平平常常的上午，宝马车静静地停在了冯老太的家门口。首先出来的是周天英，后面紧跟着冯老太和冯行文。冯小螺今天的装束比那天在县里的时候朴素多了，跟一个企业的白领差不多。

冯小螺首先走到冯老太面前，恭恭敬敬地叫了一声奶奶。

冯老太拉着冯小螺的手，笑着，无声地笑着。泪水汩汩地流着，也是无声的。

冯小螺发现奶奶老了，头发全白了。她又注意到，白了头发的奶奶反而显得更精神了。脸上的皱纹多了些，是细碎的，气色很好。特别是满嘴的白牙依然很整齐，“牙好胃口就好，身体倍儿棒，吃嘛嘛香”。冯小螺竟然想起了一句广告词，真是没心没肺。此前，她曾经设想过无数次，见到奶奶该是怎么样的场景，会像见到妈妈那样吗？在大庭广众下就搂抱在一起哭？

不会的，奶奶是见过世面的人，是经过风雨的人，是城府很深的人。

奶奶确实很平静，至少表面上是这样的。奶奶的平静让她也平静下来，平静得像是从来没有离家出走过，也没有跟奶奶分开这么长的时间。十二年了，整整十二年了。她走的时候十二岁，本命年，回来的时候又是本命年。冯小螺拉着奶奶的手，思维异常活跃，总是跳跃式地联想。“人类失去联想，世界将会怎样？”又是一句广告词。

就在冯小螺拉着奶奶的手浮想联翩的时候，周天英却来到了徐可良面前。

那天到县城抓康百顺，周天英没有回来，而是跟女儿一起住在了宾馆。母女两个睡在一个房间里，整整谈了一夜。其中也谈到了冯小螺的爱情与婚姻，冯小螺只是淡淡地跟母亲说，有一个人，一直陪伴着她，前期是相依为命，中间是同甘共苦，后期是捆绑在一起拼搏奋斗。这个男人对她很重要，是他决定了冯小螺的命运。这个男人比她大，大很多。周天英问，大很多是大多少。冯小螺说，大一倍吧。周天英当时没有反应过来，后来反复地想，大一倍是大多少呢？这里的变数太大了。比如说你一岁的时候，两岁的孩子就大你一倍。比如说你十二岁的时候遇见的他，大一倍就是二十四岁，只不过大十二岁，按照现在流行的标准是完全可以接受的。啊？要是现在大一倍呢？难道这男人快五十岁了？这……周天英含糊了。

徐可良下了车，他没有跟任何人打招呼，他知道自己的角色，人家一家人久别重逢，且轮不到他呢。他走到车后面，打开了后备厢，那里面塞得满满的，全是冯小螺给家里买的东西。他一件一件往外拿，先堆放在地上。

周天英走过来，默默地看着徐可良，这是冯小螺说的那个男人吗？穿着藏蓝色西服，扎着素花领带，里面是熨烫得平平整整的白衬衣。蛮精神嘛，年龄虽说大一些，却没有发福，身体很壮实，皮白肉细的，完全可以拿得出手。像冯小螺这样的姑娘，即使有文化，哪怕是大学毕业，如果没有能力和运气，说不定也是给人家当“二奶三奶”的命运。能名正言顺地嫁给一个男人，就相当体面了。冯小螺没有文化，没有背景，又是个流浪的孩子，如果没有这个男人的挽救和扶持，不是在有钱的人家当保姆，就是在足疗店里给人家捏臭脚丫子。连罗淑惠那样当年的风云人物，不也是给人家当保姆吗？

周天英也浮想联翩起来，越想越觉得满足，觉得幸运，觉得女儿的命好。脑子里海阔天空地想着，眼睛却一刻也没有离开过眼前这个男人。她对这个男人很满意，越满意越想细细地看，越细看越觉得亲切。怎么会亲切呢？爱屋及乌吗？不对，不是亲切，是眼熟。她见过他，甚至很熟悉他，谁呢？

忽地一下子，她的脑子里像是推开了一扇窗户。窗户一开，眼前就亮了，眼前一亮，便脱口叫喊起来："徐可良……"

徐可良这才回过头，笑了笑："您还记得我？"

周天英上前使劲儿捶了一下徐可良的胸脯："怎么会是你呢？"

徐可良说："我也该回梨花渡来看看，这里也是我的故乡。"

周天英说："我是说，冯小螺怎么会遇见你了呢？"

徐可良说："开始的时候，她不叫冯小螺，我更不知道她是您的女儿。"

周天英想笑，却哭了起来。

徐可良的鼻子也酸了。

那边，冯小螺放开了奶奶的手，算是完成了与奶奶相见的隆重仪式。她该顾及哥哥了，哥哥一直站在奶奶的身边，拘谨得像一个等待惩罚的学生。

冯小螺转向冯行文："哥，嫂子呢？"

这话像拉家常，但是冯行文的眼圈儿却红了，半天才说："哦，你嫂子带着孩子去娘家了，她娘家兄弟结婚。"

冯老太又拉起了冯小螺的手："小螺，快进屋吧。"

冯小螺又转头对冯行文说："哥，我给你和嫂子买了点儿东西，你帮忙拿一下吧。"

冯小螺陪伴着冯老太走进了院子，周天英也让着徐可良。徐可良弯下腰要搬东西，周天英拦住了："让行文搬吧，对了，行文，你还记得他吗？他叫徐可良，原来是咱村的回乡知青。"

冯行文看了看徐可良，似乎记起了什么，恭敬地打着招呼："徐叔叔好。"

徐可良没敢答应。

周天英说："别叫叔叔了，一会儿咱再细论吧。"

冯小螺买的东西很多，服装鞋帽烟酒茶糖家用电器儿童玩具，冯行文一件一件地往屋里搬，堆放了半屋子。

冯老太说："小螺，你给百货公司搬家哪。"

冯小螺说："奶奶，我帮您做饭吧。"

冯老太说："不用，都准备好了，时候也不早了，你先洗把脸喘口气，一会儿咱就吃饭。还有……哦，对了，还有俺那孙女婿呢？怎么把人家忘了？"

周天英这才把徐可良从外面拉进来，把他推到冯老太面前。

冯老太仔细看着徐可良。

徐可良大大方方地叫了一声："奶奶好。"

周天英说："妈，您看他有点儿眼熟是不是？"

冯老太说："是啊，咱见过面吗？"

周天英说："他就是咱梨花渡的人。"

冯老太问："梨花渡的人？姓啥呀？"

周天英说："姓徐，'文化大革命'时候的下放户……"

冯老太指点着徐可良的鼻子："徐……徐可良……"

徐可良说："奶奶的记性真好。"

冯老太说："不是我的记性好，是你的名气太大了。"

徐可良不解："我有什么名气？"

冯老太说："吴大娘儿们掉裤子让你看见了……那话怎么说来着？小徐，这事就你知道我知道，谁要说出去……"

周天英首先笑起来。

冯小螺问："吴大娘儿们？不就是曹小菊的妈吗？徐可良，你跟吴大娘儿们还有一腿，你怎么没跟我交代呀？"

徐可良说："哪儿呀，这是个笑话，大笑话……"

冯小螺说："那你怎么没跟我说过呀？"

徐可良说："不是什么露脸的事，有什么好说的？"

气氛突然轻松起来，热烈起来。

午饭是非常丰盛的。冯老太是按照农村过年的标准准备的这餐饭，庄稼人称之为"二八席"，亦即八个盘八个碗，盘盘碗碗里鸡鸭鱼肉煎炒烹炸荤素搭配水陆杂陈。酒是冯小螺带回来的，传说中三十年的茅台酒，飞天牌的，绝无假冒。

一家人终于坐在了一起，亲亲热热又礼仪周全，冯行文还是很拘谨。徐可良为了缓和一下气氛，对冯行文说："你小时候有一绝，大伙儿都非常佩服你。”

冯行文红着脸说：“俺有啥绝的？”

徐可良说：“你特别会捉刺猬，而且会用黄泥烤刺猬，据说刺猬是蒜瓣儿肉，好吃极了，可惜当时我没那口福……”

徐可良说完这句话，发现大家的脸都绷了起来。特别是冯行文，把脑袋埋进了碗里，连头都不敢抬了。

冯小螺使劲捅了他一下：“你胡说什么呀？”

徐可良突然意识到了什么，慌忙给自己找台阶：“嘿，你可不知道，那时候挨饿，都饿疯了。奶奶您信不信，当时我一个人能吃这半桌子菜。”

冯老太急忙接过话茬儿说：“甭说你一个大小伙子了，我一个老太太都能吃一斤干面。你问问天英，在挖河工地上，她吃了多少菜龙？”

冯小螺问：“妈，您吃了多少菜龙？”

周天英伸出胳膊，比画着：“那时候领菜龙都空着手，我就往胳膊上码，你看见了吧？从掌心码过胳膊肘儿，这只手在怀里抱着，这只手拿着吃。”

冯小螺问：“您都能吃了？”

周天英说：“勉强算饱了吧，你问问你哥，有一次给周二宝家去帮工，他吃了多少碗面条儿？”

冯小螺问：“哥，你吃了几碗呀？”

冯行文说：“八碗多点儿，九碗不到，盆里没了，最后那碗没捞满。”

冯老太说：“那会儿的人肚皮都饿空了，有多少吃多少，没有饱的时候。”

一家人，包括一脚门里一脚门外的徐可良，都是这么聪明。饭桌上挑起一个险话，说者无意听者有心，闹不好会引起误会和争吵，至少会让人很尴尬。可是，挑话的接话的都随机应变，三转五转，你接我应，硬是化险为夷谈笑风生了。

谁也没有想到，真正的“险事”还在后面呢。

冯小螺见都吃得差不多了，突然站起来，端着酒杯，郑重其事地说：“奶奶，我先敬您一杯，这些年我没在家，没机会孝敬您，算是给您赔不是吧。”

冯老太觉得冯小螺的脸色有点儿不对，心里一惊，随即小心地说：“小螺，怎么说这些话呢，奶奶知道你在外面受苦了，心里总觉得对不起你。”

冯小螺说：“奶奶，您抿一点儿，我先喝了。”

然后，冯小螺又自己倒了一杯酒，转向周天英说：“妈，这杯酒敬您，我知道，我离家这些年，最牵挂我最担心我的就是您，女儿对不起您了。”

说完，冯小螺又把杯里的酒一饮而尽。

周天英说：“小螺，你少喝点儿，一家人还这么客气干吗?”

冯小螺倒上酒，对冯行文说：“哥，我该敬你了。这些年都是你照顾奶奶，照顾妈妈，我没尽到做孙女做女儿的义务，谢谢你了。”

冯行文的脸红了：“小螺，别这么说，这些都是我应该做的。”

冯小螺又把杯里的酒喝光，坐了下来，看了看奶奶，又看了看妈妈和哥哥，低声地说：“我的酒敬完了，我有几句话想说……”

徐可良发现，饭桌上的气氛顿时紧张起来。他知道，一场属于家庭内部的恩怨开始了，他坐在这里不合适了，不声不响地离开了饭桌，默默地躲出去了。

冯小螺说完这句话，便把眼睛盯在了冯老太的身上。

冯老太依然满脸堆着慈祥，微笑着说：“小螺，心里有什么委屈就说吧，都是一家人。”

冯小螺说：“委屈是有点儿，可主要的不是委屈，是疑问。奶奶、哥哥，我就是不明白，你们为什么那么恨我?”

周天英想打断冯小螺的话：“小螺，你说啥呢，谁恨你了？没有人恨你。”

冯小螺说：“妈妈，您别管，一会儿我还有话要问您呢。”

冯老太还沉得住气，冯行文已经非常难堪了。

冯小螺逼问着：“奶奶、哥哥，你们能告诉我吗?”

冯老太强作笑脸，看着冯小螺，冯行文却低下了头。

周天英拉了拉冯小螺的手：“小螺，听妈的……”

冯小螺把周天英的手甩开了：“妈，我跟您说过，您别管。”

冯老太镇定了一下，略带歉疚地说："小螺，你误会了，我没恨你，你哥哥也没恨你。那时候家里穷，我呢，也是重男轻女，什么事都尽着你哥哥，轻慢了你。"

冯小螺说："奶奶，您也别误会我的话。重男轻女，庄稼人都这样，我没跟哥哥争宠，您多给哥哥吃，多给哥哥穿，多给哥哥花钱，我都没意见，我知道女孩贱，我认可。可是，您拿我当您的孙女了吗？"

冯老太口气硬起来："你这话从哪儿说起呢？奶奶打过你吗？骂过你吗？奶奶没疼过你吗？"

冯小螺说："您是没打过我、没骂过我，可是您对我有好脸儿吗？我在这个家里，不如一只猫、一只鸡、一个盘子、一个碗，您从来看都不看我一眼。您还不如打我一顿骂我一顿呢！"

冯老太的脸色难看起来。

冯小螺又面向冯行文："哥哥，你倒是打过我、骂过我。不错，兄弟姐妹之间，打打骂骂不新鲜。可是你那是打妹妹吗？是骂妹妹吗？你是把我往死里打啊……我要是再不离开家，早早晚晚会被你打死。"

冯行文低下了头："小螺，对不起了，我那时候年龄小，不懂事……"

冯小螺说："我没让你给我赔礼道歉，你那样对待我，是不懂事吗？你太懂事了吧？"

冯行文说："我心里也窝囊，也窝着一口气。我不拿你撒气，就会把我自己折磨死。"

冯小螺说："哥，你能告诉我为什么吗？我想问的就是这个。"

冯行文抬起头，气呼呼地说："你问妈吧！"

冯小螺把脸转向了母亲："妈，您都知道？"

周天英说："我知道，我都知道……闺女，对不起了，你是替妈受过呢。你奶奶和你哥哥，怎么对待你的，就是怎么对待我的。只不过他们没敢对我下手。"

冯老太说话了："既然说到这份儿上了，那索性把话说清楚吧。说清楚了我们以后都好做人。"

周天英说："那我就坦白吧，我承认跟韩畅有事……村里也有许多闲言碎语……"

冯小螺的眼泪流下来：“妈妈……这么说，我真的是野种了？”

周天英说：“我承认跟韩畅有事，但是那是在小螺出生之后的事情。吴大娘儿们她们满嘴胡吣，说小螺是野种，还当着她家孩子的面说的，我抽过吴大娘儿们的嘴巴，不信你们去问罗淑惠。妈，我知道您恨我，您应该恨我，我给您丢了脸。可是您不该恨小螺，小螺确实是冯青海的。”

冯老太想把事情缓和下来：“唉，都过去了，点到为止吧。”

周天英说：“不，这事必须说清楚。行文，我知道你恨妈，也恨你妹妹。你恨你妹妹，觉得你妹妹是个野种，你恶心，你不能接受。你恨妈妈，是认为妈妈把你爸爸害死了，这不对，我跟你爸爸没吵过架，没闹过气，你爸爸也不知道我跟韩畅的事情……”

冯行文说：“我没说过是妈妈害死了爸爸，是我……是我害死了爸爸。”

周天英说：“你用不着说这些气话。”

冯行文说：“我说的不是气话，是事实，是我，就是我害死了爸爸……”

冯老太站起身来，走到墙边的一个柜子前面，从腰间拿出钥匙，打开了一个抽屉，拿出了一张已经发了黄的纸，来到冯行文跟前：“行文，你看是不是这个。”

冯行文疑惑地看了看奶奶，接过奶奶手里的那张纸。

这是一张从作文本上撕下来的纸，上面只有一行字：爸爸，你快回来吧，回来管管妈妈吧……

冯行文突然把手里的纸朝周天英晃了晃：“这是在爸爸的遗物里找到的吧？”

周天英接过那张纸：“这是你写给你爸爸的？”

冯行文哭了起来：“是……就是……爸爸收到了我这封信，肯定心神不宁，要不他是不会出车祸的……”

冯老太搂住冯行文的肩膀：“孩子，你先别哭，这么多年了，奶奶一直想告诉你。你这封信没有寄出去……奶奶把这封信扣下了，你爸爸根本没有收到这封信。”

冯行文哭着说：“奶奶，您别安慰我了。这封信我寄出去了，我偷了家里一个鸡蛋，换了邮票……”

冯老太说：“对，奶奶知道，你把那封信寄走了。可是寄走的不是这个，奶奶偷偷地把那封信换了。要不，你这封信为什么到了奶奶手里呢？”

冯行文惊异地看着奶奶：“您把那封信换了，换成什么了？”

冯老太说：“换成了你期中考试的成绩单，那次你考得不错，你爸爸见了会高兴的。”

冯行文回忆着：“成绩单？”

冯老太说：“是成绩单……那成绩单后来你找不到了，还埋怨过奶奶，你没忘吧？”

周天英走过来，搂住了冯行文的肩膀：“孩子，妈妈也是今天才看见这封信的……”

冯行文看着妈妈，妈妈的头发白了许多，眼睛的鱼尾纹像刀子刻出来的一样。他心里一阵发酸，咕咚一下给妈妈跪下了。

周天英抱住了冯行文：“孩子，快起来，要跪，你应该跪奶奶……家里有了奶奶，咱家的天就塌不了……”

冯老太忙说：“行了，咱总算把话都说清楚了，快坐下来吧，都坐下来。”

冯小螺说：“奶奶，您先别封口，你们的事情说清楚了，那我呢？我到底是冯青海的女儿，还是那个姓韩的女儿？”

冯老太说：“你是你妈的女儿，是奶奶的孙女。”

周天英说：“不，行文，小螺，明天一早你俩跟妈进城，我领你们做 DNA 鉴定。”

冯老太说：“你这是干吗呀？有必要吗？”

周天英说：“我要还小螺一个清白，也还我自己一个清白。”

冯小螺和徐可良回到家的时候，已经晚上十点多了。一个下午和一个晚上，他们跑了许多地方，见了不少人。他们干的是正事，考察建设蔬菜大棚的项目。晚饭是跟负责蔬菜生产的郭镇长一起吃的，谈了许多具体事项。两个人都有些疲惫了，却很兴奋。

周天英告诉他们，奶奶已经把他们的房子收拾好了。冯小螺说再去看看奶奶，周天英说，奶奶已经睡了。每天看完 CCTV 的《新闻联播》就睡觉，早睡早起，一辈子的习惯了。

冯老太为他们准备的房子在正房西屋，原来是周天英和冯小螺住过的。冯行文结婚以后，便在外面盖了房，另立门户了。现在，周天英还是住西厢房，奶奶依然住在正房东屋。东为上，家里的长者都住在东屋。

冯小螺和徐可良进了正房西屋，以为进错了门，愣了好半天。看来这间房子在他们回来之前就准备好了，墙壁粉刷一新，四白落地。新糊的窗户纸，擦得明亮的玻璃窗，粉红色的窗帘儿。更为夸张的是，窗户上还贴着大红窗花，一看就知道是冯老太亲手剪的。没有床，还是传统的土炕。炕席是新换的，还散发着新鲜芦苇的味道。炕上，是厚厚的羊毛毡，羊毛毡上是褥子和雪白的床单，床单上面是整齐簇新的真丝被。真丝被也是大红的，织着硕大的牡丹花，一片荣华富贵的格调。铺的是和合被，就是两床被子铺成一个被窝儿。被窝儿上面，放的是一对荷花枕，除了绣花枕外，还有两条新买来的白毛巾。还有，和合被的上面，撒着几颗红枣、板栗和花生。

周天英进来了，端来一碗热气腾腾、冒着诱人香味儿的子孙饺子，笑眯眯地对冯小螺和徐可良说："奶奶说，也不知道你们办没办婚礼，办没办奶奶都没赶上，今天给你们布置一个洞房，算是奶奶的一片心意吧。还有，这子孙饺子也是奶奶亲手包的。"

周天英把饺子放在墙边的柜盖上便出去了，叮嘱了一句："早点儿睡吧，明天早上甭急着起床。"

两个人的脸都红了，互相回避着对方的眼神。

徐可良站在炕沿下，心里扑通扑通地跳着。他不知道该如何应对眼前的情况，这一切都太突然了。

冯小螺似乎对徐可良承诺过，三年以后我嫁给你。

徐可良此前跟冯小螺两次钻进过一个被窝儿。一次是刚刚见到冯小螺的时候，在一个被窝儿睡了一夜，第二天早上才知道冯小螺是个女孩儿。另一次，冯小螺强迫他承包菜站，把他灌高了，他糊里糊涂地夺走了冯小螺的童贞。按说，从那以后，两个人应该顺理成章地同居才是。可是，不知道什么原因，冯小螺从此却与他"男女授受不亲"，再也不让碰她了。他试图要求过，冯小螺都委婉地拒绝了。徐可良不再打冯小螺的算盘。两个人相差二十多岁，徐可良有自知之明，他不愿意让冯小螺为难，他知道冯小螺不会嫁给他的。

这次回梨花渡，冯小螺只说考察建蔬菜大棚的事情，并没有涉及两个人的关系。徐可良跟着冯小螺回来的，自然要先进冯小螺的家门。进了家门之后，一切安排都听从冯小螺的。这些年，他跟冯小螺在一起，大事小事上都由冯小螺做主，他顺从惯了。

突然，冯小螺两只手摁住了徐可良的肩膀，两只眼睛紧紧地盯着徐可良，郑重地问："徐可良，你到底想不想娶我？"

徐可良迟疑了一下，说："那要看你想不想嫁给我了。"

冯小螺说："你从来没有向我求过婚。"

徐可良说："你从来没给我这个机会。"

冯小螺说："求婚要什么机会，有这份心就行了。"

徐可良说："我要求过，都被你拒绝了。"

冯小螺说："你那是要求我跟你睡觉，不是求婚。"

徐可良说："那不是一样吗？"

冯小螺说："不一样，两个人睡觉，可以睡一次，可以睡一百次，可不是一辈子，结婚是一辈子的事情。"

徐可良说："我愿意。"

冯小螺说："你愿意什么？"

徐可良说："我愿意一辈子跟你在一起。"

冯小螺说："不行，这是我逼着你说的，你要主动向我求婚。"

徐可良说："好吧，你容我准备一下，我会庄严地向你求婚的。"

冯小螺说："还准备什么？你看看，我们都进了洞房，炕上的和合被都铺好了，你还有时间准备吗？"

徐可良为难了："那……怎么办？"

冯小螺说："我要你现在就向我求婚。"

徐可良想了想，把手伸进衣襟，从怀里摘下来一只葱绿的玉坠儿，捧到冯小螺面前："这是我妈临终的时候给我的，我一直戴在身上，权当是件信物吧。"

冯小螺接过那只玉坠儿，眼睛湿润了。

徐可良伸手要拥抱冯小螺，冯小螺张开两只手掌摆在胸前。这是冯小螺拒绝的动作，徐可良很熟悉。

冯小螺让徐可良等一下，便出去了。

不一会儿，冯小螺端来一个脸盆，里面有半盆热水。

冯小螺把脸盆放在炕沿下，对徐可良说："我没准备什么礼物，让我给你洗洗脚吧。"

说着，冯小螺把徐可良推坐到炕沿上，为徐可良脱了鞋，又脱去袜子。

水有点儿烫，冯小螺往徐可良的脚面上撩着水，慢慢地揉搓着徐可良那双宽厚的大脚。

徐可良的心里翻腾着火烫的浪头，一下一下冲击着他。终于，他忍不住了，鼻子一酸，泪水滴落下来，溅落在冯小螺的手背上。

冯小螺默默地给徐可良擦着脚，又默默地把脸盆端向一边。

徐可良突然将冯小螺拉向自己。

冯小螺顺势扑在徐可良的怀里。

徐可良掀开和合被，抱着冯小螺滚在炕上。

两个人互相扒扯着对方的衣服，手忙脚乱。

从狂热的深吻到疯狂的搂抱，徐可良现出了野兽的面目，翻上冯小螺的身子，勇猛地冲刺着。冯小螺啊的一声惨叫，脸色煞白，脸上表现出极大的痛苦，眼泪都涌了出来。

徐可良停止了动作，惊讶地问："你……怎么了？"

冯小螺紧紧地咬着牙："我……没事，你……继续……"

徐可良试探着冲刺着，每一次抽送都牵动着冯小螺的全身，脸上也随之一下一下地抽搐着。徐可良有些紧张，几次想放弃，冯小螺都强烈地鼓励着他。终于，他看见冯小螺的脸放松下来，全身也随之柔软起来。突然，冯小螺柔软的身躯剧烈地震颤起来，一阵期待已久的狂风暴雨终于降临了。徐可良心里吼叫着：让暴风雨来得更猛烈些吧……

两个人瘫软在散发着香气的被窝儿里，把松弛的手臂搭在对方汗湿的躯体上，幸福地喘着气。

徐可良翻过身，要把冯小螺搂抱过来，感觉到身下一片黏湿。他小心地掀开被子，雪白的床单上，一片殷红……

冯小螺伸手把枕头上的毛巾拿起来，擦拭着自己的下部。

徐可良注意到，冯小螺的下身也是碎红斑斑。

冯小螺害羞地盖上了被子。

徐可良把冯小螺手里的毛巾拿过来，仔细地看着：“你……你怎么还是处女?”

冯小螺羞赧地笑了：“我怎么就不是处女?”

徐可良说：“这……不可能啊……几年前……在我们菜站的小屋里……我喝醉了酒……”

冯小螺说：“你喝醉了酒，什么事情也没有发生。”

徐可良说：“可是你说……我要对你负责的。”

冯小螺说：“对不起，那次我欺骗了你。”

徐可良说：“不对呀，你还把你的小裤衩儿给我看，也是一片红。”

冯小螺笑了：“傻瓜，那是我的‘大姨妈’。”

徐可良说：“这么说，今天我们是第一次……”

冯小螺把脑袋扎进徐可良的怀里。

徐可良把冯小螺紧紧地搂抱了一下，又野蛮地翻在她的身上……

027 乡愁篇 罗淑惠的茅房梦

曾经有一段时间，沈秋萍成了罗淑惠的闺密。沈秋萍常常把罗淑惠约到家里来，有时候两个人嘀嘀咕咕说着闺房密语，有时候也把我拉过来跟她们一起谈天说地。

但凡我们三个一起谈话的时候，大多都是对农村现状的不满以及改造农村的宏图大志。那时候我们都是热血青年，虔诚地相信“广阔天地大有作为”。

这一天，沈秋萍又抱怨起了农村的茅房，她说最受不了的就是上茅房。

是啊，千百年来，吃讲究，穿讲究，住讲究，就是茅房不讲究。家家户户的茅房都在院子外面，极少数是砖垒的，有些是土坯搭的，大多数是作物秸秆夹起来的，好一点儿的用高粱秫秸，差一点儿的用玉米秸，还有用谷草柳条儿的。

沈秋萍说，什么呀，稀稀拉拉的，连小鸡子都可以钻来钻去的。蹲在茅坑上屙屎撒尿，大屁股都让人看见了。

我解释说，茅房嘛，原本就是挡君子不挡小人的。再说，庄稼人的屁股也不值钱，谁愿意看谁就看呗，又掉不了一块肉。

罗淑惠说，我最看不惯的是尿盆。无论多少口人都挤在一间屋子里，都在那个尿盆里撒尿，那屋子臊得人睁不开眼睛。更要命的是早上倒尿盆，男人是不管倒尿盆的，都是女人的事情。女人为什么要早起呢，除了做饭，主要是倒尿盆。先倒自己屋里的，然后还要倒公婆屋里的。一大早就端着臊尿盆子活现，常常遇见人连招呼都不能打。

我问，你们最大的梦想是什么？

罗淑惠说，我最大的梦想就是把茅房搬到屋里来。

沈秋萍说，算了吧，多恶心啊，屋里放个尿盆都臊得熏人。

罗淑惠说，人家城里不都是屋里屙屋里尿吗?

沈秋萍说，那是楼房，有上水道下水道，屙了尿了用水一冲就什么都没有了。

我也觉得罗淑惠的梦想不靠谱，话题到此为止。

话题结束了，可是我的思维却停不下来，总是在农村屙屎的问题上缠绕着，说出来实在有点儿恶心。

不仅仅是梨花渡，从南到北，每一个农村都差不多。人们拼死拼活，累死累活，大概都是为“进口物”奔波着，很少有人为“出口物”花点儿工夫费点儿心思的。一进村口，满大街都是猪粪羊粪鸡粪人粪。特别是人粪，学龄前的孩子，无论男孩儿还是女孩儿，基本上没有上茅房的习惯，随地屙随地尿。街道口、家门口、村口、路口，到处都能见到形形色色的人粪。打扫这些人粪的主要是靠狗，人粪是狗的主食。许多人家，小孩儿在屋里院里屙完了，主人便喊狗过来，先舔净小孩儿的屁股，再打扫小孩儿的“出口物”。

村里经常来一些工作队，来了便与贫下中农实行“三同”，即同吃同住同劳动。最让工作队犯难的就是“同吃”，“同吃”就是吃“派饭”，到农民家里去吃，每天交一斤粮票四角钱。别看过的都是庄稼日子，每一家的过法却是千差万别。最明显的就是卫生状况。卫生状况的责任关键在女人，如果遇上一个懒娘儿们笨娘儿们，这个家就非常可观了。

最脏的是吴大娘儿们家，村里人都知道，工作队也知道。工作队“派饭”是一家一家挨着轮换的，常常把吴大娘儿们家隔过去。为此，吴大娘儿们非常愤怒，找到工作队质问，为什么不到我家“派饭”，我是“地富反坏右”吗?没有人敢说她家脏，你工作队到农村来，怎么能嫌“贫下中农”脏呢?毛主席都说过，最干净的是工人农民，别看他们手是黑的，脚上有牛屎，却比资产阶级和小资产阶级知识分子要干净得多。这可是阶级感情和阶级立场问题。

无奈，也只好到吴大娘儿们家去“派饭”。

前来吃饭的是工作队队长老程和卫生员小贾，老程和小贾是同一个单位的，国营针织厂。老程是副厂长兼总工程师，小贾是厂医。老程五十多岁，从苏联留学回来的。小贾二十多岁，还没结婚。

这是早餐，吴大娘儿们平时粗粗拉拉惯了，现在家里要有客人来吃饭，便起了个大早，提前做好准备，生怕出什么纰漏。早饭很简单，贴饼子，玉米粥，老咸菜。吴大娘儿们为了表示郑重，还特意拌了一盘黄瓜丝儿。黄瓜丝儿没切好，太粗了，算是黄瓜条儿吧。梨花渡的规矩，饭桌是摆在炕上的。吴大娘儿们把饭菜摆在了桌面上，就等着客人来吃饭了。正在这时候，她的儿子二叼在桌子旁边屙了一摊屎。也正是在这个时候，老程和小贾进门了。吴大娘儿们慌了，一边招呼着客人，一边拉起孩子。饭桌旁边那摊屎算是来不及收拾了，情急中从桌上抄起一只饭碗，扣在了上面。

然后是招呼客人用餐，老程已经熟悉庄稼人的待客规矩了，没等吴大娘儿们让，便脱鞋上了炕，小贾则斜跨在桌边上。

吴大娘儿们给他们盛粥，又端上饽饽让他们先吃。老程客气地说一起吃，吴大娘儿们说她男人曹大泉起早浇菜园子去了，还没回来。小贾拿桌上的筷子，发现上面疙疙瘩瘩的，便用指甲抠起来。

吴大娘儿们见了，劈手将筷子抢过来，没洗干净吧？给我。

说着，吴大娘儿们朝筷子上吐了口唾沫，把衣襟拉起来，包住筷子，使劲撸着。她觉得差不多了，又把筷子还给小贾，都是粥嘎巴儿，不脏的。

小贾咧着嘴，哭的心都有了。

吴大娘儿们出去了，老程严肃地对小贾说，注意点儿影响，要端正对贫下中农的态度。

小贾心里突突地跳起来，老程是她的领导，批评她对贫下中农的态度不端正，这问题可严重了。等待她的不是严肃的批判就是公开的检讨。

正在这时候，曹大泉回来了。老程像主人似的让他入座吃饭。曹大泉转了转，想去盛粥发现没了饭碗。老程一低头，发现炕上扣着一个碗，哦，这有一个碗。

老程说着，把那倒扣着的碗拿起来。随着一股恶臭，碗下面的屎坨露了出来。

老程憋着气，闭着眼睛，还是没忍住，哇的一声，把刚才吃进肚子里的粥都吐了出来……

沈秋萍和罗淑惠继续讨论着茅房进屋的话题，说来说去，说到了罗淑惠的父亲罗大鞭子。

罗大鞭子年轻时起早贪黑，栉风沐雨，患了支气管哮喘。这种病怕寒，一入冬便犯起来。罗淑惠最怕过冬天，她怕看到父亲患病的样子。罗大鞭子喘得很厉害，气管像风箱一样呼嗒呼嗒扇动着，就是不能把气顺畅地吸进去，憋得脑门儿冒汗，脸色发紫。夜里不能躺下睡觉，整夜整夜地坐着……

罗淑惠结婚以后，这一年冬天，罗大鞭子到通州九棵树找那个女人去了。罗淑惠知道父亲和那个女人的关系，知道那个女人是因为她离开了父亲，也知道父亲为了她一直没有找别的女人。她一直很愧疚，是自己耽误了父亲。

父亲走了，罗淑惠一直不放心，主要是不放心父亲的病。春节前夕，罗淑惠去看望父亲，还带去了给那个女人精心准备的礼物。

那个女人家住的是楼房，三居室。罗淑惠敲开房门之后，那个女人一下子认出了她，非常热情地招呼她进屋。她想，父亲一定是蜷缩在哪个房间里喘气呢。没想到父亲却是从厨房里出来的，腰上围着围裙，两只手挓挲着，乐呵呵地看着罗淑惠。罗淑惠奇怪地看着父亲，上下打量着，父亲红光满面，腰杆挺得很直。更主要的是，父亲出气均匀，说话的声音很有力，一点儿也看不出有支气管哮喘的样子。

父亲说，我正帮你阿姨收拾鱼呢，潮白河的红鲤鱼，你说是红烧好，还是侉炖好？

罗淑惠依然惊奇地看着父亲，父亲被看毛了，转身打量着自己，问她，我哪儿不对吗？

罗淑惠说，您怎么没犯病？

那个女人被问傻了，怎么？你爸爸有什么病吗？

罗淑惠说，您不知道吗？他有严重的支气管哮喘，每到冬天都像过鬼门关一样。

父亲说，没犯，今年一点儿都没犯。

罗淑惠说，您吃了什么药，这么灵？

父亲说，什么药也没吃。就是刚一入冬，你阿姨就不让我出门了。

罗淑惠明白了，这屋里有暖气，温暖如春。更主要的是，这屋子里有卫生间，吃喝拉撒都在屋里解决了。

最后，罗淑惠感慨地跟沈秋萍说，还得把茅房搬到屋里来。

那一天罗淑惠又来了，我在炕头上蒙头发汗。沈秋萍告诉她，前天夜里我闹肚子，夜里跑了几趟茅房，又着了凉。这不，去了咳嗽添了喘，又感冒了。

罗淑惠掀开被子看了看我，又说了一句，不行，还得把茅房搬到屋里来。

这就是罗淑惠的茅房梦。

028 左岸　离篇

罗淑惠陷入了困境，走投无路了。

阿沫终于犯了事，被公安局拘留了，他的工作室也被查封了。犯的什么事不知道，反正警察来了，门封了，电脑搬走了，人也被带走了。如此，罗淑惠只好离开阿沫的家了。

离开阿沫的家去哪儿呢？按说该去找曹大海，可是她跟曹大海正在“冷战”。自从那次在歌厅里看见曹大海摸人家女孩儿的胸，她就跟曹大海闹翻了。先是提出离婚，坚决性的，非离不可。她还把朵儿找来，问朵儿是跟着父亲还是跟着母亲。朵儿问：“你们到底因为什么离婚呀？”罗淑惠怒气冲天地讲了曹大海的滔天罪行，朵儿却哈哈大笑起来：“妈您可真逗，因为这就离婚呀？”

罗淑惠说：“因为这还不该离？你爹整个是个流氓、嫖客、老不要脸。”

朵儿说：“都什么年代了，您还这么老封建老保守，不对呀，您在咱梨花渡是个开明的人呀。”

罗淑惠说：“怎么开明也不能胡来，你爹把手都伸进人家女孩儿的衣服里边了。”

朵儿说：“我的老妈，至于的吗？我爹不就是摸摸人家的奶子吗？他花钱了，不摸白不摸。”

罗淑惠火了：“你放屁，花钱就可以随便摸？这么说，再花点儿钱就可以跟人家上床了？”

朵儿说：“上床也不新鲜，您没听说那句话吗？男人有钱就变坏，女人变坏就有钱。”

罗淑惠更加气愤了：“你怎么变成这样了，原来城里人总说梨花渡野蛮，再看看这些城里人，在外面光屁股，在屋里乱来。还说什么这是进步，再进步都成原始社会了。”

朵儿耍起了贫嘴：“原始社会就是好，光着屁股满街跑，想跟谁搞跟谁搞……”

尽管女儿说了这么多混账话，罗淑惠心里还是解不开这个疙瘩。跟曹大海离婚倒是不那么坚决了，可是她也不愿意见到曹大海。曹大海几次前来找她，她都坚决地把他赶走了，恶心。

现在，她无家可归了，只有觍着脸去找曹大海了。她想给自己找个借口，甚至想曹大海再次前来央求她。

心里一边筹划着企盼着，一边朝曹大海的公司走去。

原本就是个皮包公司，确切地说，连皮包都没有，在哪里接活儿，哪里就是办公室。罗淑惠算计着，也许宾馆那笔大活儿已经拿下来了，在宾馆安营扎寨了。想到宾馆便想到了吴丁东，想到了吴丁东便想到了曹小菊。何不去找曹小菊呢？

曹小菊住的那套两居室的楼房锁着门，敲了半天，把对门的邻居敲出来了。邻居是一个胖女人，四十多岁，披散着头发，穿着皱皱巴巴的睡衣，一看就知道是个好吃懒做的邋遢娘儿们。罗淑惠客气地打着招呼：“大姐，您知道这家的人哪儿去了吗？”

胖女人斜着眼看着罗淑惠：“你问那个小三儿？”

罗淑惠说：“她叫曹小菊。”

胖女人说：“不就是被人包养的小三儿吗？”

罗淑惠默认了：“她人呢？”

胖女人说：“进去了！”

罗淑惠问：“进去了？进哪儿了？”

胖女人说：“还能进哪儿？不是公安局就是检察院。包养她的那个男人犯事了，她被带走交代问题去了。”

罗淑惠倒吸了一口凉气，却不觉得奇怪。

胖女人砰地把门一关，进屋了。

罗淑惠摇了摇头，朝楼下走去。

天已经黑下来，罗淑惠无奈，只好到三溪溏艺术花园，原来曹大海在那里干活儿，说不定还在那里。三溪溏一片冷冷清清，凭着感觉，她找到了几家装修队。居然还有一个人认识曹大海，原来跟曹大海一起干过活儿。那个人说，曹大海承包宾馆装修去了，干大活儿了。罗淑惠心里说，宾馆总经理都被抓起来了，曹大海还装修个屁。

罗淑惠走投无路了。

走投无路的罗淑惠像一个夜游神毫无目标地到处游荡着。小城的街道上，灯光扑朔迷离，飘忽不定。来来往往的人影也是恍恍惚惚，没有声响，也许是她的耳朵聋了，什么声音也听不见了。肚子好像饿了，可又没有胃口，街边的小摊儿上卖煎饼果子，还有小笼包子。罗淑惠摸了摸口袋，又放弃了。那些吃食也不真实，像是在信号不好的荧光屏上晃动出来的。

时令已入深秋了，身上有点儿凉，好在她穿的是条绒夹克，还能搪寒。不知不觉地，她进了一个小公园，是个街心公园。公园里已经没了人。她觉得身子软软的，脚步开始发涩了，便在一条长椅上坐下来。

罗淑惠坐在长椅上，脑子里空空荡荡，也像头顶路灯的灯光一样闪闪烁烁，迷迷离离。这一天她遇到许多事情，先是阿沫进去了，她被从阿沫的家里赶出来；后是曹小菊进去了，断了她投奔的后路；再就是找不到曹大海，她真正无家可归了。

无家可归的罗淑惠成了盲流，成了流浪者。

空空的脑子不能想事情，睡意又袭上来。

她在长椅上躺下来。

在躺下之前，她还朝四周看了看，这里离街面较近，相对安全一些。身边只有一个包袱，里面有几件衣服和日用品，她枕在脑袋下面，还把一只手紧紧地插进包袱里。零钱在裤子兜儿里，存折和大票子在防盗裤衩儿里。她放心了，便急不可待地闭上了眼睛。

罗淑惠睁开眼睛的时候，已经是第二天下午了。

她闭着眼睛昏睡在漫长的时空里，觉得自己好像到了另外一个世界。一切都是乱哄哄的毫无章法毫无秩序的，轰轰隆隆的机械声，像拖拉机，像载重汽车，像战场上的坦克车，又都不是……乱糟糟的歌唱声和嘈杂声，像是出了什么事……有人在喊叫，有人在摇晃她，有人似乎把她抱了起来……她全然不理会，这一切都与己无关。

她终于睁开了眼睛，那眼皮很沉很沉，像是被铅封住了。睁开了眼睛的她首先看到的是一张脸，一张慈祥的脸，本能告诉她，这是妈妈的脸。

她有妈妈吗？不，她没有妈妈。

她是跟爸爸长大的，是在爸爸的草笸箩里长大的。

婴儿的记忆永远是妈妈的怀抱和妈妈的乳房，罗淑惠只记得爸爸的草笸篮。

罗大鞭子是出了名的车把式，赶了一辈子大车。大车上拴着一个草笸篮，笸篮里是给拉车的牲口预备的草料。草是绵软的、暖烘烘的，散发着一股浓浓的香气。草笸篮是罗淑惠温暖的小床，马拉着车奔跑在路上，一颠一颠的，草笸篮便成了有趣的摇篮。罗淑惠躺在摇篮里，很享受，很幸福，困了就睡，饿了就吃。吃什么呢？当然是爸爸给她预备好的奶粉和点心，她抱着奶瓶吮吸着，把草料的香气一并吸入自己的小肚子里。小肚子渐渐地鼓了，小淑惠渐渐地长大了。她在草笸篮里翻着身，又从草笸篮里坐起来，然后又爬出了草笸篮……

长大了的罗淑惠懂得思考了，她怎么总是跟着爸爸在一起呢？她妈妈呢？难道她没有妈妈吗？

爸爸把她带到一个女人的家里，很远很远的地方，差不多快进城了。城外面有一个篱笆小院，小院里有葡萄架，葡萄架下有一只大黄狗。大黄狗叫起来的时候，爸爸便抱着她进了篱笆小院。小院里的女人对爸爸很亲热，总是把长长的胳膊吊在爸爸的脖子上，总是拉着爸爸躺在干净整洁的大床上，却把她扔在一边……

爸爸让罗淑惠管那个女人叫妈妈，自幼敏感的罗淑惠觉得她不是妈妈，因为那个女人并不喜欢她……

现在，从另一个世界返回来的罗淑惠，却躺在妈妈的怀抱里。她真真切切感受到这是妈妈的怀抱，妈妈的怀抱是有味道的。尽管她从来没有感受过妈妈的怀抱，更没有闻到过妈妈的味道，她依然对这怀抱、这味道非常熟悉，与生俱来的熟悉。

妈妈的脸是慈爱的，上面布满了细碎的皱纹，还有泪痕，深深的泪痕。

爸爸在哪儿？

爸爸就站在妈妈的后面，可是，那不是爸爸，不是她的爸爸罗大鞭子，是另外一个男人。这个男人也是慈祥的，稀疏的白发，红润的脸庞，也有泪痕，深深的泪痕。

妈妈的脸怎么那么熟悉？但这不是那个女人，不是爸爸的那个女人。

冯妈妈……

罗淑惠嚅动着嘴唇，轻轻地叫着："冯妈妈……怎么是你……我这是在哪儿？"

冯老太激动地叫起来："醒了醒了……淑惠，你可醒过来了……"

冯老太哭了起来。

冯老太后面那个男人也弯下身子看着罗淑惠，脸颊上淌着泪水。

罗淑惠还是不明白："我怎么了？我这是在哪儿……"

冯老太说："淑惠，你可醒了，你已经睡了一天一夜了……"

一天一夜了，有那么长吗？我为什么要睡那么长呢？我怎么了？我有那么困倦吗？

冯老太说："淑惠，你发烧了，高烧，魏伯伯带你到医院打了针，输了液……"

魏伯伯，魏伯伯是谁？

冯老太说："你怎么睡到公园里去了？幸亏魏伯伯起得早，他每天到那个公园里去打太极拳……"

哦，似乎想起来了，她是睡在公园里了。她无家可归了，她找不到曹大海了，她睡在公园的长椅上了。

冯老太说："幸亏魏伯伯还记得你……"

魏伯伯还记得我？魏伯伯认识我吗？

罗淑惠也觉得魏伯伯眼熟，在哪儿见过呢？

冯老太说："你不记得了？魏伯伯，就是在咱梨花渡当过公社党委书记的老魏，魏能麟，那个下放干部……"

想起来了，魏伯伯是"走资派"，在梨花渡劳动改造，就住在冯妈妈隔壁的小跨院里。

冯老太说："你魏伯伯给我打了电话，我才赶来的……淑惠，你到底怎么了？怎么会这样？"

罗淑惠鼻子一酸，眼泪止不住流了下来。

魏能麟埋怨冯老太说：“先别问孩子了，赶快给孩子弄点儿吃的吧。”

孩子？难道她还是孩子？谁的孩子？

他们真的把我当成自己的孩子了？如果老天真的让我有这么一对父母，我也算没白活了。

冯老太放下罗淑惠，出去了。

魏能麟坐在床头，拉起了罗淑惠的手。

一碗热气腾腾的面条儿端上来，魏能麟扶着罗淑惠的肩膀，慈爱地说：“孩子，起来吃点儿东西。”

罗淑惠的眼睛被泪水蒙住了，一切又都虚幻起来。

罗淑惠在魏能麟家留了下来，确切地说，是给魏能麟当起了保姆。

魏能麟退休了，是从县政协主席的位置上退下来的。在彩流县，他堪称高干了。罗淑惠给魏能麟当保姆，有点儿诚惶诚恐。万万没有想到，诚惶诚恐的还有魏能麟。

魏能麟的老伴儿两年前病逝了，他一个人生活在一个三室两厅两卫的大房子里。罗淑惠病好以后开始进入角色，她觉得这个家不但很干净，也很温馨。里里外外收拾得整整齐齐，一点儿也不像一个孤老男人的家。罗淑惠嘱咐自己要早起，要给魏能麟准备早饭，要收拾房间，给阳台上的花浇水。可是等罗淑惠起床之后，却发现饭桌上已经把早餐准备好了。豆浆油条小腌菜，当然是从外面买来的。魏能麟说自己在外面吃好了，这些是给她买回来的。

罗淑惠很享受地吃完早餐，把碗筷端进厨房，却发现魏能麟在厨房里洗着菜。

罗淑惠急忙说：“魏伯伯，以后这些事情您就别管了，要不您雇我干吗呀？”

魏能麟说：“你初来乍到，还不熟悉。”

罗淑惠说：“我不熟悉，您吩咐我做就是了。”

魏能麟说：“我还能动，能动就多干一点儿，等以后我动不了了，就只能倚靠你了。”

瞧瞧，这像一个雇主和保姆说的话吗？

不仅如此，每天中饭和晚饭吃什么，魏能麟都问罗淑惠。罗淑惠说：“您别问我呀，您想吃什么，我做什么就是了。”

魏能麟说：“我老了，吃什么都行，你年轻，胃口好，喜欢吃什么你就说，家里没有的，我去给你买。”

罗淑惠觉得这哪儿是当保姆呀，纯粹是住娘家来了，比住娘家还过分。

罗淑惠没有事情做了，总觉得在魏能麟家是白吃饭，心里过意不去，想辞职。

魏能麟说：“你不是来当保姆的，一个高中毕业生，当年还是学校的高才生，当保姆委屈你了。”

罗淑惠说：“那您让我干什么？总不能当姑奶奶养着吧。”

魏能麟说：“我还真想把你当姑奶奶养着，怕把你惯坏了，还得让你做点儿事情。”

罗淑惠说：“您让我做什么？”

魏能麟说：“你会使用电脑吗？”

罗淑惠摇了摇头。

魏能麟说：“我给你报了一个电脑班，每天晚上上课，你去学习吧。”

罗淑惠有点儿吃惊。

魏能麟拿出一个笔记本电脑，交给罗淑惠：“这是我们政协发的，我一直没用。我不会汉语拼音，背五笔字型又太麻烦。还是交给你吧。”

罗淑惠心里开始发热了。

魏能麟又问：“你学过英语吧？”

罗淑惠说：“我就是因为没学过英语，把考大学都耽误了。”

魏能麟说：“我还给你报了一个英语班，每天八点到十点上课，下个礼拜开学。”

罗淑惠大惑不解：“魏伯伯，我都四十多岁的人了，您让我学这些干什么？”

魏能麟说：“四十多岁正当年，艺不压身，学了就会有用处。”

果然，罗淑惠把电脑学会之后，便派上了用场。

魏能麟虽然从领导岗位上退下来了，却一直没有闲着。他牵头成立了一个“农村城镇化研究会”，会里不但有从领导岗位上退下来的老领导，还有一批年富力强的专家学者。这些人经常到外面考察，考察回来还要写报告。魏能麟不但要看大量的材料，自己还要动手写。

魏能麟依然用钢笔写材料，而且用自来水钢笔，派克的，据说是一个美国朋友送给他的。

罗淑惠后来才知道，魏能麟可不是“土八路”，他当过教师，当过记者，后来才成为领导干部的。

魏能麟让罗淑惠把他写的稿子输到电脑里，然后再以电子文件的方式传出去。罗淑惠看着魏能麟那漂亮的钢笔字，觉得是一种享受。

魏能麟的眼睛出了问题，老年性黄斑变性，医生嘱咐他不能过多用眼睛。罗淑惠心疼他，常常把他需要看的文件、书籍读给他听。每天晚上，罗淑惠都要给魏能麟读两个小时的书。最近读的是费孝通的《乡土中国》和林耀华的《金翼》，这些书都是讲农村、讲农民的，罗淑惠从来没有听说过。

不知不觉中，罗淑惠成了魏能麟的秘书。

早上起来，魏能麟不让罗淑惠做早点，说从外面买，不要把时间过多地浪费在生活琐事上。他让罗淑惠背英语，要站在阳台上，高声朗读背诵。

有一次，罗淑惠上英语课回来，刚一开门就闻到一阵久违了的香味儿。这是侉炖金鳞鲤鱼的味道，罗淑惠立即兴奋起来，急忙跑进厨房。

厨房里，冯老太在灶边忙活着，魏能麟在帮厨。两个人离得很近，一边做饭一边亲亲热热地交谈着。

魏能麟说：“冯妈妈知道你爱吃鱼，特意从梨花渡给你买来的。”

罗淑惠想流泪，冯妈妈为什么对我这么好啊，魏伯伯为什么对我这么亲啊。

罗淑惠顿时有了一种感觉，这里好像是她的家。

吃完饭以后，罗淑惠收拾着碗筷，冯老太却到了魏能麟的房间里。他的房间是卧室兼办公室，两个人交谈着，还把房间的门关上了。

他们在谈什么呢？在谈她吗？

罗淑惠很舒服，也很充实，觉得自己又回到了浮想联翩的年轻时代，甚至回到了梦幻般的学生时代。

但是，她心里又常常搅动着，像风吹荒草一样。

曹大海在哪儿？他现在怎么样了？

还有女儿，女儿今年该高考了。她给朵儿的学校打了电话，朵儿却用手机给她打了过来。朵儿告诉她，艺术类学校要提前招生，她想考中央美术学院。罗淑惠有点儿不相信，问朵儿有把握吗。朵儿倒是进退有度，说有枣一竿子，没枣也是一竿子，说不定哪块云彩有雨。

她想让朵儿找找她爸爸，怕朵儿笑话她，又怕耽误朵儿的功课，话到嘴边又吞回去了。

跟朵儿通完话之后，魏能麟把她叫到自己的房间，办公桌上摆着两个新开封的手机，一个黑色的，一个白色的。

魏能麟说："我用黑色的，你用白色的。"

罗淑惠又惊愕起来："您这是干吗呀？这玩意儿挺贵的。"

魏能麟说："你别心疼钱，这玩意儿有用。"

罗淑惠的眼睛又湿润了。

在这个家里，在魏能麟身边，几乎每天都有让罗淑惠泪湿的事情发生。

罗淑惠想，我这是哪辈子修来的福气啊！

冯老太又来了，不是一个人来的，她把曹大海带来了。天知道她是如何找到曹大海的。两个多月没见，曹大海像是苍老了十岁，整个人都瘦了一圈儿，头发乱蓬蓬的，胡子拉碴的，眼睛上还带着眵目糊。罗淑惠一阵辛酸，她知道，这些天曹大海一定受了不少的苦。曹小菊给他介绍的那个宾馆总经理吴丁东把他害惨了，辛辛苦苦挣的钱都扔进去了，鸡也飞了，蛋也打了，哭都哭不出来了。活该，罗淑惠心疼了一下心里又骂起来。作呀，人不作死死不了，你还知道自己吃几碗干饭吗？还没怎么着呢，先喂白眼狼，请喝酒、请洗澡、请唱歌、请摸小姐的奶子，鬼知道你还请他们做了啥？

曹大海知道自己理亏，生意做亏了不说，还让老婆攥住了一个有把的烧饼。老婆抽了他嘴巴，他觉得应该，谁让自己不要脸的。他知道这件事没完，罗淑惠的心里肯定还怄着一口恶气。他没脸见罗淑惠，也没脸见那些跟他一起搞装修的同行。大话都跟人家吹出去了，狂得没边了，这个也瞧不起，那个也看不上，好像自己已经是大款了，是成功人士了，脱离草根苦逼了。唉，谁知道他娘的这么背。

曹大海进了门，胆胆突突地看着罗淑惠，罗淑惠的脸都奋拉出水来了。魏能麟让他坐，没有罗淑惠点头，他哪儿敢坐呀？

冯老太说："你们两口子先聊聊，到屋里去聊。"

罗淑惠说："没工夫，我还得做饭呢。"

冯老太说："你们聊，饭由我来做。"

罗淑惠说："您大老远来的，怎么能让您做饭呢？"

魏能麟说："没关系，我帮着你冯妈妈做饭，你们去谈谈吧。"

罗淑惠说："让您做饭更不行了，哪儿能让您伺候我呀？"

魏能麟说："都是一家人，你客气什么？"

这句话让罗淑惠听了心里很熨帖，曹大海却起了疑。怎么，他们怎么成了一家人了？

不管怎么说，罗淑惠还是把曹大海领进了自己的房间。

进了屋，曹大海更拘谨了。里面是席梦思的大床，床上铺着花条床单，平平整整干干净净一尘不染；床对面一个大衣柜，衣柜上是一面巨大的穿衣镜；靠窗户一个梳妆台，梳妆台上有各式各样的瓶瓶罐罐；还有，床上居然放着一个毛绒熊，床头柜上摆着花瓶，花瓶里插着鲜花。更让曹大海感到不安的是，整个房间弥漫着一股淡淡的香气，这是一种高级香水的味道。这哪里是一个农村野娘儿们的房间，整个就是城里贵族小姐的闺房。我曹大海在外面破败了，从一个公司老板重新沦落成一个泥瓦匠，你罗淑惠却在这里发达了，从一个满脑袋高粱花子的野娘儿们变成了贵夫人。你是怎么发起来的？

曹大海终于记起了冯老太在路上嘱咐他的话，让他给罗淑惠赔礼道歉，多说好话软话知冷知热的话，好好哄哄老婆。女人都是男人哄出来的，女人心里的气也要靠男人哄出去。曹大海努了半天大厚嘴唇子，终于说："淑惠，我对不起你……"

罗淑惠看着曹大海的傻样，想笑，鼻子一酸，眼泪却掉下来了。她急忙转过头，从大衣柜里抽出一条没用过的新毛巾，扔给曹大海，说："瞧你这人不人鬼不鬼的样儿，快点儿洗洗去吧。"

曹大海接过毛巾，却没动。

罗淑惠说："卫生间里有热水，把你身上的臭味儿洗干净。"

曹大海进卫生间洗澡去了，罗淑惠赶忙进了厨房。

厨房里，冯老太跟魏能麟忙活着，一个洗菜，一个切菜；一个点火，一个端锅；一个淘米，一个和面。两个人配合得很默契，很熟练，很协调。罗淑惠进来，反而不知道该做些什么了。

罗淑惠问："冯妈妈，您是怎么找到曹大海的？"

冯老太说："上面有嘴，下面有腿，找个人还不容易？"

罗淑惠感动地说："瞧，您还总惦记着我们。"

冯老太没说什么，叹了一口气。

一阵奇怪的铃声响了起来，是从罗淑惠的房间里传出来的。

魏能麟说："惠儿，是你的电话。"

罗淑惠不相信："我……怎么会有人给我打电话？"

魏能麟说："你快去接吧。"

罗淑惠跑进自己的房间接电话，一会儿就回来了："魏伯伯，有一个农村城镇化研究会，他们通知我参加，您知道吗？"

魏能麟说："知道啊，是小杜通知你的吧？"

罗淑惠说："对，一个姓杜的女孩子。我算什么呀，他们通知我干什么呀？"

魏能麟说："你算农村城镇化研究会的会员，这个会是我组织的，你要正式参加，还要认真参加学习、参加讨论、积极发言。"

罗淑惠叫起来："哎呀魏伯伯，您也太抬举我了，我懂什么呀？"

魏能麟说："你懂农村呀，你最有发言权了。"

罗淑惠说："别别，我能替您做点儿具体事情就行了，您可别赶鸭子上架。"

冯老太说："惠儿，就听你魏伯伯的吧。你行的，你能行的。"

罗淑惠看了看冯老太，心里暖洋洋的。

曹大海洗完了澡，显得精神多了，他来到厨房门口，看了看罗淑惠。

罗淑惠突然想起了另一件事，忙着问魏能麟："对了，魏伯伯，小杜让我交三张照片，还要身份证的复印件，这您知道吗？"

魏能麟说："他们要帮助你办护照。"

罗淑惠说："办护照？办什么护照？"

魏能麟说："出国考察的护照。"

罗淑惠惊叫起来："出国考察？您还让我出国考察？"

魏能麟说："不是你自己去，是一个考察团，我带队。"

罗淑惠说："您让我跟您一起出国？"

魏能麟说："是啊。"

罗淑惠说："我懂什么呀？您让我考察什么呀？"

魏能麟说："我说了，你懂农业，我们就是去考察现代化农业和农村城镇化。"

曹大海沉不住气了，瓮声瓮气地叫着罗淑惠："你出来一下。"

罗淑惠觉得曹大海的脸色有点儿不对，马上把曹大海拉到自己的房间。

曹大海黑着脸问："这到底怎么回事？"

罗淑惠说："什么怎么回事？"

曹大海指着房间："我问你，这些……到底是怎么回事？"

罗淑惠说："怎么了？你说什么呢？"

曹大海说："你别装糊涂，这像一个保姆的房间吗？你当我是土老帽儿呀？这是女主人的房间，我搞了这么多年装修，我懂。"

罗淑惠说："就算是女主人的房间，怎么了？他家的女主人死了，我住不行吗？"

曹大海说："你是他什么人呀？你到这儿干吗来了？"

罗淑惠说："我是这家的保姆，我来伺候人的。"

曹大海愤怒了："不害臊！还保姆呢，有这样的保姆吗？你瞧瞧你这保姆多大的谱，让人家给你做饭，住这么好的房子，还化妆，涂脂抹粉儿，还要带你出国……告诉我，你是不是嫁给那个姓魏的了？你是不是跟人家睡了？"

罗淑惠脸色红涨起来，瞪着两只冒火的眼睛看着曹大海，直直地逼近到他眼前，一口唾沫啐出去："呸，你他妈的贼心烂肺，你当我是你呀？你他娘的刚摸完人家姑娘的奶子，又跑来往老娘脑袋上扣屎盆子，你给我滚……滚……"

曹大海慌了，他也知道理亏，他说这些话毫无根据，完全是瞎猜疑。见罗淑惠发火了，便知道自己唐突了，慌忙向罗淑惠服软：“你别……别嚷嚷呀，我就这么一说……”

罗淑惠说：“就这么一说，你他妈的那是嘴吗？你嘴里那是舌头吗？你王八蛋，你快给我滚……”

曹大海怕罗淑惠的喊叫被魏能麟和冯老太听见，急忙关上了门。

罗淑惠冲过去要开门，曹大海却一把将她抱住了。

罗淑惠立即觉得自己的身子软下去了。

曹大海也觉出了异样，热血立刻在他的身上奔腾起来。他紧紧地抱住了罗淑惠，一只大手从后面伸进了她的裤腰，使劲捏住了她的屁股。

罗淑惠闭上了眼睛，身子往后仰去。

曹大海将罗淑惠扔在那散发着香气的床上，慌乱地撕扯着罗淑惠的衣服……

有人敲门。

罗淑惠突然警醒了，一脚把曹大海踹下了床。

冯老太在外面喊着：“惠儿，收拾桌子，准备吃饭了。”

罗淑惠整理了一下衣服，狠狠地瞪了曹大海一眼。

曹大海傻乎乎地笑了。

魏能麟对曹大海很热情，还开了一瓶茅台酒，跟曹大海对饮起来。

冯老太说：“老魏，你血压高，少喝点儿。”

罗淑惠对曹大海说：“你也少喝点儿，喝多了没出息。”

魏能麟哈哈大笑起来：“惠儿说得对，男人呀，有出息没出息都在酒上呢。”

冯老太给罗淑惠夹菜：“惠儿，这是你爱吃的尖椒土豆丝儿，多吃点儿。”

曹大海听着魏能麟和冯老太一口一个“惠儿”，叫得那么亲近，心里很不是滋味儿。他像许多大运河的男人一样，结婚以后就从来不叫女人的名字。无论男人或女人，夫妻双方的名字几乎是一种忌讳，如果要打招呼，总是用代称，“喂”“嘿”“我说”“那什么”……眼下的年轻夫妻不但直呼对方的名字，还用爱称，“宝贝”“乖乖”“阿什么的”，更要命的是互相称“老公”“老婆”，叫得理直气壮，嘎嘣脆，让人肉麻又让人眼馋。这且罢了，曹大海绝对叫不出爱称，更叫不出“老婆”，可是他万万没想到，可以叫“惠儿”，两个老人这样叫，多热乎呀，多亲切呀，像叫亲人一样。曹大海怎么就没想起来这么叫呢？曹大海，你这个笨蛋，一点儿浪漫都不懂的浑蛋，罗淑惠这么好的女人嫁给你算是亏了，亏大发了。

魏能麟跟曹大海一边喝酒一边聊天，聊着聊着，话题转到曹大海今后的打算上来了。

曹大海说：“我不想在城里干了，我想回梨花渡。”

魏能麟问：“你回梨花渡干什么？”

曹大海说：“冯小螺回来搞蔬菜大棚，我也想承包两个大棚，据说一个大棚一年能收入五六万呢。”

魏能麟问：“你回去，惠儿怎么办？”

曹大海看了看罗淑惠，用征询的口气说：“咱一起回去吧，好歹那是咱的家。”

罗淑惠说：“我不回去，我说过，我要在城里买房，在城里扎根，成为城里人。闺女考上大学，就自然是城里人了。”

曹大海说：“咱回去把房子重新盖一下，也像城里人那样，把茅房搬到屋里来，还有席梦思大床，不是跟城里人一样吗？”

魏能麟说：“你说准备盖房子，怎么盖？”

曹大海说：“我们的房基地有一亩多地呢，我都算计好了，我们可以盖前后院，前院五间正房，东西厢房各三间，后院是猪圈、仓库……”

魏能麟说：“你们盖房的钱够吗？”

曹大海说：“这些年攒了点儿钱，我估计差不多。不过，钱都在她那儿，她不给我，我也没辙。”

罗淑惠笑了，对曹大海说：“别做梦了，我要在城里买房。”

魏能麟说：“我表个态，我支持曹大海的想法，在梨花渡盖房。但是，我不同意他盖什么前后院、正厢房，要盖，就盖小楼，像别墅那样的小洋楼。”

曹大海说：“不行不行，那得花多少钱呀。”

魏能麟说：“钱不够，我可以赞助你们。”

曹大海立刻警惕地说：“不不不……我们怎么能要您的钱呢？”

魏能麟说：“这样吧，这个问题我们先放一放，等我和惠儿出国考察回来咱们再讨论。我相信，到那时候，惠儿肯定会有新的想法。”

冯老太急了：“哎呀，你们的酒还喝不喝了，菜可都凉了。”

029 右岸 兑篇

要出事了。

这句话又是冯小螺说的。夜里，似乎是在做梦，又似乎在醒着。她闭着眼睛，听着身边徐可良均匀的呼吸，有点儿累，是享受了一次完美的顶峰体验之后的慵懒和满足。这种满足之后似乎什么要求都没有了，包括香甜的睡眠。她仰卧着，双手放在赤裸的胸脯上，什么都没有想。

她看到门帘儿的一角掀开了，小灰来了。小灰似乎怕打扰她，是蹑手蹑脚地进来的。小灰来到她的炕沿下，坐起来，向她拱起了“双手”。她明白，这是小灰在向她表示亲热。她想起来跟小灰打招呼，甚至想把小灰拉到自己的被窝儿里。可是她懒得动，甚至连眼睛都懒得睁开。眼睛没有睁开她也看得见小灰。小灰告诉她，要出事了。

这不是做梦，是真真切切的。她推醒了睡在身边的徐可良，说小灰来了。徐可良不耐烦地说：“哪儿来的小灰？”她说：“你看，它掀门帘儿进来了。”徐可良说：“这屋门上有门帘儿吗？”是的，这屋门是木板的，严严实实的，根本就没有门帘儿。她不管这些，反正小灰来了。小灰说要出事了。

徐可良说：“快睡觉吧，你在做梦。”

她没有做梦，她很清醒。小灰似乎生气了，撩起门帘儿爬了出去。她顾不上许多，急忙下了床，穿着睡衣光着脚便出来了。院子里一片月光，明晃晃的，天堂般的敞亮。小灰趴在月光里，两只亮晶晶的眼睛看着她。门口的栅栏门开了，她亲眼看见是一只大手把栅栏门端开的，进来一个人。啊……是康百顺爷爷。“康爷爷，您怎么来了？”康百顺看着她，直瞪瞪地看着她。她有点儿害怕了，问：“康爷爷，您是找我妈，还是找我奶奶呀？”

康爷爷还是不说话，直直地站在月光里。康爷爷的身子很薄，像一张纸，像月光里的一幅画。

一阵风吹来了，把这张纸吹跑了。她亲眼看见，康爷爷被风吹走的一瞬间，还在栅栏门上挂了一下。然后，便晃晃悠悠地飘飘忽忽地走了，消逝在白花花的月光中。

她叫起来："康爷爷，康爷爷……"

奶奶出来了，妈妈也出来了。

奶奶看着她光着脚站在月光里，让她回去，小心着凉。

妈妈上前搀住了她，还用手摸了摸她的额头。

她先说小灰来了，又说康爷爷来了，康爷爷是从栅栏门进来的。

妈妈说："你是梦游，你看，咱家还有栅栏门吗？"

她看了看，确实没有栅栏门，是门楼，门闩紧闭着的高门楼。

但是，她坚持说小灰来了，康爷爷来了。

徐可良也出来了，妈妈让徐可良把她扶进屋里睡觉。

冯老太站在院子里，看着角角落落，她发现了小灰。小灰躲在柴火垛后面，用两只贼溜溜的眼睛看着冯老太。

周天英说："妈，天不早了，您也回屋歇着吧。"

冯老太说："不对，你马上到康百顺家去一趟，他可能真的要出事。"

周天英说："这么多年了，您怎么还信这些。"

冯老太说："去吧，快去吧。信则有，宁可信其有。"

周天英无奈，只好回屋穿好衣服，推门出去了。

康百顺没在家，邻居二秃子说："两个维稳干部请他喝酒去了。"周天英问："去哪儿喝酒了？"二秃子说是柴锅餐馆。周天英问："你怎么知道的？"二秃子说："我要跟他们去，他们不带我，说我又没上访，瞎起什么哄。周主任你说说，这是啥世道，上访的有酒喝，咱良民顺民想沾沾光都不行。把老子惹急了，老子也上访。"

周天英不想跟二秃子逗贫，匆匆朝镇上走去。

怎么又把康百顺看管起来了？

哦，她突然想起来了，沈秋萍的大运河精密铸造厂要搞二十年厂庆。最近两年，关于沈秋萍的精铸厂争论很激烈，有的人认为严重污染破坏了环境，损害了人们的身体健康，也影响了维稳，强烈要求关闭之。有的人觉得精铸厂是梨花渡的支柱产业，安置了农民就业，提高了全镇的 GDP。特别是增加了财政收入，镇里的开支，有三分之一靠着精铸厂呢，精铸厂成了梨花渡镇政府的小金库，怎么能关闭呢？关闭了梨花渡便塌了半条街。不但不能关闭，还得要发展、要扩建、要上大规模。

镇里的领导分成两派，一个是发展派，一个是关闭派。这样，就把周天英夹在了中间，周天英对沈秋萍的精铸厂支持也得罪人，不支持也得罪人。

好在周天英清清白白问心无愧，她跟沈秋萍毫无纠葛，进则轻装上阵，退则干干净净。

这要感谢冯老太。

周天英在为官之道上，受教于许多人，也佩服过许多人，譬如魏能麟，譬如韩畅，但是她最心服、最敬佩的还是她的婆婆冯老太。

在她刚刚走马上任的时候，冯老太就给她下了一条死规矩：不能贪。

吃吃喝喝、人情往来、仨瓜俩枣的小礼品可以收。钱是万万不能收的，特别是村里人的钱、生意人的钱、托人情求办事的钱，一分都不能收。当官，什么错误都可以犯，政治上站错了队有烙饼翻个儿的时候，生活作风上犯了错误有公说公有理、婆说婆有理的时候，大事小事办砸了办糟了有一推六二五的时候，唯独经济上犯了事，浑身是嘴都说不清。

周天英有笨的时候，有心眼直的时候，也有犯糊涂的时候，但是有一条是非常明确的，就是听婆婆的话。从结婚到工作到当官到为政之道，每一步都离不开婆婆，都是婆婆给她设计好的，她能不服吗？

沈秋萍从得到第一笔奖金开始，到后来把精铸厂搞到自己的名下，从来没有忘记周天英对她的关照和支持，总是千方百计处心积虑挖空心思地报答周天英。给钱，给卡，给国外存款，给她在城里买房，周天英统统拒绝，拒绝得铁面无私，很不近人情。哪怕沈秋萍不是给周天英个人的，给村委会的，周天英都一概谢绝。

就因为这个，沈秋萍跟周天英总是隔着一层，她们原本可以成为最好的朋友、最适合的搭档、最铁的同盟者的。

沈秋萍恨周天英，像是一个被倾心爱恋的人果断地拒绝了一样，由爱生成了恨，由大爱生成了大恨，由深爱生成了深恨。

沈秋萍放弃了周天英，很快找到了别的靠山，镇里的县里的甚至省里的都有，这年头，只要有钱，山会自己靠过来的。沈秋萍不缺支持者。但是，缺少周天英的支持，毕竟是一个巨大的后顾之忧。

为了保住精铸厂，二十年厂庆要大办，要办得轰轰烈烈造成巨大影响。要报纸上有字，电台里有声，电视里有影。要请方方面面有头有脸的人物前来助威捧场，中国的事情就是这样，只要有了巨大的影响，别人再想改变就难了。这叫作既成事实。

周天英知道，一个月前沈秋萍就开始大张旗鼓地筹备厂庆的事情了，明天就要举行庆典了，康百顺是个最危险的因素，是个定时炸弹，无论如何要把他稳住的。

周天英朝柴锅餐馆走去。镇上有几个定点饭店：镇领导招待上级领导及贵宾，去漕运饭庄；镇里的中层干部招待一般客人，去南来顺饭店；村干部招待镇干部及来客，去天河酒店；维稳人员接待维稳对象，则去柴锅餐馆。这是一个只会做家常菜的小饭馆，实惠，饭菜也算可口。

其实天还不算晚，大街上依然灯火辉煌，人来人往。年轻人的夜生活刚刚开始，二十多年来，梨花渡每天都发生着新的变化，变化最多最快的就是人。走在梨花渡大街上的人，周天英几乎都不认识。早年间，上自九十九，下至刚会走，她都能叫得上名字来，论得出辈分来。突然间，梨花渡不属于梨花渡人的了。不知道从哪儿钻出来那么多人，湖广的、巴蜀的、陕甘的、江浙的、东北的，还有黑色的白色的棕色的老外。镇上建了几个很像样的宾馆，宾馆里总是客满。差不多家家户户都有房客，连小跨院、小棚子、小过道都有人租住。家家户户都盖了许多房，见缝插针私搭乱建，整个街道都成了乱七八糟的搭积木，连走道过人的地方都被占了。韩畅来检查，问周天英，发生火灾救火车开不进来怎么办？地震了怎么办，往哪儿躲？她也不知道，好在没发生火灾，也没有发生地震。

不知道从什么时候起，梨花渡镇的夜生活也热闹起来。街道两旁都是小摊儿，小摊儿后面是饭店酒馆，里里外外都挤满了人。还有轰轰隆隆砸夯似的音乐声，那是从 KTV 歌厅里传出来的。还有灯光暧昧闪闪烁烁的大大小小的门面，有洗脚屋、桑拿浴、按摩房、小发廊。小门口扭动着形形色色的女孩儿，穿着吊带的小衣服，上身遮不住奶子，下身遮不住屁股，跟光着差不多。还不如光着呢，真要光着，也不至于这么招男人，就这么遮遮掩掩着，才能把男人的色胆诱出来。

周天英朝柴锅餐馆走的时候，康百顺已经酒足饭饱了。

酒足饭饱的康百顺不被允许回家，两个维稳干部把他带到了小秦淮。小秦淮是一栋具有江南特色的三层小楼，位于梨花渡北街的运河边上。经营者是范希云，经营项目是足疗按摩桑拿洗浴。这是营业执照上写着的项目，还有营业执照上没写的项目，你懂的，他懂的，大家都懂的。

周天英对范希云这个生意很不屑，多次劝过她，让她挣点儿干净钱。范希云说："我自己就不是一个干净人，在梨花渡，除了罗淑惠，都把我当成臭狗屎，你说，臭狗屎能挣干净钱吗？"

范希云耍起了泼皮，周天英也无奈。像沈秋萍一样，范希云的后台也不少，干这种营生，没有后台行吗？

小秦淮三层楼，第一层是正规的足疗按摩，第二层是高档的桑拿洗浴，第三层是单间按摩房。

两个维稳干部先带康百顺做足疗，范希云热情地招待着，专门安排了一个三人间。

康百顺在中间，两个维稳干部一边一个。

进来三个穿着短裙小背心的姑娘，每个人端着一个热气腾腾的大木盆。

康百顺第一次到这种地方来，对一切都感到很新奇，又很紧张。三个裸露着胳膊大白腿的姑娘往康百顺面前一站，康百顺的舌头都僵直了，干张着嘴说不出话来了。

一个姑娘把大木盆放在康百顺的脚下，又蹲下身子，给康百顺脱着袜子，康百顺急忙阻拦着："这这这……这咋行……咋行啊……"

姑娘不明白康百顺在说什么，继续按照程序操作着。康百顺的袜子被脱下来了，姑娘们把他的两只脚摁在木盆里。

康百顺更慌了："不不不……俺脚臭……"

姑娘们摁住康百顺的脚，往他脚面上撩着水，用那柔软的小手揉搓着，轻轻地洗着。

康百顺的眼泪流下来，大颗大颗的眼泪掉在木盆里，滴在姑娘的手上。

姑娘慌了："大爷，您怎么了？水热吗？烫着您了吗？"

两个维稳干部也疑惑了，问："老康，你咋哭了？"

康百顺哭着说："造孽啊造孽啊……让这么年轻的丫头给俺洗脚，造孽啊……"

维稳干部说："你说啥呢？让她给你洗脚怎么了？又不是白洗。"

康百顺说："俺活了这么大岁数了，只记得小时候俺爹给俺洗过脚……造孽啊……"

维稳干部问："怎么，你妈没给你洗过？"

康百顺说："俺妈……她残疾，是个拽子。"

维稳干部笑了："那行，你就管她叫妈吧。"

康百顺说："造孽啊……别糟蹋人家孩子了，孩子……委屈你了……"

就这样，康百顺百感交集泪水滴溅，算是做完了生平第一次足疗。

两个维稳干部没有让康百顺在二楼洗澡，直接把他带到了三楼，开了一个单间。不一会儿，进来一个女孩儿。女孩儿很年轻，有点儿胖，白白嫩嫩的，小圆脸儿，大眼睛。康百顺以为是谁家的小妞儿来找人，便问："你找谁呀？"

女孩儿说："不是你找我吗？"

康百顺说："我不认识你呀。"

女孩儿说："一回生两回熟，小哥你下次来就直接点我的钟吧，我叫海棠，二十三号。"

康百顺说："你叫我啥？小哥？我当你爹都有富余了。"

海棠说："那你就当我爷爷吧，我喜欢跟爷爷做。"

康百顺还是没明白："做啥呀？"

海棠一边说话，一边熟练地把自己剥了个精光。小胖妞儿很白皙，光光溜溜的，像一个剥了皮的煮鸡蛋。

康百顺叫喊起来："你干啥干啥呀？你怎么脱衣服呀……快……快出去……"

海棠嘻嘻地笑着："爷爷，让孙女帮助你脱吧，你还行吗？"

康百顺惊慌地向后躲着，缩着身子不让海棠碰他，几乎是央求着："姑娘……别别别……我不行，真的不行……"

海棠又笑嘻嘻地说："你不行我行啊，随便玩玩嘛……我帮助你，你肯定行的……"

正在这时候，门砰地被撞开了，进来两个穿着警服的警察，手里端着枪，一副冲锋陷阵勇往直前的威武劲儿，高声咆哮着："不许动，蹲下，双手抱着头！"

康百顺愣了，奇怪地看着警察。

警察怒吼着："听见没有，蹲下，双手抱头。"

康百顺说："你们要干啥？我一个糟老头子，你拿枪对着我干吗？"

警察厉声说："我们扫黄，抓嫖客，跟我们走。"

康百顺说："谁是嫖客，我嫖了吗？她是自己闯进来的，我动都没动她。"

警察叫喊着："少废话，跟我们走。"

警察说着，来到康百顺跟前，把他的两只胳膊往后一背，就要扣手铐。

周天英及时赶到了："住手，你们要干什么？"

两个警察一看是周天英，声调立刻降下来："周主任，我们在执行公务。"

周天英绷着脸说："你们执行什么公务，有你们这么扫黄的吗？有这个威风劲儿到钓鱼岛对付日本鬼子去，跟一个老头子逞什么能？还又端枪又拿手铐的，至于的吗？"

警察说："周主任，康百顺嫖娼，我们可抓到现行了。"

周天英说："他嫖了吗？他连衣服都没脱。"

警察说："但是女方脱了，按照规定，只要达成了交易，就算事实。"

周天英说："我注意你们半天了，这么拴圈儿弄套儿地陷害一个老人，你们缺德不缺德呀？你们也都是有父母的人，有人这么欺负你父母，你会怎么样？”

警察口气软了：“周主任，我们也不愿意这样，可是……”

周天英说：“可是什么？你们收了沈秋萍的钱了吧？你回去告诉她，你们要抓康百顺，被我周天英拦下了。”

警察还想说什么，周天英火了：“怎么，还想让我把你们所长找来吗？”

警察知道周天英在梨花渡的厉害，不要说派出所所长，就是镇长、镇党委书记也会给她面子呀。

周天英把康百顺带走了。

周天英不得不佩服沈秋萍制造声势的本事，大运河精密铸造厂二十年厂庆盛况空前。彩旗飘舞，气球升空，气球上悬挂着巨幅彩带标语。厂门口锣鼓喧天，鞭炮齐鸣。最露脸的是镇上的老年秧歌队，沈秋萍给他们每人置办了一套新的行头，这些老年人拼着老命扭着大秧歌，出尽了风头。

工厂里面的广场上搭起了台，台上台下花团锦簇，工人们都穿着崭新的工装，整整齐齐地端坐在台下。主席台的高音喇叭响着，工作人员维持着秩序，指挥着方方面面的来宾入场入座。

沈秋萍穿着旗袍，化着淡妆，脖子上挂着翡翠项链，一副职场大佬的气派。她站在工厂大门口，笑容可掬热情洋溢，用各种神态和语气接待着领导和贵宾。周天英来了，沈秋萍抓住她不放，让她帮助迎接县里、市里和省里来的领导。周天英不大情愿，沈秋萍又搂又抱又拉着手不放，周天英笑了：“你可真能白使唤人。”沈秋萍说：“这回绝对不白劳你的大驾，看见了吧，这旗袍我是从香港定做的，光手工费就六万，完了事之后我也给你做一条。”周天英说：“你饶了我吧，我要穿上这旗袍，非让人家喊我猪八戒他二姨。”两个人说着笑着，几辆小汽车开过来，沈秋萍和周天英赶紧迎上前。

前面的车自然由沈秋萍接待，周天英自觉地招呼着后面的车。一辆小轿车的车门开了，周天英首先看到的是罗淑惠，她先是吃了一惊，之后立即热情地跑上前，喊着罗淑惠的名字。

罗淑惠一边答应着周天英，一边拉开后面的车门。

车里出来的是魏能麟。

周天英拉着魏能麟的手，叫着魏伯伯。

魏能麟问：“你婆婆来了吗？”

周天英说：“这种场合她不会来的。”

魏能麟说：“沈秋萍没请她吗？这太不对了。”

沈秋萍也看见了魏能麟，急忙跑过来搀扶着他，一边热情地说着话，一边朝贵宾接待室走去。

周天英却拉住了罗淑惠：“听我婆婆说你在魏伯伯家里当保姆，怎么样？”

罗淑惠说：“还行吧，混口饭吃呗。”

周天英说：“前几天曹大海找过我，说你们想盖房，要求换一块房基地。”

罗淑惠说：“我爸爸的房子也该翻盖了，我想把他的房子跟我们盖在一起，将来也好照顾。”

周天英说：“我明白，你想把两块房基地并在一起，这样宽敞一些。”

罗淑惠说：“我多大面积还换多大面积，不占公家的便宜，也不挑地方，别让你为难。”

周天英说：“这有啥为难的，地方你随便挑，挑好了告诉我就行了。”

两个人说着话进了会场，主席台上开始有人入场了。沈秋萍在高音喇叭里喊着周天英的名字，让她到主席台上来。

罗淑惠跟周天英说：“你先去开会吧，一会儿我们再聊。”

没想到沈秋萍又喊起了罗淑惠的名字，也请她到主席台上来。

周天英说：“走吧，咱一块儿去。”

罗淑惠说：“我算啥，我可不上主席台。”

周天英说：“既然沈秋萍喊你，就去吧。”

罗淑惠说：“名不正言不顺，我可不现那眼。”

周天英说：“怎么名不正言不顺了，听我婆婆说，你是魏主席的秘书。”

罗淑惠说：“我是保姆，不是秘书。”

沈秋萍跑过来，拉着罗淑惠，说："魏主席让你上台的，你总得听魏主席的吧？"

周天英也说："盛情难却，去吧。"

罗淑惠想了想，也是，再不给面儿就不识抬举了。

会议程序当然是老套子，领导讲话、贺词之类的，谁也没什么新鲜的。

会议很短，因为短，获得了魏能麟高度的评价。

会后是演出节目，罗淑惠搀扶着魏能麟从主席台上下来，在台下第一排预留的座位上就座。

会议的主持人是从北京请来的大腕儿，节目则是精铸厂自己的。

这是沈秋萍的良苦用心。

为了最大限度地提高大运河精密铸造厂的知名度，沈秋萍在抓经济效益的同时，下大功夫花大本钱抓企业文化建设。所谓企业文化，说白了就是建立一支强有力的宣传队伍。沈秋萍经历过"文化大革命"，知道宣传的力量，知道枪杆子笔杆子的作用。她深深地懂得，宣传得越到位，精铸厂的根子扎得越深，精铸厂根子扎得越深，则越不容易被轻易地搞垮。说到底，还是为了巩固精铸厂，使之永远立于不败之地。

"文化大革命"的时候，沈秋萍是学校毛泽东思想文艺宣传队的队长，她曾经自编自导了一个节目，女声表演唱《俺是公社铁姑娘》。这个节目当时影响很大，不但参加了全省的文艺调演，还在电视台现场直播过。这是沈秋萍平生最辉煌的时刻，她常常怀念往昔的光荣与梦想。为了重温旧梦，沈秋萍在精铸厂成立了自己的文艺宣传队，常常配合着上级的政治任务，唱红歌、演红戏、跳红舞，受到了各级领导的青睐和重视。她还把自己那个得意之作加以改编，排演了一个新的女声表演唱《运河新儿女》。这个节目同样获得了巨大的成功，也多次参加过县里市里的演出，成了精铸厂宣传队的保留节目。

今天，在二十年厂庆的庆典上，沈秋萍当然要把这个节目当作压轴大戏推出来。

主持人宣布——女声表演唱《运河新儿女》，编剧：沈秋萍，导演：沈秋萍，领唱：曹小娥，领舞：秦悠悠。

说实在的，这个节目确实不错，作为一个业余文艺宣传队来说，能排演出这样的节目，是非常难得的。沈秋萍是有文艺天赋的，如果不是“文化大革命”，如果不是遇见了康运桥，如果不是到梨花渡来铁心务农，说不定她也会成为一名专业文艺工作者的，说不定现在是个明星了，是个腕儿了。这话是沈秋萍自己说的，当然是她得意的时候说的。

那个领舞的女孩非常出色，身段好，基本功也好。民族舞中又融进了许多芭蕾的元素，使这个节目现代起来，时尚起来。

周天英告诉罗淑惠：“原来领舞的女孩儿是罗小丝。罗小丝你记得吧，哦，你当然记得，就是康百顺的亲外甥女。死了，可惜了。罗小丝跳得比秦悠悠好。”

沈秋萍说：“没错，罗小丝有跳舞的天分，无师自通。罗小丝在台上可以一连翻二十三个车轮小翻儿，每次演出都掌声雷动叫喊不绝。还有一个动作，我是从《红色娘子军》里面借鉴来的，叫倒踢紫金冠，罗小丝毫不费力就做出来了，这个秦悠悠怎么也做不出来……”

沈秋萍的这句话刚说完，自己的眼睛睁大了，嘴巴也张大了……台上的秦悠悠突然有了超常的发挥，翻起了小翻儿。她那柔软的身体弹上去，弯成一张弓，又连续翻转起来，像哪吒的风火轮一样在舞台上旋转着。台下面响起了暴风雨般的掌声，紧接着，掌声变成了呼喊声，不是呼喊秦悠悠，而是呼喊罗小丝。观众的喊声很明确，都觉得罗小丝又复活了，又出现在了舞台上，精铸厂的工人们是有情有义的，他们没有忘记罗小丝，他们还深深地怀念着罗小丝。喊声响成了一片，淹没了整个舞台上下，淹没了整个精铸厂：“罗小丝，罗小丝，罗小丝……”

康百顺不知道从什么地方钻了出来，他发疯一样地跳上了台，哭着，喊叫着：“小丝，小丝啊……你是小丝吗？我的小丝啊……”

秦悠悠朝着康百顺扑了过来，紧紧地搂抱着他，也哭喊着：“舅舅，我的舅舅啊……”

康百顺喊着：“小丝，你真的是小丝啊……你没死啊，你真的没死啊……”

秦悠悠喊着：“舅舅，我死了，我死了，我真的死了……”

康百顺问：“你死了？你死了……你死了怎么还在这台上演戏呀？”

秦悠悠说：“舅舅，我死得屈呀，我死得不甘心呀，舅舅……你得给我喊冤啊舅舅……”

熟悉罗小丝的工人们发现，此时此刻，台上的秦悠悠已经变成了罗小丝。不但她的舞跳得像罗小丝，说话的声音也像罗小丝，甚至神色语气一举一动都像罗小丝。不是像罗小丝，就是罗小丝，罗小丝没有死，她又活了，活在了二十年建厂庆典的舞台上。

人群立即轰动起来，嗡嗡嘤嘤议论纷纷喊喊叫叫，许多人的脸上露出了惊慌和恐惧，这到底是怎么回事呢？难道大白天的真的见鬼了？

最为惊慌的还是沈秋萍，当着这么多领导和贵宾的面，闹出了这么大的乱子，怎么收场呀？她拉着身边的周天英和罗淑惠，眼泪都流出来了，一个劲儿地央求着："帮帮我帮帮我……怎么办呀？我该怎么办呀？"

罗淑惠说："快把大喇叭关掉，让保安把秦悠悠弄走。"

沈秋萍这才醒悟过来，急忙招呼着保安和工作人员，让他们处理这里的混乱。

周天英又提醒她："这里的事情你先别管了，赶紧带着领导去餐厅吧，开饭喝酒。"

沈秋萍又慌慌张张地张罗着，一个一个请着领导和贵宾，带着他们走向餐厅。

许多领导不见了，出了乱子之后悄悄地溜走了。

魏能麟没有走，这让沈秋萍极为感动。

混乱虽然平息了，但是事情却远远没有结束。

参加《运河新儿女》演出的共有十四名女孩儿，这些女孩儿都是从工人中精心挑选出来的，年龄在二十岁上下。舞台上秦悠悠变成了罗小丝，她被强行架离舞台之后，她们统统变成了罗小丝。保安们把她们送到工人宿舍，宿舍里又闹翻了天。十四个姑娘聚集在一起，有的站着，有的躺着，有的跪着，有的还在地上打起了滚儿。她们又哭又闹又喊又叫，同一个声调，同一个神态，个个都酷似罗小丝。

周天英为了给沈秋萍排忧解难，没有去餐厅用餐，而是一直陪伴着这些姑娘们，不停地给她们送水，给她们擦泪，好言好语地哄劝着她们。直到沈秋萍陪完了客人，这里依然是一片鬼哭狼嚎。

她们见到沈秋萍，都围上来，撕扯着沈秋萍的衣服，七嘴八舌地哭喊着："沈厂长啊……沈总啊……俺死得屈啊……你对不起俺啊……"

沈秋萍烦了："你们还有完没完？我管你们吃、管你们穿、发你们工资，我怎么对不起你们了？"

秦悠悠又站起来，指着沈秋萍，声嘶力竭地叫喊着："沈秋萍，你就是对不起俺……你管俺吃、管俺穿、发俺工资，你咋不说说俺给你卖命呢？你也不想想，你这工厂是咋来的？没有俺罗小丝，你能把这工厂弄到手吗？这工厂是俺用自己的身子换来的……周主任，你可以做证，你说是不是？没有俺不要脸，她沈秋萍能把这工厂搬到梨花渡来吗？周主任，你主持公道，你倒是说句话啊……"

周天英首先慌了，秦悠悠怎么说出了这样的话。这件事，除了她和沈秋萍，大概也只有当事人罗小丝知道了，怎么传出去的？

沈秋萍也傻了，看着周天英，挓挲着两只手，不知道如何是好了。

罗淑惠心里明白，但是装作听不出来，毕竟这是极为隐秘的事情，说出来对所有的人都不利。

秦悠悠接着说："你拿俺当诱饵，让孙文茂钻进了你们的圈套；你又跟会计勾结在一起，给孙文茂挖陷阱，把孙文茂挤出了精铸厂；你还做假账，说精铸厂资不抵债，生生把精铸厂变成自己的了……这些都是你做的对不对？沈秋萍，你这狠心的娘儿们，你这蛇蝎心肠的女人……"

沈秋萍火了："秦悠悠，你要是再敢胡说八道，我就让警察把你抓走你信不信？"

秦悠悠说："我不是秦悠悠，我是罗小丝，我已经死了，是你给害死的。你让警察来呀，我倒是要看看，警察怎么能把一个死人抓走……"

罗淑惠把沈秋萍和周天英拉到一边，说："看见了吧？这是黄鼠狼附体，咱梨花渡原来总是闹这种病，天英你还记得吧？"

周天英说："那是以前了，后来没人再犯过。"

沈秋萍都要哭了："这……怎么办呀？太可怕了，她们怎么突然变成这样了？"

罗淑惠说："这不能怪她们。"

沈秋萍问："不怪她们怪谁呀？"

罗淑惠说："是黄鼠狼闹的，黄鼠狼在她们身上附体了。秋萍，你别着急，这种病有一个人能对付。”

沈秋萍问：“谁呀？你快说谁呀？我好去请，花多少钱都行。”

罗淑惠说：“天英，你回家请一下冯妈妈吧，让她赶快来一趟。”

周天英有点儿为难：“我一个村主任，又是共产党员，再搞封建迷信这一套，合适吗？”

罗淑惠说：“那……我去吧。”

很快，冯老太来了。

横躺竖卧又哭又闹胡说八道的姑娘们，见到冯老太进了门，立刻安静下来。

不要说沈秋萍，连罗淑惠和周天英都愣住了。莫非真的是黄鼠狼附体？这些黄门大仙果然被冯老太镇住了。

冯老太挨个看了看姑娘们，有的拿过手看了看指甲，有的翻开眼皮看了看眼睛，还有的看了看牙齿和舌头。姑娘们虽然不哭不闹了，却还哼哼唧唧磨磨蹭蹭。冯老太沉下脸：“行了，别闹了，快点儿给我滚吧。”

话音一落，姑娘们的身子都软了下来，像抽掉了筋骨一样瘫在了地上，很快就沉沉地入睡了。

沈秋萍被震动得拉着冯老太的手，说不出话来。

冯老太说：“快把她们送医院吧。”

沈秋萍说：“不是黄鼠狼附体吗？到医院管用吗？”

冯老太说：“人有十年壮，鬼神不敢傍。邪祟闹事，都找身体弱的人，你看看这些姑娘，年纪轻轻的，身子都垮了。”

沈秋萍说：“她们不是好好的吗？怎么了？”

冯老太说：“怎么了？你不知道吗？你看看她们的指甲、牙齿都发黑了，眼圈儿也黄了，这是铅中毒，快到医院给她们排铅吧，要不然，还会有罗小丝。”

沈秋萍愣住了，罗淑惠和周天英也愣住了。

好一个冯老太，真真的活神仙。

030 乡党篇　魏能麟

魏能麟是典型的八路军干部。

所谓八路军干部，就是当官不像官，跟群众打成一片，与农民“三同”。农民身上有多少泥你身上也要有多少泥，农民身上有多少汗你身上也要有多少汗，农民身上有多少虱子你身上也要有多少虱子。他是梨花渡第一任乡长，也是梨花渡公社第一任党委书记。“四清”运动过后，他被调到县农业局任局长，“文化大革命”刚开始，就被韩畅带领着农民造反派从县城抢了出来，声称要把他这个死不悔改的“走资派”放到贫下中农中间批倒批臭，“再踏上一只脚”，让他“永世不得翻身”。

魏能麟又回到了梨花渡，开始的时候，也装模作样地跟“地富反坏右”一起扫扫街，戴个“走资派”的黑袖章，被监督劳动。没过多久，他便成了一个不折不扣的“社员”。没有人再喊他魏书记或魏局长，都叫他老魏，年轻人则喊他魏叔叔、魏伯伯。老魏人高马大，虎背熊腰，庄稼活儿样样是行家里手，比许多男劳力都棒。

原来当官的时候，他穿干部服、黑皮鞋，还戴着个白边眼镜。现在好了，他也穿起了大裤裆的挽腰裤，光着两只大脚丫子，连眼镜也不戴了。假如日本鬼子再来扫荡，搜查八路军，不用别人掩护，鬼子也不会把他从农民堆里扒拉出来。

一个笑话。他后来被平反，官复原职，农业局派司机小吕到梨花渡来接他。小吕是后来进农业局的，不认识老局长。车开到梨花渡村外，魏能麟正跟几个社员浇小麦。大水漫灌，把一段低洼的路淹了，小吕的车直接从绿油油的麦田里绕过去，车轮碾碎了麦苗，魏能麟不干了，拦住小吕的车批评他。小吕年轻气盛，又是从上面大机关来的，冲着魏能麟便吼了起来，轧点儿麦苗怎么了？知道这是谁的车吗？知道我来接谁吗？说出来吓死你们……

几句话把魏能麟噎得不知道说什么好了，小吕开着车便进了村。不大一会儿，康百顺坐在小吕的车过来找魏能麟，告诉他小吕是农业局的司机，专门来接他上任的。小吕看着魏能麟傻了，一个劲儿地赔礼道歉说好话。魏能麟什么也没说，上了车。

据说魏能麟主持召开的第一次会议上，就宣布辞退小吕。小吕也是通过关系进的农业局，必然有人会给他说好话。魏能麟说，农业局的工作人员不珍惜庄稼，不尊重农民，这样的人坚决不能待在农业局。

小吕到底还是被辞退了。据说，被辞退的小吕后来下了海，搞起了复合肥料的生意，发了财。他一点儿也不恨魏能麟，到处说，是魏能麟告诉我一个真理，是农民养活了我们，任何人都没有资格看不起农民。

瞧瞧，嘻嘻。

我跟魏能麟有过三次谈话，每一次谈话都让我震动，让我对他肃然起敬，也让我对他们那一代八路军干部有了更深的认识和理解。

第一次是上个世纪80年代末，他当时已经是副县长了，负责农业。农村土地已经包产到户，我家分了十三亩地，沈秋萍全力以赴地搞她的精铸厂，那地只能由我来种。我虽然是农家子弟，从小却不爱干庄稼活儿。要不是有点儿文化，肯定会是个二流子懒汉。为了增加产量，别人都在自己承包的土地里搞“间种套种”、搞上下两茬儿，我嫌麻烦，全部种上了玉米。那天我给玉米间苗，没干多会儿就累了，躺在地头上看起了书。

远处开过来一辆小汽车，顺着河堤下了路，在田边停下来。我当时沉浸在书本里，完全没有在意，咱又不是没见过世面，一辆小汽车有什么新鲜的。

一个高大的人影遮挡在我面前，我把书移开一看，是魏能麟。我急忙叫了声魏县长，就要起身站起来。他却蹲下了，从我手里把书拿过来，还问了一句，看什么书呢？

我没说话，书已经在他手里了。

他拿着那本书，看了半天，又抬起头来，呆呆地看着我。

我有点儿心虚，怎么了？

他有点儿急切地翻看着我的书，我当时看的是梁漱溟的《乡村建设理论》。

魏能麟问我，这本书是从哪儿买到的？我说刚刚再版的，书店里就有。他点了点头，问我看这本书有什么体会。

我看这本书，完全是出于对梁漱溟这个人的兴趣。谁都知道，他是个最死硬的大右派，敢在大会上跟毛泽东公开叫板，而且居然还活了下来。我说不上什么来，便反过来问他，您也对梁漱溟感兴趣？

魏能麟说，何止是感兴趣，我跟他还有点儿关系。

须知搞文学的人是对人物关系最敏感的。

他说，当年梁漱溟在山东邹县搞乡村建设的时候，我父亲是他的学生。应该说是忠实的信徒，我父亲这辈子不信神，也不参加任何党派，唯独对梁漱溟视为神明。梁漱溟离开山东以后，我父亲便在他当时创办的学校里教书，先是教小学，后来又教中学。说我父亲是梁漱溟的信徒一点儿也不过分，梁漱溟已经被打成右派了，我父亲依然不能跟他划清界限，居然跑到北京去看望梁先生，还送去了一口袋城前板栗。“文化大革命”期间，我父亲被打成了梁漱溟的孝子贤孙，差点儿被斗死。

我几乎是屏着呼吸听着魏能麟讲他父亲的故事的，心肝震颤。

那时候，右派虽然改正了，可是许多历史问题依然糊里糊涂，对于那批声威震耳的大右派也还没有正确的评价。于是，我试探着问他，您对梁漱溟这个人怎么看？

他说，我父亲说，每一个时代，都有少数圣贤出世，他们像神一样洞明世事，也像神一样指引着人们如何生活，梁漱溟就是极少数的圣贤之一。

我平生第一次听到有人对梁漱溟先生如此崇高的评价。

这是魏能麟父亲的评价，但是听得出来，他并没有否定父亲。

进入 21 世纪以后，我又与他有过一次奇遇。

那时候，我已经发表了一些作品，算是小有名气吧。有一年秋天，我到青岛参加了一个星期的笔会，笔会结束后又搭乘火车到北京参加一个会议。文人们聚到一起，谈天说地日以继夜又开怀畅饮，折腾得筋疲力尽。上了火车我便睡了，硬卧，下铺，相当享受了。

我是傍晚的时候上的火车，咣当咣当的不知道过了多久，口渴了，醒来想喝点儿水，便坐起身来。

已经入夜了，车厢里安静下来，顶灯已经关闭了，多数人像我一样入睡了，但是还有嘁嘁喳喳的说话声。对面的人还没有躺下，靠在窗口的小桌上独酌。看得出是一个老人，头发已经花白了，映在玻璃窗上的影子是苍老的。

我拿起水杯想去打水，老人说话了，是运桥吗？

天呀，是魏能麟。

我兴奋地叫起来，魏叔叔，怎么是您？

魏能麟说，一上车我就认出了你，见你睡得挺香，没打扰你。你醒了，正好，我们喝点儿吧，连酒杯我都给你准备好了。

果然，在我这边的小桌上，放着一只倒满酒的纸杯。

桌上是一只德州脱骨扒鸡、一包花生米，大概是他在火车站买的。

我朝四下看了看，遂问，您是出差还是去开会，怎么一个人？他喝了一口酒，沉了半天，才说，我回老家一趟。我有点儿疑惑，您老家还有人吗？他又沉了半天，父母早就不在了，有些同族兄弟也都出了五服。那您回老家干什么？他指了指我面前的酒杯，示意我喝酒。我一边喝酒一边看着他，等待着他的回答。又过了半天，他才模棱两可地说，你知道什么叫乡愁吗？我点了点头，表示理解，他却深深地叹了一口气。

看来您回故乡是为了一桩未了的心愿。

他犹豫了一下，开口说，算了，还是跟你说了吧，反正我这些话也无处去说，跟你说说，或许还有点儿用处。

他告诉我，他在故乡，有一个青梅竹马的女孩儿，叫浅儿。

我心里一动，怎么又是浅儿？这个世界上到底有多少个浅儿？

浅儿很美丽，我说的美丽不是漂亮，确确实实是美丽。美丽和漂亮是不一样的，漂亮是一种视觉，而美丽是一种深入内心的东西。我说得对吗？

我没说什么。不好说，还是静静地听他讲述吧。

我们两家是只隔着一道篱笆的邻居。是篱笆，不是墙壁，篱笆只是挡鸡挡狗，却挡不住声音，挡不住眼睛。等于说，我跟浅儿就生活在一个院子里。每天都见面，每时每刻都见面。她比我小一岁，她钻过篱笆到我家来，我也钻过篱笆到她家去。赶上吃饭的时候，端起碗就一起吃饭。玩晚了睡觉的时候，便躺在同一张炕上。

两家是世交，小小的我们被家长定下了娃娃亲。还没懂事，我就知道浅儿是我的媳妇，浅儿也知道将来她会嫁给我。我们互相喜欢，暗地里做起了小夫妻。出去的时候，两只小手紧紧地拉着。到河边打草拾柴的时候，也不分彼此互相帮衬。村里人都知道我们的关系，常常取笑我们。我们不急不恼，心里偷着乐。我们发誓一辈子在一起，永远不分开。

我换牙了，她也换牙了。我掉的是上牙，她掉的是下牙。上牙要扔在河里坑里，预示着朝下长；下牙要扔在屋顶上，预示着朝上长。可是我们谁都舍不得扔，我们把两颗小小的牙齿放在一起，用烟盒里的锡纸包起来，藏在了一个只有我们两人知道的地方。

你能想象得到藏在哪儿了吗？树上。我们村有许多很高很大很古老的树，有槐树，有榆树，有枣树。村子东头有个大庙，庙里面有一棵杜梨树，传说是当年孟子亲手栽的。肯定没有那么长时间，两千多年了，可能吗？有人说，孟子栽的那树死了，又在原来的树根处发了新芽长起来的，这也够古老的呀。又有人说，后来发了新芽的树也死了，是第二代第三代第四代第五代了……这还靠谱。反正这棵树的老祖宗是孟子栽的，全村人都把它当成圣贤树，精心地保护着。一个静悄悄的中午，我爬上大庙的屋顶，又从屋顶爬到树上。我从家里拿来一个凿子和一个小锤子，在树的第二个枝杈的中间，凿开了一个小小的洞。我把那个包着两颗牙齿的锡纸包放进去，然后又把凿下来的木屑塞进洞里，用黄泥把洞口封上。听老人说，有人用这个方法藏过金条和珠宝，很快洞口就会长上弥合，谁都不会知道这树上藏着的秘密……

后来我离开家乡到济南读书，离开了浅儿。读书的时候每年还能回家，回家后还能跟浅儿在一起待几天。后来当了兵，就跟浅儿断了联系。新中国成立以后，我分配到地方工作，给家里写过信，打听过浅儿。父亲来信告诉我，浅儿家里被划上了富农，她恐怕不能再跟我结婚了。就算是她家没划上富农，我也不能再娶她了。因为我在部队里结了婚，我不可救药地爱上了一个文工团团员，并且让她的肚子大了。男人就是这么没出息，娶了孩子妈，总觉得对不起浅儿。现在好了，既然浅儿家里划上了富农，作为一个共产党员，可以理直气壮地退掉那桩婚事了。

我的内心依然非常愧疚，一个人做了于心不忍的事情不会安生的。前年，我的妻子去世了，浅儿又占据了我的心。我决心回去一趟，看看浅儿，不一定续上前缘，能谈谈我对她的怀念与愧疚也好。

浅儿死了，“文化大革命”时自杀了。

我去找那个大庙，去找那棵树，我要从树杈上挖出那一对锡纸包着的牙齿。

那个大庙不见了，学大寨的时候，拆掉大庙搞水利建设了。那棵树也不见了，卖了。就在半年前。一个城市搞绿化，到乡下收购古树，那棵树以八万块钱被村主任卖给了树贩子。

我真的发疯了，我跑到那个大搞绿化的城市，一条街道一条街道去寻找，一棵树一棵树去查看……

找到了吗？我问。

他苦笑了一下，能找到吗？我就是疯了。

我的心似乎被狠狠地揪了一下。

魏能麟，一个让我们敬畏的老八路，居然还有如此激荡如此魂牵梦萦的儿女情怀。

第三次与魏能麟深谈是在罗淑惠新建成的小楼里，一个新奇而美丽的夜晚。

果然不出我之所料，徐先甲进去了。据说是县公安局来的人把他秘密带走的，不知道什么原因，警察抓人怎么会让你知道原因呢？

我不想惹事，但是也不想跟徐先甲撇清干系，那样也太不仗义了，尽管不仗义的人和不仗义的事我们已经司空见惯了。我去找魏能麟，只能去找魏能麟，别人不会给我这么大的面子的。

魏能麟“仗义”，两天后就把徐先甲弄出来了。

晚上，魏能麟让罗淑惠炒了几个菜，约我和徐先甲过去喝酒。喝酒前当然要参观罗淑惠的小楼，我说缺几幅字画，这下惹了祸了，魏能麟非要我写字，说看见过我写的字云云。我答应为罗淑惠求几个有点儿名气的书法家的作品，徐先甲却大包大揽，说书法由他写，画也由他画，说他在劳改期间搞了二十多年的宣传，连领袖像都画过。

接下来便是喝酒，菜是家常菜，酒却不一般。正宗的茅台，魏能麟带来的。魏能麟说，我可以问心无愧地说，当了这么多年大大小小的官，一分钱的贿赂没收过，酒却没少存，都是人家送的礼。

冯老太也来了，帮助罗淑惠在厨房里忙活着。曹大海不在，说是进城联系业务去了，也不知道什么业务，没问。看着进进出出忙活的两个女人，看着理直气壮坐在餐桌边的魏能麟，谁都会觉得，这是一个温馨幸福又颇具现代化的小家庭。

酒杯刚端起来，徐先甲就发起了牢骚，说公安局凭什么抓我？我不就是为梨花渡的老百姓说几句话吗？几百年的古镇，几千口梨花渡人，能允许他们如此胡作非为吗？到处都在拆迁，就像当年大炼钢铁一样，拆迁酿成了多少悲剧？

我和魏能麟一直闷着头喝酒，听着徐先甲的满腹牢骚。

等徐先甲说得差不多了，魏能麟端起酒杯，憋了半天，沉重地吐出了一句话，农民太苦了，太难了，我们对不起农民，不能再让农民吃亏了。

我和徐先甲都愣住了，尽管这些话在媒体上经常见到，每个人都耳熟能详，但是从魏能麟这样的人嘴里说出来，我们还是深受震动的。

魏能麟接着说，我也是一个农家子弟，我做了一辈子农村工作，可是又给农民做了什么呢？要知道，我们的天下是靠工人和农民打下来的，我们是靠耕者有其田的承诺把他们发动起来的。“大跃进”的时候“放卫星”，我也参与了，梨花渡的小孩儿在谷穗儿上跳舞的照片是在《人民日报》上发表的。我父亲看到照片以后，给我写信说，一亩地到底能打多少斤粮食，别人不知道，你也不知道吗？你可是在庄稼地里长大的，不能昧着良心说假话呀！

我很想知道，当年“放卫星”，你们到底是真的相信，还是故意作假？

都有。相信也真的相信，作假也是故意作假。

您真的相信一亩地能产万斤、几万斤、十几万斤？

开始的时候，我也不信，这不是瞎掰吗？可是，报纸上登出来了，有照片有文字，还有中央领导亲自视察，能有假吗？后来，又有赫赫有名的大科学家写文章，说根据农作物的光合作用，一亩地产万斤、几万斤是完全可能的。我便开始怀疑了，不是怀疑“卫星”，而是怀疑我自己，觉得自己太保守了，太不懂科学了，太不符合“大跃进”精神了。

既然您相信了，为什么还要造假呢？

大家都造假，你能不造吗？你敢不造吗？你忍心不造吗？这就是潮流，这就是从众心理，这就是芸芸众生，这就是盲目崇拜，这就是迷信。

这些，或许……我能懂。

好了。魏能麟说，咱不说过去了，说说现在，说说将来吧！

徐先甲的牢骚又来了，梨花渡的将来向何处去，我们说了管用吗？

魏能麟说，中央一直强调农村自治，农村干部直接民主选举，就是要实现农民当家做主。现在也许做不到，慢慢来，有了目标就有了方向。

魏能麟看了看我，你说关键的是什么？

我说，关键的是农村政权建设，要让农民真正有选举权，把能带领农民过好日子的人推举到领导岗位上。

魏能麟跟我碰了一下杯，这正是我想说的，也是我想了许久的。今天请你们来，就是跟你们商量一下，我们怎样选举出一个清廉、能干、为民做主的领导班子……

说到这儿，魏能麟回身喊着，惠儿，你也过来，跟我们一起谈谈。

031 左右岸　老阴篇

韩畅约徐可良见面，是在望海大厦的楼顶上。

这是彩流县城最高的建筑，对外声称三十六层，其实是三十八层。最上面的两层是隐秘的，电梯只通到三十六层，再往上去是一个隐藏在房间里的小电梯，需要密码才能打开。隐秘的那两层是一个私人会所，里面的档次之高是令人瞠目结舌的。据说餐厅里的厨师都是从北京大饭店请来的，服务小姐都是在北京培训过的。不但有小姐，还有帅哥。这里是会员制，外人进不来。就算是会员本人，一次也只能进来两个人。进来之后就会被带进专门的房间，就是说，谁到这里来了，谁在什么地方，任何人都不知道的。连会所的老板都无权过问。其隐蔽性可想而知了。

楼顶露天平台上，是一个玻璃大棚，里面种着许多热带植物，一年四季郁郁葱葱。他们在一个绿植花丛簇拥的角落里坐下来，服务小姐端过来两杯咖啡、一个果盘，一句话都没有说，便隐退而去。

韩畅在沙发上舒舒服服地坐下来，笑眯眯地看着徐可良，一副兄长的慈爱模样。

徐可良忍不住问："韩县长，您找我有什么事吗？"

韩畅说："找你谈谈，随便谈谈。"

徐可良有点儿奇怪："您……跟我谈什么呢？"

韩畅轻轻地笑了笑："不应该找你吗？无论从周天英这边说，还是从冯小螺这边说，我找你都不为过吧？"

周天英是徐可良的丈母娘，冯小螺是徐可良的老婆，都不是外人。当然，对韩畅来说，这两个人也不是外人。周天英跟韩畅的关系，早已经是公开的秘密了。至于冯小螺，外界一直传说是韩畅的私生女。可是周天英不承认，不知道韩畅承认不承认。

韩畅的语气更加充满了关切：“听说你陷入了困境，跟冯小螺闹翻了，到底是怎么回事？”

徐可良心里一阵发酸。

这是他的一块心病，作为男人，遇到再难再委屈的事情，也只能咬碎了牙咽进肚子里，打断了胳膊褪到袖子里。千万不要跟任何人诉苦，这句话是当年父亲告诉他的。对于你的苦楚，百分之八十的人不感兴趣，百分之十的人仅仅是礼貌性地表示同情，还有百分之十的人会幸灾乐祸。真正能关心你的帮助你的，遇到了就是神仙。韩畅会属于哪种人呢？

徐可良确实陷入了困境，他委屈，他愤怒，他恨，恨得咬牙切齿，恨得想骂娘想杀人还想自杀。

徐可良原本是个安分守己的人，原本有一个安稳的工作，原本有一个温暖的家庭，有一个贤惠的老婆和一个可爱的女儿。这一切，都因为冯小螺的出现，乱套了，并且失去了，惨痛地失去了。老婆带着女儿离开了他，确切地说，是他把自己扫地出门了。他把房子留给了老婆孩子，自己则跟着冯小螺鬼混去了。他承认冯小螺是能干的，包括成立蔬菜公司，搞蔬菜采购批发，又在梨花渡建起了蔬菜大棚。这都是冯小螺的功绩，他是没有这个气魄的，也没有这个能力。在外人看来，他们成功了，是大老板，出门开着宝马，外出住大酒店，还常常出席体面而丰盛的宴席。他们也发了财，资产过亿。

这一切都是冯小螺拼搏来的，自然也属于冯小螺的。公司的法人是冯小螺，人际关系是冯小螺的，主要决策是冯小螺的，所有的财产支配权也是冯小螺的。

在外人看来，徐可良倒是一个吃软饭的男人了。

他真的不明白，冯小螺明明是他收留的一个流浪女孩儿，他是冯小螺的恩人、冯小螺的靠山，怎么一下子变成他的女王了呢？到底是从什么时候开始他们交换了位置，哪个地方是他们身份互换的拐点，他真的不知道，一点儿也不知道。要不是他太弱智，太傻；要不就是冯小螺的手段太高，一切都做得顺理成章，羚羊挂角无迹可寻。

最近女儿来找他，要到国外留学，需要五十万元钱。他战战兢兢地跟冯小螺商量，刚一张嘴冯小螺就明白了，立即把口子堵死了：“她凭什么跟你要钱，你跟她妈离婚的时候，房产、财产、存款都留给她们了，她还好意思再跟你要钱呢？”

徐可良有些生气，说：“她毕竟是我女儿，我不能不管。”

冯小螺说：“你管，行啊，谁让你是她爹呢，反正我不管。”

徐可良说：“你不管，可是你管着钱呢，你不给我钱，我用什么管？”

冯小螺说：“我是管着钱呢，可这钱是我的，我的钱我能不管吗？你管女儿，凭什么跟我要钱？”

听听，这就是冯小螺对待徐可良的态度。

这都没什么，徐可良都可以忍。更要命的是，他渐渐地发现，冯小螺开始嫌弃他了。他们在县城里买了房子，四室两厅两卫，足够他们住的了。他们有了各自的空间，徐可良还有了企盼已久的书房。可是，房子有了，温情没了。冯小螺不允许徐可良进入自己的房间，甚至连浴室都是分开的。徐可良发现，冯小螺换衣服、化妆都回避着他。徐可良有要求，冯小螺坚决不让徐可良挨近她。这还是夫妻吗？

直觉告诉他，冯小螺在外面有人了。有人说是北京的一个官二代，有人说是一个年轻的小白脸儿，有人说是一个房地产老板。徐可良不想深究，不想弄明白，心变了，人还留得住吗？

这些锥心之痛，他能对谁说呢？跟周天英说吗？她能不向着自己的女儿吗？何况，他比冯小螺大二十多岁，这畸形的婚姻原本也是不被梨花渡认可的。真要是闹起来，梨花渡没有人会同情他的。冯小螺在梨花渡建起了蔬菜大棚，梨花渡人把她看成了财神，当作恩人。

这就是他的命运。

罗淑惠说过，休前妻卖青苗后悔到死。

一个有苦不想诉无处诉的苦命男人，居然被韩畅领到这么一个奢华隐秘的地方，而且还主动关心他的苦楚。

徐可良还是不想说，他知道韩畅与周天英、冯小螺的关系，他能同情自己吗？他能站在自己这一边吗？就算能站在自己这一边，他能为自己做主吗？清官难断家务事，韩畅能帮自己什么忙呢？

韩畅说：“我知道你不想说，男人都好面子。不过情况大体上我也知道了，你现在是走投无路了对吧？”

徐可良说：“您是副县长，如果您真的想帮我，我希望您能为我讨回一些公道。我不要求十分公道，哪怕五分公道三分公道也行。”

韩畅问：“我能为你讨回什么公道？”

徐可良说：“冯小螺现在资产过亿，总不能一点儿都不给我吧？”

韩畅说：“她凭什么给你？公司是她的。”

徐可良说：“只是公司的法人是她，谁都知道，公司是我们两个人一起创办起来的，一起辛辛苦苦发展起来的。”

韩畅说：“有什么可以证明吗？你占有公司股份吗？”

徐可良无话可说了。

韩畅又问：“除了公司，别的方面你还有诉求吗？”

徐可良说：“我们两个分开也行，总得给我个住处吧？”

韩畅说：“据我所知，你们两个根本就没有领结婚证，属于非法同居，是不受法律保护的。”

徐可良又低下了头。是啊，他跟冯小螺为什么没有领结婚证呢？自从他们回到梨花渡，便糊里糊涂地同居了，他要求过领结婚证，冯小螺说过，在农村，吃了酒席就算结婚了，有些人一辈子都没领过证。

徐可良信了冯小螺的话，他是了解农村的，所以他没有坚持领结婚证。现在回过头来想一想，是冯小螺顺应了农村的约定俗成，还是有意留了一手呢？如果是后者，那冯小螺也太可怕了。一个小黄毛丫头，怎么会有这么深的城府这么阴险的心计呢？

韩畅说：“你现在要是离开冯小螺，只能是被扫地出门净身出户。”

徐可良苦苦地摇了摇头，悲凄地说：“韩县长，您也许不知道，我当初跟前妻离婚的时候就是被扫地出门净身出户的。”

韩畅说：“这我知道，你是个痴情的男人，痴情的男人总是会受到伤害的。”

徐可良说：“我也是为了她辞掉公职的，要不，我当初就是正科级了，是她逼着我下海的。”

韩畅说：“你为什么那么听她的呢？她不过是一个小丫头儿，甚至还是一个未成年人，你可是一个大男人。”

徐可良说：“我就是心太软，太犯好心眼，慈心生祸害，我算是知道了。”

韩畅说：“这就是命，人不能跟命争。”

徐可良说：“您也这么说?”

韩畅说：“一个男人两次被女人扫地出门，这不是命是什么?”

徐可良长长地叹了一口气：“我不争了，我认命。韩副县长，谢谢您能听我说一些心里话，您放心，我一不会杀人，二不会自杀。”

韩畅问：“那你打算怎么办?”

徐可良说：“我去流浪。”

韩畅笑了。

徐可良说：“您说过，我一个大男人，怎么都能养活自己。”

韩畅说：“男人得有梦想。”

徐可良笑了：“认识冯小螺，就是我的一场噩梦。”

韩畅咂了一口咖啡，看了看头顶上的天空，意味深长地说：“行到水穷处，坐看云起时。”

徐可良可无心看云。

韩畅突然向徐可良伸出了手：“我们握个手吧。”

徐可良疑惑地看着韩畅。

韩畅说：“我们是命运共同体。”

徐可良把手伸给韩畅：“我不明白。”

韩畅握住了徐可良的手：“我们两个男人联盟，做一点儿男人应该做的事情。”

徐可良说：“请韩副县长明示。”

韩畅重新挺直身子，坐好，娓娓道来：“县委、县政府制定了一个规划，一个庞大的很有气魄的规划，打造梨花渡漕运古镇。为什么要制定这么一个规划呢？一是京杭大运河申遗工作已经启动，运河沿岸的城市都在全力挖掘漕运遗产，弘扬运河文化，这是一个非常好的契机，机不可失，失不再来。二是中国有特色的保存得比较好的古镇基本上都在南方，譬如江苏的周庄、浙江的乌镇、江西的婺源、湖南的凤凰古城、云南的束河……在北方，特别是华北和冀豫鲁地区，很少有古镇留存下来。如果我们把梨花渡打造出来，就给北方地区增添了一个重要的旅游景区。不仅仅是旅游，还有吸引投资、房地产开发等重要的项目。这些都能跟农村城镇化结合起来，农村城镇化，是中央今后工作的重点，也是保持经济高速稳定增长的重要战略方针，这是经济发展的大方向。我们顺势而为，借势而上，是功在当代、利在千秋的大事业，你说，这值不值得我们甩开膀子大干一场？”

徐可良看着慷慨激昂的韩畅，半点儿都激动不起来。

韩畅继续说：“这么一个大项目，总投资要达到上百亿，前期规划搬迁基础设施建设，也需要十几个亿。县财政准备先拿出三个亿，作为梨花渡开发的启动资金。”

徐可良还是无动于衷。

韩畅说：“我说这些你明白吗？”

徐可良说：“这些跟我有什么关系？”

韩畅说：“钱，政府拿出来了，可是事总得有人干呀。”

徐可良说：“您想让我干？”

韩畅说：“我找你来就是想让你干。”

徐可良说：“这么大的事，吓都把我吓得半死了，还能干什么？”

韩畅说：“不是让你干具体的事情，是让你进行操作。你先注册一个公司，叫作漕运古镇投资建设集团公司，属于国有企业，以后条件成熟了，再转为股份制公司。政府拿出三亿的资金先打到你的公司账户上，然后你自然就知道该做什么怎么做了。”

徐可良心里像是被敲击了一下，浑身震颤起来。

韩畅继续说：“你是由县政府直接选聘的，既是法人，又是总经理，董事长由我亲自兼任。”

徐可良沉默起来。

韩畅说：“觉得很突然是不是？”

徐可良没说什么。

韩畅说：“这个公司成立起来以后，你还跟冯小螺争什么呀？你那点儿小小的诉求还不够喝茶的钱呢。”

徐可良说：“这么好的事情，您为什么不让周天英来做？”

韩畅说：“周天英是村主任，将来梨花渡开发改造，离不开她。”

徐可良说：“那为什么不让冯小螺来做？”

韩畅说：“冯小螺是什么人，你比我清楚，这种女人，我敢用吗？”

徐可良说："那……您就那么信任我?"

韩畅说："我说过，我们是命运共同体。"

徐可良还是不明白韩畅的意思，但是也不好意思多问。

韩畅看来是决心把老底儿交给徐可良了，便说："我跟周天英的关系你知道吧?"

徐可良说："地球人都知道。"

韩畅哈哈大笑起来："好啊你小徐，拿老哥逗起闷子来了。"

徐可良急忙致歉："对不起，我放肆了。"

韩畅说："我喜欢，这样显得咱近，咱亲，我长你几岁，攀个大，以后就是你哥了。你的公司办起来之后，咱哥儿俩就绑在同一条船上了。"

徐可良说："刚才您问我您跟周天英的关系，这里有什么事情吗?"

韩畅沉吟了一下，慢慢地说："掐着指头算来，周天英跟我好了二十九年三个月零十二天了。不容易啊，她打从二十几岁就跟着我，那时候年纪轻轻的死了丈夫，为了我，人家一直没改嫁。你说，我能对不起人家吗?"

徐可良试探着说："是啊，二十九年了，冯小螺今年二十八岁，这么说冯小螺真的是您的女儿？要是那样，我可不能跟您论哥儿俩了。"

韩畅说："不，冯小螺不是我的女儿。周天英告诉我他们去做DNA鉴定了。"

徐可良笑了："那我就有资格跟您论哥儿俩了。"

韩畅说："我的话没说完，人家周天英等了我半辈子了，你说，我该不该给人家一个交代?"

徐可良说："是啊，周天英也够痴情的了。"

韩畅说："我过去有老婆，没有资格娶人家。现在我老婆病死了，我再不娶人家，说不过去了。"

徐可良说："是啊，都老太婆了，也该有个归宿了。"

韩畅说："关键是她已经是个老太婆了。"

徐可良说："这么说，您嫌人家老了?"

韩畅拿起手机，从里面翻出了一张照片，给徐可良看。

绝对是个美女，又年轻，又性感，徐可良突然认出了她："这不是省电视台的主持人苏梅子吗？”

韩畅说：“是啊，可良，你也是男人，男人都没出息。一个老太婆，一个苏梅子，换成你，你娶谁？”

徐可良说：“我可没您这么大的艳福。”

韩畅说：“更要命的是，苏梅子怀孕了，这回是我的孩子。”

徐可良沉默了一会儿：“这么说，你要对不起周天英了？”

韩畅说：“我能有别的选择吗？”

徐可良说：“周天英那儿您怎么交代？当然，您也可以做得很绝情……可是，您要开发梨花渡，您又是公司的董事长，以后所有的事情都要跟周天英打交道。您把周天英伤惨了，我们怎么办？”

韩畅点了点头：“这回你知道我为什么找你了吧？”

徐可良摇了摇头。

韩畅说：“记得曹操杀吕伯奢的故事吗？”

徐可良说：“宁教我负天下人，休教天下人负我。”

韩畅说：“我只负周天英一个人。但是，到时候我会弥补给她的。从今以后，她什么都不用干了，我会让她舒舒服服安度晚年的。”

徐可良明白了：“您要撤掉周天英的村委会主任？”

韩畅说：“撤人家没道理，人家又没犯错误。下半年全县的村委会主任换届，正好是个机会。我们要提前做好准备，而且准备要充分，不能有任何闪失。”

徐可良问：“换谁呢？您有合适的人选吗？”

韩畅说：“有，一个很有实力的人。”

徐可良问：“谁？”

韩畅说：“沈秋萍。”

全面开发打造梨花渡的规划还没有公布，在民间已经传得沸沸扬扬了。村委会换届的指示还没有下达，梨花渡已经暗流涌动风生水起了。一件事是老百姓最关心的，一件事是老百姓最感兴趣的，两件事搅和在一起，梨花渡像春天大运河冰凌解冻一样，哗哗啦啦地没日没夜地震动起来。

最活跃的人物是沈秋萍，她真的提前下手争取民心了。精铸厂的食堂里热闹起来，几乎每天都大餐小宴。一个工厂的食堂，做的可不是大锅饭，山珍海味水陆杂陈南北风味皇家菜肴，应有尽有色香味形俱佳。厨师都是从各地各大饭店请来的，还有京师名厨退休后高薪聘用来的。到这里享受美酒佳肴的不仅仅是县、镇的领导，更多的则是梨花渡的平民百姓，当然，这些平民百姓都是有选择的，都是有影响的，都是将来用得着的。干了这么多年企业，沈秋萍懂得成本最低廉利益最大化的道理。

老百姓关心的则是拆迁补偿。有许多传说，传说中有许多方案，方案中有许多细节，这些都没有得到官方的肯定。老百姓不管这些，以往的经验值得记取，大凡小道消息最后都变成了官方消息。说实在的，农民是欢迎拆迁的。至于各地传来的许多拆迁引起的群体事件，包括上访，包括抗暴，包括杀人和自杀，包括钉子户云云，大都是由拆迁补偿不合理引发的，与拆迁本身无关。当然，真正反对无序拆迁的也大有人在，多是有良知、有远见又并非当事人的知识分子。拆迁拆迁，一步登天，老百姓不但改善了居住条件，还能得到一笔补偿，何乐而不为呢？至于什么该保护，什么被破坏，什么是可持续发展，什么是短见行为，什么是为子孙后代负责，什么是官员的政绩，没有人懂，也没有人想懂，关我屁事？

梨花渡的百姓大张旗鼓地行动起来，屋外垒屋，房上加房，院子后面套院子，为的是增加面积，多争取一些补偿。有人说，田里种的树苗是按照棵数补助的，于是，田里的树苗变成了稻苗。一棵挨一棵，一棵挤一棵，密密匝匝歪歪扭扭纠纠缠缠，数都数不清。也不知道这些形形色色的树苗是从哪儿弄来的，反正下血本了。

还有的说，住房是按照人口分配的。于是乎，家家户户都动员起来，在外面工作多年的急急忙忙把户口迁回来，七姑八姨烂眼二舅妈，八竿子打不着的亲戚也都想方设法把户口弄过来。后来又听说，住房是按照户口本补助的。于是乎，人口多的开始分家，跟父母住在一起的子女另立门户，还没结婚的闺女儿子也单独立一个户口。没的可分了，两口子便分起来，怎么分？离婚。民政局门口排起了长队，有刚结婚没出蜜月的小两口，有刚生完孩子的小夫妻，有抱着孙子的中老年男女，还有拄着拐杖的老头儿老太……一打听，都是梨花渡的。不明底细的人说了，梨花渡怎么了？是都闹起了婚外恋还是突然间变得无情无义了？

冯小螺是从母亲那里得到确切消息的。

母亲周天英从镇里开会回来，直接到蔬菜大棚里找到了她，告诉了她一个五雷轰顶的事情：梨花渡的拆迁由漕运古镇投资建设集团公司负责，从拆迁政策到设计规划，已经全面启动了。而漕运古镇投资建设集团公司的总经理居然是徐可良。

“这可能吗？这可能吗？这可能吗？妈您是不是搞错了？”

冯小螺无论如何不相信。就凭他徐可良，怎么能一夜之间搞起这么大的一个公司？莫非他捡到聚宝盆了，还是偷挖了一座古墓？哪儿来的这么多钱。

周天英对女儿的疑问再三再四地做了肯定，冯小螺不得不相信了。

徐可良的漕运古镇投资建设集团公司的总部不在梨花渡，而是设在县城最牛逼的望海大厦，整整一个十六层，八十多个房间，都是集团公司的办公室。

冯小螺的车开进停车场，然后进门登记上电梯，电梯的门开了，从里面走出一个人，是沈秋萍。

沈秋萍也看见了她，却没有停下匆匆的脚步，只是朝她挥了挥手，走了。

冯小螺算是见识到了高档办公机构的奢华与气魄了，她上了楼，立即有一位绝代佳人迎上来，彬彬有礼地问她：“请问您找谁？”

冯小螺故作傲慢地说：“我找徐可良。”

佳人问：“请问您有预约吗？”

冯小螺懒懒地说：“没有。”

佳人客气地说：“对不起，徐总很忙，没有预约是不能见的。”

冯小螺火了：“我是他老婆，你去问问他见不见我？”

佳人依然很职业地说：“您能把名字告诉我吗？我要向徐总请示的。”

冯小螺说：“他知道自己有几个老婆。”

佳人说：“据我所知，他跟他的妻子离婚了。”

冯小螺说：“那我就是他现在的老婆。”

佳人让她稍等，进去了，很快又出来了，对冯小螺说：“让您久等了，请您进去吧。”

办公室是千篇一律的老板型，宽大的老板台，老板台前面是沙发，老板台后面是转椅，转椅后面是高大的书柜，书柜里摆着城砖一样厚大笨重的书籍。这些书都是摆设，有些书就是一个空壳。这是一个潮流，显示领导者爱读书有学问。不知道从什么时候起，学问也成了一个空壳，空壳才是真正炫耀的资本。

徐可良见到冯小螺，礼貌地站起身，指了指老板台前面的转椅，示意她坐下。

冯小螺没有坐，直直地盯着徐可良，紧闭着嘴巴，一句话也不说。

徐可良打破了沉默：“看清楚了吗？”

冯小螺说：“我从来就没看清楚过你。”

徐可良说：“我很忙，只能给你十分钟的时间。”

冯小螺说：“我只用一分钟。”

徐可良说：“你说吧。”

冯小螺说：“你已经两年三个月零三天没有回家了，今天晚上你回去。”

徐可良说：“既然我已经离开两年多了，你从来没找过我，为什么今天让我回去？”

冯小螺笑了：“今天是什么日子，你忘了？”

徐可良真的想了想，又翻了翻老板台上的日历：“真的忘了，请提示一下。”

冯小螺说：“今天是我们的结婚纪念日，我们不该庆祝一下吗？”

徐可良冷笑了一下：“我们从来没有结过婚，怎么弄出一个纪念日出来？”

冯小螺说：“什么叫结婚？难道领结婚证就叫结婚吗？”

徐可良说：“你不是说，农村讲究的是结婚酒席，可是我们也从来没有办过结婚酒席呀。”

冯小螺说：“结婚酒席只是形式，我们讲究的是内容。”

徐可良说：“什么内容？”

冯小螺说：“内容就是两个人结合在一起，就是我们的第一次，什么时候女人把第一次给了男人，那应该才是真正意义上的结婚。我们的第一次，是四年前的今天。”

徐可良想说什么，张开的嘴又合上了。他迟疑了一会儿，竟然点了点头：“好吧，我今晚回去。”

冯小螺笑了，很妩媚地笑了：“你想吃什么？我亲自下厨给你做。”

徐可良说：“对不起，我今晚约了设计院的领导，要一起吃晚饭，恐怕要晚点儿。”

冯小螺很贤惠地说：“哦，那我等着你。”

冯小螺之所以如此匆匆来见徐可良，并且很宽容地对待徐可良的敷衍，是因为她心里实在没底。

徐可良留给她的疑问太多、疑惑太多，她不知道该如何询问。她知道，闹僵了什么都不会得到。唯一的办法就是跟徐可良缓和关系，可是她又深深地知道，她把徐可良伤惨了，徐可良会原谅她吗？

徐可良晚上并没有接待设计院的领导，而是约了罗淑惠。

像韩畅一样，他与罗淑惠的会见亦是安排在奢华又隐秘的望海大厦的楼顶上。徐可良现在也是那个无名会所的会员了，与韩畅享受着同等待遇。

在梨花渡，乃至在整个彩流县，徐可良最信任的人还是罗淑惠。

在周天英和冯小螺看来，徐可良突然之间当上这么一个大公司的总经理，简直是屎壳郎变知了，一步登天了。她们对此充满了疑惑，不知道徐可良攀上了什么样的大树。

徐可良心里的苦只有他自己知道，虽说男人不能诉苦，可是许多事情真的需要有个人商量商量，这个人只能是罗淑惠。

徐可良对罗淑惠几乎什么都不隐瞒，把一切都告诉了她。徐可良说：“我总觉得自己成了溥仪，表面上风风光光大权在握，实际上是一个汉奸政府，儿皇帝。”

罗淑惠笑了：“你既然大权在握，我得嘱咐你一句话，有些事情能做，有些事情可做不得。”

徐可良说：“到底什么能做，什么做不得？”

罗淑惠说：“缺德的事做不得，害人的事做不得，违法犯罪的事做不得。”

徐可良说："你说，韩畅要搞掉周天英，这事我能做吗？"

罗淑惠说："不能做，这是缺德的事。"

徐可良说："他要我把沈秋萍推上台，当梨花渡的村委会主任，这事我能做吗？"

罗淑惠说："不能做，这是害人的事。"

徐可良说："他让我从公司的账上给苏梅子两百万元，送她到香港生孩子，这事我能做吗？"

罗淑惠说："不能做，这是违法犯罪的事。"

徐可良说："这些事可都是韩畅命令我做的，我要是不做，能行吗？"

罗淑惠说："你上了贼船了。"

徐可良说："要不我辞职不干了，让他另请高明。"

罗淑惠说："上贼船容易下贼船难呀！你现在后悔已经晚了。"

徐可良哭丧着脸叫起来："妈呀，你让我怎么办呀？"

突然来了一个电话，是苏梅子打来的，徐可良不能不接。

苏梅子就在楼下面，说前两天在楼上与韩畅约会，把耳环落在房间里了，让徐可良把她带上楼。

苏梅子自己是不能上楼的，徐可良让罗淑惠等他一下，便下楼去接苏梅子了。

苏梅子上来了，直接奔向了她与韩畅约会的房间。

徐可良坐下来，继续跟罗淑惠谈着这些烦心的事情。

苏梅子从房间里出来了，怒气冲冲地来到徐可良身边，完全不顾及罗淑惠在场。

苏梅子把打开的 iPad 举到徐可良面前："你看看，这是谁？是谁？"

徐可良接过 iPad，瞬时吓了一跳。

罗淑惠顺便瞟了一眼，也吃了一惊。

这是一段视频，一对光着身子的男女正在疯狂地做着苟且的事情。

徐可良问："你这是哪儿来的？"

苏梅子说："我早就觉得不对劲儿，韩畅就从来没老实过，在这儿我抓了现行，看他还有什么话说。"

徐可良说："这么说，你在房间里安装了摄像头？"

苏梅子气呼呼地说：“狐狸再狡猾，也斗不过好猎手。”

说着，苏梅子从徐可良手里拿过 iPad，扭头便走。

徐可良拦住了她：“苏小姐，你要干什么？”

苏梅子说：“我去找韩畅这个王八蛋。”

徐可良说：“苏小姐，求求你了，你冷静点儿行不行？你去找韩副县长，不是直接把我出卖了吗？”

苏梅子看了看被冷落在一边的罗淑惠，说：“你也不是什么好东西，跟韩畅一路货色，狼狈为奸。”

徐可良说：“苏小姐，你不能这么做，我可是没得罪你，你不能让我无法做人。”

苏梅子问：“那你让我怎么办？”

徐可良说：“不如你再约韩副县长来一趟，你当着他的面取出摄像头，不也是人赃俱获吗？苏小姐，算我徐可良求你了，今后我还得为苏小姐效劳呢不是？”

苏梅子说：“也好，我按照你说的办。放心吧，我不会误伤你的。不过你记住，你可欠我一个人情。”

徐可良说：“对对对，日后我一定会有一份报答。”

苏梅子扭搭扭搭地走了。

罗淑惠问：“沈秋萍跟韩畅什么时候搞到一块儿的？”

徐可良吞吞吐吐：“这……据韩畅自己讲，他是把周天英和沈秋萍同时搞到手的。”

罗淑惠站起身来：“我走了。”

徐可良说：“别别，我已经把饭都定好了。”

罗淑惠说：“我还有事，我是抽空来跟你见面的。”

徐可良说：“我们的话还没有说完，你得给我拿拿主意啊。”

罗淑惠看了看徐可良，失望地摇了摇头，叹息着说：“脚上的泡都是自己走出来的，你好自为之吧。”

032 左岸 乾篇

罗淑惠跟着魏能麟率领的考察团从国外回来之后，一直处于极度的亢奋状态。他们先是考察英国、法国、德国、意大利、比利时，后来又去了澳大利亚和日本。历时将近一个月的时间，罗淑惠拍回来上千幅照片。回来以后的几天，罗淑惠一直在整理照片，她想选出一百多张进行放大洗印，拿回梨花渡办个展览，让梨花渡人也开开眼界。

魏能麟问她："你最大的感触是什么?"

罗淑惠说："我活了大半辈子了，一直以为农村苦、农村穷、农村就是脏乱差，就是愚昧落后，就是十八层地狱的最底层。我这辈子始终觉得，最大的不平、最大的愤怒，就是农村和城市之间的不公平。我以为全世界都是这样，现在我明白了，只有我们中国是这样。这算中国特色吗?"

魏能麟笑了："我也是农民出身，我在农村待了大半辈子，我也是一直为农民打抱不平。"

罗淑惠说："真的没想到，外国的农村那么美，那么干净，那真的不是人住的地方。"

魏能麟说："什么？你说那不是人住的地方?"

罗淑惠说："是啊，在我的想象里，只有神仙才能住那个地方。"

魏能麟说："我之所以带你出去，就是想让你知道，外国人能做到的，我们也行。"

罗淑惠说："那要等到猴年马月呀?"

魏能麟说："从现在开始，从你开始，从梨花渡开始。"

罗淑惠说："开始什么?"

魏能麟说："先做两件事，第一件，你不是说周天英给你批了一块房基地吗？我们设计一下，按照国外的标准，盖一栋房子。”

确实，在罗淑惠没有出国之前，周天英就通知她了，她申请调换房基地的事情村委会同意了，收回她和父亲现在的房基地，重新给她划拨一块。她跟曹大海回去看了，但是还没有拿定主意。地块倒是不小，差不多有两亩地。缺点有两条，一是在村外了，离村子有半里路的距离，将来串门交往会不方便的；二是紧挨着运河边，运河水变黑变臭了，住在那里肯定会天天闻臭气，说不定对身体还有伤害。

魏能麟却提出了不同的看法，离村子远，正好可以随心所欲地进行设计，不必顾及左邻右舍那些莫名其妙的态度。离河边近，又在沿河绿化带边缘上，多好的环境啊，省了许多绿化美化的投资。至于河水污染嘛，放心，这个问题肯定要解决，而且刻不容缓，河水很快就会还清的。有水有林有花草，我们也能创造一个神仙住的地方。

他们经过反复比较，博采众长，自己设计出了一栋独特实用又具有民族风格的小楼，小楼周围则是花缠绿绕装饰精美中西合璧的小院落。她跟曹大海设计，扒掉她家和父亲家的旧房，原来的一些砖瓦木料还能用，这样可以省一些钱。而且，先盖房子，后建院子。这两条魏能麟都不同意，说旧的砖瓦木料都不用，一律买新的，买质量最好的。你看看人家国外的房子，都有两三百年的历史，我们的房子呢？三十年以上的都少见。总是瞎凑合，总是权宜之计，什么时候想过百年大计？要盖，就别想再扒，要一代一代地传下去，传下去才能叫文物，要打造百年后的文化遗产，要万年牢。

罗淑惠和曹大海都嘬起牙，这得需要钱啊！

魏能麟问：“你们算过没有？按照我说的标准，需要多少钱？”

罗淑惠说：“精打细算也需要八十万。”

魏能麟说：“还有一笔钱，你们肯定省钱了，就是由谁来施工。”

罗淑惠说：“用农村的建筑队，这样能省一半的钱。装修我们自己搞，我和曹大海都干过，不外行。”

魏能麟又一票否决了：“不行，要用有国家正式资质的一级建筑公司，装修也要找最有实力的公司。”

罗淑惠说：“料一半工一半，按照您的要求，还要再加二十万，花一百万盖个房子？不吃不喝也得死拼二十年。”

魏能麟说：“你们手里有多少钱？”

罗淑惠说：“我跟曹大海说，这些年我们只攒了十万块钱，其实呢，我打了点儿富余，我手里有二十多万。”

魏能麟说：“你手里的钱够买家具和家用电器的。”

罗淑惠笑了：“说了半天，我们还是做了一场梦呀。”

魏能麟说：“我手里有八十多万，你知道，我儿子女儿的日子都过得不错，特别是女儿，这些年做生意也赚了些钱。我再跟他们借点儿，凑一百万是没问题的。”

罗淑惠急忙摆手：“不行不行，您那是养老的钱，我们一分钱都不能动。再说，我们盖房，凭什么用您的钱呢？”

魏能麟说：“你们盖房？这说法可错了，不是你们盖房，盖房也不仅仅是为了你们。”

罗淑惠说：“您说的话我不明白。”

魏能麟说：“第一，房子盖好以后，产权当然是你们的，但是要有我的使用权。我多次跟你说过，以后我就在梨花渡养老了，你们不能让我租房住吧？”

罗淑惠说：“当然，就是不盖新房，我们也要把最好的房子让给您住。”

魏能麟接着说：“第二，这房子也不光是为了我养老盖的，更主要的，是为了整个梨花渡盖的。你带头盖个房子，就给梨花渡树立起一个样板，你不是说国外的房子都是神仙住的吗？咱梨花渡也有神仙的住处。这样一来，老百姓亲眼看见了，就有盼头了。中国农民最讲实惠，他们只相信亲眼看见的东西。我的意思你明白吧？”

罗淑惠说：“中国农民还有一个毛病，就是嫉人有笑人无，我盖这么风光的一栋房子，他们都会得红眼病，眼珠子都能嫉恨出来。”

魏能麟说：“就是要让他们眼红，眼红好啊，你们好好干，将来都会像罗淑惠那样，有这么一栋漂亮房子。”

罗淑惠说：“他们会说，我们跟罗淑惠比不了，人家有个好伯伯，谁帮助我们呀？”

魏能麟说：“要的就是他们这句话，罗淑惠不是有个姓魏的伯伯吗？你们有谁？你们有罗淑惠呀！罗淑惠将会带着你们发家致富，罗淑惠将会给你们每家盖一栋小楼，罗淑惠将会把梨花渡变成神仙居住的地方。”

罗淑惠瞪着眼睛看着魏能麟：“您……您这是要干吗？”

魏能麟严肃起来：“我让你回梨花渡，带领梨花渡的百姓建设新农村。”

罗淑惠说：“您想让我当官？不不不……不行……我什么都可以干，就是不当官，您千万别打这个算盘。”

魏能麟说：“这个问题我今天提出来了，你好好想一想，我们以后再详细谈。”

罗淑惠说：“不用想了，我绝对不会当官的。”

魏能麟说：“好了，咱们还是先商量一下盖房的事情吧。”

魏能麟跟着曹大海回梨花渡盖房去了。他要亲自监工，严格按照设计施工，不能偷工减料，不能以次充好，不能有半点儿敷衍。罗淑惠觉得魏能麟的行为有些可疑，他是去盖房吗？盖个房子至于一天到晚地盯着吗？不是还有曹大海吗？

那么，他到梨花渡，还有什么目的呢？

魏能麟把她留在城里，交给她一个重要的任务，让她写一份《梨花渡农村城镇化的规划报告》。按说，写这个规划报告并不难，在国外访问期间，他们每天除了参观考察，几乎所有的话题都是在讨论梨花渡的规划问题。魏能麟有许多想法，罗淑惠也有许多想法，他们把所有的想法都在一起碰撞交流过，达成了许多共识。

魏能麟临走的当天，罗淑惠接到一个电话，是从北京打来的。他们在比利时认识了一个设计师，叫贝尔，他跑遍了世界各地，专门研究各国农村的建筑风格。这是一个热情博学的年轻人，魏能麟很欣赏他，邀请他到中国来考察访问。贝尔果然来了，来了之后便要求跟魏能麟见面。

罗淑惠到首都机场，把贝尔接了过来。

贝尔不会说汉语，罗淑惠只能用自己那蹩脚的英语跟他交流。幸亏此前魏能麟让她参加了一个英语速成班，幸亏魏能麟带着她考察的时候，逼着她开口，利用一切可能锻炼她的口语能力。但是她还是很发愁，她那蹩脚的英语，只能应付一般的生活用语。见到魏能麟，要是讨论农村建筑问题，她怎么能当翻译呢？她给魏能麟打电话，让他从有关部门请一个专职翻译，魏能麟却不同意，说相信她。这能随便相信吗？这老头子，固执起来真是要命。

完全没有想到，贝尔来到他家的时候，跟魏能麟交流起来非常顺利。

魏能麟能说一口流利的英语。

罗淑惠羞愧了，继而愤怒了，好呀你老魏，在国外的时候，你紧闭着嘴，一句英语都不说，非逼着我磕磕绊绊地现眼，你心里不定怎么笑话我呢！糟老头子，成心要弄我是吧？

魏能麟跟贝尔谈了整整一个晚上，第二天一早，把贝尔带到梨花渡去了。

罗淑惠留在家里，很清静，难得这么清静。

她打开电脑开始写规划报告，写累了就整理那些从国外拍回来的照片。

罗淑惠几次要回梨花渡看看，魏能麟就是不同意，好像她去了梨花渡会对他构成威胁似的。

魏能麟像逼着她说英语一样，现在又逼着她写文章。

罗淑惠用了一个星期的时间把规划报告写完了，要送到梨花渡给他审阅。魏能麟还是不同意，让她通过 E－Mail 把规划报告传过来。

罗淑惠问："我规划报告写完了，您不让我回梨花渡，我留在这儿干什么？"

魏能麟说："你给我看书，好好读几本书，将来用得着。不，不是将来，马上就用得着。"

罗淑惠问："读什么书？"

魏能麟说："先读《共产党宣言》。"

罗淑惠又愤怒起来，我连个共产党员都不是，读什么《共产党宣言》。这不是成心整治我吗？

但是，罗淑惠不能不听魏能麟的。过去她是他家的保姆，是雇用关系，她必须听主人的。现在，魏能麟跟她关系亲近了，实际上成了她的长辈，作为晚辈，她也不能不听长辈的。

罗淑惠不明白，怎么就跟魏能麟走得这么近呢？

魏能麟把修改过的规划报告传回来了，罗淑惠看着看着，突然脸红了。

魏能麟把规划报告修改得面目皆非了，且不说内容，光看文字就让罗淑惠震惊了。

魏能麟的修改稿，完全是一篇精彩的散文随笔，文字很优美，很幽默，且旁征博引，神采飞扬。

魏能麟原来是个文人。

相比之下，罗淑惠的文章干巴巴的，成了八股文。

当官的人写出了激情澎湃的文字，连个党员都不是的草民却写出了官样文章。

岂非咄咄怪事？

魏能麟要求她用这种风格重新写规划报告。

罗淑惠为难了。

冯小螺再一次请徐可良，说奶奶要过生日，让他回来一趟。徐可良依然像上次一样，答应了。很勉强地答应了。周天英下午忙活半天，做了一桌丰盛的菜肴。冯小螺也早早地回来了，换了一身很时尚、很性感的衣服，等待着徐可良的到来。

只有冯老太一如既往，很平静地坐在轮椅上，在院子里晒着太阳。

冯老太年轻的时候患了关节炎，老了病情便爆发出来了。两个膝盖都肿了，很难下地走动。冯小螺给她买了轮椅，还专门雇了一个保姆。那个保姆是个四川幺妹。

冯行文没有回来，他把奶奶的生日礼物送来了，说在学校值班，不好意思请假。

不知道为什么，冯行文跟母亲妹妹之间，虽然释去了前嫌，却总也亲热不起来。

周天英已经习惯了，知道儿子心重，结死扣，便也随他去了。冯小螺却一直想跟哥哥改善关系，哥哥却总是跟她客客气气，让她说不出什么抱怨的话，可也感受不到手足之情。冯行文两口子都是教师，生活说不上清贫，可也算不上富裕。两口子在城里买了一套三室一厅的房子，总价五十万，交了十五万的首付，还有三十五万的贷款。冯小螺给他送去一张卡，里面有四十万块钱，让他把贷款一次还清，再添置几件像样的家具。可是冯行文说什么也不要，冯小螺扔下卡走了。冯行文居然又把卡送回来了，没有送到她本人手里，让奶奶转交给了她。

冯小螺很伤心。

幼小的心灵里撕下的口子，是很难弥合的。哪怕是母子之间，哪怕是兄妹之间。

徐可良果然没有来，冯小螺气得直骂娘，周天英也愤愤地说："男人怎么能说话不算数呢？这还算男人吗？"

冯老太依然非常平静，说："原本也没指望他能来。"

一家三口加上幺妹默默地吃着饭。

冯老太开口了："沈秋萍这个娘儿们又在干啥呀？"

周天英一愣："妈，您说啥呢？"

冯老太说："她大摆酒席，请吴大娘儿们她们喝得七昏八醉。"

周天英瞪着眼睛看着冯老太："妈，您天天坐着轮椅在院子里晒太阳，这些事情是怎么知道的？"

冯老太说："还有，罗淑惠家在运河边盖小洋楼，只有曹大海和老魏回来了，罗淑惠怎么不露面？"

冯小螺说："奶奶，您可真神了，您怎么什么都知道呀？"

幺妹插嘴说："奶奶能掐会算，那天我的耳环丢了，满屋子找不到，问奶奶。奶奶掐了掐手指头，说你去小园子里的黄瓜架下面找找。你猜怎么着，真的找到了，是我摘黄瓜的时候丢的。"

冯小螺说："奶奶，您不是能掐会算吗？您给我算算，我跟徐可良还有戏吗？"

冯老太说："你要啥戏？"

冯小螺说："我要跟他正式结婚，领结婚证。"

冯老太说："这些年你都不跟他领证，怎么这会儿着急了？"

冯小螺说："他那么大的公司，几十亿的资产，我不跟他结婚，将来不定便宜谁呢。"

冯老太说："你是跟他结婚呀，还是跟他的公司结婚呀？"

冯小螺说："当然是跟他的公司结婚，如果他依然是个穷光蛋，鬼才嫁给他呢。"

冯老太说："没戏。"

冯小螺说："您还没掐没算呢。"

冯老太说："不用掐，也不用算，没戏就是没戏。"

冯小螺说："不行，我就是绑也要把他绑回来。"

冯老太突然问："天英，你的事怎么样了？"

周天英脸一红："我的啥事？"

冯老太直截了当地说："韩畅不是答应跟你结婚吗？他老婆都死两年多了，怎么一点儿动静都没有？"

周天英说："他说……再换一套好点儿的房子。"

冯老太说："是等房子吗？"

周天英说："妈，您就别为我操心了。"

冯老太说："我操心的就是你，比起混江湖闯世界的本事，你可不如你的闺女。你心眼直，容易吃亏上当。"

周天英说："您放心吧，韩畅起码是个副县长，素质不会那么低的。"

冯老太哼了一声："副县长，哼……不就是个副县长吗？"

外面响了一下小汽车的喇叭声。

冯小螺兴奋地站起来："可良回来了。"

冯老太说："你坐下吃饭吧，没你的事。"

外面进来一个人，很年轻，很漂亮，穿戴很时髦。

周天英站起来："我……怎么看着你眼熟呢？"

女人说："你是周天英吧？"

周天英说："我是。"

女人伸出了一只手："我叫苏梅子……"

周天英认出来了："哦，你是电视台的主持人……"

苏梅子说："我是韩畅的未婚妻。"

周天英顿时卡住了，傻傻地看着苏梅子。

苏梅子镇静地说："我再重复一遍，我是韩畅的未婚妻，我肚子里已经怀上了他的孩子。"

周天英连自己也不知道哪儿来的那么一股无名火，挥起了手臂，狠命朝苏梅子的脸上打去："臭婊子，你给我滚……"

苏梅子被打了一个趔趄，后退了两步，稳定了一下情绪，继续说："我来找你，不是跟你打架的，我是来跟你商量一件事……"

周天英的火气越发燃烧起来，暴怒地冲上前："你给我滚，滚……"

看着凶相毕露的周天英冲了过来，苏梅子害怕了。

这个被别人宠惯了的女人，总是自信得没边。她亲自登门拜访周天英，以为周天英会受宠若惊，会乖乖地跟她结成联盟，对付韩畅，她是来告诉周天英韩畅还有另外的女人。

周天英又冲了过来，半点儿和缓的可能性都没有了。

苏梅子终于聪明起来，不能吃眼前亏，逃命要紧。

周天英抄起院子里的一把铁锨，追了出去。

冯老太吩咐冯小螺："快把你妈拦住，别弄出人命来。"

冯小螺急忙冲上去。

苏梅子正在开车门。

周天英举起铁锨拍过去，苏梅子一闪身，车门的玻璃被拍碎了。

冯小螺紧紧地抱住了周天英。

苏梅子开车跑了……

罗淑惠回来了。

她是天黑以后悄悄进村的。

她的新居已经竣工了。不是简单地完成了主体建筑，一切都收拾好了。小院里修好了门楼，种上花草树木，连院子中间的水池都蓄满了水。屋里屋外的墙壁粉刷也完成了，一层的客厅宽大敞亮，空荡荡的像个展览厅。

曹大海说："就差家具和装饰了。"

罗淑惠说："家具不急，装饰也不急。"

曹大海说："这也不急那也不急，不能让新房子空着吧。"

罗淑惠说："当然不能空着，你不是说客厅像个展览厅吗？那我就先把展览厅布置起来。"

罗淑惠是早有准备的，她把从国外拍摄到的照片选了出来，洗印成横竖大小不等的图片。又把那些图片装好了框，整整拉了一辆小货车。

罗淑惠吩咐曹大海，马上帮助她把这些照片挂在客厅里，要连夜完成。

不知道怎么就走漏了消息，罗淑惠、曹大海，还有魏能麟，认认真真地布置着照片，刚悬挂了一个墙角，院子里便响起乱哄哄的人群声。

罗淑惠心里叫起了苦。

第一个闯进门来的是吴大娘儿们，后面紧跟着的是范希云、谷玉梅、康美兰、李春暖……

除了几个年轻人，都是当年的野娘儿们。

这些人见了罗淑惠亲热得不得了，先是拉手，后又拍打，打肩膀，打腰，打屁股，再后来又推推撞撞，恨不得把罗淑惠放倒了给她“看瓜”。

罗淑惠急得直求饶：“行了行了，有多大仇呀，还不解恨呀？想把我吃了呀？”

吴大娘儿们说：“吃了你也不解恨，你这个臭娘儿们，死嘎嘣儿的，挨刀儿的，该死的，这些年都把我们忘了。”

范希云说：“见过无情无义的，可没见过你这么无情无义的，你蔫不出溜地出了国，又蔫不出溜地建起了这么漂亮的房子，怎么连个屁都不放？”

谷玉梅说：“这些年听说你在城里当保姆，都以为你混得不怎么样呢，没想到你老母鸡翻墙头，抖起翅来了。”

罗淑惠一直抿着嘴笑，等大伙儿把她数落得差不多了，才说：“我说你们还有完没完？怎么这么没有眼力见儿，没见我正忙吗？弯下腰帮我干点儿活儿。”

范希云看着墙上地上的照片框，奇怪地说：“罗淑惠你闹什么幺蛾子呢？房子盖起来了，不说添置点儿家具，挂这些闹个啥？你要办展览吗？”

罗淑惠说：“算你说对了，我就是要在这新房里先办个展览。”

吴大娘儿们从地上抄起一个镜框说：“办啥展览呀？收费吗？你想把盖房的钱挣出来呀？”

罗淑惠说：“我这是免费展览，你们都知道了，我出了趟国，拍回来一些照片，选出一些给大伙儿看看，就是要大家开开眼界。”

女人们都围上来，拣着地上的镜框看起来。

罗淑惠说："你们先别忙着看，先帮助我把这些镜框挂出来，挂出来以后能好好看看，还能比较一下。"

女人们七手八脚地忙活起来，帮助罗淑惠挂起了镜框。

女人们到一块儿叽叽喳喳，手不停嘴不闲，弄得魏能麟和曹大海两个大男人成了多余的人。魏能麟站在一边有滋有味地看着这些娘儿们说笑打闹，仔仔细细地听着她们的纷纷议论。而曹大海觉得心烦，躲到一边抽烟去了。

女人们一边悬挂着镜框，一边观看着指点着，乱乱哄哄地向罗淑惠发问着。

范希云说："怎么都是房子呀？这些房子都是谁的？"

罗淑惠挨个儿解释着："这栋小楼是澳大利亚的阿德莱德的，这个也是，你看这栋，在一个山坡上。这栋，在一个葡萄园里。这栋，在海边……"

吴大娘儿们说："妈呀，这么漂亮的房子，谁能住呀？"

罗淑惠说："这小院是我在日本山形县金山町照的，多是两层小楼，有的有院子，有的没院子，人家是在自家的田地里盖的。田是自己的，房子也是自己的，一家一家都隔开的。你别看都是分散的，里面什么都有，燃气、暖气、上下水，有的还有温泉。"

谷玉梅看中了一种欧式建筑，问："这也是农村的住房吗？"

罗淑惠说："当然是农村，我这些照片拍的都是农村。"

李春暖说："这些房子都建在农村，谁去住呢？"

罗淑惠说："当然是农民住，是农民祖祖辈辈的住房。"

吴大娘儿们又叫起来："妈呀，瞧瞧瞧瞧，人家也是农民，咱也是农民，得了，得了。我说罗淑惠，你到国外看见了那里的农民，怎么没上吊呀？"

罗淑惠说："我上吊干吗？你咒我死呀？我不是活得好好的回来了吗？"

吴大娘儿们说："活得好好的回来了，你还有脸回来？"

罗淑惠说："我怎么了？我又没偷没抢没养汉，为什么没脸回来？"

吴大娘儿们说："人家是农民，咱也是农民，跟人家一比，咱还算人吗？猪狗不如。就算你还披了张人皮，也是白来一世，有羞有臊的早该死了。”

罗淑惠说：“你说对了，人家是人，咱也是人；人家是农民，咱也是农民。我不像你那么有羞有臊，死干吗？咱向人家学呀！人家能过上好日子，住这么好的房子，我们为什么不行？我为什么要把这些照片摆出来展览呢，就是想让你们看看。原来我们一直羡慕城市，城里人也一直瞧不起我们农村。现在你们看见了吧？全世界的农村都比城里美，比城里生活好。我想告诉你们说，梨花渡也能变得这么美，梨花渡的老百姓也能住上这么好的房子。怕你们不信，你们肯定不信，这些年那些当官的把牛皮都吹炸了，早就没人相信他们了。我为什么要盖这么一栋房子，就是要开个头儿，外国人比不了，你们还不能跟我罗淑惠比吗？我能行，你们也能行！你们看见了，我这房子盖起来了，比照片上的差吗？”

谷玉梅说：“你这房子是好，比外国的一点儿也不差，比有些还强。可是，我问你，你盖这房花了多少钱？”

罗淑惠说：“满打满算，一百万。”

康美兰叫起来：“我的妈呀，一百万，瞧你说得多轻巧呀。把我这身膘化成地沟油卖了，也不值一千，别说一百万了。”

罗淑惠说：“实话告诉你们，我也没有一百万，是魏伯伯帮助了我们，帮了很大的忙。”

范希云说：“你有魏伯伯，我们呢？谁要是给我出一百万盖房，别说伯伯，让我叫他亲爹都行。”

魏能麟笑眯眯地走过来。

吴大娘儿们说：“魏书记，您也给我当伯伯吧，我不用盖这么漂亮的小楼，我盖五间砖瓦房就知足了。”

范希云也叫起来：“不行，魏书记，我认您做伯伯吧，认干爹也行。”

谷玉梅也起哄说：“不行，我也要认魏伯伯。”

魏能麟说：“你们认我这个伯伯也没用了，我的钱没了，实话告诉你们说，我还落了债，你们谁认我当伯伯也行，得替我还债。”

女人们又吵吵起来：“凭什么呀？罗淑惠认伯伯您给她钱，我们认伯伯不但不给钱，还要替您还债？”

魏能麟说："我是跟你们开玩笑，刚才你们说了，罗淑惠盖这么好的房子，因为有魏伯伯帮助。你们靠谁帮助呢？要我说，谁都不靠，靠自己。"

吴大娘儿们说："靠自己，下三辈子也盖不起这么好的房子。"

魏能麟说："如果说你们真的需要一个倚靠的话，那就倚靠一个带头人，有人带头，一起发家致富。要我说，用不了多久，少则三五年，多则十年八年，咱梨花渡就会变成一个美丽的新农村，家家户户都能住上这么漂亮的房子。"

没有人说什么了。

魏能麟说："我不是给你们许愿，刚才罗淑惠说了，那些年我们当官的乱许愿、乱吹牛，把诚信都吹跑了。我现在给你们的是一个梦想，有梦想，有追求的目标，再有好的办法，就能成功。你们信吗？不信，或者半信半疑对不对，没关系，你们好好看看这些照片，心里先装上一个梦，这总可以吧？"

魏能麟没有跟女人们多啰唆，说完这些话，走了。

女人们沉默了半天，没人说话。

范希云说："对了，淑惠，什么时候我们来给你暖房吧？盖了这么好的房子，也祝贺你乔迁之喜呀。"

吴大娘儿们说："对对，我们也要在你的新房里过过瘾，喝他个屁眼儿朝天。"

谷玉梅说："就冲你这么粗俗，也不配住这么好的房子。"

女人们又嬉闹起来。

很晚了，已经到后半夜了，罗淑惠才回去。

他们还住在原来的房子里，跟村委会说好了，等搬进新房以后，再拆房子腾退房基地。

曹大海早就睡了，魏能麟的屋子里还亮着灯光。

罗淑惠很兴奋，毫无睡意，便推门进来了。

魏能麟正在伏案写作，见到罗淑惠，急忙站起身来，非常激动地拿起了桌子上的手稿，连声音都颤抖起来："惠儿，你来得正好，我突然有了一个灵感，刚刚写了一个开头，你看看，你快看看。"

罗淑惠拿起稿纸，看了几行，立刻把她震撼了：

一个梦想，中国农民的梦想，在东方大地上萌动。她像一个躁动在母体中的婴儿，搏动着母亲的血脉，融合着一个和谐大家庭的期待。母亲已经感觉到了阵痛，那个梦的婴儿就要破水而出，降落在一个崭新的天地间……

罗淑惠再看看那份规划报告的题目，也已经换成了一个沉重而响亮的名字：《梨花渡宣言》。

罗淑惠心里一热，眼睛湿润了。

033 乡愁篇 真相的噩梦

我为什么要离家出走呢？我为什么要四处漂泊呢？从主观上说，我有一颗躁动的心，我有一个不安分的、渴望流浪的灵魂。这是接近混账的话，总有一个客观原因吧？因为我与沈秋萍的感情已经破裂，我不愿意守着一个婚姻的僵尸苟活。这倒是像一句冠冕堂皇的话。但这依然不是根本的原因，不是最深层的理由。

非要让我告诉你，我会说，因为恐惧。

一个巨大的恐惧，像雾霾一样严严实实地包裹着我，我像陷入了令人惊悚的魔窟里。我要逃，必须逃。

我到编辑部去送稿件，回来的时候坐县城到梨花渡的公共汽车。刚一上车就听有人喊我，是李春暖。在挤得像沙丁鱼罐头一样的车厢里，她居然给我占了一个座，全仗着她小巧玲珑，用一个大包袱占了两个人的地方。她说，我一上来就看见了你在外面。

我挤进去坐下。

正是仲夏时节，车厢像个蒸笼，热烘烘的空气中搅动着各种难闻的味道：鸡屎味儿、鱼腥味儿、烂菜帮子味儿，更多的则是人体散发的汗臊味儿。不少男乘客是光着上身的，女乘客即使穿着衣衫，前胸和后背也都是汗溻溻的。

我靠着窗子坐着，李春暖紧紧地挤在我的身边。她穿着一件碎花半袖衬衣，很薄，又透，连里面的黑色乳罩儿都可以看得清清楚楚。

车厢里越来越挤了，沿途总有人上车。李春暖的身子几乎完全靠在了我的肩上，我明显感觉到了，她的两只京白梨似的小乳房调皮地跳动着，像两只挣扎在手心里的小鹌鹑。

这是末班车了，天渐渐地黑下来，满车拥挤的乘客也渐渐地安静下来。李春暖却始终靠在我的身上，当天完全黑下来以后，她竟然将身子躺在了我的怀里。男人只有明骚和闷骚两种，无论平时多么正经，骨子里都骚得一塌糊涂。我怀里搂着这么一个小瓷人一样的尤物，能不动心吗？

她仰着脸一往情深地看着我，透过窗外飘来的光线，那水汪汪的眼睛和湿漉漉的嘴唇让我心里发毛了。我把头埋下去，舔着她那鲜嫩的小舌头儿。

突然，她把我的手拉进她那碎花衬衫里，两只小鹌鹑便在我的手心里跳跃起来。

她咬着我的耳垂儿，你喜欢吗？

我点了点头。

想要我吗？

我又点了点头。

五块钱，行吗？

我没听懂，却下意识地点了点头。

明天下午记工的时候，你在狗蛋岗子上等我。

这句话我听懂了。

梨花渡村东南有一个凸起的土岗子，有两丈多高，方圆几十丈。岗子的土质有点儿特殊，别的地方的土是褐色的，这里的土却是黑色的。不但黑，还很硬，几次运河改道，洪水冲刷，它都坚如磐石岿然不动。村民们说，就像是又黑又硬的狗蛋，故名。

我说过，我在梨花渡是个特殊的人物。因为有文化，因为与康百顺一笔写不出两个“康”来，又因为我和气热情人缘好，身兼数职，哪一职都可有可无可干可不干。所以，我不下地干活儿甚至随便溜达，都是顺理成章理直气壮的。

我早早地来到了狗蛋岗子，一边等待着李春暖，一边翻看着一本闲书。

狗蛋岗子上长着一些酸枣树紫穗槐荆条儿一类的灌木，也长着一些万根草谷莠子毛毛草一样的野草。我在一片略微平整的地方躺下来，用书本遮着脸，静静地等待着李春暖。

想着即将发生的事情，我心怦怦地跳着，牙齿都有点儿打架，毕竟第一次做这种伤风败俗的事情，有点儿冒险，有点儿刺激，更多的则是期待。

李春暖很快来了。

村里的记工员生孩子坐月子去了，李春暖是临时记工员。每天下午，李春暖就抱着记工本挨着地块儿跑，哪里有人干活儿，就到哪里记工。

一切都很顺利，这主要得益于李春暖的冷静和从容不迫。这小婊子是不是跟别人干过呀？

没有多少激动，也没有什么值得记忆的感受。完了就完了，像随便撒了一泡尿。

她裤子还没提起来就向我伸出了手。

我问她，干什么？

她说，你不是答应了吗？五块钱一次。

娘的，是有这么回事。

我掏出了一张十元钱的票子，扔给她。

她说，你没有零钱？

我朝她挥了挥手。

她说，那好，算我欠你一次，什么时候你想要了，言语一声。

我真有点儿恶心，伸手朝自己的脸上扇了一下，没觉得疼，又扇了一下。

我坐起身来，狗蛋岗子下面是一片玉米地。妇女们在掰棒子，森林一般的玉米地里传出了噼里啪啦的棒子断裂声和嘻嘻哈哈的妇女说笑声。

地头上有一个人，一个穿着黑衣黑裤的女人。女人将肩上的柳条儿筐放在一边，朝四下瞧了瞧，蹑手蹑脚地朝地头上走去。

地头上蠕动着一个黑色的“包袱”，像一只装在口袋里的猪崽儿。黑衣黑裤女人扑了上去，紧紧地压住了那个“黑包袱”。“黑包袱”蠕动着，挣扎着，黑衣黑裤女人几乎被翻倒，又扑了上去……

我一直默默地看着，这是什么把戏呀？

渐渐地，“黑包袱”不动了，黑衣黑裤女人直起身，背起放在一边的柳条儿筐，朝狗蛋岗子走过来。

黑衣黑裤女人看见了我，我的眼睛里大概充满了过多的疑惑和惊恐。

我们默默地对视着，相隔两三米的距离。

是我先低下了头，像是她根本不存在一样，连个招呼都没有打，便朝狗蛋岗子下面走去了。

直到收工以后回到家里，才听沈秋萍说，罗淑惠和吴大娘儿们给小兔子“看瓜”，把小兔子整死了……

这是一件轰动运河两岸十里八庄的人命案，继而由这人命案又演绎出一段荒诞无稽的婚姻。

梨花渡被搅得翻江卷浪。喊喊喳喳的议论，喋喋不休的争吵，惊慌失魂的报信儿，七嘴八舌的出主意想办法找关系搞协调当说客。而我呢，却一直缩在一个角落里，瑟瑟发抖，我的心在发抖。我该怎么办呢？良知和道义告诉我，我该挺身而出，告诉人们真相。可是我不敢，理智告诉我，这不可能，你不能这样做。没有人会相信你，因为你没有证据，更因为你指控的不是人，是神。

在梨花渡，她有着神一样的地位，这个地位是不容置疑的。神是完美的，神是不食人间烟火的，神是不放屁的，神是不屙屎的，神是不会犯任何错误的，神更不会杀人！

谁敢指控神呢？你还想不想活了？

我恨我自己懦弱，我骂我自己坏了良心，多少次我起来坐下，坐下起来，最终我还是坐下了。

我开始为自己开脱，小兔子已经死了，人死不能复生，没有必要再去死一个人。更何况要死的不是一般的人物，是个在梨花渡打断了骨头连着筋的人物。

我继而为自己解脱，像虔诚的教徒一样寻找到达彼岸的不二法门。为什么要把真相公之于世呢？这个世界上有真相吗？这个世界真的需要真相吗？果真如此，那么冯老太到底是谁？她爱的是罗大鞭子，为什么最终却嫁给了冯大鞭子？徐先甲说，据说，也是据说，冯大鞭子知道真相。那么真相又是什么？徐先甲摇头了。罗淑惠到底是谁的女儿，我问过罗大鞭子，你知道吗？罗大鞭子点了点头。我问他是谁。他说，我不能说。

一个是不知道真相，一个是知道真相也不能说。这就是我们的世界。

巍巍高山，滔滔大河。到底埋藏着多少真相，又冲走了多少真相？

我病了，整天晕晕乎乎的，白天困得要命，总想睡，又睡不着。晚上则像溯了水的鲜菜一样精神起来，半点儿睡意都没有。我开始喝酒，希图能用酒精把自己麻翻。我的胃却受不了了，大吐，连胆汁都吐出来了。

沈秋萍慌了，她抱着我的脑袋哭，哭着问我，你怎么了？你到底怎么了？

我紧紧地闭着嘴，我不能说，跟谁都不能说。人命关天，这是一个天大的秘密。

天大的秘密就是天大的恐惧，这天大的恐惧只能由我自己承担。

我开始做噩梦，那个黑衣黑裤的女人常常出现在我的梦里。梦里我看见了她的眼睛，那眼睛里跑出来的是狐狸、黄鼠狼、刺猬，还有蛇。我平生最怕的是蛇，在梦里我周围满是蛇，蛇把我紧紧地缠绕住。我怕极了，我喊，我呼救。喊又喊不出来，呼又呼不出来。梦就是我的地狱，我在地狱里挣扎，直到我惊呼着醒来，大叫着。那声音恐怖极了。

沈秋萍听到我急促的喘息，听到我憋闷在胸口的呼救，知道我在做噩梦，便及时地把我叫醒。我醒来后依然处于恐惧之中，有时候竟然大汗淋漓，半天半天，才能平静下来。

在海南那个没有卧室的厨房里，我和蛮子睡在阳台上，大声呼救出来了，那声音穿透了整个夜空，像是灾难骤然降临了。所有的人都被我惊醒了，我自己依然陷落在巨大的恐惧中。

蛮子很担心我的病，她为我到处求医寻药，还带我去峨眉山烧香，带我去看心理医生，甚至带我去找土家的端公招魂。我知道，她是徒劳的。

恐惧将伴随我的一生。

034 右岸　坤篇

周天英听说罗淑惠的新房盖好之后，既没有装饰房间，也没有添置家具，而是办起了一个国外农村民居图片展。她觉得很新鲜，又想到很长时间没有见到罗淑惠了，便朝运河边走来。

已经快到中午了，天空中依然雾霾弥漫，头顶上像扣着一口大铁锅，而铁锅里又蒸腾着毒气，呛得人喘不过气来。黢黑的河水像是流淌不动了，咕噜咕噜地冒着泡儿，散发着臭气，让人憋闷得想吐。吐又吐不出来，心口窝儿积郁着肮脏的块垒，想发火想骂娘又不知道该骂谁。

只有曹大海在家，他整理着院子里的花草树木，干得很投入。见周天英进来，挓挲着手说："你瞧，连个坐的地方都没有，没有炉子，连口水也没法给你喝。"

周天英说："先别跟我客气了，罗淑惠呢？"

曹大海说："走了，一大早就走了，跟魏伯伯一起走的。"

周天英说："她怎么又走了？你们的房子盖好了，怎么不张罗着往里面搬呢？"

曹大海说："我也说快点儿归置快点儿搬家，可是罗淑惠不同意，魏伯伯也不同意。说什么时候运河水清了不臭了再搬过来……"

周天英说："那得等到猴年马月呀？到时候新房又变成旧房了。"

曹大海说："我也这么说，他们说沈秋萍的精铸厂关闭了，河水就自然会还清的。"

周天英哼了一声："这罗淑惠怎么越来越像个孩子呀？净想那些不靠谱的事。听说她还办了个图片展，我瞧瞧。"

曹大海急忙打开门："你看吧，昨天晚上那些娘儿们都来过了。"

周天英看着挂在墙上的那些图片，有点儿困惑，这不都是外国的房子吗？罗淑惠办这个展览干啥？是为了显摆自己的新房吗？不错，你盖的新房确实好，可跟这些有啥关系？

冯小螺跑来了，说找她有急事。

周天英跟着冯小螺出了门，上了冯小螺的车。

冯小螺说："沈秋萍要跟您竞选村主任，您知道吧？"

周天英说："知道呀，不只是沈秋萍，还有曹金生、宋长礼，都是候选人。选举法规定，选民自我提名、联名提名和预选提名，都可以作为候选人。"

冯小螺说："沈秋萍不好好办她的工厂，当什么村委会主任？"

周天英说："她想保住她的工厂，当年建厂的时候，跟村里签过一个合同，土地使用期为二十年，明年就到期了。她知道村民对她那个厂意见很大，几次找我要续签合同，我都没同意。"

冯小螺说："您把她得罪了，这回她要夺您的权了。"

周天英轻松地笑了笑："你以为癞蛤蟆插上几根羽毛，就能飞上天追天鹅了？"

冯小螺说："村委会是民主选举，她的选票比您多，就能当选，您说什么都没用。"

周天英说："老百姓凭什么要投她的票？"

冯小螺说："人家为什么不能投她的票？"

周天英说："选票是神圣的，是公民的崇高权利，不是死人的时候撒的纸钱，可以满天飞。"

冯小螺说："选票在选民手里，人家想选谁就选谁。"

周天英说："那得看人心，看民心，民心所向才能获得选票。她办那个破工厂，把咱梨花渡祸害得够苦的了，谁能选她？"

冯小螺嘻嘻笑起来："妈呀，我的亲妈呀，您也在官场上混了二十多年了，怎么还天真得像个孩子？"

像个孩子？天真？刚才在罗淑惠家里的时候，她心里还说罗淑惠像个孩子，这会儿怎么自己的女儿也说她像个孩子了？

冯小螺说："还神圣？还崇高？还人心？还民心？哈哈，您真够可以的。这些词都是报纸上电视里说的，您也信？我问问您，中国人懂得什么叫神圣，什么叫崇高吗？人心是什么？民心又是什么？"

周天英不服气："那你说是什么？"

冯小螺说："徐可良喜欢读书，他说过，中国人特别是中国农民，是最讲实惠的。神圣可以卖钱，崇高可以换钱，人心民心都可以花钱买到。"

周天英说："徐可良他放屁，那浑蛋的话你也信。"

冯小螺说："徐可良是浑蛋，但徐可良的话不是浑话。您知道吗？人家沈秋萍就比您明白。"

周天英问："她明白啥？"

冯小螺说："这不是中秋节快到了吗？昨天晚上，沈秋萍开着小汽车，挨家挨户，每家送了一盒稻香村的月饼。"

周天英吃了一惊："真的？她都送了？"

冯小螺说："连咱家都送了，奶奶亲口跟我说的。"

周天英说："一盒稻香村的月饼少说也要一百多块钱，全村四百多户，她得花五六万块钱。"

冯小螺说："这还是小钱，您知道吗？她把吴大娘儿们、范希云、谷玉梅那些仙姑都找去了，让她们给她跑票。"

周天英没懂："跑票？怎么跑？"

冯小螺说："就是拉选票呀，她把钱交给了那几个人，一张选票一百块钱。"

周天英说："这是贿选，违法的。"

冯小螺说："违法不违法，这招儿管用，我找您，就是要跟您商量商量，我们也要采取措施了。"

周天英说："你让我给大伙儿送月饼，买选票？"

冯小螺说："送不送月饼没关系，钱是不能不花的。"

周天英说："我没钱，有钱也不能干这违法的事。"

见周天英态度很坚决，冯小螺便不敢再说什么了。

果然，钱可以买选票，周天英骂起了娘，骂梨花渡的人，贱，见钱眼开，良心喂狗了。这么多年自己辛辛苦苦地给梨花渡的人办事，没吃过谁一顿饭，没收过谁一盒礼。有的清廉的干部说自己是两袖清风一肚子酒精，她连一肚子酒精都没有，清清白白，难道梨花渡人的眼睛瞎了心也瞎了？

还真的让冯小螺说对了，选举开始便见到了真格的。

第一轮选举，沈秋萍的选票一路飙升，居然超过了自己一百多张。这他娘的还有天理没有?

好在最后胜出的是沈秋萍和周天英两个人，周天英进入了终选，与沈秋萍 PK。

周天英已经没有信心了。

冯小螺觉得自己该出手帮助妈妈一把了，提出来拿钱去砸。

周天英坚决不同意。

冯小螺说："妈，现在问题严重了，您知道沈秋萍为什么能胜出吗?"

周天英说："她不就是有俩糟钱吗?"

冯小螺说："事情没那么简单，有钱是一方面，如果背后没有人给她撑腰，上面不支持她，也白搭。中国的事情您还不清楚，后面没人，她跳得起来吗?"

周天英问："谁? 谁是她的后台?"

冯小螺说："韩副县长。"

周天英吃了一惊："韩畅?"

冯小螺说："就是韩畅。"

周天英心里的火气一下子燃烧起来。多年以来，韩畅与沈秋萍的关系，如同梦魇压在她的心口窝儿上。睁开眼睛，什么都没有，可是把眼睛闭上，却活龙活现地出现在她的眼前。她还问过韩畅，也试探过沈秋萍，什么证据都没有。没有证据，可又是一团一缕的蛛丝马迹。是自己疑心生暗鬼，还是韩畅和沈秋萍玩得高明? 反正韩畅不是省油的灯，沈秋萍更是一肚子花花肠子。跟他们两个人斗，人家把她卖到爪哇国，她还得帮助人家点钱。

那天中午，冯老太过生日，徐可良没有来，却来了一个不速之客，那个妖艳的女人苏梅子。

她打了苏梅子，把苏梅子赶跑了。

苏梅子自称是韩畅的未婚妻，并且怀上了韩畅的孩子，她当时就气疯了。事后她给韩畅打过电话，韩畅的手机号换了；她到县政府去找过韩畅，办公室的人告诉她韩畅出差了。她再也没有跟韩畅联系上，她疯疯癫癫地摔打了几天，骂了几天，冷静下来了。冷静下来之后便赶上了村委会选举，她没工夫再搭理韩畅了。

冯小螺又说：“妈，您知道韩畅为什么要把沈秋萍推上去当村主任吗?”

周天英一时还缓不过神来。

冯小螺又说：“徐可良都告诉我了，改造梨花渡的规划县里已经立项了，并且拿出了三个亿的启动资金。徐可良的那个公司，就是为了这个规划成立的。”

周天英说：“改造梨花渡的项目我知道，三个亿启动资金的事情我也知道，这些镇里都开过多次会议了。”

冯小螺说：“凭着韩畅和您的关系，这个公司应该给我，可是他为什么偏偏给了徐可良?”

周天英又往好处想起了韩畅：“也许他为了避嫌。”

冯小螺说：“为了避嫌好歹还能说得通，可是为什么要把您的村主任拿掉换沈秋萍呢?”

周天英懵懵懂懂地看着冯小螺：“你说的是真事? 沈秋萍的后台真的是韩畅? 莫非……”

周天英不由得打了一个冷战，这个女人太可怕了。

冯小螺说：“沈秋萍当村主任之后，就会立即启动梨花渡的拆迁改造，您知道吗? 总投资要一百个亿呢! 一百个亿，您知道有多大油水吗?”

周天英说：“多大油水我也不能沾，我得保住晚节。”

冯小螺说：“您想保住晚节，谁让您保呀? 您马上就下台了。您下台之后，看着韩畅、沈秋萍、徐可良勾结在一起，您咽得下这口气吗? 不为别的，您得为梨花渡的老百姓争个公平呀!”

这句话深深地刺痛了周天英。

她有点儿后悔了，苏梅子那天找上门来，应该问问她韩畅的那个女人是谁。

她没容苏梅子开口，便把她赶走了。

果真还有第三个女人，她跟苏梅子都是受害者，她们应该联合起来。

都怪自己一时昏了头。

那个女人很可能就是沈秋萍。

沈秋萍又给韩畅挖了一个陷阱，韩畅掉进去了。

韩畅啊韩畅，你怎么这么傻呢？

周天英自己也奇怪，怎么同情起韩畅这个负心郎来了？

这是一个月光如水的夜晚，北方的秋天是一年中的黄金季节。冯老太又来到了后面的小院，清凉如水的月光里，她在藏仙楼上摆下了几份供品：月饼、鸭梨，还有自己蒸的糖三角、黏豆包儿。

胡、黄、白、柳各门派的大仙都来了，向冯老太无声地朝拜。

与此同时，梨花渡的大街上，也活跃着四大仙姑：吴大娘儿们、范希云、谷玉梅和沈秋萍。

沈秋萍并没有出面，她开着汽车，尾随着三位仙姑走门串户。三位仙姑各有分工，吴大娘儿们走的是中街，范希云走的是北街，谷玉梅走的是南街。

三位仙姑挨门挨户地送着钱，每一个有选举权的人都有份儿，每份儿一千元。大捆大捆的钱放在沈秋萍的车里，谁的钱送完了，就到她的车里来拿。而沈秋萍要干的，就是把三位仙姑送的每一份儿钱记录下来。

或许有人担心，你给人家送了钱，人家不选你怎么办？这话要两说着了。如果你送了钱依然没选上，那钱就当打水漂儿了，认倒霉吧。如果选上了，那收了钱没投人家票的人就准备当倒霉鬼吧。祖祖辈辈一个村住着，一家过日子十家瞭高儿，谁什么人品大家都清楚，谁干出了没良心的事来沈秋萍心里会有数的。她和三位仙姑讨论了几个晚上了，谁家该送，谁家送了也白送，谁家不能送，她们都算计好了的。

螳螂捕蝉，黄雀在后。今天晚上沈秋萍的一举一动也都被人盯得清清楚楚的，她的小汽车停在哪里，哪里的篱笆根底下树荫背后肯定有一双眼睛。三个仙姑后面也同样跟着几双眼睛，仙姑进了一个门，刚从那个门出来，保准就有“一双眼睛”进去了。你送了多少钱，人家掌握得一清二楚。

这个背后盯梢的人是冯小螺，冯小螺指挥的是小仙姑，那些大仙姑的女儿或者儿媳妇。当然，冯小螺比沈秋萍出手还要大方些，她已经准备好了并且对三位小仙姑讲清楚了。三位仙姑跑一票得一百元钱，小仙姑调查出一户来冯小螺给两百元。当时就有人算了一笔账，梨花渡选举，三位大仙姑发了，每人至少拿三四万元。小仙姑也都发了，每人能拿五六万元。

难怪她们要求，村委会别三年一选，每年都选一次吧，最好半年或三个月就选一次。

罗淑惠回来了。

冯老太给魏能麟打了电话，魏能麟让她连夜赶回来了。

罗淑惠回到梨花渡的时候已经是后半夜了，是魏能麟派车送她回来的。她没有回家，直接来到了周天英家。

罗淑惠一进门，吓了一大跳。正房西屋的炕上，堆满了钱，都是一捆一捆的人民币。冯老太、周天英、冯小螺围着这堆钱坐着，脸红脖子粗，好像刚刚争论过。

罗淑惠瞪着这些钱，故作惊讶地说："你们砸银行了？"

周天英说："你来得正好，我们的票数一点五对一点五，正好僵持着呢，就差你这一票做决定了。"

罗淑惠看了看冯老太，又看了看冯小螺，似乎明白了。她坐在靠着墙柜的板凳上，没说话。

冯小螺解释说："是这样，明天的村委会选举，是我妈和沈秋萍对决，谁的票多谁胜出。今天晚上，沈秋萍家家户户地送钱买选票，总共送出去有一百六十多万。我现在取出来两百万，非要把她砸死不可。"

周天英说："预选的时候她就花了钱，否则她怎么会比我得的票还多呢？"

冯老太说："淑惠呀，我叫你来，是想让你拿拿主意，你说，这钱能送吗？"

罗淑惠说："这钱是谁的？"

冯小螺说："我的呀。都是我的血汗钱。"

冯老太说："沈秋萍这样做，是违法。她违法，我们不能跟着违法。"

冯小螺说："违法不违法，也没有人制止她呀。她用钱砸选票，我们不出手，村主任她就算当上了。”

冯老太说：“当上了又怎么样？你妈不是当了这么多年村主任吗？”

冯小螺说：“沈秋萍那娘儿们跟我妈不一样，她野心太大，一旦掌了权，梨花渡就都是她家的了。”

罗淑惠终于说话了：“小螺，你拿出这么多钱来就是为了让你妈保住村主任的位子是不是？”

冯小螺说：“当然了，这村主任绝不能让沈秋萍那娘儿们干。”

罗淑惠问：“当个村主任有什么好处？”

冯小螺说：“惠姑您还不知道吧？县里马上就要改造梨花渡了，投资一百个亿呢！您想想，一百亿的大单，能落在别人手里吗？”

罗淑惠说：“你妈当了二十多年村主任，没拿过一毛钱的好处。你说，面对着一百个亿，你妈能捞多少？”

冯小螺说：“我妈捞不捞的我不管，但是，沈秋萍上台，她肯定要大捞特捞，我们就是为了保护梨花渡老百姓的利益，决不能让沈秋萍这野心家得逞。”

罗淑惠说：“这么说，你拿出这些钱来保住你妈的位子，是为了梨花渡的老百姓了？”

冯小螺说：“可以这么说。”

罗淑惠笑了：“这话要是从你妈嘴里说出来，我信。现在从你嘴里说出来了，打死我都不信。”

冯小螺说：“当然，我也要把丑话说在前面，既然我花了这么多钱了，总得让我把本钱捞回来吧？”

罗淑惠说：“你总算说了实话了，原来你也是看中了梨花渡拆迁改造这块肥肉，你不是也想捞吗？你捞跟沈秋萍捞有什么区别呢？”

冯小螺一时语塞。

冯老太笑了。

周天英说：“我心里也不服，我当村主任可以不贪，可以清廉，可是咱不能眼巴巴地看着沈秋萍得逞，拱手把梨花渡送给她吧？那不成汉奸了吗？”

罗淑惠说：“放心吧，她花的钱越多，村主任越当不成。”

周天英问：“你为什么这么说？”

罗淑惠说："公道自在人心。"

周天英笑了起来："淑惠，那天我说你像个小孩子，小螺又说我像个小孩子，今天看来，真正的小孩子还是你。"

罗淑惠说："小孩子怎么了？"

周天英说："天真得可爱，天真得要命，也会天真得送命。"

村委会主任的正式选举是在第二天的上午，地点是村委会大院。会场布置得很隆重，还拉了条幅，设了主席台。前来监督选举的是梨花渡镇党委书记杜剑明，还有县委组织部副部长姜田以及一些不大熟悉的领导。

按照选举的议程，两个候选人是要发表竞选演说的，要讲她们将来的执政理念和设想，要给选民承诺，要回答选民提出的问题。

毕竟周天英是现任主任，由她先发表演说。

可让人很失望，周天英除了说一些官话、套话和正确废话之外，几乎没有什么理念和承诺。

沈秋萍却不同了，看来她是做了充分的准备的。出口不凡，语惊四座，而且简单明了，说得头头是道。

罗淑惠想，她真是块当官的材料，这些年在梨花渡历练得成精了。

沈秋萍抓住了梨花渡人的心，讲的都是大家关心的梨花渡拆迁问题。

她先讲了现在梨花渡的拆迁条件，这些条件都是原来的村委会、镇政府和开发商定的。言外之意，就是周天英没有争取梨花渡老百姓的最大利益。如果她当上村委会主任，要跟开发商重新谈判，谈判的条件她都列出来了，一二三四五六七……总共十三条。这十三条都是村民提出来的合理要求，如果开发商答应了，每家就会多出一套房子，多给十多万块钱。

听听，多么具有煽动性和蛊惑力的条件啊！

不比不知道，一比吓一跳。周天英在梨花渡当了二十多年的家了，不错，她是清廉，也没少卖力气，可是她给梨花渡的老百姓带来什么了？带来的就是少数人富起来了，多数人更穷了。人家沈秋萍首先想到的就是为老百姓争利益，一看就知道比周天英明白，也比周天英能干。

不选这样的人还能选谁呀？

很明显，周天英处于绝对的劣势。

冯小螺急坏了，一个劲儿地拉罗淑惠的胳膊。

罗淑惠说：“你也是，既然不想让你妈下台，怎么不好好给你妈准备准备演讲稿？”

冯小螺说：“我哪儿懂这些呀，别忘了，人家沈秋萍的丈夫是作家。”

罗淑惠明白，沈秋萍的演讲跟作家康运桥一毛钱的关系也没有。

罗淑惠站了起来。

村里人很少看见罗淑惠，今天她来参加选举，已经够让人惊讶的了，现在又站起来要发言，更是出乎意料。许多人给罗淑惠鼓起了掌，吴大娘儿们等人还叫起了好儿。

罗淑惠走上台，沈秋萍立即迎上来，跟她热情地握手：“淑惠，你可来了，谢谢你，谢谢你来给我捧场。”

罗淑惠笑了笑，便走到麦克风前面。

等台下安静下来，罗淑惠开口了：“刚才沈秋萍讲的那些话，你们都听懂了吗？”

台下热烈地响应：“听懂了……”

罗淑惠换了口气，绷起了脸，狠狠地说：“你们听懂什么了？傻逼，都是傻逼！”

台下顿时寂静下来，挨了骂，反而都变得服服帖帖了，一个个仰着脸看着罗淑惠。

罗淑惠说：“人家说什么你们就信什么？也不动动脑子？还听懂了，懂什么了？知道仨多俩少不？知道丈母娘和女婿的辈分怎么论不？还拆迁拆迁，一步登天？怎么就登天了？分你两套楼房就登天了？给你十几万块钱就登天了？告诉你们，天上可没梯子，上的去下不来，小心一个跟头栽死……”

这也就是罗淑惠，出了名的媳妇头儿，这样连敲打带涮连损带挖苦的数落，谁也不敢吱声。为什么？一是罗淑惠是当村的姑奶奶，说话轻了重了没关系。二是在梨花渡，大多数人还是很服气她的。人家说话在理，办事靠谱，这不是一年两年积攒下来的。远的不说，就说近些年吧，梨花渡发家的有，考上大学当了教授的有，混出个人模狗样的有。可是谁比得了人家罗淑惠，跟着县级的大官出国考察，拍回了那么多扎眼扎心的照片。这且不说，人家还带头盖了一栋比洋人的房子还漂亮、还气派的小楼小院。别说人家有魏能麟帮助，人家魏能麟怎么不帮助别人呀？非亲非故的，为什么单单帮助罗淑惠呀？还不是人家罗淑惠有本事？

罗淑惠看了看台下那些困惑且期待的目光，缓和了一下口气，说："从土改到合作化到人民公社，土地归了大堆儿二十多年，后来又分田到户。可是我们的宅基地却没有变，还是属于我们自家的。你们的房子有的十几年了，有的几十年了，有的一百多年了。大家知道，梨花渡的宅基地是一亩三分，这得感谢人家徐家的先祖。一亩地是六百六十六平方米，一亩三分差不多是八百六十多平方米，就算八百平方米吧。刚才沈秋萍说了，每家能分两到三套房子，就算三套，每套七八十平方米，三套才多少？有人说了，不是还给钱呢吗？不错，是给钱了，叫作拆迁补助款。你们也不想想，爹不给钱，妈不给钱，闺女儿子不给钱，凭什么开发商给你们钱？是你们爹是你们妈，是你们闺女还是你们儿子？他给你们钱，是因为他把你们的宅基地买走了，盖了楼房赚了钱。他们赚多少钱呢？咱也给他算算。咱甭按照一亩三分算，算一半多一点儿吧，七分地上盖了房，七分地就是四百平方米。这是一层，他们的楼房有的六七层，有的十几层，还有更高的。就算它平均十层，四千平方米。四千平方米多少钱，就算五千块钱一平方米，就说两千万。他赚了两千万，给了你们十几万几十万，你们还给他磕头烧香谢祖宗……"

沈秋萍不干了："我说罗淑惠，有你那么算账的吗？开发商还要交税，各种各样的税，还有数不清的费用，还要讲成本核算，还有广告费、赞助费、建公共设施……这些你算进去了吗？"

罗淑惠说："我给你打着富余呢，一是我说了，一亩三分地我是按建筑面积七分地算的，何止七分？开发商的容积率是多少？有细算的时候？第二，我按照五千块一平方米的价钱算的，现在有这么便宜的房子吗？这些足够你刚才说的那些费用了。"

沈秋萍说："你忘了一大笔钱，征地费。开发商是从政府手里把地买来的，大头儿都让政府赚走了。"

罗淑惠说："你说得不错，大头儿是让政府赚走了。可是我们想想乡亲们，这宅基地是我们的，凭什么政府把我们的地卖给开发商，还赚了大头呢？"

这时候，许多人听明白了，嗡嗡嘤嘤地议论开了。

罗淑惠说："大伙儿先静一静，听我把话说完，我还有话呢。我们的宅基地哪儿来的？是我们的祖宗传给我们的，祖宗传给你爷爷，你爷爷传给你爸爸，你爸爸又传给了你。传到你这辈，宅基地没了，让你卖了，将来你儿子要是跟你要怎么办？这不是败家子儿吗？"

哄的一下子，许多人彻底明白了，会场上控制不住了，开了锅似的嚷嚷起来。

罗淑惠说："大伙儿先等一等，再给我两分钟，让我把最后的话说完。刚才我说了，我们的宅基地是祖祖辈辈的，即便是房子老了、旧了、坏了，宅基地还在，还可以理直气壮地在上面盖新房。可是，开发商卖给我们的房子，只有七十年产权。七十年之后怎么办？别想了，有七十年之后吗？现在的房子，寿命都是三四十年，房子倒了，上哪儿盖去？"

许多人坐不住了，纷纷要求发言。

罗淑惠说："求求你们，再让我说几句吧！等我说完了，有你们说话的时候。有人说了，他们这是在搞农村城镇化。要我说，扯淡！农村城镇化就是扒了农民的房子把农民赶上楼吗？或许你们问了，农民不上楼怎么搞城镇化？怎么提高农民的生活水平和文明程度？我告诉你们，让农民上楼是什么？是糊弄秃丫头上轿子。你只要上了楼，就别想下来了。我从国外带回来一些照片，不少人都看了，希望大家都去看一看，你看看人家那种生活是不是现代化生活，文明程度高不高。现代的文明是城市与农村的融合，城里人有钱了，要到农村买第二套住宅，作为休假休闲的地方。如果我们农民有钱了，也可以到城里买一套房子，过过城里人的生活。我知道你们接着要问我什么，你们会问，我们怎么会有钱呢？我们的钱从哪儿来？告诉你们，留得青山在，不怕没柴烧，我们的土地就是我们发家致富的聚宝盆。冯小螺在梨花渡建起了蔬菜大棚，我们种的蔬菜已经出口到韩国、日本、新加坡了。这仅仅是个开始，还会有许许多多发家赚钱的路子，包括我们办企业、办工厂，但是我们绝不能办精铸厂那样的工厂。我们需要金山银山，更需要绿水青山，绿水青山就是金山银山。首先一条，就是要把大运河的水还清，让大运河流淌着能喝的水，能浇灌庄稼的水，能捕鱼的水，能航船的水……”

罗淑惠把这些话一股脑儿倒出来，从台上跳下来，坐在了下面的一个角落里。

罗淑惠刚坐下，就发现冯老太来了。冯老太是坐着轮椅来的。

罗淑惠起身走过去。

冯老太笑眯眯地说：“我这老寒腿犯了，疼得站不起来了。这不，小螺给我买了轮椅。”

罗淑惠说：“您腿脚不方便就在家休息吧，怎么还往外跑？”

冯老太说：“我得来，我是有选举权的，我要投上负责任的一票。”

罗淑惠说：“您选谁？一会儿我替您画票。”

冯老太说：“我选你，你能替我画票吗？”

罗淑惠说：“您别逗了，我又不是候选人。”

冯老太说：“你马上就是候选人了。”

会场依然乱哄哄的，主持人竭力维持着秩序，进行着下一步的议程。

一辆小汽车开进了会场，从车上走下来两个人，一个是魏能麟，另一个不认识，是个中年人。

不知道得到了什么信息，会场上静了下来。

中年人走到台上，高声说：“我现在宣布县村委会换届领导小组的决定，根据群众揭发检举，并经过有关部门的核实，沈秋萍在村委会主任竞选中存在严重的贿选行为，县村委会换届领导小组和梨花渡镇党委决定，取消其候选人资格。”

台下的人好像还没有反应过来，静静地呆愣着。

中年人又宣布：“梨花渡有三百多名选民联名推荐罗淑惠作为梨花渡村委会主任候选人。考虑到联名举荐人数众多，已经接近全体选民的三分之一，县村委会换届领导小组和梨花渡镇党委决定，罗淑惠同志直接进入村委会主任候选人名单，与周天英一起，竞选村委会主任，现在投票开始。”

会场顿时沸腾起来。

冯老太也忍不住笑起来："淑惠，我说的话应验了吧？"

周天英和魏能麟一起走过来，拉着罗淑惠的手表示祝贺。

魏能麟说："你们两人竞选，会让许多人为难的。冯老太，你选谁？"

冯老太说："我当然选我的女儿了！"

魏能麟说："周天英先得了一票，暂时领先罗淑惠了。"

冯老太说："老魏，你老糊涂了吧？"

魏能麟问："怎么，你的女儿不是周天英吗？"

冯老太说："周天英是我的儿媳，罗淑惠才是我的女儿，她从小就叫我冯妈妈，你忘了吗？"

周天英说："妈，我的票也要投给罗淑惠。"

罗淑惠的脸红了，她反而不知道该说什么好了。

会场上响起了起哄的声浪，是吴大娘儿们她们发动起来的。

大喇叭里喊着周天英和罗淑惠的名字。

周天英拉着罗淑惠，朝主席台前走去。

035 乡愁篇　魂归何处

电话是一个陌生的女人打给我的。她确认我是康运桥之后，便在电话里哭了起来。

当时我正要上火车，安检已经过了，正举着车票进站台。那个女人哭着说出了田静娴的名字，我的心一下被揪紧了。本能告诉我，要出事了。女人让我马上到医院去，田静娴不行了。

这怎么办呢？我和徐先甲是应魏能麟之邀到山西晋城考察的。对于梨花渡村如何改造，如何城镇化，魏能麟有了一套完整的方案，并且通过罗淑惠开始小步快走了。别忘了，梨花渡是一村一镇的，最复杂的就是镇里这一块，而最有改造价值的也是镇里这一块。因为你要打造北方漕运古镇，恢复千年古镇的历史风貌。这需要大面积的拆迁，拆迁是最让人亢奋又最让人头疼的事情。镇里的房子大部分是陈旧的建筑，有的也有两三百年的历史了。这些房子，三分之一属于镇政府管辖的公产，另外三分之二则是百姓的住房，且绝大多数是祖传下来的私产。怎么规划固然很重要，更重要的是怎么拆迁、怎么补偿。具体政策还没有出炉，下面已经闹得沸沸扬扬准备白刀子进去红刀子出来了。这是玩命的事，闹不好要出大乱子的。

徐先甲提供了一个线索，说山西晋城有个皇城相府，是清代康熙年间文渊阁大学士兼吏部尚书陈廷敬的故居，村子里大部分都是陈氏的后人，其建筑规模宏大，是一座古堡式的清代建筑群。当地开发成旅游景区之后，并没有征收村民的住宅，而是在景区外面建了一个新的住宅区，请村民搬进新区。原来的住宅产权不变，按照规模和面积折价入股，按股分红。

魏能麟对这种方式很感兴趣，要是产权不变，这房子永远是你的，就减少了许多麻烦。他设想，如果在梨花渡古镇的外面也建一个新的住宅小区，按照成本价贷款卖给镇上的人，镇上的人用老房子入股，用分红的钱还贷，如此一来，镇上的人没有失去老房子，又多了一套新房子，何乐而不为呢？

我跟魏能麟请了假，又退掉了火车票，便急匆匆朝医院赶去了。

我是打了一辆出租车赶往医院的，路途不长，我的心却翻腾出一条没有尽头的长河。

我是把田静娴作为我的初恋情人的，不知道她是否认可。可是，那叫恋爱吗？不要说拥抱接吻，我们连手都没有拉过。

在潞河中学的潞园文学社，我们是正副社长。我们都来自农村，都把文学作为自己的梦想。她写诗，我也写诗，诗是每一个文学青年的敲门砖，是入门考试的第一张试卷。我们办了一个刊物，我们的作品也刊登在那个刊物上。除此之外，我们还有一个共同的笔记本，一个塑料封套的印着毛主席语录的笔记本。那是田静娴的一首诗刊登在省刊上，作为稿酬赠送给她的笔记本。那个笔记本是蓝色的，她喜欢蓝色。我告诉她，我也喜欢蓝色。她问我为什么，我说蓝色是天空，是海洋。我们志在天空，拥抱海洋，放眼全球。我们那一代人就是这么疯魔，整天饿着肚子高喊豪言壮语，连求偶也如此豪迈。

她让我与她共享着蓝色的笔记本，她写一首诗之后把笔记本交给我，我写一首诗之后再把笔记本交给她。蓝色的笔记本上刊载着我们稚嫩得可笑的诗作，也暗藏着我们青春的躁动。

谁也没有表达，甚至连表达感情的诗都没有写。

这能算恋爱吗？

后来沈秋萍大胆地向我表白了，直截了当得让我心惊肉跳。她说她喜欢我，要跟我一起建设新农村，在广阔的天地里大有作为。

我说过我选择沈秋萍的因由，选择了之后我就背上了负罪的十字架。我觉得我背叛了田静娴，抛弃了田静娴。我没有勇气面对愧疚，我像城里的懦夫和农村的窝囊废一样选择了逃避。我尽我最大的努力避免和田静娴见面，哪怕她后来以官员的身份来到梨花渡，我都想方设法地回避她。

沈秋萍却厚颜无耻地跟田静娴套近乎，拍田静娴的马屁。有好几次，她跟我商量请田静娴来家里吃饭。我不同意，我说要请她可以，我回避。她说我小心眼，我不言语。我知道她希望我是这个态度，女人的小心思。

对于田静娴是如何当上官的，并且起点不低，刚出道就是县妇联的副主任，坊间有不少传闻。最靠谱的说法是这样的，她跟我一样，毕业以后便回到了家乡，属于还乡知识青年。我从来没有把农村看成是广阔的天地，大凡从农村出来的人都不会怀念农村的。只有那些没到过农村的沈秋萍之流，才用自己的愚蠢给农村涂抹上梦幻的色彩。我估计田静娴也是，她回乡当柴火妞儿也是万般无奈的。她如何度过那无奈的时光是不得而知的，但是她做了一件很了不起的事情。

她所在的那个小乡村，应该比我们梨花渡还贫穷、还落后、还闭塞。由于穷，很多年轻人娶不上媳妇。娶不上媳妇就要想各种办法，主要的办法就是从外地更贫穷的地方买媳妇。田静娴的哥哥也不例外，他从人贩子手里买来一个四川幺妹。这一天田静娴收工回家，发现家里人里里外外地忙活着，灶台上还飘出了久违的肉香。田静娴放下锄头，走进自己的屋里，一个梳着短辫的小姑娘正蹲在炕沿上写着作业。田静娴一愣，你是谁家的孩子？小姑娘看了看田静娴，继续低头写着作业。田静娴凑过去看着，发现小姑娘写错了一道题，给她提醒着。小姑娘的目光里露出了钦佩。田静娴继而问她，她哭了。

原来小姑娘是四川南部县人，今年十四岁，在镇上读初中。那天放学，她的亲舅妈到学校来接她，说去外婆家。结果她的舅妈把她交给了一个陌生人，陌生人一路上胁迫她换火车坐汽车，不知道经历了多少山山水水，她被卖到了田静娴家，准备给田静娴的大哥当媳妇。

田静娴当时就火了，人家还在读书，就买来做媳妇，这是作孽，是犯罪。田静娴顾不得多想，推着自行车，把小姑娘从后门带了出去……她的行动很快就被家人和乡亲们发现了，后面一群人呐喊着追出了村庄，像是追剿逃犯。田静娴急了，把自行车交给小姑娘，让她骑着车朝镇上逃，到了镇上就找公社，到了公社就找妇联。

田静娴被哥哥和乡亲们裹挟着追到公社，妇联主任被堵在了公社的大门口。乡亲们喊着要妇联主任交出那个女孩儿，田静娴却喊着央求妇联主任，您救救那个女孩儿吧，她还在读书，还是个学生啊。

这个事件发生不久，上级部署“打击拐卖妇女儿童”的“专项斗争”，田静娴成了英雄般的典型，很快被提拔为县妇联副主任。

老实说，田静娴是不适合当官的。她太善良，太本色，太幼稚。善良让她不会整人也不会防人，本色使她不会掩饰也不会随机应变，幼稚使她失去了太多的机会。她一直稳稳地坐在县妇联副主任的位子上，直到上面有了“轮岗”的制度，她才被派到文化局当第四副局长。

她当的都是闲官，也不知道时间都到哪儿去了，连个恋爱都没有谈。先是大龄女青年，后是剩女，最后索性成了独身主义者。

一朵应该怒放的花，就这样带着苞蕾枯萎了。

我离开家以后，反而听到了田静娴更多的消息，也看到过她发表在文学刊物上的一些小说和散文。我还偷偷地窥视过她的博客，很欣喜的是，她的文字很好，写的东西很扎实，很生活。但是，我一直没有勇气跟她联系，可怜的我，可怜的她。

我承认我是懦弱的，这懦弱又被一层虚荣包裹着，还被一丝野心打压着。

当我知道沈秋萍背叛我之后，我简直无法再活下去了，我的精神坍塌了。我躺在大运河边，三天三夜，没吃没喝也没动。天上的老鹰以为我死了，俯冲下来又闻到了活人的气息，便在我仰对的天空上盘旋。

沈秋萍来找过我，跪在我面前哀求我，求我原谅她，求我像周二宝打范希云那样惩罚她。

我一声不响，真真的像个死人。我愕然发现，不理不睬不屑也是对罪恶者的惩罚，而且是最有力最有效最省心力的惩罚。我后来又把这种态度发展到了极致，一声不响地离家出走了。

我离家出走十一年了，我习惯了这种浪迹天涯的生活。我没有想过跟沈秋萍离婚，她也不会跟我离婚的，她也要面子，更要利益，她是个为了利益豁得出去的女人。

在流浪途中，我有过女人，除了蛮子，还有野鸳鸯、露水夫妻、一夜情什么的。

在海南，我与田静娴有一个奇遇，奇遇过后却又淡如陌路。我突然发现，我从一个少年时期的痴心郎变成了无情无义的负心汉。

回到梨花渡以后，我曾经动过多次念头，我想找田静娴，想跟她聊聊，至少见个面，看看她现在的样子。

我终于没有，我不知道为什么没有。

沈秋萍的背叛让我对女人硬起了心肠。

我还是来晚了。

赶到医院的时候，田静娴已经被推进了太平间。我问那个陌生的女人，她到底得的是什么病。那个女人说，子宫癌。不对吧，子宫癌是死不了人的。那个女人说，癌细胞扩散了转移了，摧毁了整个内脏。

我的心被一种苦辣堵住了，想哭，想吐，又发泄不出来。

那个陌生的女人交给我一个很精致的木盒子，这是田静娴最后留给我的。

我问那个陌生的女人，你是谁？你跟田静娴是什么关系？

那个陌生的女人说，你知道田静娴曾经救过一个被拐卖的女孩儿吗？

我点了点头。

我就是那个女孩儿，我叫浅儿。

怎么又一个浅儿？这个世界上到底有多少个浅儿？

浅儿对我说，她被田静娴解救之后回到了老家四川，她读完了初中和高中，又考上了大学，而且读的是武汉大学中文系。毕业以后，在长江文艺出版社当编辑，现在已经是编辑部主任了。

那个精致的木盒子里装的是田静娴的手稿，一部她花了十几年的心血完成的长篇小说。

浅儿说，你看看，这部小说是一定要出版的，出版的事情由我负责。

参加完田静娴的遗体告别仪式，我给魏能麟打了个电话。他们还在山西，已经考察过了皇城相府，准备赶往太原，再考察几个乡镇。我答应去找他们，买下了当天通往太原的火车票。

我买的是软卧，为的是有一个清静的地方读田静娴的书稿。

在舒适的卧铺上，我小心翼翼地打开那个盒子，捧起那厚厚的一沓书稿。

封面上写着：“野娘儿们的梨花渡”，又名“粉红色幽默”。

我喜欢第二个名字，只是不解。

2014 年 9 月　完稿于武夷花园

2015 年 4 月　改于通州漕运码头

2016 年 2 月　再改于大理山水间

图书在版编目(CIP)数据

梨花渡 / 王梓夫著. －－ 北京 ：中国文史出版社，2021.3

(中国专业作家作品典藏文库 · 王梓夫卷)

ISBN 978－7－5205－2442－1

Ⅰ. ①梨… Ⅱ. ①王… Ⅲ. ①长篇小说－中国－当代 Ⅳ. ①I247.5

中国版本图书馆 CIP 数据核字(2020)第 209460 号

责任编辑：卢祥秋

出版发行：中国文史出版社

社　　址：北京市海淀区西八里庄路 69 号院　邮编：100142

电　　话：010－81136606　81136602　81136603（发行部）

传　　真：010－81136655

印　　装：北京新华印刷有限公司

经　　销：全国新华书店

开　　本：720×1020　1/16

印　　张：22.5　　　字数：336 千字

版　　次：2021 年 3 月第 1 版

印　　次：2021 年 3 月第 1 次印刷

定　　价：69.80 元